낯선 길에 부는 바람

낮선 길에 부는 바람

— 중국 · 일본 · 인도 · 호주 기행산문집

인쇄 2009년 8월 1일
발행 2009년 8월 10일
지은이 조동길 **펴낸이** 한봉숙 **펴낸곳** 푸른사상사
기획 심효정 **편집** 김세영 **디자인** 지순이 **마케팅** 김두천, 강태미
출판등록 제2-2876호
주소 서울시 중구 을지로3가 296-10 장양B/D 7층
대표전화 02) 2268-8706(7) **팩시밀리** 02) 2268-8708
이메일 prun21c@yahoo.co.kr / prun21c@hanmail.net
홈페이지 www.prun21c.com
ⓒ 2009, 조동길

 ISBN 978-89-5640-706-7 03810

* 이 책에 실린 모든 사진은 저자가 직접 촬영한 것이며, 백두산 관련 사진은 몇 년 후 두 번째 방문 때 찍은 것으로 글 내용과는 시차가 있음.

낯선 길에
부는 바람

조동길

중국 · 일본 · 인도 · 호주 기행산문집

푸른사상
PRUNSASANG

20세기 절반의 시점에 한국 땅에 태어나 60여 년을 살아왔다. 한국전쟁과 군사정권, 그리고 민주화 투쟁의 험난한 물결 속에 어렵게 자라며 공부를 했고, 40년 가까이 교단에 서서 학생들을 가르치면서 과거 선인들이 겪지 못했을 엄청난 변화의 소용돌이를 겪어왔다. 세기가 바뀌는, 그것도 밀레니엄이라는 천 년 단위 전환의 시대를 살아오면서 격세지감을 느끼게 하는 게 한두 가지 아니지만 가장 큰 변화는 삶의 질 내지 내용에 관한 것이라 할 수 있다. 전후의 척박한 풍토에서 맞은 보릿고개로 상징되는 가난은 먹을 것과 입을 것은 물론 읽을 것과 즐길 것 등 모든 것의 궁핍을 의미했다. 나의 청소년기는 한마디로 몸과 마음 모두 가난한 그런 시대였다.

거의 억지나 마찬가지로 1970년대 초에 대학을 졸업했다. 양복 한 벌, 구두 한 켤레 없이 단벌옷으로 1년을 버티다시피 하며 대학을 졸업하고 나서 중학교 교사가 되자 비로소 집안에 숨통이 틔었다. 연로하신 양부모님을 부양하며 초등학교 교사 아내를 만나 결혼하면서 뒤늦게 대학원 공부를 하고 대학교수까지 되었다. 전적으로 아내의 희생에 기대어 이루어진 일이기에 아내에 대한 고마움은 평생 갚아도 모자랄 빚이다.

모교의 교수가 되고서도 나이 마흔이 한참 넘어 처음 비행기를 타고 외국에 다녀올 수 있었다. 그리고 이런저런 기회에 몇 차례 외국 여행을 했다. 또 학교 측의 배려로 호주에 가서 1년 동안 살고 오기도 했다. 아직 유럽이나 미국 등 먼 나라는 한 번도 가보지 못했지만, 가까운 나라를 둘러보는 외국을 여행한다는 것은 불과 얼마 전의 내 처지에서 보면 정말 꿈같은 일이 아닐 수 없다. 나보다 형편이 나은 분들 입장에서 보면 이미 오래 전에 다 다녀온 낡은 이야기이겠지만, 내게는 그런 여행조차 감격스럽고 감회가 남다를 수밖에 없다. 그래서 여행을 다녀올 때마다 짧지 않은 기행문을 썼다.

이 책에 실린 글들 가운데 1부는 중국과 일본, 인도의 일각을 둘러본 여행기다. 세 나라 모두 오래 전부터 우리나라와 밀접한 관계가 있던 국가다. 우리는 이들 나라와 문화는 물론 역사적으로 긴밀한 연관을 맺었었고, 또 현재도 상호 영향력이 수시로 오가고 있는 형편이다. 2부는 호주에서 살면서 썼던 글 가운데서 추린 것이다. 주로 우리와 다른 풍광과 제도, 풍속 또는 우리가 참고했으면 하는 글 위주로 골랐다. 이 글을 읽는 분들이 오늘의 우리를 되돌아보고, 미래를 설계하는 데 미력하나마 보탬이 됐으면 하는 희망을 가져본다.

컴퓨터 파일 속에 묻어 두었던 글을 꺼내 읽어가며 정리하다 보니 나도 나이가 들었다는 것을 실감하게 된다. 늙으면 잔소리가 많아진다더니 많이 쳐냈는데도 군더더기가 많이 남아 있다. 모두 둔재의 글 솜씨 모자란 노파심 탓으로 여기시고 양지하시기 바란다.

2009년 8월 7일(음력 6월 17일)
금강변의 연구실에서 조동길 적음

■ 책머리에 • 4

제1부 오래된 바람과의 만남

나는 것들/이시야네, 그리고 독특한 점심밥/오사키야마와 아유모도시 자
연공원의 아름다움/특강 숙제를 하면서/낯선 항구에서 색다른 밤을/이즈
하리에 숨쉬는 한국 문화들/면암 선생을 기리며 오늘을 생각하다/이국에
서 만나는 낯익은 것들/오도된 관광 문화에 눈살을 찌푸리며/정략의 희생
이 된 공주의 외로운 넋이여/충신과 간신의 사이/대마도를 떠나며/여행을
마치고 나서 다시 생각하다

제2부 이방인의 호주 생활

차례

제1부

오래된 바람과의 만남

1 신앙이 된 아름다움 중국 황산, 구화산 여행기

떠나기 전에

우리 학과 교수님들이 학기말 정리를 마치고 사모님을 동반하여 중국 여행길에 올랐다. 명분은 두 가지다. 하나는 범산 선생님의 정년퇴임을 기념하는 것이고, 또 하나는 우리의 문학과 문화의 원천을 찾아보자는 것이다. 아쉽게도 개인 사정이 있어 전원이 참여하지는 못했지만 모처럼 학과 교수님들이 함께 며칠을 지내게 되어 모두 즐거운 표정들이다. 한 가지 걱정되는 것은 인원이 15명에 미달되어 동행 가이드 없이 여행을 해야 하는 점인데, 다행히 중국어를 능란하게 구사하는 분들이 계셔 크게 걱정이 되지는 않는다. 우리의 목적지는 안휘성의 황산과 구화산이다. 그곳은 아직 한국 사람들이 많이 찾지 않는 곳이라는데 학과장이 미리 여러 자료를 찾아 준비를 철저히 했기 때문에 큰 차질은 없을 것 같다.

공주에서 상해까지

공주에서 출발하여 유성에 들러 대전 사시는 분들이 합류하니 일행이 모두 11명이다. 청주 공항에 도착해서 점심을 먹고 시간에 맞춰 출국 수속을 했다. 무감각하게 진행하는 몸수색을 아무 느낌 없이 당하고, 출국장 안의 면세점에 들어서서 나는 마침 떨어진 담배 한 보루를 샀는데 가격이 면세 아닐 때보다 엄청 싸니, 담배 피우는 사람들에게 그 비싼 세금이 얼마나 억울한 일인가.

3시 10분에 비행기는 상해를 향해 출발했다. 승객은 대부분 중국 사람과 한국 사람이다. 이 두 나라의 좀 '여유 있는 사람'들이 오고가며 많은 사람들을 먹여 살리고 있구나 하는 생각이 들었다. 4시에 상해 푸동(포동) 국제공항에 도착했다. 우리나라와는 시차가 한 시간이 나는 나라이니 약 1시간 50분 정도가 소요된 셈이다. 입국 수속을 하는데 아직도 사회주의 기질이 남아 있어서인지 사람들이 꽤 불친절하고 또 까다로운 절차가 계속되어 약간 짜증스러웠다. 수속을 마치고 밖에 나와 현지 가이드를 만났는데, 그녀 역시 계속 출입국 서류 문제로 우리와 의사소통이 잘 안 되어 처음부터 신경질이 나기도 했다.

상해의 몇 곳을 스쳐 보다

스케줄이 빠듯하다며 연신 서둘러대는 그녀를 따라 종종걸음으로 이동을 하여, 짐을 황산으로 가는 비행기 대기석에 맡기고 나서 또 급하게 그녀를 따라 이동을 했다. 당도한 곳은 자기부상열차를 타는 곳이었는데, 최고시속 430킬로로 달린다는 세계에서 가장 빠르다는 열차의 마지막 순서차(오후 다섯 시)를 타고 약 7분간 새로 건설 중인 포동 지역을 볼 수 있었다. 밖으로 보이는 풍경 가운데 가장 인상적인 것은 잘 구획된 도로와 곳곳에 심은 수많은 꽃과 수목들, 그리고 새로 지은 깔끔한 외양의 주택과 건물들이었다. 과연 신흥 도시답게 모든 것이 깨끗하고 잘 정돈된 것 같아 보였다. 내가 특히 주목한 것은 집과 도로, 나무들 사이로 조성된 물길이었는데, 도시가 그렇게 조화롭게 계획되고 시공된 데는 나름대로 지도자들의 안목과 의지가 잘 구현되었기 때문인 듯했다. 자기부상열차야 우리

나라에도 시험 선로가 있고, 또 아무나 타 볼 수 있는 것이니 그게 그리 신기할 것도 없고, 또 우리처럼 나이 지긋한 사람들이 감탄하며 볼 그런 물건은 아닌데도 연변에서 왔다는 가이드 아가씨는 마치 초등학생들 수학여행 인솔하는 것처럼 연해 그것의 소개와 자랑에 바쁘다.

열차에서 내려 다시 동방명주 탑이라는 데로 버스를 타고 이동을 했다. 가이드는 계속 상해의 포동 지역이 짧은 기간 동안에 얼마나 발전했으며, 아파트를 비롯한 주거 환경의 변화와 땅값 상승이 얼마나 이루어졌는가를 되풀이하여 강조하고, 또 새로 지어졌거나 짓고 있는 고층 건물 자랑에 침이 마를 정도다. 강택민 주석이 여기가 자기 출신 지역이라 모든 것을 지원해 줘서 그렇다는 말을 덧붙이는 것도 잊지 않는다.

동방명주 탑에 도착하기 전에 세기 공원이라는 곳을 지났는데, 21세기를 맞는 기념으로 만든 것이라 한다. 꽃과 나무가 잘 정돈되어 아름다운 모습이었고, 특히 거대한 금속으로 만든 세기의 종이라는 조각품이 눈길을 끌었다. 동방명주 탑은 세계에서 세 번째로 높은 탑이라고 하는데, 강택민이 직접 써 주었다는 커다란 글씨가 잘 보이게 새겨져 있었다. 그 글에는 이곳은 예로부터 진주가 많이 나는 곳인데, 마치 동방의 진주처럼 아름답고 귀한 도시가 되라는 뜻이 담겨 있다고 한다.

엘리베이터를 타고 중간 지점인 약 260미터까지 올라가니 시내를 조망하는 시설이 잘 갖춰져 있었다. 거기서 내려다보이는 풍경은 막 현대적 도시로 탈바꿈하기 시작하는 곳곳의 모습과 외탄강의 흐린 물살이 천천히 흐르고 있는 광경이 대부분이었는데, 새롭게 도약하는 신도시의 꿈틀거리는 듯한 생기가 대단히 인상적이었다. 이곳은 대개 해발 4미터 정도의 농경지였던 곳인데, 이렇게 고층 빌딩과 아파트가 사방에 가득하게 지어졌고 또 공사 중이어서 마치 상전이 벽해가 되는 변화를 겪고 있다고 한다. 이것은 마치 여러 해 전 우리나라 강남처럼 신흥 개발 지역인 셈이다. 그 대신 오랜 역사를 가진 포서 지방은 아직도 개발이 덜 진행돼 서민들이 많이 살고 있다 한다. 포동과 포서를 나누는 강에는 크고 작은 배들이 끊

상해 풍경

임없이 오고 갔다. 신기한 것은 그 강에 다리가 별로 없다는 것이다. 경관을 위해 다리를 건설하지 않고 양쪽 간의 이동은 주로 지하 통로를 이용하고 있다 하니 그들의 안목과 노력은 정말 놀라운 일이다.

거기서 내려와 좀 이동을 하여 식당으로 향했다. 중국에 와서 처음 하는 식사인데 비교적 우리 입맛에 맞게 요리를 한 것 같았다. 그러나 기름에 튀긴 음식들이 느끼한 것만은 숨길 수 없었다. 다행히 일행들은 잘 드시고 있었고, 나만 맘껏 먹지를 못했다. 특히 술을 하시는 분들은 그 느끼함이 술기운으로 좀 중화될 수도 있으련만 내게는 그런 행운도 없으니 딱한 노릇이다.

밥을 먹고 다시 공항을 이동을 했다. 밤에 보는 도시 풍광은 또 다른 느낌을 준다. 비교적 밝게 조명이 밝혀진 거리, 또 도로 주변 곳곳에 늘어선 광고 간판들, 고층 빌딩의 위압적인 자세, 불빛을 받으며 푸른빛을 자랑하고 있는 나무들,…… 비공식적으로 약 2천만이나 된다는 이 도시의 인구 숫자만큼, 이제 세계 무역과 교통의 중심이 되어 수많은 외국인과 그들의 회사, 물건, 상품들이 넘쳐나니, 이 도시는 이제 어느 상대가 따라올 수 없을 정도로 비약하고 있는 무서운 도시가 아닌가. 과거 우리 조상들이 빼앗긴 나라를 되찾기 위해 어려움 속에서도 임시정부를 세우고 싸우던 유서

낯선 길에 부는 바람

깊은 도시의 밤은 아무 말 없이 점점 짙어가고만 있었다.

상해를 떠나 황산으로

다시 공항에 도착하여 국내선임에도 까다로운 출입 절차와 몸수색을 꼼꼼하게 마치고, 탑승구 쪽으로 향했다. 한참 기다리다가 시간이 되어 밖으로 나오니, 공항이 하도 커서 아까 내릴 때와 마찬가지로 버스를 타고 한참을 이동해서야 탑승할 항공기에 도착할 수 있었다. 비행기는 비교적 정확한 시간인 8시 50분에 이륙하였다. 흔히 중국 사람들이 시간을 잘 안지킨다고 하는 것은 이제 옛 말인 모양이다. 비행기는 어둠을 뚫고 우리들의 목적지인 황산으로 향했다. 하늘 높이 떠 있는 항공기 안에서 매일 올리는 기도를 20여 분간 하다 보니 금세 황산의 둔계 공항에 도착했다.

이곳은 안휘성 소속의 인구 30만 정도의 작은 도시인데 최근 관광 인구 증가로 인해 개발이 왕성하게 진행되는 도시라 한다. 공항에서 현지 가이드를 만나 인사를 나누고 곧 호텔로 이동을 하여 투숙했는데, 공항이나 호텔이나 일 처리가 어찌나 갑갑할 정도로 느리고 불친절한지 자본주의의 서비스 정신이라는 것은 눈 씻고 봐도 찾을 수 없고 그저 마지못해 일을 하는 듯 예전 사회주의의 습관이 몸에 배어 있는 것 같았다. 방에 들어가 짐을 풀고, 다음 일정을 위해 가방의 짐을 나누어 배낭에 챙기고 간단히 씻고 피곤한 몸을 자리에 뉘었다.

화산 미굴의 미스터리

다음 날 아침 6시에 기상 신호가 왔다. 일정이 바쁘다면서 재촉만 할 뿐 실제 일의 진행은 기다리는 일의 연속이다. 겨우 요기하는 식으로 아침을 때우고 8시에 호텔을 출발했다.

처음 도착한 곳은 화산 미굴花山迷窟이란 곳이었다. 이 굴은 이곳을 흐르

화산 미굴 내부

는 신안강 연안에 조성된 굴인데, 그 크기나 규모, 그리고 용도가 아직도 정확하게 밝혀지지 않은 미스터리의 굴이라 한다. 약 십 몇 년 전 한 농부에 의해 발견된 이래 지금까지 발굴 공개된 것만 해도 수십 개의 규모인데, 아직 발굴되지 않은 것까지 하면 그 규모가 얼마인지 알 수가 없다고 한다. 강택민이 직접 와서 보고 이곳을 관광자원으로 개발하여 인민들 소득을 높여 생활을 향상할 수 있게 하라고 지시한 이래 이곳은 대대적인 개발이 이뤄지고 있다 한다. 믿을 수 있는 것인지 아닌지 알 수 없으나, 정부에서는 이 굴의 용도에 관해 정확하게 답을 맞히는 사람에게 중국 돈으로 500만 원의 상금을 내걸었다고도 한다. 땅속의 마사토로 이뤄진 바위를 정으로 쪼아 뚫은 굴은 곳에 따라 그 높이가 수 미터에 달하기도 하고, 방 구조 같은 곳도 있고, 물이 고여 있는 저수조 같은 곳도 있고, 기둥 모양을 닮은 것도 있고, 삼각형의 안정적인 구조를 응용하여 굴착한 곳도 있고, 불을 땐 것 같이 그을음이 남아 있는 곳도 있고, 하여간 가지각색의 모양과 크기의 지하 구조물이 연속되고 있었다. 신비한 것은 그 많은 굴착 때의 돌이나 흙을 어디다 처리했는지 외부에 전혀 흔적이 남아 있지 않다는 것, 그리고 바닥을 뚫고 나가면 곧 신안강으로 통하는데, 굴은 강의 수면보다 약 2미터가 낮게 되어 있다는 것 등이다. 일행들은 이 굴의 용도에 대해 갖가지 추측을 말했는데, 난리를 피하기 위한 시설, 제사를 지내기

화산 미굴에서 나오는 다리

위한 시설, 군사를 주둔시키기 위한 시설 등의 의견이 나왔다. 나는 우스 갯소리로 미래의 핵전쟁을 대비하기 위한 선견지명의 시설이 아닐까 하 는 의견을 냈더니 모두 웃었다. 아무튼 이 불가사의한 굴은 그 내부 온도 가 계절의 변화에 관계없이 항상 16도를 유지하고 있다고 하며, 2호 굴과 35호 굴을 관람하고 나오니 서늘하던 굴 내부와는 달리 밖은 기온은 땀이 흐를 정도로 올라 있었다.

굴까지 이동하기 위해선 주차장에서 좀 걸어 강을 건너지르는 다리를 건너야 하는데, 그 다리까지 가마를 타거나 인력거를 타면 우리 돈으로 천 원씩을 받고 있었다. 돌아오는 길에 우리 부부는 인력거를 탔는데, 힘들여 수레를 끄는 사람을 보니 안쓰럽고 딱한 생각을 금할 수 없었다. 그러나 그렇게 타 줘야 그 사람들 벌이가 되고, 또 그 벌이로 먹고 살 테니 정당한 노동의 대가가 아닐까 하는 생각도 들었다.

그곳을 떠나 다시 이동을 했다. 길 주변에는 모내기를 하는 사람들이 많이 눈에 띄었고, 간혹 검은 물소를 이용하여 논을 고르거나, 물건을 나 르는 모습도 보였다. 어딜 가나 사람 사는 모습은 비슷한 것 같다. 먹고살 기 위해 농사를 짓고, 몸을 움직여 돈을 벌고, 지식을 팔아 자본을 모으고, 다 그렇게 사는 것 아닌가.

비취곡, 경관이 아름다워 영화 촬영지로도 유명하다

황산으로 가는 길

　가다가 길가의 한 호텔 음식점에서 점심을 먹었는데, 중국의 음식은 어디나 그 내용물이나 요리 방법이 비슷하여 구분할 수 없을 정도다. 밥을 먹고 산에 오르기 위해 그곳에 큰 가방 짐을 맡겼다. 간단히 꾸린 배낭 짐을 메고 다시 차에 타고서 비취곡이라는 데로 갔다. 그곳은 이름 그대로 물과 나무와 바위가 잘 어울리는 유원지였다. 특히 이곳이 유명해진 것은 우리에게 잘 알려진 〈와호장룡〉이라는 영화를 촬영한 곳이기 때문이다. 가는 길에 한자 '사랑 애愛' 자를 수십 가지의 필체로 써서 세운 비석이 있었고, 또 사랑하는 사람과 함께 건너면 그 사랑이 영원하다는 '정인교情人橋'라는 다리를 건너기도 하였다. 좀 더 올라가니 그 이름처럼 깨끗하게 비취빛이 나는 물이 있었고, 바로 그 물로 떨어지는 작은 폭포도 있었고, 기이한 모양의 바위들도 있었다. 거기서 신발을 벗고 물에 발을 담그니 물이 차고 맑아 쇄락한 기분이 몸속을 흐르는 것 같다. 일행들은 거기까지 들고 온 술과 안주를 펼쳐 놓고 술잔들을 기울이며 그 풍광에 몰입하니 그야말로 자연과 사람이 하나가 되는 물아일체가 바로 이것 아닌가. 주변의 대나무들이 연한 녹색의 잎에서 시원한 바람을 만들어 내려 보내고, 새들은 무엇이 즐거운지 연해 아름다운 멜로디의 노랫소리를 토해낸다.

가이드의 재촉에 따라 아쉽게 다시 밑으로 내려왔는데, 밑에는 이미 있는 숙박 시설과 상점 외에 관광 개발에 맞춰 호텔인지 리조트인지 새로 건축을 하는 곳이 많았다. 이만한 풍광에 시설만 잘 갖춰 놓고 서비스 정신을 잘 발휘하면 돈 버는 것은 어렵지 않을 것 같은데, 이곳 사람들은 올 테면 오고 말 테면 말라는 식으로 관광객을 대하니, 그게 자존심인지 뭔지는 모르겠으나 우리로서는 이해하기 어려운 일이 아닐 수 없다.

버스를 타고 다시 이동하여 황산으로 향했다. 버스는 꼬불꼬불한 길을 아슬아슬하게 곡예 하다시피 산을 오른다. 가이드는 차안에서 몇 가지 주의사항을 말하며 꼭 지켜야 한다고 강조하는데, 절대로 가이드 앞장을 서지 말고, 쓰레기를 버리지 말고, 담배를 피우지 말고, 특히 방뇨를 하면 벌금에 징역까지 살 수 있으니 조심하라고 신신당부를 한다.

누가 황산의 경치를 말로 할 수 있으랴

운곡사 케이블카 타는 곳까지 와서 버스는 돌아가고 우리는 순서를 기다리며 잠시 쉬었다. 이곳은 유네스코에 등록된 자연유산이라고 하는데, 아무리 그래도 그렇지 표를 사는데도 여권을 일일이 대조를 하여 신원을 확인하니 일 처리가 늦어질 수밖에 없다. 한참을 기다려 삭도索道를 탔다. 다행히 우리 일행 모두는 한 차를 탈 수 있었다. 다른 사람이 두어 명 끼긴 했으나 마치 우리가 전세 낸 것처럼 편안한 상태로 산을 오르기 시작했다. 점점 위로 올라갈수록 밖으로 내려다보이는 광경이 기이하고, 신비하고, 웅장하고, 기괴한 모습으로 바뀐다. 사람들 입에선 연신 감탄사가 나오고, 그 장관을 눈에 넣기에 정신들이 없다. 이걸 보기 위해 그 고생을 하며 여기에 온 것이 아닌가. 이 산을 보고 나면 중국의 그 유명하다는 오악五嶽을 말할 수 없다는데, 그 말 한 마디에 이 산의 가치가 온전히 다 드러나는 것 아닌가.

산 중턱인가 꼭대기인가쯤에 마련된 지점에서 차를 내렸다. 돌로 된 계단이 여러 곳으로 연결되어 있었다. 이 산 전체가 이렇게 돌로 된 계단으로 이어져 있다는데, 그 개수가 무려 12만 개나 된다고 한다. 설계에만 9년이 걸리고 시공하는데 또 십 몇 년이 걸렸다니 가히 그 공력이 얼마일지 짐작이 간다. 상당히 높이 올라온 산 위이기는 하지만 기온은 그리 차지 않고 오히려 약간 더운 느낌까지 든다. 끝없이 이어질 것 같은 돌계단을 밟고 또 밟아 한참을 내려가니 천 년 이상 묵었다는 키위(다래) 나무가 나온다. 나무 색깔이 검은 빛이 난다. 그리고 그 옆에는 검은 빛이 나는 저수지 비슷한 곳이 있다. 전설에 의하면 양귀비가 이 물에 목욕을 했다 하는데 믿을 수 있는 얘기인지는 모르겠다. 길 옆으로는 잘 정돈된 물길이 보이고 나무들도 잘 가꿔져 있다. 길 위에는 버려진 쓰레기 하나 보이지 않고, 곳곳에 쓰레기 버리는 작은 공간이 마련되어 있으며, 수시로 그걸 치우는 사람도 보인다. 가끔 군인과 경찰 복장을 한 사람들이 지켜 서서 감시를 하는 것도 볼 수 있다.

얼마를 더 가서 소나무 하나를 만났다. 말로만 듣던 연리지連理枝라고 한다. 가지 두 개가 중간에서 갈라져 있는데, 두 나무가 하나가 되었다는 애초의 연리지와는 좀 거리가 먼 것 같다. 당나라 현종과 양귀비가 살아서 연리지連理枝가 되고 죽어서 비익조比翼鳥가 되고 싶어 했다는 시를 쓴 백락천이 정말 이 나무를 보고 그 시를 지었는지 알 수 없는 일이다. 이 산에는 이 나무 말고도 특이한 모양의 소나무가 여러 개 있어 10대 명송名松이 있다는데, 그래서 황산의 4절四絶이라는 운해雲海, 괴석怪石, 온천溫泉, 기송奇松에 소나무가 그 중의 하나로 들어간 것 아니겠는가. 특이한 것은 소나무 보호용 주변 쇠사슬에 엄청난 양의 자물쇠가 주렁주렁 매달려 있는 것이다. 중국 사람들은 서로 사랑을 맹세하고 그것을 영원히 이어가기 위해 맹세한 곳에 자물쇠를 꼭 채워 매달고 그 열쇠는 도저히 찾을 수 없는 곳으로 던져 버리는 풍속이 있다 한다. 그런데 이 연리지는 그 성격으로 보아 그게 그럴 듯하나, 가는 곳곳마다 전혀 상관도 없는 장소에서도 그러한

1. 황산 명물
   10대 소나무 중 하나
2. 황산의 바위

것을 볼 수 있으니 아마도 장사하는 사람들이 중국인의 심리를 교묘하게 이용하여 상업주의적으로 부추기는 것 아닌가 하는 생각이 든다.

그곳을 떠나 다시 용조송龍爪松이라는 이름의 뿌리가 용 발톱을 닮았다는 소나무를 구경하고, 좀 더 올라가니 우리가 보고자 하는 시신봉始信峰이라는 산봉우리가 나타났다. 말 그대로 이 봉우리를 보면 믿음이 저절로 생겨나기 시작한다는 곳이다. 산에 와서 처음 접하게 되는 기이한 모습의 바위와 그 꼭대기에 아스라이 자라고 있는 소나무, 멀리 가까이 이곳을 향해 머리를 조아리는 듯한 흐릿한 실루엣의 산봉우리들, 말로 표현하기 어려운 신기한 형상의 돌들, 뾰족한가 하면 칼끝처럼 날카롭고, 거센 기세가 하늘을 찌를 듯한가 하면 다소곳이 고개를 숙이기도 했고, 마구잡이로 대드는 모습인가 하면 공손하게 두 손을 모은 듯도 하고, 그저 넋을 놓고 감탄에 경탄을 할 수밖에 없다. 인간의 표현력과 묘사력을 간단하게 깔아뭉개는 저 웅대한 자연은 과연 무슨 조화란 말인가. 말없이 전하는 무수한 메시지가 귀청을 마구 때린다. 하기야 그런 괴이한 돌덩이들은 아무 뜻도 없는 자연의 무심한 자태일진대 인간이 괜히 나서서 호들갑을 떨며 설레발을 치는 것 아닌가. 언제 그것들이 자신을 보라고 강요했으며, 또 자신을 보고 감탄하라고 우겼는가. 그저 인간들이 제멋대로, 제 기준으로 값을 매기고, 가치를 따지고, 무슨 의미를 끌어다 붙이고 야단을 하는 것 아닌가. 다만 그 신묘한 모습을 이룬 자연의 위대한 섭리 앞에 주눅이 들어 그 잘난 체통을 얌전히 접어 두고 허리를 굽혀 경건하게 경배할지니, 이 이치를 모르는 자들이 여기 와서 멋모르고 떠드는 저 한심한 작태를 어찌할 것인가. 한없이 작고 왜소한 인간들이 그런 스스로를 문득 자각할 수 있다면 저 무정無情 설법說法의 대자연은 우리의 위대한 스승일 터요, 또한 그 위대함에 저절로 머리 숙이는 믿음이 절로 우러날 수밖에 없으니, 그 이름 시신봉은 얼마나 잘 지어진 이름인가. 이름이 실질을 결정하는지, 아니면 실질이 이름을 규정하는지 그것은 알 길이 없으나 여기 저 산과 이름은 명名과 실實이 혼연일체이니 그런 것 따질 일 없이 수천 수만 년 그저 의젓할 뿐이로다.

정해진 일정이 있으니 감탄만 하고 있을 수는 없는 노릇이라 몇 장의 사진을 찍고는 다시 발길을 돌려 호텔로 향했다. 산 중턱인지 정상인지 높은 곳에 호텔을 지어 많은 관광객을 투숙시키고 있어도 주변은 거짓말처럼 깨끗하게 정돈되어 쓰레기 하나 볼 수 없다. 이 높은 곳까지 어떻게 자재를 운반하여 이 거대한 건물과 구조물을 지었는지, 불가사의하다는 만리장성을 쌓은 중국인들의 엄청난 물량 공세와 끈기가 여기에도 유감없이 발휘되었으니 과연 명불허전名不虛傳이라, 그저 놀라울 뿐이다. 호텔에 들어가기 전에 경관을 감상하도록 만들어 놓은 곳에 다들 퍼질러 앉아 간단하게 술 한 잔을 나누었다. 그 굉장한 경관 앞에서는 한갓 미물일 뿐인 우리들의 본질을 잠시 던져둘 수밖에 없을 것 같다.

북해 호텔에 들어가 방을 배정 받고 짐을 풀었다. 그리고 가벼운 몸으로 다시 밖으로 나왔다. 산중에 있는 호텔 이름에 웬 바다를 뜻하는 글자가 들어있는가 했더니 이곳의 운해雲海가 너무 유명해서 사방의 방위를 붙여 부르는 이름이라고 한다.

산 길 돌계단을 따라 산을 오르기 시작했다. 여기부터 한 바퀴 돌아오는데 거리로 약 7.5킬로미터이고 시간은 약 세 시간이 소요된다고 한다. 떠날 때부터 몸이 안 좋아 조심하던 아내는 엄두가 나지 않는지 안 가면 안 되냐고 묻는다. 언제 다시 올지 말지 할 기회인데 처음부터 포기하지 말고 가는 데까지 가 보자며 일행의 맨 뒤에서 천천히 걸음을 옮기기 시작했다. 다들 건강하신 편이고 또 산을 좋아하시는 분들도 많아 별로 힘들이지 않고 가시는데 우리 부부만 숨을 헐떡이며 자꾸 뒤지는 듯했다. 그런 우리를 위해 가끔 휴식을 취하며 전진을 하는데 내려가는 사람이나 올라가는 사람이나 한국인이 많아 우리말을 많이 들을 수 있었다. 곳곳에 작은 규모의 물 가두는 시설이 돼 있는데 이것은 산불을 대비하기 위한 소방용수라고 한다. 그런 것은 우리도 좀 배워서 실용화했으면 좋겠다는 생각이 들었다.

길에서 보이는 나무와 풀과 꽃들, 바위와 소나무들, 푸른 하늘과 맑은 바람, 그리고 낯설지 않은 사람들......이런 것들은 굳이 이 산을 오지 않았어도 볼 수 있는 무심한 풍경들이다. 다만 발치 아래로 펼쳐지는 아스라한 산 능선들과 박무薄霧 같은 구름 사이로 보이는 기이한 자태의 봉우리들이 지친 몸과 마음을 간간이 놀라게 한다. 팍팍한 다리는 자꾸 힘이 풀리고, 등으로 흐르는 땀은 서늘한 바람에도 끊임이 없다. 어느 산 정상에는 기상청 건물이라는 것이 버티고 있고, 또 방송국 용도라는 건물은 커다란 안테나를 머리에 인 채 하늘을 버티고 있다. 어느 나라나 마찬가지지만 인간의 편리함을 위해 저 산꼭대기에 문명의 이기를 꽂아놓고 이율배반적으로 자연을 보호하자는 구호를 외치니 이것은 무슨 해괴한 법도인가. 하기야 그런 시설이 없으면 방송도, 휴대전화도, 또 긴급한 통신도 할 수 없을 것이니 이런 것들을 어디까지 허용하고 어디까지 규제해야 하는지는 알 수 없는 일이다.

아무리 먼 길도 가다 보면 끝이 있는 법, 산의 한 귀퉁이에 마련된 전망대에서 아래 만물상 같은 산봉우리들을 보고 옆으로 돌아서니 드디어 광명정光明頂이라는 이름의 정상이다. 먼저 온 일행들이 바위와 언덕에 가득하다. 대개 한국인들이다. 간혹 중국인들도 보인다. 겉모습이 아니라 말소리를 들어야 구분이 된다. 바위 위에 올라서니 저 아래 까마득한 속세가 아련하다. 건너다보이는 산 정상 부근에는 호텔인지 무슨 숙소 같은 건물이 보이고, 산꼭대기임에도 물을 가둬 놓은 저수지도 보인다. 주변에는 바람에 시달리면서도 잘 자란 튼실한 소나무들이 키는 크지 못한 채 당당한 모습으로 버티고 서 있다. 바람이 몸속까지 시원하게 할 수 있다는 걸 새삼 여기서 실감한다. 일행 중 한 분은 눈 아래 늘어선 봉우리를 향해 큰 소리로 구령을 붙여 경례를 명한다. 그리고는 우리더러 그 인사를 받으라고 한다. 우스갯소리겠지만 여기 앉아 있으면 정말 크고 작은 산봉우리들이 우리를 향해서 인사를 하고 있는 듯도 하다. 몇 장의 사진을 서둘러 찍고 시간을 재촉하는 가이드를 따라 올라올 때와 다른 길로 하산을 시작한다.

내려오는 길은 올라갈 때보다 더 힘이 든다. 계속 돌로 된 계단을 밟고 와서인지 흙을 좀 밟아 보고 싶으나 길은 여전히 셀 수 없을 정도의 계단뿐이다. 이 황산의 이름은 원래는 이산黟山이었다 한다. 검은색의 바위와 나무가 많았기 때문에 그런 이름이 붙여졌다는 것이다. 그 말처럼 바위나 나무나 흙이 대개 검은빛을 띤 것이 많다. 그러다가 언젠가 황제가 이곳에 와 머물고 간 다음 이름이 황산皇山으로 바뀌었다가 황제의 색인 노란색을 뜻하는 글자인 황산黃山으로 바뀌었다는데, 나중에 나는 일행에게 내 고향에 왔다 간다고 했으니 그것은 나의 고향 충남 논산이 바로 한자 황산黃山에서 온 것과 일치하기 때문이다.

한참을 계단으로 내려오는데 가이드가 강조하여 하는 말처럼 "가면서 보지 말고 보면서 가지 말자"라는 내용을 잘 지켜야만 했다. 한번 한눈을 팔다가 발을 잘못 디디면 그 길로 저 아득한 절벽 아래로 추락하여 이 몸을 끌고 다니는 육신이 어디론지 모르게 찰나에 사라져 버릴 테니, 조심에 또 조심을 거듭할 밖에 없다. 그러고 보면 우리가 대단하고 소중하게 여기는 이 육신이라는 것도 참으로 하잘것없는 한 줌 고깃덩어리이런가. 무엇을 지키고 무엇을 얻으려 그리 아등바등 이 몸뚱이를 위해 바치는가.

얼마쯤 내려오니 사진으로 많이 보았던 비래석飛來石이라는 바위덩이가 나온다. 커다란 바위 위에 마치 딴 데서 옮겨다 놓은 듯한 바위가 하늘을 향해 우뚝 솟아 있다. 서유기에 나오는 손오공이 하늘나라 복숭아를 훔쳐 먹고 그 씨앗을 버린 것이 변한 바위라고도 한다는데, 그것은 믿기 어려운 상상의 허구일 게 분명하다. 많은 사람들이 좁은 돌계단을 타고 위로 올라가 그 바위를 구경하고 있다. 그런데 거기서 내려다보는 아래는 아슬아슬한 절벽이어서 내려다보는 사람의 간장을 간질간질하게 한다. 일행 중 몇 분은 고소 공포증이 있다면 아예 올라오지도 않았다. 전설처럼 전해지는 말에 의하면 이 바위를 손으로 직접 만지면 그 횟수에 따라 수명도 늘고, 복도 많고, 가정도 화평하다는데, 그런 거야 모두 후세 사람들이 지어 붙인 이야기가 분명할 터다. 하지만 그 또한 자연을 읽어내는 '의미 생성'의

독서법이 아니겠는가. 그게 사람들에게 마음의 위안을 주고, 혼란스런 넋을 가지런히 할 수 있다면, 전적으로 생뚱맞은 상상이라 하여 탓할 일은 아닌 것 같다.

거기서 좀 내려오니 돌로 만들어 세운 작은 비석이 하나 나온다. 그런데 그 비석에 새겨진 글귀가 사람의 눈길을 끈다. "行動是老子 知識是兒子 創造是孫子." 그 정확한 뜻은 선생님께 여쭤보아도 잘 모르겠다고 하신다. 어느 책에 나오는 글귀 같은데 잘 기억이 나지 않으신단다. 우리가 흔히 아는 것처럼 창조라는 게 대단한 것이 아니고 행동이 중요하다는 뜻일까. 노자와 손자라는 것은 도가道家의 노자老子와 병법兵法의 손자孫子를 지칭하는 것인가, 아니면 사람의 나이를 순서대로 나열한 것인가. 뒷면의 비문을 읽어보면 알 수 있으련만 인솔하는 사람의 재촉 때문에 발길을 옮겨야만 했다.

팍팍한 다리를 이끌고 하나하나 계단을 내려오다 보니 끝이 없을 것 같았던 그것들도 드디어 한계를 다하고 사람들이 모여 있는 곳에 다다른다. 중간에 여러 번 쉬기도 하고, 멈추어 서서 경관도 조망하고, 또 일상사를 주고받으며 점잖은 지식인 행세도 하고, 이 나라를 걱정하는 말도 하고, 떠나온 우리 조국을 염려하는 대화도 하고, 그러는 사이 휴식터에 도착했다. 여기서는 담배를 피울 수 있다 한다.

거기서 잠시 쉬다가 다시 호텔로 행하는 길을 걸어야 했다. 흔히 하는 말처럼 다리는 천근만근이나 되는 듯싶고, 다 왔는가 싶어 고개를 들면 또 계단이 나온다. 그런 반복이 더욱 피로를 불러오는 것도 같다. 오는 길에 대왕송大王松이라는 나무를 구경하였다. 이 산에는 소나무가 식물의 주종을 이루는데, 그 가운데 나이가 많고 형상이 특이한 놈들을 골라 10대 명송名松, 또는 기송奇松을 지정했다는데 이 나무도 그 중의 하나란다. 나이가 천 년을 넘었다고 하는데 그렇게 오래 살면서 볼 것 못 볼 것 다 보고서도 아무 말 없이 하늘을 행해 손짓만 하고 있으니 그 나무가 무심한 것인가, 사람들이 호들갑스러운 건가.

끝없을 듯한 길도 결국 걷고 또 걸으면 종착점은 있는 법, 힘이 다 빠진 다리를 끌고 호텔에 도착하여 방에 들어가니 몸이 녹초가 되어 세상만사가 다 귀찮기만 하다. 침대에 누워 쉬고 싶기만 한데 곧 밥을 먹으라고 하니, 안 먹으면 내일 움직이기 어려울 터, 하는 수 없이 식당으로 내려가니 사람들이 바글바글하다. 각국의 관광객들이 뒤섞여 있는데 단연 한국 사람들이 제일 많다. 한참을 기다려 간신히 자리를 잡고 세 끼 거의 똑같은 메뉴의 음식을 억지로 조금 먹었다. 술을 하시는 분들은 술기운으로 말씀들도 잘 하시고, 음식들도 잘 드시는데, 내게는 그 자리가 고역이 아닐 수 없다. 서둘러 방으로 돌아와 간단히 땀을 씻어내고 잠에 빠져들었다.

아, 서해 대협곡

다음 날 새벽 네 시에 일출 보러 갈 사람들은 호텔 앞의 사자봉獅子峰이라는 산으로 간다는데, 우리 부부는 세상모르게 잠이 들어 그 시간이 그냥 지나가고 말았다. 해 뜨는 것이야 세상 어디에서 본들 무슨 차이가 있으랴. 그럼에도 사람들은 무슨 바닷가, 무슨 산, 무슨 언덕을 찾아가며 특별한 일출을 기대하고 몰려드니 그게 관광객을 유인하기 위한 수단일까, 아니면 사람들의 호사 취미를 부풀린 상업주의일까. 그러나 이런 생각도 그 일출을 보지 못한 사람들의 쓸데없는 변명일지 모른다. 마치 여우가 먹지 못한 포도를 시다고 말하는 것처럼. 우리 일행 중에서는 한 부부만 그 일출을 보고 왔다고 한다. 대단한 분들이다.

여섯 시에 아침식사를 간단히 하고, 짐을 꾸려 배낭에 넣어 메고, 호텔을 출발했다. 오늘 코스는 어제보다 더 어렵다고 안내자가 겁을 주어 출발하기 전부터 아득하기만 하다. 오늘 오전에 볼 곳은 서해 대협곡이라는 곳이다. 이곳은 원래 제대로 보자면 며칠을 묵어가며 보아야 한다는데, 우리는 일정이 빠듯해서 일반적으로 관광객들이 도는 최소한의 코스를 택할

서해 대협곡

수밖에 없었다. 그럼에도 길은 험하고 경사가 급하다. 바위를 굴처럼 뚫어 길을 낸 곳도 있고, 까마득한 절벽에 아슬아슬하게 붙여 길을 낸 곳도 있다. 직벽直壁에 가까운 경사를 이룬 곳도 많다. 일행 중 어떤 분은 아예 손과 발을 다 사용하여 오르내리시기도 한다. 예전『삼국지』나『수호지』같은 책에서 읽었던 소위 잔도棧道라고 해야 할 돌로 된 계단이 끝이 없이 이어진다. 이 길을 설계하는 데 9년이 걸리고, 공사하는 데 20년이 걸렸다고 한다. 사람이 많아 인력이 풍부하고, 성품이 다들 느긋하니 가능한 일이었을 것 같다. 공사 중에 희생도 있었을 테고, 고생도 많이 했겠지만 그래도 이처럼 공사를 해 놓고 나니 그 후에 관광객들이 몰려와 지금 중국 경제에 얼마나 많은 보탬이 되고 있는가. 우리들의 빨리빨리 정신에 비해 그들의 앞날을 생각하는 안목이 부럽기도 하다. 그러기에 우공愚公이라는 노인이 산을 옮기겠다고 삼태기를 들고 나섰다는 고사를 가진 민족이 아니겠는가.

서해 대협곡. 계단을 힘들게 오르내리며 가끔 발을 멈추고 조망하는 그 광경은 가히 선경仙境이라 할 만하다. 기기묘묘한 바위와 그 위에 까마득하게 자라고 있는 소나무들, 바람에 흩날리는 안개와 구름 속에 출몰하는 크고 작은 기기묘묘한 형상의 봉우리들, 멀리 가까이 막 움직일 듯한 자태의 생동감 있는 바위들, 발 아래 아득하게 펼쳐진 갖가지 종류의 나무바다,…… 이는 어느 예술가도 흉내 내지 못할 자연 그대로의 위대한 조각 전시장, 신이 있다면 그가 가장 심혈을 기울여 창조했을 대자연, 경탄驚歎 무비無比의 절경, 말이 끊어진 아름다움의 극치, 잠시 생명의 호흡을 멈출 수밖에 없는 가슴 저리는 감동,…… 도대체 할 말이 없다. 그 누가 아름다움을 말하는가. 그 누가 절경을 들먹이는가. 사람으로 태어나 이런 광경을 볼 수 있는 것만도 축복이고, 살아 있어 여기 서 있음만으로도 지금까지의 삶이 가치 있음이 아닌가.

중간쯤에 쉬고 있는 사람 틈에 아내도 끼어 있는데, 가지 말라고 말리는 걸 나는 힘든 걸음으로 약 30분 걸리는 길을 돌아와 다시 만났다. 땀이 흘러 끈적끈적해도, 다리가 아파 맥이 풀려도, 고소高所에서 느끼는 어지럼증이 머리를 흔들어도, 내 생애 아름다운 경치 구경 중에 최고의 이 관망을 놓치지 않고 본 것이 참으로 다행이라 할 만하다.

공중에서 보는 황산

아쉽지만 이제 이 대장관을 뒤로하고, 다음 일정을 위해 케이블카를 탔다. 태평삭도太平索道라고 하는 것을 타야 하는데, 올라올 때와는 다른 방향인 태평이라는 곳으로 내려가는 것이라 한다. 얼마를 기다렸다가 차를 타니 내려오는 동안 눈 아래 펼쳐진 바위, 나무, 산봉우리, 계곡, 그런 것들이 또 감탄사를 자아내게 한다. 발로 땅을 밟고 보는 광경도 멋이 있지만 또 이렇게 높은 곳에서 아래를 내려다보는 맛도 특별한 것 같다. 안내자에게 물으니 이 산에 동물들은 그리 많지 않다 한다. 아마도 험한 바위와 지형 때문인 듯하다고 한다. 그런 중에도 유명한 것은 오보사五步蛇라는 뱀이 있는데, 아주 독한 독을 가지고 있어 사람이 한 번 물리면 다섯 발자국을 못 가 사망한다고 한다. 일반인들은 절대로 그 뱀을 잡을 수 없고, 당국에서는 그 뱀을 잡아 연구를 하여 의약품을 개발하여 판매한다고 한다. 일반인들에게 금지된 것은 그것만이 아니라고 한다. 작은 나무 하나도 마음대로 벨 수 없는데, 심지어는 자기 집에 심은 나무도 베려면 허가를 받아야 하고 어길 때는 엄청난 벌을 받는다고 한다. 과거 이 산에는 더덕이 많이 났다는데, 이 지방 사람들은 그것이 인삼과 비슷하다고 신성시하여 캐거나 먹지 않았다고 한다. 그런데 한국 사람들이 많이 오기 시작하면서 몰래 캐다가 팔기 시작하여 지금은 거의 찾아볼 수가 없다고 하니, 한국인들의 위대한(?) 식성과 졸부들의 돈 자랑은 여기서도 예외가 아니었던 모양이다.

케이블카를 내리니 시간이 좀 일렀던지 우리를 태울 버스가 오지 않아 앉아서 기다려야 했다. 아침부터 일정을 서둘러 재촉한 결과인 듯하다. 이제 여기를 벗어나면 황산과의 이별이다. 어제부터 1박 2일 일정으로 둘러본 황산. 힘들고 어려웠지만 그래도 세상에 나서서 이 장대한 풍광을 보았다는 것만으로도 이번 여행은 뜻이 있었던 것 같다. 나는 아직 가보지 못했지만 금강산이 천하 명산이라고 하는데, 일행 중에 거기를 다녀오신 분들은 여기를 본 분들이 금강산을 가면 실망이 클 것이라고 하니, 상대적으로 비교가 될 듯하다. 또한 사람들이 세상의 산을 나눌 때 명산名山이니, 성산聖山이니, 험산險山이니, 악산惡山이니 하지만, 이 산은 딱히 그 성격을 규정하기가 쉽지 않을 것 같다. 모든 것이 완벽한 사물이야 이 세상에 존재하지 않겠지만, 산만을 놓고 봤을 때 이 산의 아름답고, 장대하고, 현란하고, 기묘하고, 절색絶色인 것을 다 인정한다고 해도 숨기기 어려운 아쉬움도 아주 없지는 않을 듯하다. 그것은 언제 어디서나 산과 짝을 이루는 물이 부족하다는 것이 첫 번째로 꼽힐 것 같고, 그 다음으로는 엄숙하고 경건한 맛이 적다는 것이다. 마치 비유하자면 짙은 화장을 하여 그 아름다움이 하늘 아래에는 그 짝이 없을 듯하지만, 그 속에 강인하고 꿈틀거리는 생명력, 다시 말해 생동감이 부족하여 만들어 놓은 조화造花 같다고나 할

낯선 길에 부는 바람

까. 곳곳에 군인과 경찰이 지키고 있어 깨끗한 환경과 질서 유지는 수준급이지만, 동시에 삼엄한 분위기와 아울러 억지스럽고 딱딱한 인조人造 질서 냄새가 나는 것과 같다고나 할까.

구화산을 향하여

기다리던 버스가 와서 30분 정도 이동하여 이른 시간인데도 미리 예약된 것이라 열시 반에 점심식사를 해야 했다. 태평현이라는 곳의 한 호텔 식당에서 가이드가 술과 점심을 샀다. 아직 결혼도 하지 않았다는데 그는 꽤 능숙한 이력이 난 것 같다. 그렇게 점심을 사면 반드시 그에 상응하는 보답이 있을 것을 아는 듯했다. 시간이 충분하니 서두를 것이 없어 느긋하게 맥주를 곁들인 식사를 하고 여유 있게 출발을 했다. 이제부터 구화산으로 향하는 길이다.

가는 길에 태평호라는 저수지를 통과했다. 이곳 황산과 구화산은 안휘성 소속인데 중국의 여러 성 가운데 가장 가난한 곳 중의 하나라고 한다. 그런데 안휘성은 지금 관광 개발을 하여 소득을 높이는 사업을 대대적으로 진행 중이다. 그 관광 개발의 중심에 2산 1호라고 하여 황산과 구화산, 그리고 태평호가 핵심을 차지한다. 태평호는 그야말로 광대한 호수다. 마치 바다처럼 드넓은 호수가 망망 무제로 펼쳐져 있다. 여기는 물이 오염되지 않아 고기를 잡아 회로 먹을 수 있다고 한다. 숙박 시설도 잘 되어 있고, 가격도 싸서 요즘 많은 사람이 찾는 관광지가 되어 가고 있단다.

오후 두 시나 되어 구화산에 도착하였다. 이곳은 안휘성 청양현 지주시池州市 소속이다. 입구에 도착하자 현지 가이드가 한 명 탑승하는데 중년 나이의 부인이다. 본인 소개를 하는데 유치원 교사를 15년 하다가 업종을 바꾸어 가이드 생활을 시작한 지 3년쯤 된다고 한다. 딸이 하나 있는데 대학생이라고 하니 그 나이를 짐작할 만하다. 교사를 해서인지 말솜씨가 빼어나고 전문 가이드답게 불교에 관한 공부도 꽤 한 것 같다.

성스러운 깨달음의 땅

구화산九華山은 원래 다른 이름(구자산)을 가지고 있었는데 당나라 때의 이태백이 이곳을 보고 마치 아홉 개의 연꽃잎이 감싸고 있는 것 같다는 시를 지은 이래 그 이름이 바뀌었다 한다. 이곳은 우리에게는 그 기록이 남아 있지 않은 신라의 김교각金喬覺 스님으로 인해 보타산, 오대산, 아미산과 더불어 중국 불교의 4대 성지 중의 하나로 된 곳이고, 애초 도교의 영향 아래 있던 곳이 불교의 성스러운 땅으로 바뀐 곳이라 한다.

버스를 타고 올라가는 길에 불학원을 지났는데, 최근에도 원적圓寂하신 후 육신불이 되었다는 분들이 계신 곳으로 세계 여러 나라 불자佛子들이 모여 와서 공부하고 있는 불교대학이자 연구소 같은 곳이라 한다. 한참을 더 올라가니 마을이 나온다. 이곳은 불교 사원과 민가가 섞여 있어 일반 사람들이 스님들과 함께 사는 곳이다. 인구가 4천 명쯤 된다고 한다. 호텔도 있고, 상점도 있고, 사찰도 있다. 대개 노란색을 칠한 건물은 사원이고 흰색을 칠한 것은 민가라고 한다. 김교각 스님께서 이곳에서 수도를 하시고 성불하실 때 민가의 도움을 많이 받았고, 또 민간인들도 스님들의 도움을 받으면서 생업을 이어갔기 때문에 자연스레 승속僧俗이 함께 사는 제도가 마련된 것이라 한다.

에어컨이 가동되던 버스에서 내리니 꽤 높은 고도임에도 기온이 높아 등과 가슴에 끈끈한 땀이 배어 나온다. 아마도 비가 내릴 징조 같다. 마치 장마철의 습기처럼 음습한 기운이 허공 중에 가득하다.

가장 먼저 본 것은 낭랑탑이다. 김교각 스님의 어머니가 신라에서 아들을 찾아 왔다가 못 만난 전설과 관련 있는 탑이라 한다. 그 주변으로 편편한 돌을 죽 깔아 놓은 꽤 넓은 공지가 있는데 매년 여기 사람들이 모여 김교각 스님을 추모하고 기념하는 행사를 하는 곳이라 한다. 최근에는 수천 명이 모여 국제적인 행사를 하기도 했다고 한다. 거기서 좀 들어가니 방생지라 쓰인 연못이 있고, 주위에는 방생할 물고기를 파는 통들이 놓여 있

김교각 스님을 위한 사찰인 화성사

다. 그것을 사서 물에 넣으면 밤에 또 잡아 되판다고 하니, 이건 방생이 아니라 고기들을 혹사시켜 돈벌이를 하는 고약한 제도가 아닌가.

계단을 몇 개 올라서니 바로 구화산 역사박물관이다. 순전히 김교각 스님을 위한 전시장으로 꾸며 있다. 스님의 일대기를 열 몇 장의 글과 그림으로 압축하여 전시해 놓았는데, 안내자는 친절하게도 우리가 대충 알고 있는 내용을 일일이 설명하는 수고를 아끼지 않는다. 스님이 가지고 오셨다는 법씨며, 또 데리고 오셨다는 삽살개 형상도 만들어 놓았다. 황제가 특별히 하사했다는 글씨 현판을 비롯하여 관련 있는 유적들이 잘 정돈되어 전시되어 있다.

벽에는 김교각 스님을 비롯하여 여러 스님들의 사진과 행적이 적힌 그림이 걸려 있는데 관심을 끄는 것은 김교각 스님을 지장보살의 화신이라 하여 김 지장이라 명명해 놓은 것과, 여성으로서 수행하여 육신불이 되었다는 인의대사 사진이다. 대개 불가에서는 여성은 죽어 남성을 몸을 받아야만 성불할 수 있다는 성차별적인 기록이 공공연하게 전해져 내려오고 있는 터에 실제 몸으로 그렇지 않다는 것을 실증적으로 보여 준 분이니 특별하지 않을 수 없다. 하기야 세상에 남자와 여자가 무슨 차별이 있겠는가. 괜한 남성 우월주의가 오래 지속되다 보니 그런 진실 아닌 진실이 진리 행세를 한 것 아니겠는가.

거기를 지나니 대웅보전의 현판을 단 건물이다. 기둥이 꽤 오래 되어 퇴락해 있다. 말로는 이 건물이 천 년이 되었다 한다. 김교각 스님이 이곳에 최초로 세운 절이 바로 이 화성사化成寺다. 불사佛事를 위한 성금을 접수하는 스님 복색을 한 사람이 문 옆에 앉아 있는데 별로 성의가 없어 보인다. 안에 들어가니 불자들이 참배를 하게 되어 있는데, 우리나라와는 다르게 신발을 신은 채 들어가 다리만 굽히고 머리를 대고 절을 하게 되어 있다. 어딘지 모르게 약식으로 하는 것 같아 경건한 맛이 나지 않는다. 안내자의 말대로 우리 돈 천 원을 시주하고 절을 한 후 내부를 돌아보았다. 불상이나 불단에 먼지가 쌓이고, 오래 손보지 않은 듯 여러 기물들이 퇴색해 있어 안타까웠다.

그곳을 나와 잠깐 걸어서 이동을 하여 모노레일을 타고 백세궁이란 곳을 가기 위해 산꼭대기로 올라갔다. 뒤로 넘어질 듯한 기분이 느껴지는 급경사를 지나 차에서 내리니 산 아래 마을이 한눈에 들어온다. 여기서는 화장실 사용하는 데도 돈을 받는다. 자본주의 냄새가 곳곳에 배어 있다. 돌로 조성된 길을 걸어 돌아서니 그 옆 난간에 줄줄이 자물통들이 매달려 있다. 아마 중국의 일상적인 풍습인 듯하다. 길가에는 관광객을 대상으로 하는 자질구레한 물건을 파는 가게들도 있고, 어떤 여자는 우리를 향해 호객을 하기도 한다. 지나가는 사람 중에 다리를 저는 사람이 손에 돈을 쥐고 합장을 하며 간다. 안내자는 가짜 스님이니 돈을 주지 말라고 한다. 사회주의 나라의 양심이 어느 새 이렇게 타락해 버렸나. 누가 그들을 그렇게 만들었나. 알량한 돈지갑을 자랑하는 한국인들이 아닐까. 씁쓸하기만 하다.

백세궁은 사찰 건물 이름 가운데 유일하게 궁자를 쓴 것이라는데, 그것은 어느 스님께서 자기 피를 뽑아 그걸로 먹을 갈아 불경을 쓰고 육신불이 되셨는데, 황제가 그것을 기려 친히 백세궁이라는 사액賜額을 내렸다고 한다. 많은 사람들이 그 육신불 앞에 경배를 드리고 있었다. 종교라는 게 원래 신비하고 불가사의한 면이 있는 것이지만 그 대단한 불심은 가히 흉내 내기 어려운 기적이라고 할 밖에 없다. 그 뒤에서 비구니 스님들이 모여 법회를 하고 있었는데 그 목소리가 어찌나 맑고 낭랑한지 듣고 있는 사이 내 마음이 한층 밝아지는 것 같았다.

거기를 나와 그 위쪽에 있는 오백 나한당으로 향했다. 말 그대로 5백 분의 나한상을 모셔 놓은 건물이다. 건물은 최근에 지어진 듯했고 옆에선 아직도 공사가 진행되고 있었다. 안에 들어가 간단하게 참배를 하고, 2층으로 올라가 여러 형상으로 조성된 나한상들을 둘러보고 내려왔다. 다리와 손을 만질 수도 있게 가까이 모셔져 있어 그래서는 안 될 것 같은데도 몇 분의 나한상을 손으로 만지면서 마음속으로 기도를 드렸다. 내가 여기 와서 참배할 때마다 드리는 기도는 '몸과 마음으로 고통 받는 이 세상 사람 모두 편안하고 안락하게 해 주십시오.' 라는 것이다. 건물을 나와 내려오다가 거기서 나는 참으로 개인적으로 특이한 경험을 했다. 어떤 일가족 같은데 아이를 안은 남자와 나이 많은 부인, 그리고 한 여인이 나한당을 향해 올라가고 있었다. 순간적으로 그 여인의 얼굴을 보게 되었는데, 아아 어쩌면 그렇게도 티 하나 없이 곱고 깨끗하고 순수할 수 있단 말인가. 지금까지 내가 보았던 그 어떤 여자, 신문이나 텔레비전에서 본 그 숱한 미인들, 미스 유니버스니, 미스 월드니, 미스 코리아니, 그 흔한 무슨 아가씨니 하는 여인들을 보았을 때 전혀 느껴 보지 못했던 아름다움, 그 미의 극치, 그 절대적인 아름다움에 순간 기절하여 눈앞이 아득하고 정신이 까마득했다. 길고 하얀 원피스 옷은 다리까지 덮여 부분적인 작은 신체 모습도 볼 수 없었지만, 그 단정한 자태만은 돌에 새겨진 듯 내 마음에 깊게 각인되어 버렸다. 비록 그 시간은 찰나에 불과한 몇 초에 지나지 않았지만 아마도 그 강력한 인상만은 오래 사라지지 않을 것 같다. 흔히 남자들이 아름다운 여인을 보고 아름답다고 느끼는 것은 대개 성적인 욕망이나 소유욕과 관련이 깊겠지만, 내가 그 여인을 보고 느낀 아름다움은 전혀 그런

구화산 육신보전의 불상

것과는 인연이 멀다. 장소가 그래서 그런지는 몰라도 내게는 그 여인이 한 분의 나한이나 보살이 아닐까 하는 생각이다. 내 지치고 병든 몸, 세속의 더러운 욕망과 거친 세파에 휘둘린 육신, 망상과 무명에 갇혀 신음하는 내 가엾은 영혼을 어여삐 여겨 부처님과 보살님이 내려주시는 은총이 아니 었을까. 이제 세상을 좀 더 아름답고 깨끗하게 살라고 하는 가르침이 아니 었을까. 아무도 모르게 내게만 다가온 그 신비한 비밀을 여기서 처음으로 열어 보인다.

　다시 아래로 내려와 버스를 타고 이동하여 육신보전(肉身寶殿)이란 사찰 로 향했다. 여기가 바로 우리가 이번 여행의 목적지로 하고 있는 구화산의 중심이자 핵심인 김교각 스님의 진신불이 모셔져 있는 곳이다. 원래는 저 아래 마을에서부터 산문을 지나 일주문을 거쳐 수많은 계단을 밟고 올라 와야 하는데, 우리가 지친 것을 안 안내자가 바로 사찰로 들어가는 샛길까 지 버스를 타고 올라와 직접 들어가게 한 것이다. 육신보전은 오로지 김교 각 스님만을 위한 사찰로 이 구화산의 중심 사찰이다. 경내에는 불상이 사 면으로 배치되어 있는데, 안내자는 원래 신라를 향한 북문은 열지 못하도록 한 것을 어느 황제가 명하여 출신이야 어쨌든 현재는 우리나라 스님이라 한 후로 그 문이 공개되었다는 얘기며, 문화혁명 때 홍위병들이 몰려와 파괴하려고 하는 것을 스님들과 주민들이 합심하여 겨우 지켜냈다는 이야기며, 중국 사람들이 평생소원으로 한 번 와 보고 싶어 하는 곳이라는 이야기며, 스님의 기념일 때는 수많은 사람들이 음식과 공양물을 들고 찾아와 인산인해를 이룬다는 이야기며, 이 지방 사람들은 스님을 누구나 신이나 부처님처럼 섬기고 산다는 이야기 등을 열심히 설명한다. 다만 내가 조금 공부한 불교의 지식으로 보면 좀 지나친 이야기나 안 맞는 부분이 있기는 하나 그것은 그가 신앙심으로 스님을 대하는 것이 아니라 직업으로 대하는 것이니 당연한 일일지도 모르는 일이다.

기억에 남는 것은 육신보전 현판에 '육' 자를 '肉'이 아닌 '月'로 쓰고 있는데, 그 글자 가운데 획 두 개가 하나는 위로 하나는 아래를 향하고 있다. 그 까닭은 하나는 사람의 피를, 또 하나는 뼈를 뜻하는 것으로 그만큼 사람의 온 생명과 혼과 넋이 다 들어가 있다고 하니, 비록 작은 글자 하나에도 범상치 않은 큰 뜻이 담겨 있는 점이다

우리는 안에 들어가 스님의 상 앞에 정성스레 참배를 하고, 이어 합장을 하고 불상 주위를 세 바퀴 도는 의식을 행했다. 그게 불교 신앙이 아니라 천 몇 백 년 전 어려움 속에 이국에 와 온갖 고생 끝에 성불을 이룬 우리나라 스님에 대한 존경과 경배일 것이니, 신도이면 어떻고 신도가 아니면 어떤가. 나는 간절한 마음으로 이 세상의 몸과 마음이 불편한 사람들 편하게 해 달라고 빌었다.

다섯 시가 가까이 되니 여기저기서 스님들이 모여든다. 일 년 삼백 예순다섯 날 하루도 거르지 않고 이 시간이 되면 예배를 드린다고 한다. 노란색 승복을 입은 이도 있고, 갈색이나 검은색 승복을 입은 스님도 있다. 다섯 시가 되니 우리와는 다른 악기로 반주를 하고, 경전을 외우고, 절을 하고, 음식을 바친다. 어디나 예불하는 마음이야 다 똑같겠지만, 민족이나 풍습의 차이에 따라 그 의식이나 격식에 차이가 나는 것은 지극히 당연

김교각 스님 육신불이 모셔진 건물. 호국육신보탑이라는 현판이 붙어 있다.

한 일일 터, 비록 낯설고 이질적인 의식이기는 하나 스님들의 뒤에서 정성
스런 마음으로 예배에 동참을 했다. 스님께서 천 수백 년 뒤에 조국의 이
름 없는 한 후예이자 마음의 제자가 찾아와 드리는 경배를 흔쾌히 받아 주
시었기를 빌 뿐이다.

그 의식이 끝나려면 두 시간이나 지나야 한다니 우리는 발길을 돌릴 수
밖에 없다. 원래 올라와야 할 길을 반대로 내려가면서 경사 급한 언덕을
따라 조성된 사찰의 거대한 규모에 다시금 놀라지 않을 수 없다. 육신보전
에서 바로 아래로 내려오는 계단은 모두 99개라는데, 그것은 스님께서 99
세에 성불하신 것을 상징한다고 한다. 더 내려오니 새로 지어진 선각사라
는 큰 건물이 있고, 또 더 내려오니 아미타전이라는 건물이 있다. 그 안에
는 자명법사의 육신불이 모셔져 있다. 최근 육신불이 되신 분인데 아직 단
독 건물을 마련하지 못해 이곳에 모시고 있다 한다. 그분은 자신의 이름으
로 된 불전을 짓기 전에는 금을 입히지 말라 해서 지금은 임시로 조치한
후 이곳에 모시고 있다 한다. 한국 사람들이 오해를 해서 이 자명법사 육
신불을 보고 김교각 스님 육신불을 보았다고 하는데, 교각 스님 진신불은
지금 아무도 볼 수 없게 밀봉되어 있다 한다. 그 위치는 탑중탑, 탑중항,

꽃살 길에 부는 바람

항중육신불이라 하여 현재 육신보전 땅 밑 항아리 속에 모시고 있다 한다.

더 내려오니 일주문을 대신하는 포대왕 상이 친근한 이웃집 할아버지 같은 모습으로 사람들을 맞고 있고, 최근 이 사찰을 크게 중수한 스님의 말씀이 새겨진 산문山門이 높다랗게 서 있다. 그 가운데 눈길을 끄는 글귀는 "行願無盡"이라는 네 글자다. 그 글의 뜻처럼 김교각 스님께서는 끝없는 원을 세워 한 사람이라도 지옥에서 고통 받고 있으면 성불하지 않겠다는 서원誓願을 오늘도 실천하고 계시는 것 같기만 하다. 그러기에 그분께서는 뭇사람들에게 지장보살의 화신이라는 믿음으로 천 년을 살아오신 것이고, 또 지금 이 시간에도 영가 천도와 현세 행원의 대원본존으로 추앙받고 계신 것 아닌가.

우리가 묵을 취룡聚龍 호텔에 들어가 저녁을 대충 먹고는 지친 몸을 침대에 뉘어 달게 잠을 잤다. 일행 중에 어떤 분은 밤에 나가 술도 드시고, 거리도 구경하고 하셨다는데, 우리 부부는 그런 엄두도 못 내고 그저 잠속에 빠져 피로를 달랠 수밖에 없었다.

천 년 전의 자취를 찾아

다음 날 눈을 뜨니 밖에 비가 내리고 있다. 그것도 조금 내리는 것이 아니라 여름 장마의 폭우처럼 거센 빗줄기가 내려치고 있다. 어제 힘들긴 했지만 주요 유적을 대충이라도 둘러본 것이 다행이다 싶다. 서둘러 아침을 먹고 버스를 탔다. 어제의 가이드가 다른 일정 때문에 바뀌어 중년 남자가 탔는데, 우리말을 전혀 못하는 중국인이라 우리 가이드의 통역을 통해 의사소통을 해야 하기 때문에 좀 불편하긴 했으나, 그 또한 이색적인 경험일지니 그리 불쾌할 일은 아니다.

빗속을 뚫고 달려 버스는 우리를 케이블카 타는 곳에 내려놓는다. 미리 우장雨裝을 준비하지 못한 아내는 비행기에서 나눠 준 비닐 포대 같은 얇은 우비를 입고, 나는 우산을 들었다. 다른 분들도 대개 같은 처지여서 서로의

고배경대古拜經臺

모습을 보며 웃음을 참지 못했다. 6인승 케이블카는 계속 돌아가면서 사람들을 실어 나른다. 우리 일행도 두 대에 나눠 타고 산을 오르기 시작했다. 비가 간간 멈추고 구름이 바로 발아래까지 바람에 휙휙 지나가기도 하고, 멀리 아득하게 마을과 사람들이 보이기도 한다. 그 옛날 어떻게 이 험한 경사를 그것도 무거운 짐을 지고 올라가서 저 꼭대기에 절을 지었다는 말인가. 지극한 신앙심이 아니라면 가히 인간으로서 하기 어려운 일이었을 것이다.

차에서 내리니 비는 억수로 퍼붓는다. 우산을 썼지만 빗물이 사방에서 침투하여 옷도 젖고 운동화도 젖는다. 마침 헝겊으로 된 운동화라 새어 들어온 물기가 양말을 적시고, 그 속의 발까지 적셔 살이 불어나는 게 느껴질 정도다. 얼마를 가니 고배경대古拜經臺라는 곳이다. 예전 스님께서 친히 경을 읽으시며 기도하고 수행하시던 곳이라 한다. 밑에는 거대한 규모의 사찰 건물이 들어서 있고, 그 옆으로 올라가니 스님의 발자국이 남아 있다는 곳이 나온다. 많은 사람들이 빗속에 올라와 약간의 돈을 지불하고 향을 사서 공양하고, 양말과 신발을 벗고 스님의 발자국 자리에 서서 기도를 올린다. 나도 1불을 주고 향 세 대를 사서 불을 붙여 올린 후에 맨발로 그 발자국 위에 서서 간절한 마음으로 기도를 올렸다. 아쉬운 것은 발자국 자리에 두터운 수건을 깔아 놓아 직접 그것을 눈으로 볼 수 없다는 점이다. 그러나 수많은 사람들의 발길 아래 그 성스러운 유적을 보호하자면 불가피한 조치일 것이니 아쉬움을 달랠 수밖에 없다. 북새통 같은 곳에서 줄을 서서 그 의식을 치르고 나오니 밖에는 비가 줄기차게 내리고 있다. 그런데 좀 지나고 나니 비가 내려서인지 사람들이 뜸해지고, 좀 전에 시장통 같던 그 경내가 금세 고즈넉하게 적요해진다. 잠시만 기다렸으면 여유를 갖고 오래 경배를 드릴 수 있었을 텐데, 하필 그 복잡한 시간에 줄 서 있는 사람들 틈에서 쫓기듯 참배를 하고 나온 게 아쉽다.

일행들은 다시 위로 약 삼십 분을 걸어 올라가 천태사란 절에 간다고 빗속에 나선다. 나는 거기 가는 걸 포기하고 올라올 때 모아두었던 흡연처라는 곳이 생각나 혼자 내려와 담배를 피우며 기다렸다. 시간은 잘 안 가고, 비는 내리고, 사람들은 안 보이고, 연이어 담배만 피웠다. 얼마를 기다리니 일행이 나타난다. 마치 만화 속 인물 같은 우비를 입고 모여서 기념으로 사진을 한 장 찍고 한참을 기다려 내려오는 케이블카를 탔다.

아래로 내려와 가는 빗줄기를 맞으며 마지막 코스인 봉황송이라는 것을 보러 갔다. 소나무 형태가 마치 봉황처럼 생겼다 해서 붙여진 이름이라는데, 전해지는 얘기에 의하면 교각 스님께서 이 자리에서 가사를 던진 곳이라고 한다. 가사 얘기는, 어느 신심 깊은 부자 신도가 땅을 시주하겠다 해서 스님께서 말하기를 내가 던진 가사가 덮이는 넓이만큼 주겠느냐고 하니, 그렇게 하겠다고 하는 대답을 듣고 가사를 던졌는데 그게 구화산 전체를 다 덮어서 그 땅을 시주 받아 사찰을 세우니 이로 인해 이곳이 불교 성지가 되었다는 것이다. 그분은 바로 스님의 도력道力에 감복하여 자기 아들을 출가시켜 스님의 제자로 삼고, 본인도 열심히 수행하여 도를 이루었는데, 그가 바로 도명존자라는 분으로 우리나라 사찰에서도 소중하게 모셔지는 분이다. 이 소나무는 일설에 스님께서 신라에서 가지고 온 솔씨를 심어 자란 것이라고도 하나 그것은 신빙성이 떨어지는 얘기로 과학적인 조사를 해 보니 나무의 나이가 약 천 4백 년이 되는데, 스님이 중국에 온 것은 그 백 수십 년 후라고 한다. 어쨌든 천 수백 년의 나이를 가진 소나무가 아직도 정정하게 서 있다는 게 놀랍고, 또 그 나무의 형상이 신성하다는 봉황새 형상을 닮아 있으니 더더욱 신기하기만 하다. 사진을 몇 장 찍고 나니 이제 우리의 여행 일정도 서서히 그 종막에 다다르게 된다.

오늘의 우리는 어디에 있나

이곳 구화산은 명실 공히 불교의 성지다. 특히 우리나라 스님이 와서 고생 끝에 개척한 지장도량이다. 그래서 한국인에게는 특히 의미 깊은 곳이다. 많은 중국 사람들이 신성시하고, 평생 순례하고픈 곳으로 손꼽는 곳이라고 하니 공연한 자만 아닌 자부심이 느껴지기도 한다. 그러나 이곳 곳곳에서 볼 수 있는 한국 사람들이 이곳 사람들에게 어떻게 비쳐질까. 일행 중 한 분이 따로 술을 드시며 이곳 주민에게 들었다는 말, '우리는 김교각 스님의 혼을 먹고 산다' 는 말이 진정 그 사람들의 진심으로 오래 지켜질 수 있을까. 많은 불자들이 단체로 찾아와 한국어로 기도를 드리고, 또 사찰 경내에서 한국어로 예배 의식을 드리고 있었는데, 그것이 자칫 이곳 사람들의 자존심을 건드려 한국에 대한 잘못된 인식을 심어 줄까 걱정이 되기도 한다. 제발 알량한 돈 자랑은 좀 하지 말고, 또 그들의 자존심을 손상하는 일도 하지 말고, 그들의 마음속에 김교각 스님의 인상과 함께 한국인이 좋은 이미지로 오래 남도록 하는 것이 필요할 것 같다. 이곳을 둘러보며 가장 아쉬운 것은 제도와 문화가 달라서이겠지만 이곳 사람들에게 불교가 종교 아닌 문화나 삶의 수단의 일부로만 인식되고 있는 듯한 것이다. 우리 시각으로 보았을 때 경건한 종교는 없고 그저 기복祈福을 위한, 또는 생활을 위한 풍속으로만 남아 있는 것 같다. 불교는 치열한 구도를 동반하지 않으면 한갓 지역의 풍습 정도로 동화 습합되어 버리고 말 것이니, 그게 어디 진정한 부처님의 가르침인가. 그게 어찌 깨달음의 자아성취 자력 종교라고 할 수 있는가. 이름이 불교 성지라면 최소한 불교의 요체, 또는 불교의 핵심 사상이 조금이라도 현전現前하는 모습이 되었으면 더욱 좋겠다는 생각이다.

케이블카 타는 곳의 식당에서 점심을 먹고, 버스를 타고 내려오다가 가이드와 작별하고, 귀로에 올랐다. 엊그제 왔던 길을 거슬러 가는 길이다. 논에는 기후가 좋아서인지 모내기를 하는 곳도 있고, 또 그 옆에는 이삭이 팬 벼가 자라는 논도 있다. 필리핀에 갔을 때 한쪽에서 벼를 추수하고, 그

꽃이 피고 물은 흐르네

옆에서는 모내기를 하는 광경을 보았는데 그 비슷한 모습이다. 관광지라고 하는데도 도로는 허술하고, 길가에는 변변한 휴게소 하나 없다. 주유소에 들러 화장실 용무를 해결해야 했다.

여행사와 단단히 약속을 해서인지 가이드는 물건 사는 데를 들르지 않다가 돌아오는 길에 딱 한 곳만 들르자고 한다. 자기 실적 때문이기도 하고, 또 원래 여행 규정에 그렇게 되어 있다 한다. 황산에서 유명하다는 모봉毛峰차를 파는 곳과, 한약재를 파는 곳, 그리고 잡화를 파는 곳 중에서 선택하라고 한다. 일행이 잡화 파는 곳을 원해서 한적한 곳에 위치한 상점에 들렀는데 여러 가지 물건을 팔고 있었다. 생각보다 물건의 질이 안 좋고 값이 정찰제가 아니라 흥정에 따라 많이 차이가 났다. 물건 파는 소녀들이 한 개라도 더 팔려고 서툰 한국말로 사정을 하는 게 딱해 보이기도 했다.

황산에 다시 와서 저녁을 먹고 시간이 넉넉하여 발 마시지를 하는 곳에 단체로 갔다. 유일하게 여행 옵션에 포함돼 있는 것이라 이미 돈이 지불되어 있는 것이니 마다할 필요도 없다. 한 방에 우리 일행 모두 들어가 남자는 여자에게, 여자는 남자에게 마사지를 받았다. 나로서는 처음 받아보는 것인데, 나를 담당한 여자는 손님과 많은 말을 주고받는 다른 여자들과는 달리 아무 말 없이 자기 할 일만 한다. 나도 뒤로 누워 그저 발을 맡기고 옅은 잠에 빠져들었다. 얼마나 돈을 받는지는 모르나 남의 남자 냄새나는 발을 주무르고 만지면서 느낄 인간 여자로서의 수치심과, 다른 나라 남자 발을 거리낌 없이 씻기고 마사지하는 이민족 처녀의 비애감이 언뜻 느껴져 눈을 뜨고 말을 건넬 자신이 없었다. 그들은 그런 생각을 하지 않을지 모르지만, 돈 몇 푼 있다고 남을 그렇게 부릴 수 있다는 오만을 이 방을 나서자 말자 바로 잊을 일이다.

떠났던 곳으로 다시 오다

저녁 열 시 오십 분 비행기를 타고 상해로 향한다. 까마득한 높이에서

47

한밤중에 색다른 시공간을 경험한다. 눈을 감고 잠시 쉬다 보니 어느새 불이 켜지고 곧 상해 푸동 공항이라고 한다. 항공기에서 내리니 한밤중이다. 공항도 한산한 모습이다. 첫날의 가이드를 만나 그 넓은 공항 안 건물을 거의 20여 분을 걸어가서 버스를 탔다. 호텔은 여기서 또 한 시간 거리라고 한다. 버스 안에서 가이드는 복습을 하는지 상해의 동방명주 탑, 외탄강, 연애벽, 금모 빌딩 등에 대해 설명을 한다. 그 가운데 연애벽 이야기는 가슴을 찡하게 하는 데가 있다. 상해에 인구가 늘기 시작하면서 집은 부족하고, 방도 부족한 대가족 제도 아래서 새로 결혼하는 사람은 늘고 해서, 결국 젊은 부부들이 할 수 없이 밖에 나와 강을 따라 거닐다가 몰래 부부 생활을 하던 애환이 깃들어 그런 이름이 붙여졌다 한다. 사람들이 피곤해하자 가이드도 곧 말을 멈추고 졸기 시작한다.

금영 호텔에 도착해 방 배정을 받고, 다음 날 일정을 설명들은 후 간단하게 샤워를 하고 곧 잠자리에 들었다. 그러나 피로한 몸과는 달리 다섯 시에 일어나야 하니 시간이 없어 잠을 자는 둥 마는 둥 건성으로 시간을 보내고 창으로 비치는 새벽빛에 눈을 떴다. 서둘러 간단한 아침식사를 하고, 여섯 시 좀 지나 호텔을 출발해서 7시 반쯤 공항에 도착했다. 또 복잡한 출국 심사를 거쳐야 했는데, 단체 비자를 받은 사람들이고 인솔하는 가이드가 없어 가벼운 해프닝 비슷한 실랑이를 해야 했다.

9시 45분에 상해 공항을 출발하여 낮 12시 반쯤 청주 공항에 도착했다. 시차 한 시간에 두 시간쯤 걸린 셈이다. 대전을 거쳐 공주로 와 집에 도착하니 온 몸에 피로가 엄습하고 심신이 모두 늘어진다. 이제 선진국 사람들의 여행은 좀 여유 있게 한 곳에 오래 머물며 즐기는 추세로 바뀐다고 하는데, 이제 우리도 그런 형태의 변화가 필요한 것 같다. 많이 보려고 무리할 것이 아니라 하나를 봐도 제대로 보고, 그게 우리 삶에 긍정적 영향을 미치는 그런 여행이 되어야 할 것 같다.

2 백두 신께 용서 빌다

우리에게 백두산은

웬만한 한국 사람들은 이미 한두 번씩 가 보았을 중국과 백두산. 명색이 우리 문화, 문학을 전공한다면서 나는 아직도 그곳을 가보지 못했다. 지금껏 그렇게 옹색한 삶을 살아왔다. 주변머리가 없어서인가. 아니면, 통일이 되었을 때 당당하게 내 나라, 내 땅을 밟고 가겠다는 평소의 '아름다운' 고집 때문이었는가. 그러던 차 이번 여름, 우연한 기회에 드디어 그곳을 가게 되었다.

약간의 설렘 속에 우리 민족의 정신적 귀의처이자 우리 삶의 근원적 힘의 원천이라 수 있는 백두산이 있는 중국을 향해 장도에 올랐다. 우리 모임은 모두들 전공과목이 달라 언제 어디서나 해당 분야의 전문가적 고견을 들을 수 있는 좋은 모임이다. 4년여 동안 등산과 여행을 함께 하면서 다진 좋은 관계라서 마음부터 편안하다.

아침 7시 반. 날씨는 별로 좋지 않아 꾸무럭거린다. 제발 날씨만이라도 좋아야 할 텐데. 8시에 유성 만남의 광장에서 대전 사람들이 합류하여 고속도로로 들어선다. 새로 생겨 아직 한 번도 가 보지 못한 인천공항으로 가는 것이다. 간간이 비가 내려서 우리들의 앞날에 약간 불안한 마음이 든다. 장마철에 여행을 떠나는 무모함. 그러나 백두산 관광은 1년 중 여름 석 달뿐이고, 우리들 가운데는 중등학교 교직을 가진 사람도 있어 학사 일정 때문에 불가피한 여정의 선택이었다.

11시쯤 인천공항에 도착했다. 새로 생긴 이 공항에 와 보기는 이번이 처음이다. 아직은 섬을 매립하여 건설한 황량한 벌판 가운데, 공항 시설만 덩그렇게 들어서 있는 모습인데도, 그 대단한 규모와 시설이 우선 사람을 압도한다. 앞으로 시설을 더 확장하고 규모도 늘려야 한단다. 이젠 우리나라도 많이 발전했다는 걸 이런 데서도 실감하게 된다. 이번 우리 여행을 책임진 여행사 직원을 만나 여권과 여행에 필요한 서류(중국 단체 비자)를 주고받았다.

지하로 내려가 점심식사를 했다. 값도 비싸고, 맛도 별로 없다. 빨리 투자비를 회수하려는 속셈일까. 식사를 마친 후 우리를 안내할 가이드의 조언을 받아 은행에서 중국 돈으로 약간의 환전을 했다. 중국에서는 한국 돈과 미국 달러화가 아무 곳에서나 통용되니 환전을 많이 할 필요가 없단다. 우리 돈 3만 원을 주었더니 중국 돈 180원(위안) 정도를 준다. 만 원에 약 60원 정도인 셈이다.

원래 13시 15분에 출발하는 비행기였으나 약간 늦어 13시 30분이 되어서야 출발했다. 중국 국제항공공사 소속의 민항기다. 이들 항공기는 출발과 도착 시간이 대개가 그렇단다. 여승무원들은 대개 나이가 많아 보이고, 얼굴도 그리 미인들이 아니다. 그들에게는 우리 쪽의 여승무원 선발 기준과 다른 기준이 있는 모양이다.

북경 거쳐 연길에 도착하다

15시 10분에 북경 국제공항에 도착했다. 여기는 우리와 한 시간의 시차가 있어 오는 동안 한 시간을 도둑맞은 셈이다. 나중에 돌아갈 때 찾아야 하는 시간 저축이랄까. 밖으로 보이는 처음 보는 중국의 모습은 그리 낯설지 않아 보인다. 사람 사는 곳 어디나 다 공통점이 있다는 게 실감된다. 과거 오랜 세월 동안 우리 조상들이 어쨌든 종주국으로 섬겼었고, 이를 닮으려 무진 애썼던 문화 선진국. 그러나 지금은 오히려 우리를 부러워하는 저들의 현재. 이것이 바로 역사의 수레바퀴, 아니 인간사의 무상함이런가. 언제 또 저들의 저 무한한 잠재력이 다시 발휘되어 우리를 옥죄어 오는 압력이 될지 알 수 없는 일이다.

공항의 입국 수속은 외국에 왔다는 실감이 들지 않을 정도로 간단한 절차였다. 여권과 단체 비자 확인으로 금방 입국 허가가 난다. 담당자는 제복을 입은 남자였는데 무표정한 얼굴로 기계처럼 처리한다. 작은 소리로 '셰셰' 했더니 그 목석 같은 얼굴에 잠깐 미소를 보이며 고개를 끄덕 하여 들은 척한다. 사람과 사람의 만남이란 게 이처럼 조그만 관심에서 얼마나 많이 달라지는가. 알고 있는 단 한 마디의 중국어가 반복 동작만 해야 하는 그에게 약간의 변화를 주었다면 그 또한 즐거운 일 아닌가. 세관 검사는 형식뿐이다. 누구도 짐을 보자고 하거나 시비를 거는 사람이 없다. 현지 가이드 한 명이 나와 우리를 맞는다. 그를 따라 이동하여 연길로 향하는 항공기 탑승 수속을 밟는다. 16시 40분. 중국 국내선 민항기를 이용하여 연길로 다시 출발한다. 좀 전에 타고 온 비행기보다는 크기도 작고, 따라서 좌석도 적은 편이다. 승객 중 상당수는 한국인이고, 간혹 중국인이 몇 명 끼어 있다. 승무원들이 기내식을 나누어 주었으나 별로 입맛이 없어 먹지 않고 그대로 반납했다. 특이한 것은 한국인을 위해서인지 특별히 고추장과 김치를 제공해 주는 것. 관광 산업의 기초는 이처럼 사람들의 기호와 구미를 맞추어 주어야 하는 것이리라.

18시 30분에 연길 공항에 도착했다. 도착 직전 비행기가 낮게 비행할 때 내려다보이는 낯익은 풍경은 외국에 왔다는 느낌을 거의 주지 않았다. 드넓은 땅과, 곳곳에 초원으로 조성된 들판, 그리고 간간이 보이는 인공으로 조림한 듯한 숲, 농경을 위해 만든 것 같은 저수지와 잘 정리된 농경지, 그 사이를 가르며 뻗어 있는 크고 작은 도로와 늘어 서 있는 전봇대들, 집단 가옥인 듯 똑같은 모양의 규격화된 마을과 농장들. 그런 것들이 내려다 보였다.

공항에 도착하여 가장 먼저 눈에 띄는 인상적인 것은 한글로 된 간판이다. 한글을 먼저 쓰고 그 옆, 또는 밑에 중국 글자로 표기하는 방식이었다. 이 비행기는 국내선이라 외국인이라 해도 특별한 절차 없이 바로 밖으로 나올 수 있었다. 우리를 태우고 갈 버스와 현지 가이드가 나와 기다리고 있었다. 다행인 것은 그간 간간 내리던 비가 멈추어 준 일이다. 온종일 먼 거리를 날아왔으니 기후가 바뀔 만도 하다. 바깥에 나오니 여름답게 약간 후텁지근한 습기 먹은 바람이 얼굴에 달라붙는다.

버스에 탔는데 에어컨이 안 되어 문을 여니 불어오는 바람이 오히려 더 시원하다. 가이드는 공해가 없는 바람이라고 자랑이다. 버스 안에서 가이드는 이곳에 대해 대충 몇 가지를 소개한다. 그의 이야기를 들으며 밥 먹을 곳으로 이동을 한다. 길림성 등에 거주하는 조선족 총 인구는 약 200만 명인데, 그 중 연변 자치주에만 86만 명 정도가 살고 있다고 한다. 연길 시에 사는 조선족은 약 33만 명쯤이라고 한다. 중국 내에 소수 민족이 모두 56개인데, 그 중 조선족이 가장 많이 사는 곳은 바로 이곳이다. 그래서 연변 자치주가 생겼으며, 이곳의 행정 조직상 최고위직은 연변주 주장州長과 공산당 서기가 있는데, 그 중 한 명은 반드시 조선족에게 할당한다고 한다. 이곳에 사는 조선족 사람들은 대개 독립운동을 하던 사람, 본국에서 살기 어려워 자진 이주한 사람, 일제 강점기에 강제 이주한 사람들의 후손인데, 지금은 3세대, 4세대 후손들이 주축을 이룬다고 한다. 중국 정부에서는 자치주에 많은 배려를 하여 교육과 문자사용에 있어 그들의 고유성을 지키게 해 주고 있다. 그래서 모든 간판에 한글을 먼저 표기하도록 법적으로 규제되고 있다 한다. 전체적인 도시 외관은 우리의 개발 시대였던 70년대 풍경과 흡사해 보였다.

연변에 숨 쉬는 우리 과거

장백산 식당이란 곳에 들러 저녁식사를 했다. 한식으로 준비된 식단이 었지만, 청결 상태나 음식 맛이 입에 딱 맞지는 않는다. 식당 1층의 여러 가지 물건을 파는 가게에서 우리를 유혹한다. 가이드는 여기 물건이 값도 비싸고 질도 좋지 않으니, 쇼핑은 나중에 하라고 권유한다. 식사 후 연길 시의 국자가에 있는 호텔로 이동했다. 우리나라식으로 말하면 우체국에 서 운영하는 국영 호텔이라는데, 그 시설이 많이 낙후된 편이었다. 방에 짐을 풀고 나서 이곳의 저녁 풍경을 보자고 하여 밖으로 나왔다. 거리 곳 곳에 상점들이 문을 열고 있었는데, 예전에 야시장이었던 곳이 지금은 개 발로 다 바뀌어 가게로 변했다고 한다. 거리엔 '꿸점'이라는 간판이 많이 보였는데, 그것은 양고기를 꼬치에 꿰어 구워 파는 곳이다. 우리도 맛을 보자며 길거리에서 좀 사 먹어 보았는데, 강한 조미료에 소금을 뿌려 구운 것으로 맛은 느끼기 어려울 정도였다. 여기저기 이발소가 많이 보였는데 거의 남녀 공용이고, 그것으로 돈벌이가 꽤 되어 기술을 배워 가게를 열려 는 사람들이 매우 많단다. 여기도 정보화의 물결은 예외가 아니어서 곳곳 에 인터넷을 할 수 있는 가게의 간판도 더러 보였다.

한참 돌아다니다 노래방을 가자고 공론이 되어 일행이 다 들어갈 수 있 는 곳을 찾아갔더니, 가게에 사람들이 제법 많았다. 아마 그만큼 살기가 좋아졌다는 증거가 아닐까. 그곳엔 중국 노래와 우리말 노래를 할 수 있게 시설이 되어 있었다. 100점 나온 사람이 돈을 내기로 하였는데, 우연히 나 같은 음치도 100점이 나와 만원을 기부했다. 기계가 고장이 난 모양이다. 두 시간 넘게 노래 부르고 맥주를 마시며 놀았는데, 그 가격이 우리 돈으 로 6만 원 정도라고 한다.

이곳에 조선족이 살게 된 내력은, 내가 그 동안 공부한 것과 현지 안내 원의 말을 종합해 볼 때 대략 다음과 같다. 1870년대 관리의 횡포와 자연 의 재해로 인해 살기 어려운 조선족 사람들이 두만강을 건너 산삼을 채취하거나, 사냥을 하며 황무지였던 이곳을 드나들기 시작했다. 버려진 땅이 아까워, 사냥하러 왔던 사람들이 가지고 온 곡식의 씨를 그냥 뿌려 두었더니 워낙 땅이 기름져서 돌보지 않았는데도 가을에 결실이 아주 잘 되었다. 그래서 그 다음엔 가족을 이끌고 봄에 나와 곡식을 심고 가꾸다가 가을에 추수해서 그 곡식을 가지고 다시 가족과 함께 귀국하는 생활을 계속하게 되었다. 고로 두만강 바로 너머에는 함경도, 평안도 출신들이 많이 살고 있고, 저 멀리 북쪽으로는 나중에 이주해 온 사람들이 갈 수밖에 없어, 전라도 경상도 사람들이 많게 되었다. 이곳에 그렇게 이주해 온 사람들이 정착하기 시작하여 이들이 붙인 지명이 지금까지 통용되는 것이 세 개 있는데, 경성, 무주, 강원이 그것이다. 나중에는 조선족이 개척해 놓은 땅을 가지고 중국인들과 분쟁도 생기고, 서로 다툼도 일어나게 되었다. 특히 쌀농사를 처음 개척한 조선족의 피눈물 나는 역사는 내가 학위논문 쓸 때 다루었던 민촌의 「대지의 아들」 같은 작품에 그 생생한 현장의 기록이 남아 있다. 이렇게 조선족이 많아지게 되자 그 이후 중국 정부에서는 강을 넘어오는 사람들을 '월강죄' 로 처단할 정도로 조선족의 유입을 막기도 했다.

1966년부터 약 10년 간 중국에서는 문화대혁명이 일어났다. 그것은 철저한 전통 파괴와 폐쇄적인 정책이었다. 1978년 등소평이 집권한 후 개혁개방 정책으로 방향을 선회한다. 그 여파로 중국 전역에는 많은 변화가 일어났다. 농업 위주의 이곳에도 변화의 물결이 거세게 밀려왔다. 농사를 지어 약 30퍼센트 정도를 국가에 바치고 나면 그에 대해 국가에서 약간의 보상을 해 준다. 그 나머지 소출은 개인 소유로 인정을 해 준다. 그렇게 되자 과거에 비해 생산성이 높아지고, 사람들은 더욱 열심히 농사를 짓게 된다. 이곳의 농사는 아직 기계화를 하지 않고 주로 손으로 한다. 화학 비료나 농약은 거의 쓰지 않고 영농을 한다. 주로 가축을 기르고 거기서 나오는 거름으로 농사를 짓는다. 이런 정책으로 농민들의 소득이 많이 늘어났고, 그로 인해 삶의 형편도 대단히 좋아졌다고 한다.

이곳의 물가는 쌀 1킬로에 중국 돈으로 2원이고, 휘발유 1리터는 3원 정도 한다. 대학교수의 봉급은 대략 2천 원 정도라고. 중국인들은 대학을 졸업하면 나라에서 직장을 배정해 준다. 군대는 의무 복무가 아니고, 고등학교를 졸업하고 대학에 안 간 사람이 주로 입대를 하는 식이다. 군에서 제대하면 대학 졸업자와 같이 역시 국가에서 직장을 지정해 준다. 그런데 대학 졸업자와 군대 제대자의 직장에 차이가 난다. 그래서 대학에 가려는 열풍이 아주 강하다 한다. 반면 대학에 들어가는 것은 상당히 어려워서 그 경쟁이 아주 치열하다고 한다. 중국에서는 대학을 평가하여 순위를 매기는데, 중국의 100대 대학에 이곳의 연변 대학도 들어간다고 한다. 그렇게 만들기 위해 여기저기 흩어져 있는 단과대학을 모아 합쳐 종합대학 체제로 만든 것이 현재의 연변 대학이다. 중국에서 제일 좋은 대학은 북경 대학, 복단 대학, 교통 대학 등이라고 하는데, 그런 곳에 합격하게 되면 그 집안뿐 아니라 지역의 경사로 알고 모두 축하를 한다고 한다. 오나가나 그놈의 일류 대학이 사람 잡는 도깨비다.

백두산을 향하여

일요일 아침. 6시에 기상하여 밋밋한 맛의 아침식사를 마치고, 곧 서둘러 7시쯤 백두산을 향하여 버스를 타고 출발했다. 인원수가 적어 버스 좌석이 넉넉하다. 의초 좋은 부부들은 한자리에 앉았으나, 나머지는 예전 만원 버스에 시달리던 생각을 하며 두 사람이 앉는 자리에 혼자 앉아 그때의 한풀이를 해 본다. 여기서 백두산까지는 280킬로의 거리로 약 다섯 시간이 걸린다고 한다. 예전엔 이 길이 비포장이라 시간도 많이 걸리고 관광객도 매우 힘들었는데, 약 3년 전에 전 노선이 포장되어 지금은 편안히 갈 수 있음은 물론 시간도 많이 단축되었다고 한다. 버스에는 에어컨이 설치되어 있으나, 문을 여니 오히려 창 밖에서 불어오는 바람이 더 상쾌하고 시원했다. 연길에서 출발하여 백두산까지 가는 길엔 포장된 도로를 운행하는 차량으로부터 통행료를 징수하는 곳이 모두 다섯 군데나 있다. 사회

이도백하의 미인송

주의 나라에도 이제 자본주의의 생활 방식이 일상화되었나 보다.

길 밖으로는 끝 간 데를 모를 정도로 논이 펼쳐져 있고, 야트막한 야산은 모두 밭으로 개간이 되어 있는데, 그렇게 넓은 농경지임에도 일하는 사람들의 모습은 거의 찾아보기가 어려웠다. 밭에는 주로 콩이나 옥수수를 심는다고 한다. 저 많은 수확 농산물을 다 어찌 처리하는지, 누가 저 엄청난 곡식을 다 수확하는지 궁금하다.

계속되는 비슷한 창밖의 풍경에 졸며 깨며 하다가 보니, 이도백하라고 하는 마을에 도착했다. 백두산 가는 길의 마지막 마을이란다. 차창 밖으로 보이는 미인송美人松들의 늘씬한 자태가 참으로 아름답다. 억울하게 죽은 처녀가 환생하여 미인송이 되었다는데, 그 전설 속의 처녀가 금세라도 생긋 웃으며 나올 것만 같다. 이 소나무는 여기만의 특산으로, 북경의 모택동 기념관 근처에 이 나무를 옮겨 심고 온갖 정성을 다해 살리려 했으나, 결국 모두 죽고 말았다고 한다. 길가에 대규모 제재소가 보였다. 백두산의 원시림은 다 베어내는 데만도 몇 백 년이 걸릴지 모를 정도라고 한다. 좀 과장된 얘기겠지만 그만큼 울창하다는 얘기가 아닐까. 그런 나무를 베어내 상품으로 만드는 곳이다. 생각 같아선 그런 제재소를 없애 버리고 싶다. 어쨌든 그런 제재소가 돌아가려면 이 산에서 엄청난 양의 벌목이 있어야 할 것이고, 그럴 경우 백두산의 처녀림에 사람들의 톱과 도끼가 들어가야 할 테니까. 길 양옆으로 빼곡하게 늘어선 침엽수의 원시림이 꼿꼿이 고개를 들고 우리를 내려다본다. 자기들을 지켜 달라고 애원을 하는 것 같다. 아니, 자신들을 지켜 주지 못하는 못난 우리를 힐난하고 있는 것이라는 표현이 더 옳을 것 같다.

좀 더 올라가니 백두산 들어가는 입구가 나온다. 물론 산의 입구야 저 밑에 있겠지만, 여기서 정식으로 입산入山을 위한 절차를 밟는 그런 곳이다. 거기엔 광장이 있고, 안내판이 서 있다. 여기서 입장료를 내야 한다. 모두 버스에서 내려서 인원과 신분 확인을 한다. 기다리는 동안 사진을 몇 장 찍는다. 여기 와서 가장 안타까운 것은 그 이름이 백두산이 아니라 장백산이라고 표기된 점이다. 이곳이 분명 외국이니까 산에 그들 나름으로 이름을 붙이는 거야 당연한 일이긴 하겠지만, 우리로서는 참으로 통분한 일이 아닐 수 없다. 여기는 또한 안도현 소속이라 연변에서처럼 안내문이나 표지판에 한글로 병기倂記를 하지 않는다. 모두 붉은색의 글자로 묘하게 그 끝이 흘러내리는 듯한 중국식의 한자로만 표기되어 있다. 우리 산을 오르는데, 남의 나라에 와서, 남의 글자로 된 안내판을 읽으며, 남의 나라 국고에 돈을 넣어 주고 올라야 하는 이 서글픈 현실. 언제 통일이 되어서 우리 땅을 밟고 저 영산靈山에 오를 수 있는 날이 올까. 외국에 나와서 새삼 분단의 아픔을 다시 느끼는 이 답답한 세월이여.

다시 버스를 타고 20분쯤을 더 올라간다. 길 양쪽으로 그야말로 나무바다[樹海]를 이룬 숲길이 연속 이어진다. 하늘을 향해 허리를 꼿꼿이 펴고 선 저 늠름한 기상. 태고의 세월을 묵묵히 지켜 내려온 저 침묵의 위대함. 그 사이를 버스는 힘겹게 올라간다. 마치 울창한 나무 사이를 독 오른 뱀이 머리를 빳빳이 쳐들고 질주하며 가르는 듯한 모습의 이 도로. 누가 이 길을 냈는가. 한국인 관광객을 위해 중국 정부에서 냈다는 길. 1년에 고작 3개월 정도 개방된다는 이 관광 길을 위해 엄청난 수의 나무를 베어 내고, 땅을 파 내고, 바위를 깨뜨리고, 그 수많은 세월을 평화롭게 살아오던 풀과 동물들을 내쫓으며 개발된 길. 그리고 시멘트와 철근을 날라다 메운 이

이도백하 거리

길. 하긴 연변주의 1년 수입 중 관광 수입이 그 절반을 차지한다니, 나라로 보아선 엄청난 장사 밑천이 아니겠는가. 처음 이곳이 우리나라 사람들에게 개방되기 시작했을 때, 한 해에 약 15만 명이나 다녀갔다고 한다. 그들이 여기에 와서 얼마나 많은 돈을 뿌리고 갔을까. 졸부들의 돈 자랑이 이들의 자존심을 얼마나 상하게 했을까. 국내에서 국제 통화 기금 위기를 맞았던 요 근래는 한 해 관광객이 1만 5천에서 2만 명 정도였다니, 먼 타국에까지 우리의 영향이 미치는 이 시대의 풍경이 실감되었다. 한때 미국이 재채기를 하면 우리는 독감에 걸린다는 말도 있었지 않은가.

민족의 성지 천지天池에 오르다

드디어 천지로 오르는 입구에 도착했다. 여기에도 안타깝게 커다란 덩치의 당원黨員을 위한 무슨 수련 시설 건물이 들어서 있다. 이곳에서부턴 도보로 입산을 못하고 지프차를 이용하여 위로 이동해야 한다. 일제日製 지프차에는 한 대에 다섯에서 여섯 명이 타게 되어 있다. 여기에는 모두 30대의 지프차가 있어 하루 종일 운행하는데, 사람을 실어다 놓고 30분 정도 기다린 후 다시 싣고 내려오는 그런 운행 방식이다. 날씨 변동이 심하다 하여 우산과 우비를 챙겨 준비를 했다. 기다리는 동안 내려가 주변을 둘러보다 보니, 멀리 산 틈으로 장백 폭포가 보인다. 그리고 주변에는 나무들이 울창하다. 천지로 오르는 입구 도로에는 그럴 듯한 그림과 사진이 길 양쪽의 두 개 기둥을 연결한 기와지붕 모양의 문에 걸려 있고, 서툰 솜씨로 쓴 '천지天池'라는 글자의 현판이 수줍게 인사를 한다.

낯선 길에 부는 바람

3대의 지프차에 나누어 탄 일행은 앞서거니 뒤서거니 출발을 했다. 중국인 운전기사는 한 번이라도 더 운행해야 자신의 수입이 오르는지라 매우 빠른 속도로 차를 몬다. 굴곡이 심하고 경사도 급한 도로인데도 시속 60 내지 70, 빠를 때는 80키로까지 속도를 낸다. 자연히 차 안에 탄 사람들은 이리저리 쏠릴 수밖에 없다. 손잡이를 잡고 있는데도 몸을 가누기가 어렵다. 이들 운전기사는, 물론 국가에서 주는 급료를 받고 있지만, 관례상 승객들로부터 팁을 받기 때문에 운행 횟수를 늘리기 위해 그렇게 과속을 하는 것이란다. 한 번 운행에 한 차당 미화 10달러 정도의 팁을 줘야 한단다. 생각 같아선 천천히 가면서 바깥 풍경을 구경했으면 좋겠는데, 전혀 그럴 여유가 없다.

위로 올라갈수록 날씨 변화는 심하다. 구름이 휙휙 지나가는가 하면, 어느 구비에선 빗방울이 차 앞 유리를 가득히 가리기도 한다. 그러다가 어느 모퉁이를 돌고 나면 언제 그랬냐는 듯, 앞이 탁 트이고 언뜻언뜻 푸른 하늘이 보이기도 한다. 그야말로 변화난측이요, 변괴무상이다.

도로는 시멘트로 포장되어 있고, 위로 올라가면 보도블록 같은 것으로 포장해 놓은 곳도 있다. 그렇게 난폭하게 운전하는데도, 앞이 잘 안 보일 정도로 안개가 자욱하여 헤드라이트를 켜고 가야 하는데도, 저쪽 모퉁이에서 언제 내려오는 차가 튀어나올지도 모르는 그런 길을 수도 없이 돌고 돌아가는데도, 지금까지 이곳에서 이들 차끼리 부딪쳐 사고가 난 적은 한 번도 없다 한다. 아마 하루에도 여러 번씩 수년 동안을 그렇게 운전하다 보니 말 그대로 눈감고도 갈 수 있는 그런 길이기 때문일까.

어느 정도 올라왔을까. 안개와 구름이 걷힌 사이로 광활한 평원 비슷한 곳이 나온다. 나무는 한 그루도 없고, 풀밭이 끝없이 이어진다. 마치 제주도의 어느 오름 같은 모습이다. 얼마 전에 갔었던 뉴질랜드의 '서던 알프스'의 풍경 같기도 하다. 그런데, 자세히 보니 거센 바람이 불어오는 그 땅에 바람을 맞으며 키 작은 꽃들이 지천으로 피어 있다. 보라, 연분홍, 갈색의 꽃들이 땅에 좌악 깔려 그 자태를 뽐내고 있다. 중간 중간에 서 있는

팻말엔, 중국어로 야생 꽃을 꺾지 말라는 말과 함께, 도보로 밟는 것을 엄금한다고 쓰여 있다. 여유가 있다면, 내려서 그 신비한 생명력의 꽃들을 가까이 보고 싶었지만, 무심한 운전기사는 빠른 속도로 지나쳐 간다. 참으로 아쉽다. 저 긴긴 겨울, 눈 속에서 기다리다가, 6월쯤 눈이 녹기 시작해서야 겨우 눈을 틔우고, 이 7월 한철 잠깐 꽃을 피웠다가, 곧 바로 9월이 되면 한 해 삶을 마감해야 하는 저 꽃무리들. 조건 좋은 곳에서 화려하게 피어 사람들의 사랑을 받는 아름다운 꽃들에 비해, 저들은 누가 봐 주는 이도 없는 저 황막한 땅에서 여덟 아홉 달을 기다렸다가 부랴부랴 싹을 틔우고, 앞 다투어 잎을 매달고, 황급히 꽃을 피우고, 그리고 서둘러 한 삶을 마감해야 할 테니, 그 얼마나 끈질기고 놀라운 생명력이냐. 누가 저들을 일러 아름다움을 논하고 값을 따지랴. 그 어떤 화원의 고급 꽃들이 저들의 저 싱싱하고 강인한, 그러면서 기품 있고 내밀한 충일充溢을 따라올 수 있으랴. 흘러넘치는 힘, 거친 바람과 궂은 날씨를 의연히 이겨내는 신비하고 경이로운 대자연의 화신. 이 산을 지키는 신령의 한가로이 흔드는 손짓. 영원을 사는 생명의 순환. 우리 왜소한 인간을 압도하는 저 위대한 자연의 섭리.

좀 더 올라가니, 이젠 풀 한 포기 없는 거무스름한 흙과 크고 작은 화산석만 질펀하게 널려 있는 그런 곳이 나온다. 어디를 둘러보아도 작은 생명체 하나 없다. 생명이 깃들 수 없는 그야말로 불모의 땅. 그러나 가까이 갈수록 정상 가까이에 서려 있는 저 신령스런 기운이 움찔움찔 다가오는 듯도 하다. 아마도 그 기운이 너무 강해서 생명 있는 부정한 것들이 감히 범접하지 못하는 것은 아닐까.

용서하소서, 백두의 신이시여

안타깝게도 날씨는 최악의 상황으로 변한다. 종착점에 도착했다. 그러나 차에서 내리려 하니 문짝이 바람에 밀려 웬만큼 힘을 주어서는 열 수가 없을 정도다. 간신히 차에서 내려, 뒤에 내릴 사람을 위해 차 문을 힘주어

잡고 버티고 있어야 한다. 거친 바람이 정상 근처에 첫 발을 내딛은 우리를 용납하지 않으려는 듯 마구 떠밀어댄다. 바람 부는 쪽으로 등을 돌려대니, 저 앞에서 무슨 헛것이 어서 오라고 내 머리끄덩이를, 두 팔을, 온몸을 끌어당기는 것만 같다. 안개인지 구름인지 흰 기체 덩어리들은 눈앞을 매섭게 할퀴며 휘익 휘익 지나간다. 간혹 빗방울도 섞여 있다. 가만히 서 있으면 몰아치는 바람에 몇 걸음쯤은 금방 밀려간다. 다리에 힘을 주고 버텨 서 있어야 겨우 몸을 지탱할 수 있다. 바로 몇 미터 앞의 사람 얼굴이 잘 보이지 않는다. 바람 속엔 굵은 모래알도 간간 뒤섞여 얼굴을 아프게 때린다.

아, 우리 민족의 신령님은 우리를 받아들여 주지 않으시려나 보다. 속세의 부정한 놈들이 왔다고 밀쳐 내시려는 모양이다. 나라를 두 동강 내놓고, 민족의 허리를 분질러 놓고, 그러고도 서로 싸움질만 할 뿐, 서로 상대방 탓만 하며, 부당한 권력을 유지 연장하는 데만 혈안이 된 저 지도자라는 위인들. 반세기가 넘도록 얼마나 많은 사람들이 부자, 모자, 형제, 자매간에 강제로 헤어져 피눈물을 흘려야 했던가. 이념의 족쇄에 걸려 얼마나 숱한 사람들이 고문과 투옥과, 그리고 죽음의 길로 가야 했던가. 그런데도 아직 반성은커녕 여전히 그 알량한 권력을 누리기 위해 착한 사람들을 음해하고, 선량한 백성들을 협박하며, 의로운 대중에게 고통을 주고 있는 이 답답한 시대. 그것도 모자라 지역을 갈라 서로 피 튀기면서 상대방 거꾸러뜨리기에 여념이 없는 저 무리들. 정치적 목적을 위해 간교한 술수로 패 가르기에 오늘도 골몰하고 있는 불쌍한 저 군상들. 그런 치사하고 더러운 나라에서 온 사람들, 그런 땅에서 온몸 가득 푹푹 썩어 가는 냄새를 묻히고 온 더러운 너희들에게 감히 이 성스러운 땅을 밟게 할 손가, 어디 그 추한 발길을 이 순결하고 청정한 땅에 대려 하느냐. 그런 노한 목소리, 거세게 꾸짖는 소리, 질책하고 닦달하는 소리. 저 비, 저 바람, 저 안개, 저 구름, 저 모래를 섞어 부르짖는 그 처절한 소리야말로, 제발 앞으로는 제대로 살라고 경계하는 소리, 오죽잖은 놈들 가르치는 소리, 비겁하게 살아온 세월 깨우쳐 주는 소리, 바른 앞길을 열어 주는 종아리 치는 소리,

백두산 천지

지혜의 문을 열어 주는 죽비 소리, 그런 소리가 아니겠는가.

　바람에 간신히 몸을 가누며, 그래도 여기까지 왔다가 그냥 내려갈 수는 없어 말 그대로 풍우를 뚫고 천지를 보러 올라간다. 차에서 내린 곳으로부터 약 50여 미터쯤 되는 높이. 그러나 경사는 7,80도는 될 정도로 가파르다. 그 길을 비바람과 운무를 뚫고 오른다. 우산은 감히 쓸 엄두도 못 내고, 비닐로 된 우의조차 휘뚝 하면 바람에 날려 찢겨 버린다. 사람도 날릴 만큼 바람이 강해서 서로 손을 잡고 버티며 조금씩 오른다. 한낮인데도 저녁 어스름 때처럼 사방은 침침하다. 숨이 차다. 천지야 수천 년 전(학자들의 말로는 1천여 년 전의 폭발이 가장 커 이 호수를 만들었다고도 한다) 화산 폭발로 생긴 자연적 호수에 불과하지만, 거기에 부여된 의미는 이루 헤아릴 수 없을 만큼 크고 강해, 우리 민족 전체의 정신적 모태이자 마음의 고향이요, 우리 민족 모든 것의 원천이자 최후로 돌아갈 귀의처로 자리매김 되어 있지 않은가. 그러니 이곳은 단순한 산정山頂 호수의 하나가 아니요, 우리 모두의 뿌리이자 심장이며, 근원이고 기반인 것이다. 아, 그러나, 아쉽다. 애써 올라간 그곳엔 '백두산 천지白頭山 天池'라고 새긴 돌 표

낯선 길에 부는 바람

지 하나, 그 위로 '장백산 천지長白山 天池'라고 새긴 또 하나의 표석, 그 붉은 색의 중국풍 글자, 그리고 바위와 돌덩어리 몇 개, 굵은 모래알로 된 흙바닥, 바람에 날리는 모래 알갱이, 그런 것밖에 볼 수가 없다. 장대한 암벽 두 개 사이로 저 밑의 천지가 내려다보인다는데, 우리에게 보이는 것이라고는 뿌연 안개와 구름, 질주하는 그 운무의 덩어리뿐. 그밖에는 아무 것도 보이지 않는다. 삼대가 적덕積德을 해야 천지의 모습을 볼 수 있는 행운이 온다는데, 우리 일행 중엔 적덕하며 살아온 사람이 아무도 없단 말인가. 그리고 같이 온 나머지 사람들도 모두 나쁜 사람들만 온 것인가. 야속하기만 하다. 사진을 찍으려 해도 안개와 빗물의 습기로 인해 카메라의 장치가 작동이 안 된다. 카메라의 덮개를 열면 금세 렌즈에 습기가 뿌옇게 차서 찍을 수도 없다. 렌즈를 닦아가며 몇 장면 찍기는 했으나 제대로 나올는지 알 수가 없다. 여기는 엄연히 중국 땅. 이 신성한 산을 이렇게밖에 볼 수 없는 현실이 너무나 기가 막히고 한스럽다. 남의 나라로 와서 우리 산을 보아야 하는, 그리고 어렵게 와서 제대로 보지도 못하고 내려가야 하는, 언제 다시 와 볼 기회가 있을 지 알 수 없는, 그런 밤길을 무정하게 옮겨야 한다는 것이, 너무도 가슴 아프고 쓰리다.

가이드는 내려가야 한다고 재촉이 심하다. 안타깝지만 어쩔 수 없다. 기약할 수 없는 발길을 옮길 수밖에 없다. 내려와 다시 지프차를 탄다. 모두 같은 모양의 차들이라 차량 번호를 잊으면 곤란하다. 차안에 들어오니 그 사납고 무서우며 공포스럽기까지 했던 비바람의 위협에서는 벗어났으나, 다시 오기 어려운 길을 그냥 내려가야 한다는 생각에 가슴이 무겁다. 운전기사는 우리의 그런 마음을 아는지 모르는지 또다시 무서운 속도로 차를 몬다.

내려오다가 중간에 검은 바람이 나온다는 흑풍구黑風口라는 곳에서 선심 쓰듯 잠시 차를 멈추어 준다. 나중에 안 일이지만, 여기서 차를 잠시 멈추어 주는 데도 5달러의 돈을 따로 쥐야 한다. 길 위로 몇 십 개의 계단이 설치되어 있는데, 그 위로 올라가니 여기도 바람이 엄청나게 세게 분다. 저 멀리 장백 폭포가 까마득히 보인다. 흰 옷감을 척척 널어놓은 듯하기도 하고, 커다란 뱀이 꿈틀거리며 위로 기어오르는 모습 같기도 하다. 모자가 바람에 날리려 해 쓰고 있을 수가 없다. 간신히 사진 한 장을 찍고, 내려오려고 뒤로 돌아선다. 그 때 날이 개어 시야가 탁 트이면서 내려다보이는 저 광대한 장관. 비 갠 뒤의 청량함에 훤히 보이는 풍경이 더욱 선명하다. 또렷한 그 풍광이 한편으론 어여쁘고, 또 한편으론 헌걸찬 기개로 가득 차 원시의 생명력을 뿜낸다. 그 광경을 좀 더 천천히 완상하고 싶으나, 운전기사는 빨리 내려가야 한다고 클랙슨을 꿱꿱 울리며 재촉이다. 우여곡절 끝에 애초 출발지로 귀환하니, 그 짧은 시간이 꿈결 같기만 하다. 우리 뒤를 이어 올라가고자 대기하는 사람들이 꽤 많다.

장백 폭포의 신령한 기운과 교훈

다시 버스를 타고 이동하여 장백 폭포로 간다. 입구에는 두 개의 호텔이 있는데, 하나는 그 이름이 낯익다 싶어 자세히 보니 '대우' 라는 이름이 붙어 있다. 나머지 하나는 장백산 호텔. 호텔 영업이 어떻게 되는지는 모르겠으나, 겉으로는 매우 한산해 보인다. 여름 한철 장사라니 지금이 대목일 텐데, 이렇게 한산해서 운영이 될는지 알 수 없다. 국내 굴지의 대기업이었던 모기업이 공중 분해되다시피 한 마당에 변방의 이 사업장도 그 바람을 타는가.

주차장에서 폭포로 올라가는데, 좀 전만 해도 해까지 떴던 날씨가 구름이 몰려온다 싶더니 금세 소나기를 퍼붓는다. 날씨가 참으로 변덕스럽고 예측 불가다. 급히 비닐 우비를 사서 입는데, 한 벌에 우리 돈으로 2천 원이다. 그러나 그 품질은 형편없어 단추를 채울 구멍조차 없다. 조금 힘을 주면 금방 찢어진다. 낙후된 공업 수준을 눈으로 보는 듯하다.

다리를 건너고 계단을 올라 폭포 쪽으로 다가간다. 다리 아래로 폭포에서 흘러내린 물이 쿵쾅거리며 내려가는데, 이상하게도 그 빛깔이 모두 하

장백 폭포

얇게 보인다. 물이 깨끗해서인가, 아니면 빨리 흐르기 때문인가. 그도 아니면 돌 위를 흐르고 있어서인가. 주변 산엔 나무 한 그루 보이지 않는 불모의 땅이다. 꼭대기쯤에야 기이한 모양의 바위가 있을 뿐, 거의 산 전체가 굵고 검은 모래알로만 이루어진 것 같다. 이윽고 폭포 근처까지 도착했다. 더 이상은 출입이 금지되어 있다. 천지에서부터 항상 같은 양의 물이 흘러내린다는 장대한 폭포. 수십 미터를 떨어져 내리는 물줄기가 아우성이다. 천군만마를 호령하는 장군의 호령 소리인 듯, 뭇 짐승을 떨게 하는 백두산 호랑이의 포효 소리인 듯, 장대한 위용에 그 소리까지 웅장하다. 신령의 조화랄까, 절묘한 자연의 섭리랄까, 이 위대한 걸작 앞에 우리 인간이 왜소해지는 것을 절감하게 된다. 그래서 저 육당 선생은 일찍이 이 백두산을 와서 보고, 대자연에 귀의하자는 뜻으로 불교식의 '보살마하살'을 뇌었던 것이 아닐까. 그래서 감히 그 글의 제목을 '백두산 여행기'나 '백두산 기행문'이라 하지 못하고, 삼가 와서 우러러 뵙고 인사를 올린다는 뜻으로 '백두산근참기白頭山覲參記'라 붙인 것이 아니겠는가. 모름지기 겸허해질진저. 그것만이 우리가 배워야 할 어떤 스승의 가르침보다 위대한 이 대자연의 교훈이 아니겠는가.

　　내려오는 길에 노천 온천이 있던 곳을 지나는데, 표출수 온도가 80도나 되는 곳이라고 한다. 그 말을 증명이라도 하듯, 거기에 달걀을 담가 삶아서 파는데, 특이한 것은 달걀이 노른자부터 익어 속은 다 익었는데 겉 흰자는 덜 익어 입으로 빨아 마셔야 하는 상태로 되어 있다. 달걀 파는 사람은 1년에 중국 돈 10만 원을 내고 그 독점 운영권을 따냈다는데, 돈을 엄청나게 많이 벌었다고 한다. 지금은 예전의 노천 온천을 시멘트로 거의 다 덮어 버렸고, 밑에 온천욕을 할 수 있는 시설을 따로 해 놓았다. 그 주변은 바위 색깔이 온통 누렇거나 붉은색인데, 물속의 유황과 철분 성분 때문에 그렇다고 한다. 밑에는 새로 지은 건물의 온천이 두 개 있는데, 중국인과 조선족이 운영하는 것이 각각 하나씩이라 한다. 조선족이 하는 곳이 값은 비싸도 물이 깨끗하고 시설이 좋단다. 피로도 풀 겸 모두 거기로 들어가서 한 시간쯤 온천욕들을 했다. 물은 적당한 온도였고 비교적 깨끗한 시설이었다. 1층에선 관광객을 대상으로 물건들을 팔고 있었는데, 장뇌삼이라고 하여 한 뿌리에 2천 원씩 팔고 있었다. 관광객을 상대로 한 얄팍한 상술. 동서양 어디를 가나 속고 속이는 관광지의 풍속도. 사회주의 나라 이곳도 이렇게 자본주의의 썩은 바람에 오염이 되어 가는가.

다시 이동하여 숙소인 풍정원으로 이동했다. 조선족이 운영하는 곳이라는데, 이름만 호텔일 뿐 1층짜리 건물 여러 채가 들어서 있었다. 입구에 도착하자 한복을 입은 소년 소녀들이 나와 인사를 하고 짐을 날라다 준다. 우리가 묵을 방은 새로 지은 건물이라고 하는데, 내부 시설은 그런 대로 잘 갖추어져 있었다. 저녁식사는 한식으로 차려져 나왔는데, 다른 곳과 마찬가지로 큰 그릇에 음식을 담아 내와 덜어서 먹는 식이었다. 맛은 별로 없었지만 양은 풍성하게 내왔고, 더 청하면 두말없이 가져다주었다. 시중드는 아이들은 모두 한복 차림이었는데, 대개 그 아이들은 중학교 정도를 졸업하고 이곳으로 와서 일정 기간 일을 익혀 장차 이 일을 그들의 직업으로 삼을 예정이라고 한다.

여행사에서 우리에게 특별히 이곳을 숙소로 잡아준 이유는 저녁에 투숙객을 상대로 무료 민속 공연을 해 주기 때문이었다. 식사 후에 공연장에 가서 기다리는데, 모기가 아주 많았고 비도 내렸다. 의자는 나무로 된 긴 것으로 여럿이 함께 앉게 되어 있는데, 오래 앉았기 어려울 정도로 딱딱하고 불편하다. 마치 1960년대 시골 마을의 이동 극장이나 서커스 공연장을 연상케 한다. 7시부터 공연을 한다고 하더니, 사람들이 거의 없어 공연은 시작되지 못하고 있었다. 한참을 더 기다렸다. 7시 반쯤 사람들이 모여들기 시작하여 공연이 시작되었다. 공연하는 사람들은 조선족민속예술단 소속 단원들이라는데 그 솜씨들이 만만치 않았다. 먼저 중국말로 소개를 하고, 그 다음에 우리말로 더 길고 상세하게 소개를 한다. 공연 종목은 부채춤, 칼춤, 대금 연주, 처녀총각춤, 북춤, 장구춤, 상모돌리기 등인데, 그 재주들이 가히 프로급이었다. 많은 사람들이 진심에서 우러나는 박수갈채를 보냈다. 어딜 가나 우리 민족은 공통의 정서가 있고, 그걸 함께 즐기는 그런 공감대가 있는 모양이다. 우리 남쪽의 현재 문화 예술이 지나치게 서구화되고, 우리 고유의 정통성을 지키는 데 소홀한데 반하여, 여기에는 옛 모습이 고스란히 남아 있는 것 같다. 이역만리 이런 데 와서 사라져 가는 우리 가락과 춤사위를 보며, 새삼 우리 민족의 강한 동질감을 확인하게 되다니, 참으로 사람의 일이란 알 수 없는 것이라는 말을 실감하게 된다. 공연 중간 프로그램 사이에 관객 중에서 중국 사람 하나와 한국 사람 하나가 나와 노래를 부르는 순서도 있었다.

공연이 끝나고 방에 들어와 잠을 자는데, 나무와 숲, 풀이 많은 것을 실증實證이라도 하듯이 모기들이 있어 모기향을 피우고 자야 했다. 그런데도 기온은 선선하여 방문을 다 닫고, 두터운 이불을 덮고 잠을 청해야 할 정도다. 민족의 영산, 겨레의 어머니 산, 그 자궁에 들어와 낯선 남의 나라 말을 들으며 잠들어야 하는 가슴 아프고 속이 아린 이 시대의 현실. 그러나 내일을 위하여 그 어머니 주무시는 발치에 이 지친 영혼을 담고 다니는 버거운 몸을 슬며시 뉜다. 비록 바깥의 바람 소리 문짝을 흔들어대도 마음만은 안온하다.

조상들의 자취를 찾아

다음 날 6시에 기상 신호가 온다. 일어나 세수를 하고 밖으로 나오니 일행 중 부지런한 분들은 벌써 일어나 주변 숲을 산책하고 왔다고 한다. 6시반에 식사를 했다. 어제 저녁에 먹었던 것과 비슷한 메뉴였다. 우리와 비슷한 코스를 잡은 관광객들이 출발하기 전에 먼저 떠나야 다음 목적지에서 충분한 구경을 할 수 있다고 가이드가 재촉을 한다. 서둘러 준비들을 하고 7시에 숙소를 출발했다. 우리가 가야 할 방향은 어제 떠나왔던 연길이다.

어제 왔던 길을 거꾸로 간다. 홍수가 났던 지역도 보이고, 붉은 벽돌로 지은 건물도 보인다. 학교 건물, 허름한 외양의 주택, 연속 펼쳐지는 농경지, 집단 주거 시설, 그런 것들이 지나간다. 간혹 원색에 가까운 색깔의 옷을 입은 사람들도 눈에 띈다. 그 행동에 여유가 묻어난다. 지나가는 우리를 보고도 모두 무심하다. 하긴 하루에도 이런 차들이 수 없이 지나다닐 테니 그럴 만도 하다.

연길 시내로 들어와 방향을 틀어 용정 시로 향한다. 차는 고속도로를 달린다. 말이 고속도로지 우리나라 시설에 비하면 많이 낙후된 모습이라 도로 폭이며 포장 상태가 우리의 국도만도 못한 것 같다. 한참을 달리다가 가이드가 왼쪽을 보라고 한다. 한 줄기 작은 강이 짙은 녹색의 들판을 가로질러 흘러간다. 이 강이 그 유명한 해란강이라 한다. 사실은 그리 큰 강도 아니고, 경치가 수려한 강도 아닌데, 우리가 부르는 노래의 가사 말에 나오는 이름이라 사람들이 잘 기억하고 있어 유명해진 바로 그 강이다. 일행들은 그래도 그 모습을 카메라에 담으려고 차창에 기대어 셔터를 눌러댄다. 오른쪽으로는 대규모의 과수원이 이어진다. 차로 한참을 달렸는데도 과수원은 끝이 없이 이어진다. 여기서 나오는 과일이 이곳의 특산으로 이름 높은 '사과배'란다. 어떤 분이 종자를 개량하여 이곳 토양과 기후에 맞는 과일을 만들어 냈는데, 그 모양은 사과와 같고, 맛은 영락없는 배라서 그런 이름이 붙게 되었다고 한다. 가이드 말로는 이 과수원이 세계에서 그 크기가 두 번째 가는 규모라는데, 사실을 확인할 길이 없으니 그렇게 믿을 수밖에.

용정 시내에 거의 다 들어와 가이드가 말하는 대로 오른쪽 차창 밖을 보니 저 멀리 작은 산이 하나 보인다. 그리고 그 산봉우리 한참 밑으로 또 작은 언덕만한 봉우리가 솟아 있는데, 그 위에 건물 하나가 자그맣게 보인다. 그 건물이 바로 우리 독립운동하던 분들의 유서가 담긴 일송정이란 정자라고 한다. 원래 거기에 큰 소나무 한 그루가 서 있었으나 지금은 없어지고, 얼마 전 소나무 하나를 옮겨 심어 지금 자라고 있는 중이라 한다. 아마 우리나라 사람들이 이곳을 하도 많이 찾아오다 보니 그들로서는 하다못해 그런 유적지라도 복원해 놓아야 하지 않았을까. 그래야 돈벌이가 될 테니까. 진정 조상들의 독립 운동 정신을 계승하고 되살리려는 깊은 뜻도 없지는 않겠으나, 노랫말에 나오는 고유 명사 하나에 너무 집착하고 있는 것은 아닐까. 마치 우리나라에서 무슨 영화나 드라마에 나온 곳이 유명 관광지가 되고, 별것 아닌 문학 작품 속의 조그만 단서들이 지방자치단체들의 호들갑 속에 경쟁적으로 관광 상품이란 이름 아래 개발되는 풍속도와 얼마나 차이가 나는 걸까. 그런 생각을 하고 나니 씁쓸한 기분을 금할 수 없다.

이런 생각은 대성 중학교 방문으로 더욱 증폭되었다. 이 대성 중학은 일제 강점기에 독립운동하던 분들에 의해 설립된 학교인데, 우리에게 낯익은 여러 어른들이 다녔거나 관련된 그런 학교다. 함석헌, 문익환, 윤동주 등등의 이름들이 이 학교와 관련이 있다. 현재도 학생들이 공부하고 있는 이 학교가 한국인들의 관광 필수 코스로 개방이 되어 있다. 한쪽에서는 학생들이 공부를 하고 있는데, 수십 대의 버스들이 연속하여 들락거리면서 관광객들을 쏟아내고 있다. 그들은 너나없이 왁자지껄하며 사진을 찍고 교정을 활보한다.

윤동주 시인에 대한 오해와 진실

옛 중학교 건물 앞에 윤동주 시비가 서 있다. 윤동주. 그는 우리 근대문
학사에서 빛나는 서정시인 중의 한 분이다. 공교롭게도 그는 일제 강점기
말에 일본 유학을 가기 위해 평원平原으로 창씨創氏를 하여 일본에 간다.
법조계나 의학계 쪽으로 가라는 집안의 기대와, 문학과 인문학에 심취해
있던 개인적인 기호嗜好 사이에서 갈등하던 그는 심한 고뇌와 번민에 휩싸
이게 된다. 자신이 좋아하는 일과 집안의 강요 사이에서 이러지도 저러지
도 못하는 나약한 자신에 대해 그는 엄청난 갈등을 느끼게 되고, 민족이나
잃어버린 나라에 대해 억지로 눈을 감고 개인적 안락을 추구하는 것에 대
해 큰 부끄러움을 느끼게 된다. 그는 그러한 갈등과 부끄러움을 참회하는
마음으로 시로 써 냈다. 이것이 그의 시의 본질이다. 그런데, 우리는 그에
게 너무 많은 기대와 짐을 지우고 있다. 레지스탕스, 저항시인이란 이름이
그것이다. 당시 일본 유학하던 조선 청년들 가운데, 윤동주처럼 체포되어
재판 받고 투옥된 정도의 '죄'를 지은 사람은 그 말고도 상당히 많이 있
다. 병든 몸으로 일본에 갔던 이상李箱 같은 사람도 그 가운데 하나다. 그
와 함께 같은 죄목으로 체포되어 재판 받고 비슷한 시기에 감옥에서 죽은
그의 고종사촌 송몽규는 그보다 훨씬 많은 형량을 선고받았다. 그에게 주
어진 무거운 짐의 실체는 그가 감옥에서 생체 실험의 도구로 죽었다는 사
실이다. 이 옥사獄死 사실이 그로 하여금 영웅이 되라고 강요하는 바탕이
된다. 서른도 안 된 젊은 나이에 이국의 차디찬 감옥에서 죽어간 사실은 그
개인적으로는 물론 우리 민족적으로도 처절한 비극이고 애석한 일이 아닐
수 없다. 그러나 그의 시의 위대함은 그의 옥사 사실 여부와는 아무 관련이
없다. 사람들은 억지를 부려 그의 시에서 저항적 요소 찾기에 골몰하지만,
그것이 그의 시의 평가 기준이 될 수는 없는 일이다. 시는 시 그 자체로서
평가되고 향수되지 않으면 안 된다. 윤동주는 분명 위대한 시인이지만, 그
래서 많은 사람들로부터 사랑을 받고 있지만, 감옥에서 죽었다는 사실이나

저항적 요소 때문에 훌륭한 것은 결코 아닌 것이다. 사실이 이러한데도, 사람들은 이곳에서 저항시인 윤동주를 찾고, 거기에서 의미를 발견하려고 안간힘을 쓴다. 문학을 알지도 못하는 엉터리 안내원들은 그런 사실을 알지도 못한 채 왜곡하기에 바쁘다. 또한 왜곡은 이만도 아니다. 얼마 전엔 윤동주의 묘를 만들어 놓고 관광객들에게 그곳을 들르도록 한다. 수십 년 전에 화장하여 장례 지낸 시인의 묘를 뜬금없이 다시 만들어 놓고, 거기 가서 참배하도록 한다니 이 얼마나 혀를 찰 장삿속이냐. 시인이 지하에서 웃을 일이다. 그렇다. 얼마나 많은 우리 관광객들이 오늘도 저 빗나간 '영웅 만들기'에 헛되이 고개를 끄덕이며 잘못된 공부를 하고 있는가.

그 시비 뒤로 건물 한 채가 있는데, 바로 대성 중학의 옛 교사校舍다. 지금은 1층과 2층이 기념관으로 바뀌어 관람객들을 맞고 있다. 가이드는 관람 중에 정숙해야 한다고 주의를 준다. 안으로 들어가니 수수한 차림의 여인이 나와 판에 박힌 듯한 안내를 시작한다. 이렇게 안내를 받으면 얼마간의 수고비를 줘야 한단다. 안에는 몇 개의 구역으로 나뉘어 대성 중학의 역사, 이곳을 거쳐 간 사람들, 역사적 의미 등이 그림과 글씨로 꾸며져 있는데, 마치 우리의 초등학교나 중학교 교실의 환경미화 게시판 같다. 안내하는 여인들은 이 학교의 교사라고 하는데, 방송에서 흔히 들던 북한 억양투의 말로 청산유수처럼 말을 쏟아낸다. 녹음기를 틀어놓은 것 같은 기계적인 말투다.

코스를 따라 안내를 받으며 관람이 끝난 곳에 방명록을 쓰는 책상이 있었다. 무심코 방명록에 이름을 쓰려고 했더니, 맨 끝 칸에 돈 액수를 적는 곳이 있다. 자세히 보니 장학금 후원이라고 되어 있다. 한 번 잡은 필기구를 그냥 다시 놓기 민망하여 할 수 없이 위 칸의 돈 액수를 보니 대부분 1만 원이라 적혀 있어 그만큼 적고 돈을 냈다. 한국 사람이 연변에 와 여기 안 오는 사람이 거의 없을 것이고, 그들이 모두 그만큼만 돈을 낸다 해도 그 액수가 엄청날 것 같았다. 그 돈이 정말 모두 장학금으로 쓰이기나 하는치, 아니면 엉뚱한 곳에 수입으로 잡히는 지 알 수 없는 일이다. 관광객의 '애국애족' 심리를 묘하게 이용하는 수법이란 생각이 든다. 그곳을 나오니 조그만 규모의 책방이 있었다. 윤동주와 관련된 책, 연변을 안내하고 설명하는 책 몇 권이 전시되어 있다. 지질도 형편없고, 인쇄 상태도 별로 좋지 않다. 명색이 국문학을 하는 사람이라 그냥 지나칠 수 없어 내용은 별로 새로울 것도 없는 책 몇 권을 샀다.

오호! 두만강

다시 차를 타고 점심을 먹으러 갔다. 면세점을 겸하는 식당이다. 맛은 별로 없으나 푸짐한 야채를 곁들인 음식이 나왔다. 시장을 반찬 삼아 밥을 먹고, 바로 옆에서 파는 물건들을 구경했는데 생각보다는 값이 비쌌다. 물건 사는 일은 미뤄야 할 모양이다. 다시 차를 타고 중국과 북한의 경계를 이루고 있는 두만강변의 도문이란 곳을 향해 출발했다.

차창 밖으로 보이는 풍경은 오전 중에 보던 것과 많이 다르다. 크고 작은 언덕, 꽤 높은 산, 그리고 개간되어 있는 밭, 집단농장의 가옥들, 석탄 더미가 산처럼 쌓여 있는 광산, 그런 것들이 피곤해 감기려 하는 눈 안으로 들어온다. 어떤 산자락 아래에는 묘지도 보인다. 지금은 사람이 죽으면 모두 화장을 하도록 되어 있어 묘를 쓰지 않는데, 저 묘들은 오래 전에 조성되었던 것들이라고 한다.

고개를 하나 넘어서 내려가니 우리가 가는 도로 옆으로 강이 하나 흐른다. 아침에 보았던 해란강의 하류 줄기라고 한다. 이 해란강이 가야하와 합해 북강이 되고, 그 강이 다시 두만강으로 흘러 들어간다고 한다. 또 한참을 가니 도로 공사하는 곳이 보인다. 훈춘에서 길림까지 이어지는 고속도로를 건설하는 중이란다. 여기 사람들은 외국 자본에 의한 훈춘의 개발에 대해 큰 기대를 걸고 있다고 한다. 그 개발의 여파가 내륙에까지 미쳐 살기가 좋아질 것이라는 기대감 때문이다. 도로 개설과 공장 건설 등의 개발이 분명 얼마간의 경제적 풍요를 가져다주기는 할 것이나, 그 대신 엄청난 자연

파괴와 공해라는 불청객을 동반한다는 사실을 과연 이들은 알기나 할까. 끝없는 문제의 전철을 밟아 온 소위 선진국을 따라가려는 저 가엾음이여.

드디어 두만강에 도착하였다. 두만강. 우리나라의 국경을 이루는 저 강, 수백 년 전 이나 지금이나 저 강을 사이에 두고, 우리 민족과 이민족이 끊임없이 각축을 해야 했던 저 역사의 현장. 감회가 새롭고, 가슴이 설레지 않을 수 없는 그런 곳이다. 그런데, 막상 가까이 가서 보니 대중가요 가사에 나오는 '두만강 푸른 물'은 전혀 볼 수가 없었다. 물은 상류의 공장에서 나오는 폐수로 썩어 혼탁한데다가 수량도 적어서 아까 올 때 보았던 것보다 훨씬 좁아 보였다. 군데군데 버드나무가 군락을 이루어 강변을 뒤덮고 있고, 물이 흐르지 않는 곳엔 무성한 잡초가 사람 키만큼 자라 우거져 있다. 역사의 현장이라는 느낌은 전혀 들지 않는다. 문명의 오염 속에 시커먼 속살을 다 드러낸 여인처럼 오직 안타까움뿐이다.

여기도 사람이 하도 많이 오는 곳이라 그런지, 관광객을 위한 시설들이 꽤 많이 들어서 있다. 그러나 모든 것이 서툰 솜씨로 꾸민 것 같은 냄새가 물씬 난다. 한마디로 촌스럽다고나 할까. 세련된 멋이라곤 눈을 씻고 보아도 없다. 결코 우리의 알량한 우월감 때문에 하는 얘기가 아니다. 그래도 우리말을 사용하는 사람들이 있는 곳인데, 상당수는 조선족 사람들이 운영하는 곳일 텐데, 이래서야 좀 뭔가 안쓰러운 데가 있지 않은가, 그런 안타까움 때문에 하는 생각이다.

우리 앞에 도문 대교가 길게 뻗어 있다. 두만강에는 중국과 북한을 연결하는 네 개의 교량이 있는데, 그 중의 하나가 바로 이 도문 대교라고 한다. 이 다리의 절반쯤에서 북한과 중국이 갈리기 때문에, 구분하기 위해 색깔을 서로 다르게 칠해 놓았다. 말하자면 두만강이 국경이고, 그 국경선의 이 다리 중간이 정확한 중국과 북한의 경계선이 되는 것이다. 다리를 밟아 보려면 돈을 내고 들어가야 한다. 중국 돈으로 일인당 30원씩이다. 우리 돈으로 약 8천 원인 셈이니 결코 싸지 않은 금액이다. 입장료를 내고 들어가, 가파른 계단을 지나 전망대에 올라가니 멀리 북한이 보인다. 아,

저 나라. 분단 반세기가 넘도록 적이 되어 싸우고 있는 우리 민족의 반쪽. 같은 말에, 같은 문화에, 같은 역사를 가진 우리를 누가, 무엇이, 왜, 이리 갈라놓았단 말인가. 그리고 다시 하나가 되는 것을 막고 있는 자들은 누구란 말인가. 저 외세라는 이름의 방해꾼들, 사욕을 채우기 급급해 권력의 노예가 된 노회한 정치꾼들, 남들의 고통쯤이야 아랑곳하지 않고 저희들 기득권 지키기에만 혈안이 된 반민족행위자들, 바로 그런 자들이 아니겠는가. 그들이 잘 입고 잘 먹고 사는 뒤편에서 우리 가련한 동포들이 흘리는 눈물이 저 강물에 합수하여 도도히 흐르는 것을 저들은 알기나 하는가. 그 물이 바람 잔잔한 날 하늘로 승천하여 한을 머금고 떠돌다가 언젠가 우렁찬 응징의 소나기가 되어 이 땅에 내려와 저들을 한낱 씨앗도 남김없이 씻어 내려갈 것을 알기나 할 것인가. 그런 날이 오고야 말 것을 모른 채, 오늘도 주먹 안에 쥔 권력 부스러기에 도취해 있는 저 불쌍한 무리들이여.

북한 쪽의 산에 커다란 글씨로 새겨놓은 '속도전' 이라는 문구가 보인다. 그리고 공장의 굴뚝, 사람들이 사는 가옥, 그리고 왔다 갔다 하는 사람들의 모습도 조그맣게 보인다. 내 나라, 내 땅이지만 내 맘대로 갈 수 없는 그곳. 이렇게 멀리서 바라만 볼 수밖에 없는 안타까운 현실. 새삼 민족 분단의 현실이 구체적 체험으로 다가오는 이 현장. 불현듯 눈시울이 뜨거워진다.

밑으로 내려와 다리 위로 걸어 들어가 본다. 입구를 지키는 중국 군인은 무심히 우리를 들여보내 준다. 작년 남북정상회담 이후 경계가 많이 완화되었다고 한다. 다리를 걸어 중간쯤에 이르니 가로로 선이 하나 그어져 있다. 한 발만 더 들여놓으면 바로 북한 영토다. 긴장감이 돈다. 몇 해 전 한 소설가가 술을 먹고 이 다리를 걸어 북한으로 넘어갔다가 다시 나와서 재판을 받고 감옥살이를 한 적이 있는데, 아무런 장애물이나 차단 장치도 없이 다리 위에 페인트로 선만 하나 그어져 있을 뿐이니, 마음만 먹으면 북한쪽으로 넘어가는 것은 아무런 문제가 안 될 것 같다. 그만큼 허술하다고나 할까. 실제로 허가증을 받은 사람들은 이 다리를 건너 걸어서 북한을 왕래한다고 한다. 허가받은 자동차가 서로 오기도 하고 가기도 한다. 그만큼 서로의 수비는 허술하다. 그러나 눈에 보이는 그 허술함보다 몇 배, 몇 십 배 더 강한 이데올로기의 차단막이 우리 가슴에 새겨져 있으니, 그것은 도저히 넘을 수 없는 거대한 장벽이 아니겠는가. 그런 장벽이 있기에 이렇게 허술하게 해 놓아도 아무 문제가 안 일어나는 것 아니겠는가. 정말 참으로 무서운 이념의 사슬이 아닐 수 없다.

사진을 몇 장 찍고 다시 나와서, 북한에서 담가 왔다는 막걸리를 사서 한 잔씩 마셨다. 술은 먹을 줄 모르지만 맛을 보았는데, 그저 술은 술일뿐이니 특별한 맛이야 있겠는가. 다만 북한에서 만든 것이라니까 기분으로 뭔가 좀 특별한 것이 있겠거니 하는 어리석은 기대일 것이다.

동포의 수난과 상업화의 현장

버스를 타고 다시 나오는데, 가이드는 북한에 대해 몇 가지 이야기를 한다. 우리가 방송을 통해 흔히 보고 들었던 내용도 있다. 북한에 가서 근무를 했던 적도 있다고 하는 그 말을 어디까지 믿어야 할지, 상당한 과장도 섞여 있는 것 같다. 북한의 경제적 궁핍과 요즘 탈북자들의 근황도 이야기한다. 그의 이야기 중에 직접 그가 겪은 이야기인지 다름 사람한테 들은 이야기인지는 알 수 없지만, 북한 어린이들에게 과자를 주었다가 망신을 당했다는 것은 꽤 근거가 있어 보인다. 주체사상으로 무장한 그들에게 자본주의 산물을 선물로 주었을 때, 그들이 선뜻 받지 않을 것은 당연한 일 아니겠는가. 그는 계속해서 꽃제비 얘기도 한다. 그 얘기가 꽤나 과장 섞인 말 같다 했더니, 아니나 다를까, 이야기 끝에 북한 어린이 돕기 운운하며 비디오테이프를 하나씩 사라고 한다. 한 개에 2만 원씩이란다. 분명히 바가지를 쓰는 일이겠으나 며칠 동안 같이 다니는 안면으로 어쩔 수 없어 하나씩 구입을 했다. 이들의 장삿속은 어디를 가나 여전하다.

오는 길에 홍기촌이라는 마을에 들렀다. 거기에 싱가포르에 사는 어떤 동포 한 사람이 연 가게가 있었다. 말로는 북한을 탈출한 어린이를 돕는 자선 사업을 하는 사람이라고 한다. 그곳엔 북한의 일상 용품을 진열해 놓았는데, 교과서, 학용품, 비누, 치약, 수건, 자수 제품 등등의 물건들이 전시되어 있었다. 그런 것을 구경하고 있노라니, 어떤 사람이 나와서 모이라고 하고는 약에 대해 설명을 하기 시작했다. 그는 관광객을 상대로 약을 팔고, 그리고 그 수익금으로 탈북 어린이를 돕는다고 한다. 거기서 파는 약은 북한에서 가져온 것으로, 북한의 김일성 주치의가 약 3천 명이었는데, 그들에 의해 개발된 약이라고 한다. 우황청심원과 비슷한 약이었다. 그의 말이 정말인지 아닌지는 모르겠으나 약 파는 사람답게 말은 청산유수처럼 잘했다.

연길로 다시 돌아와, 와서 명색이 대학교수들인데 이곳의 대학을 한번가 보아야 하지 않겠느냐는 공론이 돌아 연변 대학으로 갔다. 미리 이야기를 해 놓은 것도 아니고, 또 시간이 충분치도 않아서 대학의 내부를 일일이 다 볼 수는 없었다. 아쉽지만 버스를 타고 캠퍼스를 한 바퀴 도는 것으로 만족해야 했다. 오래된 건물, 책을 들고 오가는 학생이나 운동을 하고 있는 대학생들의 모습이 우리와 별반 달라 보이지 않았다. 대학 캠퍼스가워낙 커서 다 볼 수는 없었다. 우리가 처음 갔던 곳은 출입문을 따로 쓰고 있는 연변 대학 의과대학 부속병원이었다. 거기엔 아픈 사람들이 많이 몰려 들고나고 있었다. 기다리는 사람도 많았다. 어딜 가나 아픈 사람들은 있을 테지만, 아플 때 마음 놓고 치료받을 수 있는 세상은 언제나 오려나. 일찍이 석가세존께서는 인간에게 주어진 4고四苦 중의 하나가 병病이라고 하지 않았던가. 그러니 아프다는 그 자체가 이미 인간이라는 존재증명이요, 살아 있다는 증거일 테니 그런 생각으로나 위안을 삼아야 할까.

연변 대학을 나와서, 조금 가다가 총무 일을 보는 분이 길거리에서 팔고 있는 수박과 참외를 좀 사 왔다. 우리 모두가 충분히 먹을 양이 중국 돈으로 18원이란다. 참외를 하나 받아들고 보니 그 모양이 아주 못 생겼다. 아마 비료도 주지 않고, 온상 재배도 하지 않은 노지露地 재배라서 그런 것 아닐까. 칼이 미처 준비되지 못해 그냥 껍질째 한 입 베어 물었더니, 그 맛이 어렸을 때 먹었던 바로 그 맛이다. 아, 우리의 모든 과거가 여기서는 바로 현재진행형이로구나. 모든 면에서 그렇구나. 이들의 삶이 이렇게 불편하게 보이는 것은 그 겉모습일 뿐이요, 실제로는 변하지 않은 우리 것을 잘 지키고 있는 것이로구나, 그런 고마운 생각이 들었다.

오는 길에 백두산 곰 사육장에 들렀다. 관광 일정 중에 피해 갈 수 없는 쇼핑의 시간이다. 이렇게 관광객의 돈을 우려내는 일은 동서양이 따로 없고 옛날이나 지금이 다르지 않은 것 같다. 이런 악습은 언제나 사라지려나. 이 곰 사육장은 국가에서 경영하는 농장인데, 야생 곰을 잡아다가 번식도 시키고, 다시 자연에 방사도 하고, 약용 물질을 추출하기도 한단다. 수백 마리의 곰들이 어린 것, 중간 것, 큰 것으로 분류되어 각기 다른 구역에서 사육되고 있었다. 작은 것들이 어울려 있는 모습이 귀엽기도 했고, 큰 것들이 어슬렁거리며 질러대는 소리는 자유를 박탈당한 울부짖음으로 들렸다.

여기서는 요즘 우리나라 사람들 가운데 먹고 살만한 사람들 사이에 회자되는 그 유명한 '곰 쓸개'를 대량 생산하고 있었다. 그걸 상품으로 만들기 위해 곰의 쓸개에 호스를 박아 즙을 받아내고, 그걸 분말로 가공하여 팔고 있었다. 우리를 안내하고 설명하는 곱상하게 생긴 여인은, 살아 있는 곰의 쓸개에 호스를 박아 즙을 뽑아내는 일이 결코 잔인한 일이 아니며, 그만한 영양 공급과 함께 사흘 정도면 바로 회복이 된다고 강조한다. 또한 여기서 생산되는 것은 정부에서 그 약효를 보증하지만, 다른 곳에서 파는 것은 믿기 어렵다는 말도 덧붙인다. 그리고 자신들은 장사꾼이 아니라 국가에서 주는 보수로 살아가는 일꾼들이기 때문에 믿어도 좋다고 몇 번이나 반복한다. 야생 상태에 가장 가깝게 사육되고 있는 곰이므로 다른 곳에서 판매되는 것과는 질적으로 다르고, 가격도 다른 곳보다 결코 비싸지 않다고 하는 말들에, 일행 중에는 구입하는 분들도 있다. 특히 술을 많이 드시는 분들에게 좋다고 하니까 더욱 사시고 싶은 모양이다. 도대체 저 곰들이 무슨 잘못을 했다고 저렇게 붙잡아다 가둬 놓고, 쓸개에 괴는 액을 뽑아낸단 말인가. 아무리 고통 없이 시술을 하여 쓸개즙을 뽑아낸다 해도 저 놈들은 우리 인간을 얼마나 증오하고 있을까. 한때 우리 민족의 토템으로 숭상되던 단군의 어머니, 저 신령한 동물이 이 시대에 왜 저런 고통을 받아야 한단 말인가. 인간들의 오래, 그리고 강하게 살고 싶은 욕심이 끝내 저리도 간악한 동물학대로 이어지지 않았는가. 수요가 공급을 창출한다고, 사는 사람이 없으면 저것들이 이런 고통을 당할 리 없을 텐데, 참으로 살아 있는 인간들이 잔인도 하구나. 건물 안에는 사나운 곰의 야성野性을 완화하기 위해서라며 그 이름도 웅대한 백두산 호랑이 두 마리가 잡혀와 우리에 갇혀서 낮잠을 자고 있었다. 호랑이와 곰. 우리 건국 신화와 관련된 두 주역이 이렇게 쇠창살 속에 갇혀 사람들의 볼거리 구경거리가 되고 있는 이 현실은 과연 현대 문명의 위대한 승리인가, 아니면 우리 민족의 뺄도 없는 타락인가.

연길의 식당에서 중국식으로 저녁을 먹고, 공항으로 이동했다. 저녁 햇빛이 조금 남아 있다. 서둘러 사진을 몇 장 찍고, 고우나 미우나 며칠 간 우리를 위해 애쓴 가이드와 작별을 했다. 주마간산으로 보았지만, 우리의 과거를 고스란히 보존하고 있는, 우리말과 문화가 살아 있는 그런 곳을 이제 떠나야 한다는 아쉬움에 발길이 무겁다. 기회가 되면 꼭 다시 와 보고 싶은 곳, 그래서 잊어버렸던 우리의 추억을 되살리고 싶은 곳, 이제는 관광지가 되어 사람들이 약아빠지기는 했지만 그래도 아직은 안온하고 편안한 느낌을 주는 사람들이 사는 곳, 일제 강점기에 눈물을 머금고 산 설고 물 선 곳 찾아 왔던 우리 조상들의 뼈가 묻힌 곳, 그들의 한과 슬픔이 저 강물처럼 유장하게 흐르고 있는 곳, 그 할아버지와 아버지들의 고달픔을 잊은 채 현대 문명의 세례로 차츰 변해 가는 사람들이 사는 곳, 그런 이곳이 영원하고, 여기 사는 모든 조선족 사람들이 그 조상들의 아픔을 행복으로 바꾸어 평안하고 즐겁게 살진저. 잠시 눈을 감고 기도를 해 본다.

공항 안에서 시간이 좀 남아 필요한 물건들을 좀 사고, 피곤한 몸을 의자에 앉혀 잠시 쉰다. 우리가 타고 갈 비행기는 일곱 시에 출발하는 것인데, 흔히 시간이 지연되곤 한다니 언제 출발할지 알 수 없다. 그러나 기이하게도 정시에 출발이 되었다. 여기서는 이렇게 제 시간에 출발하는 게 오히려 이상한 일이라고 한다. 요즘은 관광객이 많으니 아마도 특별히 신경들을 쓰는 모양이다. 두 시간, 졸며 깨며 어두운 하늘을 날아 아홉 시 조금 넘어 북경에 도착했다. 마중 나온 가이드는 별일 다 보겠다며 정시 도착을 신기해한다. 차량으로 이동하여 호텔로 향했다. 방을 배정 받고, 짐을 풀어 정리한 다음 식당으로 모였다. 잠시 둘러앉아 맥주를 한 잔씩 하면서 이야기를 나누었다.

거대권력과 화무십일홍

다음 날 아침 6시, 기상을 알리는 전화벨이 울린다. 시간관념이 비교적 불투명한 나라라고는 하지만 이로 보면 관광지에서의 시간 약속은 비교적 철저히 지켜지는 편인 것 같다. 일어나 밖을 보니 바로 길 건너의 건물이 하도 많이 들어서 익숙한 이름의 동인당이었다. 이른 시간인데도 많은 사람들이 줄을 서서 차례를 기다리고 있었다. 아픈 사람이 많아서인가, 아니면 의료 시설이 부족해서인가. 길엔 이른 출근을 서두르는 사람들의 모습도 많이 보였다.

식당으로 내려와 식사를 하고 7시에 호텔을 출발했다. 가이드는 조금이라도 서둘지 않으면 출근 시간과 겹쳐 교통 혼잡이 심하므로 움직이기가 어렵다고 재촉이다. 아직 본격적인 출근 시간이 아닌데도 많은 차들이 몰려 길이 막히고 있었다. 그 유명한 출근용 자전거 부대를 만나면 옴짝달싹하기도 어렵다는데, 그 말이 과장인지 사실인지는 알기 어려웠다. 이런 교통 문제를 해결하기 위해 북경 시내에는 네 개의 도시 순환 고속화 도로가 동심원 모양으로 개설되어 있다는데, 그것으로는 천만 명이 넘는 이 도시의 유동 인구를 감당할 수 없다고 한다.

차에서 내려 천안문 광장으로 향했다. 이곳은 한때 이 나라의 자유를 찾던 사람들의 저항 장소로 그 이름이 세계화된 유명한 광장이다. 젊은 청년들의 용기와 지성이 살아 숨 쉬던 역사의 현장, 그야말로 민중의 힘이 분출되던 넓은 마당, 막강한 권력과 완강한 압제의 제도를 걷어내려는 처절한 몸부림이 활활 타오르던 그런 곳이다. 그러나 지금 이곳은 조용하다. 부를 축적한 인민들이 가족과 함께 나와 한가롭게 사진이나 찍는 그런 관광지가 되어 버렸다. 세계의 관광객들이 몰려와 드넓은 규모에 압도되어 멀건이 구경하는 한낱 구경거리로 전락하고 말았다.

우리나라에도 도시에 광장이라는 이름의 시설이 있지만, 여기 이 광장의 엄청난 넓이에 비하면 말 그대로 조족지혈일 것 같다. 과연 대국大國답다. 끝 간 데를 모를 정도로 아득한 구역에 안개가 엷게 갈려 있으니 더욱 넓어 보인다. 하지만 이미 그 의미를 잃어버린 이 광활한 광장이 무슨 의미가 있겠는가. 말 그대로 진정한 광장이려면 나이의 많고 적음이나, 소유의 많고 적음, 계층의 높고 낮음을 떠나 모두가 한 마음으로 하나 되는, 그래서 그 민중들이 남녀노소, 빈부고하를 초월한 대동 세상의 주인이 되었을 때, 그 마당이 진정으로 광장일 수 있지 않겠는가. 그래서 우리나라의 존경받는 작가 한 분은 일찍이 「광장」이라는 소설에서 '개인의 광장과 대중의 밀실'을 역설하지 않았는가. 그 면적만 넓다고 해서 다 광장이 될 수는 없는 법이다. 진정한 광장이야말로 개인의 마음속에 있는 것이 아닐까.

그 광장을 걸어 지하도를 지나 자금성 입구로 갔다. 돌로 바닥을 깔아 놓은 입구 광장에는 이른 시간임에도 많은 사람들이 몰려 와 있다. 벽에는 커다란 크기의 모택동 사진이 걸려 있다. 그리고 중국 뉴스에 단골로 등장하는 '세계인민대단결만세'라는 큰 글씨의 간판이 압도하며 우리를 내려다본다. 소규모 군인 부대들이 제식 훈련을 하는지 큰 소리로 구령을 붙이며 행진을 한다.

자금성은 중국 명나라 때 건설을 시작하여 청나라 때까지 계속 공사가 이루어졌다는 궁전이다. 워낙 유명한 관광지가 돼서 그런지 고궁의 엄숙함이나 위엄 같은 것은 찾아보기 어렵다. 이 고궁엔 모두 열세 개의 문이 있다는데, 지나가면서 그 숫자를 잊어버렸다. 모두 비슷비슷한 건물이고 같은 규모라 그런가 보다. 옥으로 된 계단에 새겨진 용무늬, 지붕 끝의 십이지신상, 황금으로 표면을 입힌 큰 항아리, 끊어진 데 없이 이어지고 있는 담장과 회랑 등이 우리 눈앞을 스쳐 지나간다. 건물과 문과 담장은 어디가 끝인지 모를 정도로 계속 연결되고 있다. 그런 곳을 지나 황제가 있는 중화전까지 이르려면 우선 그 규모와 거리에 질릴 법도 하다. 이게 황제의 위엄이었던가. 백성과 그렇게 거리를 두는 것이 황제의 권위였던가. 지도자가 백성을 그렇게 멀리 하고서야 그 나라가 망하지 않는 게 오히려 이상한 일 아닌가. 황제가 거처했다는 중화전과, 황후가 살았다는 교태전은 첩첩의 장애물에 막혀 고립을 자초하는 곳에 위치하고 있었다. 이 건물들에는 편액에 중국 한자와 함께 청나라를 건국한 만주족의 글자가 함께 새겨져 있다. 비록 무력으로 한족漢族을 점령하긴 했으나 오히려 그들의 수준 높은 문화에 흡수 당해 나중에는 그들의 말과 문자까지 다 빼앗겨 없어져 버린 가련한 만주 민족. 그 흔적이 이제 저 글자 몇 개로 간신히 남아 역사의 진리를 증언하고 있는 것이다. 그런데 이상한 것은 이 궁궐 내에 나무가 거의 보이지 않는 것과 바닥이 돌로 되어 있는 것인데, 가이드의 설명을 듣고서야 이해가 되었다. 언젠가 황제를 시해하려는 자객이 지상의 삼엄한 경비를 피해 땅 속으로 굴을 뚫고 들어온 적이 있는데, 그런 불상사를 막기 위해 바닥 전체를 무거운 돌로 덮었고, 또 어떤 자객이 숨어들어와 나무를 은신처로 삼았기 때문에 모든 나무를 베어 냈다고 한다. 그러고 보면 황제의 무소불위 권력에 저항하는 사람들은 언제나 있었나 보다. 그렇게 인민과 유리된 채 숨어서 권력과 지위를 유지하는 황제가 과연 존경받는 훌륭한 지도자가 될 수 있겠는가.

궁궐 끄트머리쯤에 아름다운 정원이 있었다. 황후와 공주들이 휴식을 취하던 곳이란다. 나무와 꽃, 그리고 인공적으로 꾸며 놓은 작은 못과 동산이 한껏 빼어난 자태를 뽐내고 있었다. 거기의 아름다움에 빠져 한동안 구경을 하고, 문밖으로 나오니 바로 외부 침입자를 막기 위한 해자垓字가 궁궐을 따라 둘러 있다. 해자는 지면에서 꽤 내려간 곳에 있는데, 그 물이 상당히 깊어 보인다. 그 위를 지나는 다리를 건너면 대로大路다. 그 길 건너엔 평지의 땅을 파서, 그 흙으로 쌓은 작은 산과 파낸 곳에 물을 가둔 호수가 있다는데, 그래서 황제와 그 가족들이 그 동산에서 사냥도 하고 그랬다는데, 시간에 쫓겨 그곳을 볼 수는 없었다. 길가에서 아까 타고 왔던 버스를 기다리는데, 잡상인들이 별별 물건을 다 가지고 와서 사라고 성화를 부린다. 물건 값은 천차만별이다. 똑같은 물건인데 파는 사람마다 값이 다르다. 차가 떠나려고 하면 값이 더 내려간다. 허름한 옷차림의 노인 하나는 노골적으로 손을 벌리며 구걸을 한다. 한때 우리의 상국上國이었던 나라가 자존심도 없이 왜 이렇게 처량하게 되었는가. 내남없이 판단력과 지혜가 부족한 지도자 때문이 아니겠는가. 모름지기 좋은 지도자를 만드는 건 그 나라의 백성들의 몫이다. 결국은 이 모든 것이 자업자득이 아니겠는가.

구경거리로 전락한 황제들

버스를 타고 이동을 하는 동안 길거리에는 자전거 수리공들이 더러 보였다. 하도 자전거가 많은 도시이다 보니 간단한 수리 공구를 갖고 자리를 잡아 앉기만 하면 벌이가 괜찮단다. 버스는 지름길을 가느라고 꽤 좁은 골목길을 달린다. 덕분에 도시의 뒤 안에 사는 사람들의 모습을 볼 수 있었다. 더운 여름날이라고는 하지만, 남자들은 앉아 있거나, 길을 가거나, 일을 하거나 거개가 윗옷을 벗고 있다. 문밖에 앉아 무슨 일을 하고 있는 여자들도 보이는데, 그 일하는 모습이 매우 한가롭게 보인다. 이 나라는 대부분의 여자들도 직장을 갖고 일을 한다는데, 아마도 나이 많은 분들이거나 사정이 있어 일을 못하고 있는 여자들인 것 같다. 아이들의 모습도 더러 보이는데, 그들은 비교적 좋은 옷차림을 하고 있다. 이 나라에서는 강력하게 인구 제한 정책을 쓰고 있어서 부부 사이에 자녀는 하나만 낳도록 강제되고 있다고 한다. 그러다 보니 아이 하나가 생기면 부모와 친가 쪽 조부모, 외가 쪽 조부모 등 모두 여섯 명의 어른들이 달라붙어 경쟁적으로 아이 사랑을 하게 되니, 그게 지나쳐서 많은 사회 문제가 되고 있다 한다. 특히 사교육비가 엄청나게 들어가고, 아이들의 버릇이 없어져 걱정이 이만저만이 아니란다. 그러나 전체적으로는 아직도 가난한 사람들의 삶이라는 게 금방 느껴진다. 북경 시당국에서는 다음 올림픽 때까지는 이 뒷골목을 말끔히 정리할 계획이라고 한다. 오나가나 이 북경 시가 얼마 전에 다음 올림픽 개최지로 선정된 것에 대해 많은 사람들이 대단한 긍지와 자부심을 느끼는 것 같다. 그리고 이를 계기로 도시가 크게 발전할 것에 대한 기대가 매우 큰 것 같아 보였다.

가는 길에 옥을 가공하는 공장에 들렀다. 공장 내부에는 옥 원석原石의 전시와 함께 옥을 가공하는 전체 공정工程이 공개되어 관람 대상이 되고 있었고, 한쪽에는 생산된 제품을 전시하고 판매하는 곳도 있었다. 값은 상상 외로 비쌌다. 국가에서 운영하는 곳이라 품질은 믿을 수 있다지만, 개 모양으로 깎아 놓은 것 하나에 우리 돈으로 약 천만 원 넘는 가격표가 붙어 있었다. 옥이라는 게 그렇게 비싸고 좋은 것인가.

명明 13능이라는 곳에 도착했다. 명나라 황제 열세 명의 능이 있는 곳이란다. 그 가운데 단 한 곳 정릉定陵만 발굴하여 관광 상품으로 공개되고 있었다. 그런데 이곳 정릉은 발굴 과정과 관리가 제대로 안 되어 출토된 유물은 어디로 갔는지 거의 보존되어 있지 못하고, 현재 전시관에 있는 유물들은 거의 모조품이라고 한다. 전시관에서 발굴 광경을 찍어 걸어놓은 사진만 진품이라는 가이드의 말에 안타까운 생각이 들었다. 역시 문화라는 것은 국민소득 수준이나 의식과 비례하는 모양이다. 정문을 지나 들어가니 인파가 대단하다. 여기저기 큰 키의 나무가 서 있고 돌로 된 장식물들도 보였다.

일행은 능 내부를 관람하기 위해 길을 따라 한참을 걸어 올라갔다. 위쪽에 입구가 있다. 거기로 들어가 계단을 수없이 걸어 내려와야 능 내부를 볼 수 있단다. 밖의 기온은 꽤 높아 습기가 끈적이는데, 능 내부로 들어가자 서늘한 느낌이 든다. 그런데 많은 인파가 드나들어서인지, 아니면 기술이 부족해서인지 우리가 걸어 내려가는 대리석 벽과 계단 난간에는 많은 습기가 차 있다. 그 습기가 뭉쳐 물방울이 되어 흘러내리기도 한다. 얼마 전 우리 공주의 무령왕릉 내부에 습기가 차 출입을 통제하고 폐쇄 조치를 내렸는데, 이곳의 습기는 그 몇 배는 되는 것 같다.

지하에는 모두 다섯 개의 방이 있다. 그 방의 하나에는 그럴듯한 모습의 황제와 황후의 관이 있는데, 모두 모조품이라고 한다. 또 하나의 방에는 옥으로 된 용상 세 개가 나란히 놓여 있다. 이곳의 진품은 오직 이것뿐이라고 하는데, 하나는 황제용이고, 나머지 두 개는 황후용이라고 한다. 그 조각 솜씨가 무척 정교하고 섬세하게 되어 있다. 여기서 한 가지 놀랄 만한 것은 그 황제와 황후용 용상 주변에 엄청난 양의 돈이 쌓여 있는 것이었다. 중국 사람들은 여기에 와서 돈을 던지면 복을 받는다고 해서 그렇게 돈을 던져 놓는다는데, 지폐와 동전이 어마어마하게 쌓여 있고, 우리가 보는 앞에서 관리인이 빗자루를 들고 그 돈을 쓸고 있었다. 돈을 싸리비로 쓸어 담는다는 말이 허언虛言이 아님을 바로 여기서 실증하고 있었다. 돈이 몇 가마나 되는지 알 수 없었다.

다시 밖으로 나오니 거대한 크기의 대리석 비석이 서 있다. 거기서 사진을 한 장 찍고 밖으로 나온다. 이런 거창한 규모의 능을 만들려면 얼마나 많은 인력과 시간이 들어갔을까. 그러니 황제들은 즉위하자마자 능을 만들기 시작했다고 한다. 살아서 제 무덤을 파고, 제 무덤을 만들다니, 그게 바로 우리말에 있는 것처럼 바로 저 죽을 짓 한 거 아닌가. 수많은 인민들의 노동력과 피땀을 동원하여 이깟 무덤 만들어 보았자 결국은 한갓 한 줌 뼈로 남거나 말거나 하는 것을, 그런 게 인생이거늘 부질없이 발버둥친 저 어리석음이여. 외방의 하찮은 관광객들에게 그 치부까지 샅샅이 공개되어 구경거리로 전락해 버린 황제의 저 헛된 꿈이여. 허무하고 허무할 뿐이로다.

주차장으로 나오니 수많은 차량들이 대기하고 있다. 가는 곳마다 인파가 북적대기 때문에 아침에 가이드가 말한 대로 그가 들고 다니는 깃발을

낯선 길 위에 부는 바람

놓치면 미아가 될 것 같았다. 장사꾼은 여기서도 극성이다. 과수원에서 금방 따온 거라며 복숭아를 팔고 있었는데, 하나 사서 먹어 보니 맛은 우리 것보다 못한 것 같다. 예전에는 중국 것이라면 최상품 취급을 받았을 텐데 지금은 우리 밥상에서 중국 농산물이 푸대접을 받는 세상이 되었으니, 그런 선입견 때문인가.

다시 왔던 길을 나와 점심을 먹으러 식당으로 들어갔다. 그 규모가 엄청나서 한꺼번에 5천 명이 동시에 식사를 할 수 있단다. 한쪽에는 면세품 가게가 있어서 여러 가지 물건들을 팔고 있었다. 미리 예약을 했는데도 자리가 나지 않아 면세점 구경을 하며 순서를 기다려야 했다. 그런데 이 식당에서 만나는 사람 상당수가 한국 사람이었다. 면세점에서도 한국어가 통용될 정도였다. 우리나라 사람들이 얼마나 많이 오는지, 그리고 물건을 많이 사는지 알만했다. 차례가 와서 중국식으로 점심을 먹고 만리장성으로 향했다.

빗속의 만리장성

버스는 고속도로를 달리는데 불행하게도 밖에는 비가 내리기 시작하고 있었다. 아차, 이거 만리장성도 제대로 볼 수 없는 것 아닌가, 하는 불길한 생각이 들었다. 만리장성은 잘 알려진 대로 진시황 때 쌓기 시작해 2천 년이 넘게 걸려 완성된 것으로 인간이 만들어낸 조형물 가운데 유일하게 인공위성에서도 보이는 것이라고 한다. 그리고 그 규모와 견고함이 세계 7대 불가사의에 속할 정도로 현재의 기술을 가지고도 만들기 어려울 정도라고 한다. 한참을 가자 차창 밖으로 언뜻언뜻 장성의 모습이 보인다. 산과 계곡을 빈틈없이 연결하고 있는 거대한 모습의 장성은 뿌연 안개 속에 길게 누워 있었다. 그리고 성을 안고 있는 산은 빗속에서 신비한 자태로 몽롱한 동양화 같은 풍경을 연출한다. 이 성은 북경 근처에 이르러 더욱 견고하게 쌓은 모두 네 겹의 성으로 이루어져 있는데, 과연 이 성을 넘어

진시황 때 쌓기 시작해 2천 년이 넘게 걸려 완성된 세계 7대 불가사의 만리장성

침입할 외적이 있을까 할 정도로 높고 단단해 보였다.

버스가 멈춘 곳은 관광객을 위해 케이블카를 설치해 놓은 지점이었다. 장성을 구경하기 위한 관광객들이 우중임에도 꽤 많이 모여 줄을 서 있었다. 예전에는 모두 걸어 올라가 구경을 하느라 힘이 많이 들었는데, 지금은 시설이 좋아 구경하기가 수월해졌단다. 우리도 줄을 서서 순서를 기다렸다. 한 대에 여섯 명씩 타게 되어 있는 조그만 기구가 연속 돌아가면서 한쪽에서는 출발하고 다른 쪽에서는 도착해서 사람들을 내려놓고 있었다. 순서가 되어 기구에 올라앉으니 뒤뚱거리면서 올라가는데, 밖에 비가 내려 유리에 뿌연 김이 서린다. 바깥 풍경도 잘 안 보이고, 맘먹고 열어 놓은 카메라 렌즈도 시야가 확보되지 않으니 사진을 찍을 수도 없다. 게다가 바람까지 거세게 부는지 창을 흔드는 소리가 요란하다.

위로 올라가 정차장에 내렸으나 때 맞춰 바람이 거칠게 불고 비의 양은 더 많아진다. 우산을 가지고 갔으나 꺼내 펼 엄두가 안 날 정도로 비바람이 거세다. 지하도처럼 생긴 터널을 지나 밖으로 나오니 빗줄기가 온몸을 때린다. 그래도 다시 와 보기를 기약하기 어려운데 그냥 갈 수는 없어 우산을 억지로 펼치고 빗속을 나서 본다. 금세 머리와 옷이 빗물에 젖는다. 망루처럼 생긴 곳으로 올라가는데, 말하자면 성의 꼭대기를 밟고 걷는 셈이다. 그러나 워낙 비와 바람이 세차서 더 이상 가기가 어렵다. 용감한 일행 중 한 사람은 잽싼 솜씨로 그 빗줄기를 뚫고 위로 올라간다. 얼마쯤 걷다가 도저히 갈 수 없어 다시 발길을 돌려 내려와야 했다. 우산과 옷을 벗어 카메라를 가리고 겨우 사진 한 장을 찍었다. 아, 아쉽고 안타깝도다. 백두산에서의 그 안타까움을 여기에 와서 또 되풀이해야 하다니, 이 무슨 얄궂은 운명의 희롱이란 말인가.

다시 내려가려는 사람들로 아수라장이 된 인파 속을 헤치고, 차례를 기다려 간신히 기구를 타고 내려왔다. 온몸이 비에 젖어 한기가 스민다. 내의는 물론 신발 속에까지 완전히 물 속에 들어갔다 나온 것처럼 젖어 버렸다. 운동화를 벗어 고여 있는 물을 쏟아내야 했으니 더 말해 무엇하랴. 마른 옷으로 갈아입고 뜨뜻한 온돌방에 누웠으면 딱 좋겠다. 버스 기사에게 부탁하여 히터를 켜 달라고 해서 젖은 몸의 한기를 조금 달래 본다. 버스는 아까 왔던 고속도로를 되짚어 달린다. 도로 옆으로 지나는 철로가 있기에 물어보니, 북경에서 모스크바로 가는 기찻길이란다. 예전에는 같은 사회주의 나라여서 열차가 많이 다녔는데, 요즘엔 그리 많이 운행되지 않는다고 한다.

서커스 묘기와 장삿속 관광

시내로 다시 나와 어느 호텔 식당으로 들어갔다. 그 2층에 각종 중국차를 전시해 놓고 팔면서, 한쪽에선 직접 차를 끓여 시음을 해 보도록 했다. 조그만 찻잔에 따라 주는 여러 종류의 차를 맛보니 확실히 잎, 꽃, 줄기, 발효된 것 등에 차이가 있었다. 발효차인 보이 차는 참선하던 스님들이 즐겨 마시던 것이라고 한다. 우리 돈으로 약 5만 원쯤 되는 가격이었다. 따뜻한 차를 좀 마셔서인지 한기는 좀 가셨으나, 비에 젖은 축축한 옷을 입고 있는 느낌은 여전히 불쾌하기 짝이 없다. 아래층 식당으로 내려와 저녁을 먹는데, 그 유명하다는 오리 고기가 나왔다. 요리사가 직접 우리 테이블 앞에 와서 요리를 만들어 준다. 그러나 그 맛은 별로였다. 우리나라 오리 고기 전문 식당의 요리와 별반 다른 것도 없는 것 같았다. 역시 사람은

제가 태어난 곳의 음식을 먹고 살아야 하나 보다. 신토불이란 말이 틀린 것 같지 않다.

저녁을 먹고 나니 시간이 많이 지나 있어, 서둘러 서커스 공연을 하는 곳으로 출발했다. 아무리 옷이 젖어 있더라도 북경에 와 이 공연을 못 보면 후회가 된다는데 조금 불편한 거야 참는 수밖에 없지 않은가. 하지만, 우리의 다급한 사정은 아랑곳하지 않고 길은 계속 막혔다. 마음은 급한데, 그렇다고 달리 방도가 있는 것도 아니니 다소곳이 기다릴 수밖에 없다.

시작 시간이 한참 지나 겨우 공연장에 도착했다. 그러나 공연장 주변은 차와 사람이 몰려 혼잡하기 이를 데 없다. 차가 들어갈 수 없어 할 수 없이 먼 곳에서 내려 빗속을 걸어가야 했다. 안에 들어가니 이미 공연은 시작되어 있었다. 뒤쪽의 자리밖에 없어 거기에 앉아 공연을 보았다. 과연 명성에 걸맞게 공연 내용은 환상적이었다. 어찌 사람의 능력으로 저런 묘기를 할 수 있단 말인가. 자전거 타기, 접시돌리기, 텀블링, 의자 쌓으며 올라가기, 균형 잡기, 철봉, 물건 튀겨 머리로 받기 등 실로 기기묘묘한 묘기가 이어져 저절로 박수가 쳐졌다. 이들은 요즘엔 국가에서 그 기능을 인정하여 상당한 대우를 해 주기 때문에 그런 묘기를 직업적으로 연습하고 익히고 있다 한다. 텔레비전에서 간혹 보았던 중국 서커스의 진수를 현장에서 보았다는 기분이 젖은 옷의 불쾌함을 잠시나마 잊게 해 주었다.

공연이 끝나고 밖으로 나오니 비는 여전히 제법 굵게 내리고 있었다. 북경은 원래 이렇게 비가 많이 오는 곳이 아닌데, 요즘 기상이변으로 이런 비가 내린다고 한다. 그 기상이변의 원인이야 모두 우리 인간들이 제공한 것이니, 결국은 자연의 인과응보랄까, 그 업보를 고스란히 되돌려 받는 셈이다. 돌아오는 길에 가이드는 발 마사지를 받으라고 성화를 부린다. 아마도 그 곳에 가야 자기에게 얼마간 돈이 돌아오는 모양이다. 우리는 이런 꼴로 어디를 가겠느냐며 거절을 했다. 빨리 호텔로 가 옷을 갈아입어야 살 것 같았다. 그는 우리 관광에 그게 옵션으로 들어가 있으니 그래도 가야 한다고 자꾸 우긴다. 나중에는 우리가 그만큼의 돈을 줄 테니 가지 말자고 해도, 회사와 운전기사 몫까지 들먹이며 고집을 부린다. 끝내 일행 중에 하나가 큰소리로 호통을 쳐서 그와의 관계가 서먹해지기는 했으나 안 가는 것으로 낙착이 되었다. 호텔로 돌아와 몇 시간째 입고 있던 젖은 옷을 벗고 나니 그나마 기분이 상쾌해졌다. 마지막 밤이라고 모두 모여서 맥주를 한 잔씩 하면서, 이번 여행에 관해 서로 소감을 주고받으며 아쉬움을 달랬다.

아쉬운 귀환 길

다음 날 아침 여섯 시에 기상을 해서 맛없는 식사를 하고, 일곱 시에 호텔을 나섰다. 공항에 나와 수속을 하고 아홉 시 출발하는 중국 민항기를 탔다. 인천공항에 도착하니 시차 관계로 열한 시. 입국 수속과 짐 찾기에 시간이 걸려 공항을 나선 것은 거의 한 시가 가까워서였다. 갈 때 우리를 실어다 줬던 전세 버스가 기다리고 있었다. 버스에 탑승하여 대전에 들러 일행을 내려놓고, 공주에 도착하니 오후 네 시나 되었다.

이번 여행은 불과 4박 5일의 짧은 일정이었지만, 북경과 연길, 백두산과 북한 접경의 두만강, 명나라 때의 능과 만리장성, 그리고 우리 조선족과 낯선 외국인들과 함께 한 그 시간들은 일상의 매너리즘에 빠져 있던 나 자신을 한층 활기 있게 만들어 준 좋은 계기가 되었다. 기회가 되면 꼭 다시 한 번 가 보고 싶은 여정旅程이다. 볼 곳을 제대로 보지 못한 아쉬움이 너무 많은 여행이었기에.

3 극자연 속 우리 숨결 대마도 기행

떠나기 전에

대마도는 우리에게 무엇인가. 독도를 저희들 땅이라고 우기는 일본의 일부 사람들에게 맞서서 그럼 대마도는 우리 땅이야, 그렇게 주장하고 싶은 그런 땅인가. 거리상으로 일본 본토보다 우리나라와 훨씬 가까운 곳에 위치한 이 섬은, 역사에서 때로 왜구의 총본산 소굴로, 또는 조선통신사의 첫 기착지로, 또 때로는 박제상이나 면암 최익현 선생 같은 충신의 관련 유적지로 우리에게 기억되고 있는 곳이다. 그러나 우리는 과연 그곳을 얼마나 알고 있는가. 또 우리가 알고 있는 단편적인 지식들이 과연 그 실체와 얼마나 부합되고 있는가. 이런 의문들을 품고 7월 말에 2박 3일의 일정으로 여행길에 올랐다. 관광이라기보다는 역사 현장의 답사요, 과거의 진실을 알기 위한 교육 탐방인 셈이다.

출발에서 부산까지

잠을 제대로 자지도 못하고 일어나 간단히 세면을 하고 서둘러 출발지로 가니 4시 20분이다. 아직 일행이 다 오지 않아 잠시 기다려서 4시 40분에 공주를 출발하였다. 눈에서 잠이 떨어지지 않아 출발하자마자 졸기 시작했다. 5시 좀 넘어 유성에 도착하여서 거기서 일행들이 다시 합류하여 모두 22명의 팀이 만들어졌다. 대개 부부들이 짝을 이루고 우리처럼 자녀를 동반한 분이 또 한 분이 있어 실제로 열 가족이 하는 여행이 되었다. 새벽의 고속도로는 한산하다. 어둠에 묻힌 길을 차는 비교적 빠른 속도로 달린다. 사람들은 평소보다 일찍 일어난 탓에 모두 잠에 취해 있다. 졸린 눈을 비비며 중간에 휴게소에서 잠시 쉬면서 간소한 요기로 아침을 대신했다.

부산항을 떠나 일본으로

오전 9시 15분쯤에 부산 여객터미널에 토착했다. 재작년인가 여기에서 배를 타고 일본 큐슈 지방에 다녀온 적이 있어 낯설지 않은 풍경이다. 공주에서 우리를 인솔하고 온 여행사의 직원은 우리를 일본 현지에서 안내할 아름다운 아가씨에게 인계하고 작별했다. 성이 백이라고 하는 이 처녀는 본인이 원해서 일본 여행 전문 가이드가 되었다고 하는데, 타고난 것인지 후천적 노력인지 사람들을 다루는 수완이 매우 능란해 보였다.

잠시 기다렸다가 출국 수속을 하고, 긴 통로를 걸어 10시 20분쯤에 배에 올랐다. 얼마 안 있어 배는 곧 출발하였다. 점심을 도시락으로 해결해야 한다고 해서 하나씩 받아 들고 들어가서 아직 시간이 되지 않았지만 곧 식사를 했다. 배도 고팠지만 짐을 줄여야 하기 때문이다. 배 멀미가 염려되어 약을 먹었는데 다행스럽게도 바다는 아주 잔잔하여 거의 요동이 없는 것 같다.

12시쯤에 대마도 북쪽 끝에 있는 하타카츠 항구에 도착하였다. 명색이 국제 여객터미널인데, 그 규모도 아주 작고 시설도 열악하기 짝이 없어 첫인상이 별로 좋지 않다. 아직 본격적인 관광지로 개발되지 않은 탓이라 한다. 겨우 두 명의 직원이 나와 앉아 수백 명의 입국 수속을 담당하다 보니 시간도 무척 많이 걸리고, 또 일하는 스타일이 원래 그런지 느릿느릿 처리

한국 전망대

하는 모습이 짜증스럽기까지 하다. 밖의 날씨는 30도를 넘는 무더위고, 입국 수속하는 사무실은 비좁고, 또 한국인이 대부분인 관광객들은 기다리는데 익숙하지 않아 여기저기서 불만의 소리가 들린다. 그러나 어찌하랴. 엄연히 여기는 외국이고 우리는 나그네니 그 나라의 제도나 풍속에 따라야 하는 것을. 기다리고 또 기다려서 겨우 다른 나라에 들어가는 수속을 마치고 밖에 나오니 1시가 넘은 시간이었다.

한국 전망대와 통신사 순난 비석

밖으로 나와 대기하고 있는 버스에 올랐다. 차는 새 것이 아닌데도 에어컨은 시원한 바람을 잘도 쏟아낸다. 무더위 속에 기다리느라 올랐던 체온이 금세 내려가는 기분이다. 버스가 달리는 도로는 매우 좁아 보이는데 그래도 차가 막히거나 얽히는 경우는 거의 없이 원활하게 소통된다. 일본인들의 질서 의식이 발로되어서일까. 가이드는 일본의 도로가 좁은 것은 차폭이 좁은 것과 연관되어 있으며, 교통사고가 거의 없는 것은 일본인의 기질과도 관련 있겠지만 그보다는 도로 구조나 우측통행 관행에 상당 부분 그 원인이 있다고 설명한다. 그도 한국인이어서 그런지 상대적으로 일

통신사 순난비

본에 대한 과도한 찬사의 말을 한다거나 반대로 흔히 하기 쉬운 한국인에
대한 비하는 하지 않으려 의도적으로 노력하는 것 같다.

가장 먼저 도착한 곳은 한국 전망대다. 이 섬의 가장 북쪽 끝에 위치한
이 전망대는 한국의 자재를 들여와 한국식 팔각정의 모습으로 건축한 것
이라 한다. 정자에 올라가기 전에 그 아래에 있는 역관譯官과 종사자從事者
순난비殉難碑를 둘러보았다. 이는 옛날 교통이 불편했던 시절, 작은 배를
타고 큰 풍랑을 견디며 국가 외교를 수행하기 위해 오다가 뜻하지 않은 사
고로 목숨을 잃은 분들의 넋을 위로하기 위해 세운 비석이다. 비에는 그
분들의 이름이 새겨져 있고, 또 이 비를 세우게 된 내력을 적은 글도 있다.
누구의 정성인지 그 비석 앞에는 사기그릇에 물을 떠다 놓고 향을 피운 흔
적도 있다. 우리도 그 앞에서 잠시 묵념을 올렸다. 여기서 한국까지는 불
과 50킬로 정도밖에 안 된다고 한다. 반면 일본 본토까지는 150킬로나 된
다고 하니 예전에 일본 정권이 여기를 어떻게 대했을까를 가히 짐작케 한
다. 날씨가 맑은 날에는 부산과 거제도의 모습이 선명하게 보인다는데, 아
쉽게도 우리 눈앞에는 짙은 안개와 엷은 구름이 꽉 차서 아무 것도 볼 수
가 없었다. 이국의 땅에 이런 한국 고유 형태의 정자와 비석을 세웠다는
것은 그만큼 이 섬이 우리와 밀접한 관계가 있고, 또 이곳 사람들의 정서

가 한국에 가깝다는 증거가 아닐까.

충절의 상징, 박제상 비 앞에 서다

다시 버스를 타고 이동하여 그 다음에 도착한 곳은 박제상 기념비다. 우리가 어려서부터 익히 배워 아는 대로 박제상은 신라 시대의 충신이다. 인질로 와 있던 왕의 동생을 일본 관리들 몰래 귀국시켜 왕의 근심을 덜어 드리고, 정작 본인은 죽음을 두려워하지 않고 의연하고 꿋꿋하게 신라인으로서의 기개를 떨치며 희생된 그분의 이야기는 그 얼마나 감격적이었던가. 온갖 권력과 재물을 동원하여 그를 회유하려는 일본 사람들에게 '비록 신라의 개나 돼지가 될지언정 일본의 신하는 되지 않겠다.'고 외치며 스스로 죽음의 길을 택한 그의 모습에서 우리 후손들은 옷깃을 여미지 않을 수 없다. 일본으로 떠난 그를 그리워하며 치술령에 올라 일본 쪽 바다를 바라보다가 그대로 돌이 되었다는 그 부인과 함께 그의 충절은 천 년 세월을 건너 오늘에도 찬연하지 않은가. 최고의 문명 시대에 살면서 너나 없이 일상적으로 나를 먼저 생각하는 개인주의에 익숙해진 우리들이 새삼 부끄럽기만 하다. 한 가지 유감스러운 것은 그 분의 찬연한 충절을 기리는 시설로는 그 위치나 규모가 너무나도 초라하다는 것이다. 사람들의 자취도 별로 없는 곳에 덜렁 비석만 하나 세워 놓았는데, 그 옆에는 그 비를 세운 사람들의 이름과 공적을 나열한 또 하나의 거대한 비석이 있으니, 도대체 무슨 이름을 그리 남기고 싶어 안달이 나서 이런 불균형을 초래했단 말인가. 나그네의 이런 쓸쓸한 마음을 아는지 하늘에선 갑자기 비를 쏟아 붇기 시작한다. 물론 열대성 기후라서 흔히 내리는 소나기이겠지만, 사람들의 허망한 욕심을 꾸짖는 하늘의 가르침일는지도 모르는 일이다. 이런 우리 마음을 아는지 모르는지 바로 앞에는 바닷물이 예전 그 모습 그대로 물결만 철렁이고 있다.

민속자료관과 아소만 전망대

차로 다시 한참을 이동하여 미네마치에 있는 역사민속자료관을 찾았다. 이곳은 북섬의 중간쯤에 위치한 곳인데, 이곳 지방자치단체에서 세운 건물에 주민을 위한 교육 시설과 봉사 센터를 겸하는 복합 용도의 건물로서 공민관이라는 이름이 붙어 있다. 여기에 이 섬에서 출토된 여러 유물과 민속자료를 모아 전시하고 있는 곳이 곧 이 자료관이다. 전시 유물은 우리의 여러 박물관이나 자료관에서 흔히 볼 수 있는 고대의 석기며 철기 등속의 옛 유물들과 함께 옛 농기구 등 민속자료가 대부분인데, 그 중에는 우리의 것과 거의 동일한 벼 홀태며, 풍구, 낫, 쇠스랑, 괭이 등도 있어 전혀 낯설지가 않다. 마치 우리나라 어느 전시관에 들어온 것 같은 착각이 들 정도다. 인상적인 것은 발굴 현장에서 가져온 수많은 토기 파편들이 소중하게 보관 관리되고 있는 점이다. 우리 같으면 그냥 발굴 현장에 쌓아 놓았을 것 같은 비슷비슷한 깨진 파편들을 정성스럽게 모아다가 보관하는 그 정신만은 본받을 만한 것 아닌가 하는 생각이 들었다. 과거를 소홀히 하고 어찌 현재나 미래를 알고 말할 수 있는가.

거기서 나와 또 이동을 한다. 다음에 간 곳은 이보시다케[烏帽岳] 전망대다. 이 섬의 가장 아름다운 경관이라고 알려진 아소만의 장대하고 아기자기한 경관을 한눈에 조망하기 좋게 지어 놓은 전망대라고 한다. 남섬과 북섬의 중간쯤 우묵하게 들어간 곳에 리아스식 해안으로 된 이 만은 마치 우리나라의 다도해 풍경과 비슷하다고 하는데, 먼저 왔다간 사람들이 입에 침이 마를 정도로 그 경치를 찬탄하는 것을 들었기에 큰 기대를 가지고 올라갔으나 자연의 심술인지, 아니면 우리에게 그런 절경을 감상할 행운이 없어서인지 입구에 도착하자마자 비가 뿌리기 시작한다. 안갯지 구름인지 희뿌연 무리들도 자욱하게 시야를 가리고 있다. 게다가 바람도 거칠게 불어 우산을 날릴 정도다. 일행 중 일부는 버스에 그냥 남고, 일부는 빗속을 뚫고 계단을 올라갔다. 예상했던 대로 아래로는 아무 것도 보이지 않는

전망대에서 본 아소만

다. 주변엔 비에 젖은 나무와 풀들이 함초롬하고, 이름 모를 꽃들만 물기에 젖어 더 생기가 나는 듯하다. 전망대는 작은 규모로서 언뜻 보기에 매우 엉성해 보인다. 일행이 많으면 한 번에 다 올라갈 수 없을 정도로 공간도 협소하다. 몰려드는 관광객들을 대비해 급조하다시피 만들어 놓은 관광 시설인 듯하다. 또한 건축물은 이 나라답지 않게 시멘트 덩어리에 페인트 덧칠만 되어 있다. 관리도 잘 안 되고 있는지 산뜻한 맛이라곤 전혀 없어 보인다. 아쉬움에 우산으로 비를 가리며 난간에 기대 잠시 한담을 나누고 있노라니, 거센 바람결에 뿌연 시야가 어느 순간 활짝 트인다. 아주 짧은 시간이었지만 사람들은 탄성을 지르고 그 모습을 사진으로 담기에 바쁘다. 점점이 떠 있는 섬들이 마치 이곳의 명산물이라고 하는 진주알처럼 은은하고, 그 섬들을 포근히 감싼 바다의 물은 미지근하게 데운 물처럼 안온하고 부드럽게 섬 아기들을 품에 안고 있는 듯하다. 하지만 안타깝게도 그 시간은 잠시, 곧 다시 구름과 안개가 빠른 속도로 그 모든 것을 덮어 버린다. 가이드는 다음 일정이 바쁘다며 내려가기를 재촉한다. 내려오는 길에 우리나라에선 보기 드문 여러 마리의 까마귀들이 허공에 날고 있는 것이 보인다. 흉조로 보는 우리와 달리 일본 사람들은 까마귀를 아주 귀하게 여기며 보호하는데, 그래서인지 그 개체 수가 요즘 급격하게 늘어났다고 한다. 그 때문에 그 새떼들이 도시의 쓰레기를 뒤지고 농작물에 피해를 주고 해서 골칫거리라고 하니, 우리나라의 까치와 그 위상이 비슷한 것 아닌가 하는 생각이 든다. 그러나 돌이켜 보면 이들뿐이 아닐 것이다. 반환경적 영향으로 최근 얼마나 많은 생물 개체가 인간의 삶을 위협할 정도로 증식되고, 또 반대로 멸종 위기에 몰리고 하는가. 이 모두 인간들의 이기적 욕심으로 자연의 생태계를 파괴하고, 먹이사슬을 끊은 탓 아닌가. 일시적인 탐욕이 오랜 불행의 원인이 되고 있음을 깨닫지 못하는 어리석음이여. 나중에 후회를 한들 그게 무슨 소용이 있는가. 파괴된 환경을 복원하고 끊어진 먹이사슬을 회복하기 위해 그간 얻은 이익의 수십, 수백 배의 비용과 노력을 들여야 하지 않는가. 그리고 보면 인간들은 참 지혜로우면서도 우매한 이중적 존재가 아닐 수 없다.

와타즈미 신사에 숨겨진 비밀

전망대에서 내려와 아소만의 바닷가에 세워진 와타즈미 신사神社에 들렀다. 신사는 일본의 국교와 같은 종교 시설이다. 공식적으로 8천만 명의 신도가 있다 하니 가히 신사는 일본인들의 일상생활 그 자체라고 할 수 있겠다. 이들은 아이가 태어나면 거의 예외 없이 신사에 가서 고하고, 결혼식은 교회에서 하고, 죽으면 절에 가서 불교식으로 장례를 치르는 것이 일상화되어 있다고 한다. 그런데도 크리스천은 전체 인구의 1% 미만에 그친다니, 신도神道와 불교가 이들의 종교 아닌 근본 뿌리이자 바탕이라는 말이 허언虛言이 아닌 것 같다. 사정이 이렇다 보니 신사 가운데는 별의 별 신이 다 모셔지고 있다 한다. 공부 잘 하게 해 주는 신, 싸움 잘하게 해 주는 신, 돈 잘 벌게 해 주는 신, 연애 잘 되게 해 주는 신……. 그 중에도 우리에게 부정적으로 자주 언급되는 야스쿠니 신사 같은 것도 있으니, 좀 과장해 말한다면 일본에서는 도대체 신 아닌 것이 없을 것 같다. 그들은 현대 문명 속에 살면서도 세월을 뛰어넘어 수천 년 전의 애니미즘 속에서 마

와타즈미 신사

음의 위안을 얻으며 사는 특징을 가진 민족인 듯하다.

　이 와타즈미 신사는 일본 신화 속의 해신海神을 모신 곳이다. 그래서인지 신사를 알리는 도리가 여러 개 신사를 향해 바다에 세워져 있다. 그런데 이 신사는 우리 문화와 밀접한 관련을 맺고 있는 곳이다. 가락국의 왕이었던 김수로는 인도에서 바다를 건너온 허황옥을 아내로 맞이한 분으로 역사에 기록되어 있는데, 그 나라가 바닷가에 위치해서인지 예로부터 바다와 관련된 많은 이야기들이 전해지고 있다. 그 중의 하나가 김수로 왕의 손녀가 일본으로 와서 신이 되었는데 그 신을 모시는 곳이 바로 이 신사라는 것이다. 가락국은 바로 부산 근처에 있었고, 거기서 이 섬까지는 바닷길로 불과 백여 리밖에 안 되는 가까운 거리였으니 항해술이 발달하지 못했던 예전에도 얼마든지 어렵지 않게 오갈 수 있는 곳이었으리라. 당시 일본 본토에는 나라를 통합할 통합된 정치권력이 형성되지 못했고 문화도 우리보다는 훨씬 뒤떨어져 있었다. 또한 이 섬에서 일본 본토까지는 가락국을 가는 것보다 세 배의 거리와 위험한 뱃길이었기 때문에 자연스럽게 가락국과 왕래를 하며 선진 문물을 받아들였을 것임을 쉽게 짐작해 볼 수 있지 않은가. 이는 비단 추측과 짐작만으로 하는 얘기가 아니다.

실제로 이 신사 앞에는 이 나라의 상식으로는 해명하기 힘든 증거물이 있다. 바로 개를 닮은 곰의 석조물이다. 곰은 바로 우리 민족의 주요한 신앙 대상이자 상징이 아니었던가. 어찌 보면 개 같기도 하고 또 어찌 보면 곰 같기도 한 이 수수께끼의 돌짐승은 무언無言 중에 이 신사가 우리 문화와 깊은 연관을 맺고 있음을 여실하게 증언하고 있는 것만 같다.

이 신사의 바다에 세워진 특이한 도리는 평소에는 기둥이 드러나 있지만 밀물 때는 물에 거의 잠겨 꼭대기의 모양만 보인다고 하는데, 그 모양이 석양 무렵의 일몰과 겹치면 하도 아름다워 아주 유명한 볼거리가 된다 한다. 잘 알려져 있다시피 도리는 새를 뜻하는 일본말인데, 새는 공중을 날아다니는 능력이 있어 지상과 천상, 또는 죽은 사람과 살아 있는 사람을 연결해 주는 매개자나 메신저 역할을 한다고 믿어서 생겨난 것이라고 한다. 해신을 모시는 신사답게 이 신사는 아소만의 바다와 직접 연결되어 있다. 또한 건립 연대가 오래 되었을 뿐 아니라 신사는 당연히 신성시하는 곳이라 이 주변의 나무들은 원시림 형태를 고스란히 유지하고 있어서 천연기념물 사총社叢으로 지정되어 있기도 하다. 우리는 처음 보는 신사 안팎을 구경하고, 일본인들의 신사 참배와 신앙 형태 이야기를 듣기도 하고, 독특한 풍경을 사진으로 찍기도 했다. 신사 뒤에는 일본 역사상 유명한 도오타마[豊玉]란 사람의 묘도 있었는데, 묘라기보다는 그저 그리 크지 않은 자연석에 아무개의 묘라고 새겨 세워 놓은 돌비석에 불과했다.

만관교를 건너려다 비바람에 밀리다

잘 알려져 있다시피 대마도는 크게 남북 두 개의 섬으로 이루어져 있다. 그런데 실은 이 섬의 중간에 인공적으로 운하를 파서 두 개의 섬으로 갈라진 것이다. 특히 러일전쟁 때 이 운하 덕분으로 군인과 군수 물자 수송 시간이 현저하게 단축되어 승리를 거둘 수 있었다 하니 이 운하는 역사적으로나 실용적으로나 매우 큰 의미를 가진 곳이다. 현재는 이 운하 위에 다리가 가설되어 두 섬이 연결되어 있다. 그 다리가 바로 만제케바시(만관교)다. 이곳은 물살이 매우 빠르고 또 기묘한 바위와 상록수가 우거진 양쪽의 언덕이 바다를 내려다보고 있어서 그 경치가 매우 아름다운 곳으로 소문나 있다. 그래서 유명한 관광 상품이 되고 있다고 한다. 우리는 이 길지 않은 다리를 도보로 건너며 그 경관을 감상하려고 했으나, 버스에서 내리자마자 굉장한 바람과 함께 비가 뿌리기 시작하여 먼저 내린 사람들은 우산을 제대로 펼치지 못할 정도다. 우비를 입은 동료 몇은 언제 다시 여기를 오겠느냐며 그래도 걸어 보겠다고 앞으로 나갔으나, 거센 비바람에 눈을 제대로 뜰 수조차 없어 할 수 없이 포기하고 차로 돌아오지 않을 수 없었다. 아마도 우리 중에 누군가 바람의 신이나 비의 신에게 노여움을 샀나 보다. 학생들이 행사를 하면서 날씨가 나쁘면 주최 쪽의 순결에 문제가 있다는 농담을 많이 하는데, 평생 한 번 올까 말까 한 기회에 주어진 이런 불운이 겹치다니 정말 누군가 몰래 죄(?)를 지은 것 아닌가 하는 상상을 해 보기도 한다. 혹 그 누군가가 바로 나인지도 모르겠다.

이즈하라에서 맞는 밤

이즈하라에 도착했다. 이 섬의 남쪽 맨 끝에 있는 항구 도시다. 낮에 북쪽 끝 항구에 도착하여 이곳저곳을 구경하며 약 80킬로를 한나절에 내려와 이제 남쪽 끝 항구까지 온 것이다. 새삼 이 섬의 크기가 작다는 생각도 든다. 가이드는 우리를 슈퍼(할인매장)에 내려놓으며 저녁에 필요한 물건을 사라고 한다. 음식이 입에 안 맞을지 모르니 한국 반찬을 준비하는 것이 좋을 거라는 조언도 한다. 일행들은 매장에 들어가 무언가 사기도 했지만 나는 차에서 내리지 않고 기다리기로 했다. 살 것도 없었지만 새벽부터의 강행군에 피로가 밀려와서다.

우리가 이틀 동안 묵을 호텔에 들어갔다. 시내의 길가에 있는 자그만 규모의 카키다니[柿谷] 호텔이다. 그런데 이 호텔은 명목상 비즈니스 등급

이즈하라 항구의 거북바위

이지만 그 시설은 열악하기 짝이 없다. 가이드가 몇 번이나 호텔의 시설이 마음에 안 들 것이라고 내내 이야기하여 어느 정도 예상은 하고 있었지만 막상 방에 들어가 보니 예상했던 이상으로 실망스럽다. 이 섬이 아직 본격적인 관광지로 개발이 안 되어 현재 막 관광 사업이 시작되는 초기 단계고, 또 멀리 떨어진 곳이라 일본 본토 사람들도 거의 오지 않는 곳이라고는 해도, 우리나라 같으면 이런 환경에 너도나도 뛰어들어 시설이 난립할 게 빤한데 여기는 전혀 딴판이다. 올 테면 오고 말 테면 말라는 건가. 아니면 이들의 민족성이 원래 그러한가. 최근 늘어나고 있는 관광객은 주로 한국인들뿐이라니 우리를 깔보아서인가. 원래 1인용이었던 방을 급히 2인용으로 개조하여 만든 방에는 침대 두 개가 방 면적을 거의 다 차지하고 있어서 앉기는 고사하고 편히 서 있을 공간도 없다. 침대 한 끝에다 앵글을 설치하고 그 위에 간신히 텔레비전과 작은 냉장고를 올려놓았다. 욕실조차 가정집 것보다 훨씬 좁다. 게다가 모기까지 앵앵거리며 날아다닌다. 많이 다녀보진 않았지만 해외여행 중에 이런 숙소는 처음이다. 이들보다 훨씬 못 산다는 중국의 시골 호텔보다도 못한 것 같다.

간신히 땀을 씻어내고 2층으로 내려가 식사를 했다. 전통적인 일본 음식이었는데, 아침과 점심을 모두 설친 탓에 배가 고파서 맛도 잘 모르고 우겨 넣었다. 우리처럼 한 그릇에 담긴 음식을 나눠 먹는 것이 아니라 따로 자기 몫의 음식을 받아서 그것만 먹는 문화가 낯설면서도 한편으로는 그들답다 싶었다. 저들은 우리가 수저를 이용해 고개를 숙이고 밥을 먹는 것을 개처럼 먹는다고 깔본다는데, 우리는 그들이 밥그릇을 들고 먹는 것을 거지처럼 먹는다고 받아친다는 말이 인상에 남는다. 개가 나은가, 거지가 나은가. 쉽게 판단하기 어려운 문제다. 제각각 오랜 세월 지켜온 문화가 있으니 문화의 상대성을 인정하는 게 정답 아닐까.

방에 올라와 침대에 누우니 먼 이국땅의 낯선 방임에도 몸은 편안하다. 하루 동안에, 바다를 건너고, 산을 넘고, 땅을 돌아 수백 킬로의 거리를 이동해서 이 방에 누워 있다는 게 꼭 꿈만 같다. 하기야 우리 삶이 다 꿈 아닌 게 있는가. 태어나서 살다가 죽는 일생 자체가 한바탕 꿈이라고 일찍이 선인들이 말하지 않았는가. 그것을 알지 못하고 괜히 애를 쓰고 고생하는 어리석은 중생들, 가엾은 영혼들, 모두 다 편안히 잠들지어다.

카미자카 공원과 고오타하마 신사에서 생각나는 것들

아침 7시에 기상 신호가 왔다. 이미 그 전에 깨어 세면을 마치고 창밖으로 거리 풍경을 내려다보며 기다리고 있다가 8시에 식사를 했다. 메뉴는 달라졌을 텐데 어제 저녁과 별로 다르다는 느낌이 들지 않는다. 같은 자리, 같은 상, 같은 그릇 때문일까.

차를 타고 이동하여 첫 번째로 간 곳은 카미자카 공원이다. 이곳은 옛 대마도 도주島主였던 종가宗家의 유적지인데 주변을 정비하여 공원으로 꾸며 놓은 곳이다. 바다를 내려다볼 수 있는 전망대도 만들어 놓았는데, 아쉽게도 여전히 구름과 안개가 가려 전망은 좋지 못하다. 그러나 잘 가꿔 놓은 넓은 잔디밭과 나무와 꽃들이 어우러져 대단히 아름다운 풍경을 연출하는 공원이 그 아쉬움을 조금 달래 준다. 일본인 특유의 섬세함과 아기

자기함이 이런 공원을 만드는 데도 어김없이 작용하는 것 같다. 밋밋하고 덩치만 커다란 규모를 자랑하는 공원보다 훨씬 나은 것 같다. 특히 작고 사소한 것에까지 신경을 써서 친절하게 안내판을 세워 놓은 것은 우리도 타산지석으로 삼을 만한 것 아닌가 하는 생각이 든다. 어디를 가나 역사적으로 어떤 의미가 있는 것인가를 기록해 놓은 그 안내판들은 부럽기조차 하다.

공원 뒤쪽으로 돌아 들어가니 커다란 나무가 울창하게 우거져 있고, 어떤 것은 고목이 되어 쓰러져 있기도 하고, 습기가 많은지 이끼와 고사리 같은 식물이 자라고 있기도 하다. 그 가운데로 산책로가 나 있어 호젓한 느낌을 주는 길을 천천히 걸으며 여러 생각을 했다. 산책로 주변 곳곳에는 러일전쟁부터 태평양전쟁에 이르기까지 근현대의 여러 군사 유적이 남아 있다. 출동 중 배가 파선하여 조난을 당한 군인들의 위령비며, 예전 이 섬을 방비하던 대포를 쏘던 포대며, 군인들이 묵었던 막사 건물들이 그것이다. 그런 것들이 과연 어떤 교육적 기능을 하고 있는지는 잘 몰라도, 시기적으로 그리 오래 되지 않은 그런 것들조차 소중하게 관리하고 보존하여 교육의 자료로 삼고 있는 정신만은 배울 필요가 있는 것 아닌가 하는 생각이 들었다. 물론 올해 종전 60주년(우리에겐 광복 60주년이다)을 맞아 그들이 이민족에게 가한 끔찍한 학살과 처참한 살육은 외면한 채 대대적으로 자신들이 당한 원폭 피해만을 내세우며 진정한 반성 없이 입으로만 평화를 외치고 있는 것은 가당찮은 자가당착이지만, 저 말단 졸병들, 아무 힘이 없는 병사들, 꼭두각시처럼 동원된 서민 청년들은 과연 무슨 죄가 있는가. 그런데도 그 책임자들은 역사에 큰 이름을 거들먹거리며 여전히 위세가 등등하고, 약하고 가엾은 백성들만 희생당해 아무 말 없이 스러졌으니 진정 역사는 승자勝者들만의 기록이란 말인가.

다음으로 찾은 곳은 고오타하마[小茂田浜] 신사다. 일본에는 야스쿠니 신사와 더불어 둘밖에 없는 전몰 군인을 위한 신사라고 한다. 여기는 그들 말로 몽골군의 침략 유적지다. 몽골군은 원구元寇라고 표기되어 있다. 우리가 흔히 역사에서 일본 사람을 왜구倭寇라고 하는 것이 연상된다. 몽골군이 어떤 규모로, 어떤 경로를 통해, 어떻게 이곳을 침략했는지 상세한 규모와 진로가 안내판에 그려져 있다. 이렇게 수백 년 전 자신들이 당한 피해는 그토록 끈질기게 강조하며 기념하는 그들이 정작 다른 민족을 침략하고 고통에 빠뜨린 사실은 그렇게도 인정하지도 않고, 사죄하지도 않고, 변명하기에 급급한가. 소위 '식민지 근대화론'을 들먹이며 아직도 우리에게 가한 식민통치를 은혜를 베푼 것이라고 우기는 저 뻔뻔함은 과연 사람으로서 할 수 있는 일인가. 그런데도 우리 넋 빠진 일부 학자라는 자들은 그들의 논리를 그대로 좇아 '일본의 식민 지배는 은혜'라고 떠들고 있으니 참으로 분통이 터질 일이다. 우리가 여기에 온 것도 독도를 저희 땅이라고 우기는 저들의 떼쓰기에 대응하여 그럼 대마도는 우리 땅이 아닌가 하는 감정의 움직임이었으니, 같은 피를 나눈 한국인으로서 왜 그리 생각들이 천양지판으로 다른지 알다가도 모를 일이다.

이시야네, 그리고 독특한 점심밥

잠시 이동하여 다음에 찾은 곳은 이시야네[石屋根]다. 예전에 이곳은 바닷바람이 얼마나 거세게 부는지 바람에 지붕이 날아가곤 하여 돌로 지붕을 덮는 풍속이 있었는데, 지금은 거의 다 사라지고 두세 채만 남아 있다 한다. 재료만 다를 뿐 마치 우리나라의 강원도나 울릉도 산골에 남아 있는 너와집 같은 느낌이 난다. 자연의 위력 앞에 그곳 자연의 산물을 이용하여 살아남는 법을 터득하는 게 바로 사람들의 지혜 아니겠는가. 그런 것은 어느 곳이나 마찬가지인 것 같다. 오랜 과거의 산물인 그 창고 주변으로는 논에 벼가 잘 자라고 있고, 사람들이 사는 집은 서양식의 번듯한 건물들이 대체하고 있다. 바로 그런 변화 속에 흘러가는 세월이 녹아 있는 것일 게다. 그런 사정은 묘지에서도 다르지 않은 듯하다. 뒤쪽 산자락에는 가족묘지 같은 납골 시설들이 정답게 늘어서 있는데, 그것은 과거와 현재, 또는 살아 있는 사람들과 죽은 사람들이 사이좋게 동거하고 있는 것 같은 느낌을 준다.

바람 때문에 생긴 이시야네

　점심을 먹기 위해 한참을 이동하여 산 속에 있는 식당을 찾았다. 미녀총
美女塚이란 이름의 식당이다. 하필 식당 이름에 왜 무덤이란 뜻의 글자를
썼을까 의아해서 내가 농담으로 미녀총은 미국 여자 무덤이냐고 물었더니
가이드는 허리를 잡고 웃는다. 그게 아니고 그 근처에 애달픈 일화를 가진
미녀총이라는 유적이 있어서란다. 점심식사는 로꾸베와 주먹밥이다. 로꾸
베는 우리말로 하면 고구마 국수다. 고구마는 이 섬의 대표적인 특산물이
라 하는데, 이 고구마의 전분과 섬유질을 분리하여 국수로 만든 것이다.
끈기가 없어 길이가 짧은 국수를 뜨거운 물에 말아 내 왔는데 맛은 그저
그렇다. 이 고구마는 영조 때 사신으로 오셨던 우리 선대 할아버지[趙儼]께
서 국내로 들여오셔서 당시 굶주림에 고생하던 우리 민족에게 훌륭한 대
체 식량 역할을 하게 했으니 내게는 특히 감회가 남다를 수밖에 없다. 국
수로 모자란 배는 함께 나오는 작은 주먹밥 두 덩이로 보충을 했다. 밥을
먹고 나서 가느다란 빗줄기 속에 식당에서 꾸며 놓은 작은 정원을 구경했
다. 전통적인 방법으로 꾸며 놓은 정원의 아기자기한 모습 – 작은 물레방
아며, 바위, 돌, 작은 연못, 꽃과 나무, 전형적인 일본 정원의 모습이었다.

오사키야마와 아유모도시 자연공원의 아름다움

밖에만 나서면 땀이 흐를 정도로 날은 무덥다. 식당이나 버스 안은 냉방이 되어 견딜만하지만 명색이 관광이라고 나섰는데 실내나 차안에서만 보낼 수는 없는 법 아닌가. 다시 차를 타고 이동을 하여 오사키야마 자연공원에 도착했다. 여기는 대마도의 최남단인데 아직 개발의 손이 미치지 않은 곳이라 자연 그대로 보존하기 위해 자연공원으로 지정된 곳이다. 차에서 내려 잔디가 가꾸어진 골프 연습장을 지나 등대로 향했다. 거기는 일명 등대공원이라고도 하는 쯔쯔자키 공원이다. 가는 길에는 대마도의 남쪽 끝답게 절벽 아래로 바다가 아스라하게 내려다보인다. 우리는 땀을 줄줄 흘리며 좁은 길을 걷고 돌층계를 올라 등대가 있는 데 당도했다. 등대공원이라고 해서 당연히 시원하게 쉴 곳이나 휴게 시설이 있을 것으로 예측했으나 황당하게도 썰렁한 등대 하나만 달랑 서 있을 뿐이다. 게다가 관광객은 그 안에 들어오지도 못하게 한다. 관광객을 위한 시설이라고는 전무하고 썰렁한 시멘트 구조물만 덩그렇게 서 있을 뿐이다. 주변엔 키 큰 잡초들이 무성하게 우거져 있을 뿐 오래 묵은 폐가廢家 같은 느낌마저 든다. 도대체 이런 곳을 관광 코스에 넣은 이유를 모르겠다. 우리나라 바닷가에는 이보다 좋은 풍광이 얼마나 많은가. 이런 답답한 마음을 달래 주듯 바다는 탁 트여 끝없이 펼쳐져 있는데, 애석하게도 바람은 시원하게 불어주지를 않는다. 일행들은 구경이고 뭐고 작은 그늘 찾기에 바쁘다. 조금서 있는 동안 금세 땀범벅이 되어 버린다. 누가 먼저랄 것도 없이 서둘러 거기서 내려오기들 시작했는데, 까마득하게 내려다보이는 얕은 바다에서 바위에 부서지는 하얀 파도 물거품이 그나마 후줄근하게 땀에 젖은 몸과 마음을 약간이나마 달래 준다.

버스에 타니 좀 살 것 같다. 하기야 이런 무더위가 연중 계속 되는 곳에서 살고 있는 사람들도 있고, 또 이보다 훨씬 높은 열기 속에서도 힘겹게 노동을 하는 사람들도 있으니, 그에 비하면 놀러 다니는 우리들이 이쯤의

자연공원의 아름다운 계곡

더위를 불평하는 것 자체가 사치일지도 모른다. 버스는 다시 한참을 달려 아유모도시 자연공원에 우리를 내려놓는다.

　여기는 화강암으로 이루어진 계곡이다. 희고 깨끗한 바위와 비교적 많은 수량의 물이 시원한 소리를 내며 흘러간다. 그 물 위로 예쁘게 생긴 구름다리도 놓여 있다. 곳곳에 산책로도 잘 가꾸어져 있다. 인상적인 것은 가급적 인공적인 요소를 배제하고 자연 그대로의 모습을 유지하려고 노력한 흔적들이다. 우리는 구름다리를 건너 정갈하게 정리되어 있는 야영장을 구경하고, 그 옆 가게에서 아이스크림을 하나씩 사서 입에 물고 산책로를 걸었다. 바로 옆에 물이 흐르고 나무가 울창하게 우거져 있어서인지 주변 기온이 떨어져 시원한 느낌을 준다. 개인적으로는 작년 여름 한 보름간 머물렀던 설악산 자락의 백담사 만해 마을의 산책로로 착각될 만큼 두 곳이 유사하다는 생각이 들기도 한다. 일행들은 물가로 내려가 물에 발을 담그고 잠시 쉬었다. 물은 그리 차지 않아 편안한 느낌을 줄 정도로 적당한 수온이다. 비록 그것이 이국 땅 계곡의 물이지만 낯선 경계심 대신 친근한 마음을 주는 것은 사람 사는 곳의 온기라는 공통점이 있기 때문 아닐까. 이처럼 말이 다르고, 풍속이 다르고, 문화가 달라도 사람이라는 공통점 하나로 서로 통할 수 있다는 사실은 얼마나 신기한 일인가. 산과 물과 바위와 계곡이라는 자연은 절대로 사람을 차별하거나 가르지 않는다. 다만 사람만이 사람을 서로 차별하고 가를 뿐이다. 그게 이기심일까, 아니면 욕심일까. 이래저래 궁극적으로 문제는 사람이다. 오직 사람만이 근본적으로 문제일 뿐이다.

특강 숙제를 하면서

돌아오는 버스 안에서 출발 전부터 내게 주어졌던 과제를 수행했다. 영조 때 일본 통신사의 일원으로 왔다가 「일동장유가」라는 국문학사에서 중요한 가치를 지닌 가사를 지은 퇴석 김인겸 선생에 대한 특강이다. 퇴석이 공주 출신이라는 점, 병자호란 때 명분론자였던 김상헌의 직계 손자라는 점, 그 사실이 작품에 어떻게 반영되어 나타났는가 하는 점, 당시 일본과 우리나라의 문화 수준의 차이, 통신사의 규모와 성격, 일본에서 통신사를 맞이하고 문화를 수용하던 관행 등에 관해 20여 분 동안 이야기를 했는데, 전공자가 아닌 사람들에게 그런 이야기가 과연 무슨 의미가 있을지 의문이지만, 다만 가까이에 있는 주요한 사실조차 모르고 지내는 것을 조금이라도 일깨워 줄 수 있었다면 그것만으로도 내 임무는 어느 정도 달성된 것 아닌가 하는 자위를 할 수밖에 없는 일이다. 또한 공부하고 배워서 아는 지식을 대중화하고 알리는 일도 때로는 지식인의 사회봉사 임무가 아닐는지, 그런 명분도 조금은 있지 않나 싶다.

버스는 다시 어제의 그 할인점 앞에 멈추었다. 쇼핑을 하라고 한다. 우두커니 차에 남기도 그래서 일행을 따라 매장에 들어가 보았다. 각종 생활용품은 물론 심지어는 자동차 타이어까지 팔고 있었다. 사지는 않고 이것저것 구경을 하는데 일행 중에는 물건을 사는 분들도 많이 있다. 특히 그동안 필요했던 키 큰 나무 전지용 농기구를 사는 분도 있었는데, 전원주택을 지어 사는 사람들에겐 꼭 필요한 것들이리라. 예전 우리가 살기 어려웠을 때, 미제와 일본제 물건에 얼마나 부러움을 느꼈는가. 그런 것을 가진 사람들이 잘나 보이고 우러러 보이던 시절, 또 그런 것 가진 사람들이 무슨 특권층처럼 여겨졌던 시절, 일제 물건 하나 없어 괜히 주눅 들던 때가 불과 얼마 전이던가. 그런데 이제 우리 주변에 일제보다 값싸고 좋은 국산품이 얼마나 많이 나와 있는가. 새삼 격세지감을 느끼게 한다. 아무리 물질보다 정신의 우위를 외쳐도 결국은 질 좋은 물건 앞에 인간들은 몰려들게 되어 있으니, 우리 사는 세상이 분명 자본주의 세상이고 또한 물신주의가 판치는 세상이라는 말이 꼭 들어맞는 것 같기도 하다.

낯선 항구에서 색다른 밤을

호텔에 돌아와 잠시 휴식을 하고 저녁식사를 했다. 여전히 비슷한 메뉴다. 가이드에게 값을 물어보니 상대적으로 비교하긴 어렵겠으나 국내에 비해 값은 훨씬 비싼데 맛은 별로 없다. 다만 개인적으로 제공되는 음식의 양이 적어서 낭비가 없는 점이나, 주인이 옆에 앉아서 손님의 식사가 끝날 때까지 깔끔하게 서비스를 해 주는 점은 인상에 오래 남는다. 우리나라에서 연간 음식 쓰레기가 8조 원어치나 나온다는 사실, 그런데도 가난해서 점심을 굶는 학생들이 20만 명을 넘는다는 이 이율배반적인 모순은, 이들의 음식 문화와 비교하여 우리가 조금만 지혜를 발휘한다면 상생하면서 해결할 수도 있지 않을까 하는 생각도 든다.

저녁에 일행들은 외출을 해서 이즈하라의 밤거리를 구경하였다. 인구가 얼마 안 되는 곳이라서 그런지 사람들은 별로 눈에 띄지 않는다. 관광지라고는 할 수 없을 정도로 거리는 한산하고 가게들도 문을 닫은 곳이 많다. 간간 시내를 가로지르는 냇가 벤치에 앉아 더위를 식히는 사람들이 보일 뿐 유흥 오락 시설은 별로 없는 듯하다. 우리에게 거의 일상화된 노래방, 이들 말로 가라오케라는 것도 이 시내에 두 곳밖에 없다고 한다. 우리는 어느 술집에 들어가 꼬치구이를 안주로 생맥주를 한 잔씩 나누며 담화를 했다. 나는 술을 마시지 못해 사이다 한 잔을 마시며 남의 이야기를 듣기만 했다.

호텔로 돌아와 억지로 잠을 잤다.

이즈하라에 숨쉬는 한국 문화들

아침 7시에 일어나 8시에 식사를 하고 9시에 호텔을 나섰다. 오늘은 버스를 타지 않고 도보로 이즈하라 시내를 관광하기로 되어 있다. 날은 아침부터 무더운데, 마실 물과 우산을 들고 가이드를 따라 유치원 아이들처럼 줄을 서서 걸었다.

맨 먼저 간 곳은 대마 역사민속자료관이다. 그 입구에는 커다란 비석이 하나 서 있는데, 가까이 가 보니 바로 조선통신사비다. 또한 한쪽에 예전 통신사들이 올 때 맞이하던 건물의 문도 복원해 놓았는데 그 이름이 고려문이다. 임진왜란 이후 두절되었던 통신사를 다시 오도록 주선한 이는 바로 대마도주였다. 그래서 총 12번의 통신사가 오게 되었는데, 그 첫 기착지가 바로 이곳 대마도였던 것이다. 이때 양국의 교류에 가장 공이 큰 인물이 아메노모리호슈[雨森芳洲]다. 그의 업적을 기리기 위해 그가 양국 교류를 주선하며 내세웠던 말 "誠信之交流"를 새긴 큰 비석도 이 자료관 앞에 세워져 있다.

자료관에는 대마도 출토의 각종 유물들과 자료가 전시되어 있다. 전시장 초입에는 대마도의 특산이라고 하는 사슴과 고양이의 박제 모형도 있다. 특히 이곳 고양이는 육지의 그것과 모양이 달라서 야마네코라고 하는데 우리나라의 살쾡이와 비슷하다고 한다. 이 섬에서는 그 고양이가 마스코트 역할을 해서 일종의 캐릭터처럼 되어 있다. 가게에서 돈을 많이 벌게도 해 주고, 액운을 멀리 쫓아내기도 하고, 행운을 가져다주기도 하는 이 고양이는 아마도 부작의 기능을 하고 있는 듯했다.

전시 자료 가운데 핵심은 역시 통신사와 관련된 것들이다. 통신사 행렬 그림이며, 당시 사용되었던 여러 유물들, 주고받았던 문서들이 소중하게 보관, 관리되고 있었다. 이 자료관의 가장 중요한 유물이라고 하는 대마도

주의 일기는 그 실물을 깊이 보관하고 있어서 볼 수가 없어 아쉬웠다. 그 것 외에 우리와 관련된 자료도 상당수 있었는데, 특히 고려대장경 초판본이나 일본어 학습서인 『첩해신어』 등 자료는 우리 관점으로 보아도 소중한 유물들이 아닐 수 없다. 눈길을 끄는 것 가운데 하나는 우리 국왕이 일본인에게 내린 교지인데, 그는 일본과 조선 양국에서 벼슬을 받고, 그를 바탕으로 양국 교류를 주선하고 실행했던 모양이다.

　그곳을 나와 다시 호텔로 돌아와서 로비에 맡겼던 짐을 이즈하라 항까지 끌고 간다. 날은 뜨겁고, 도로와 보도블록에선 열기가 반사되어 후끈거리고, 땀은 흐르고, 꼴들이 말이 아니다. 그러나 어찌하랴. 로마에 가면 로마의 법을 따르라고 했거늘 이미 그렇게 짜여 있는 계획이라면 그에 따를 수밖에. 일행은 여행용 가방 밑에 달린 작은 바퀴가 도로에 부딪쳐 내는 요란한 소리를 들으며 줄을 지어 이즈하라 대교를 건넌다. 불과 몇 십 미터도 안 되는 다리건만 거기에 생뚱맞게 대교라는 이름을 붙인 건 무슨 이유일까. 얼마 전 백령도에 갔을 때 10미터도 안 되는 다리에 백령대교라는 이름이 붙어 있다는 운전기사의 말에 웃음을 터뜨렸던 기억이 있는데, 그래도 그건 백령도에서 가장 긴 다리라는 명분이라도 있었지만 이건 그것도 아닌 모양이니, 아마도 예전 대일본제국의 향수를 잊지 못한 사람들의 제국주의적 발상이 작용한 것 아닐까 하는 생각을 해 본다. 이즈하라 항구 여객터미널은 우리가 엊그제 도착했던 히타키츠 항구보다 규모가 훨씬 크고 시설도 잘 돼 있다. 다만 거리가 멀어 한국까지 가는 데는 한 시간 반 이상이 더 걸린다고 한다. 냉방이 잘 되어 있는 대합실에서 땀을 좀 식히고, 짐은 한 쪽 구석에 모아서 정리해 놓고, 음료수를 사서 마시며 휴식을 취했다. 몇 군데 더 가 볼 예정이 있었지만 생각 같아선 여기서 그냥 쉬고만 싶다.

면암 선생을 기리며 오늘을 생각하다

　올라갔던 몸의 열기가 좀 가시자 다시 걸어서 수선사로 향했다. 이 절은 오래 전 백제에서 온 한 비구니 스님이 세운 유서 깊은 절이라고 한다. 다른 일본의 절들도 흔히 그렇듯이 이 절도 민가와 어울려 주택가에 위치하고 있다. 그리고 죽은 사람을 화장한 유골을 모시는 납골묘가 절의 공간을 상당 부분 차지하고 있다. 삶과 죽음이 일상적으로 공존하는 일본 특유의 문화라 할까. 우리가 죽음을 금기시하고 묘지를 주택과 멀리 떨어진 곳에 조성하는 문화와는 꽤 차이가 있는 것 같다. 아마도 지역마다 다른 기후 및 자연 환경이나 사람들의 서로 다른 의식이 그런 차이를 만들어 냈을 것이다.

그런데 이 절에는 면암 선생이 순국한 후 그 유해가 3일간 안치되었다가 부산으로 운구運柩된 인연이 있다. 면암 선생은 다 알다시피 한말의 애국지사다. 일본이 우리나라를 힘으로 핍박하고, 오만으로 나라의 정체성을 위협할 때, 분연히 그에 맞서 항거한 꼿꼿한 선비의 전형으로 존경을 받는 그분은 결국 이 대마도에서 단식으로 그 절의를 지키다가 순국하신분이다. 선생은 흔히 '두가단 발불가단頭可斷 髮不可斷'의 고집스런 노인으로 많이 기억되고 있지만, 거대한 해일처럼 밀려오는 서구(일본)의 문물과 제도에 속절없이 우리 것을 다 내줄 수밖에 없었던 당시의 도도한 흐름에 의연하게 맞서서 우리를 지키겠다는 그 기개야말로 얼마나 떳떳하고 당당한가. 다만 시대의 흐름을 모르고 완고한 고집으로 국수주의적 행태를 보였다는 비판이 있을 수 있지만, 이는 요즘 세계화 시대에도 여전히 민족성의 가치는 소중한 자산이자 경쟁력이라는 인식과 통하는 지혜라고 볼수도 있는 것 아닌가. 인륜의 정도正道가 실종되고 가치의 혼란으로 헤매고 있는 현재의 우리는 과연 무엇을 지표로 삼고 의지하며 지속 가능한 발전을 이룰 수 있는가. 우리 것을 다 내 주고 그 대신 좀 배부른 경제력에 모든 것을 걸고 매진해야 하는가. 속절없이 흔들리고 있는 이 시대의 우리에게 그분은 여전히 선지자이자 유효한 스승이 아닐 수 없다.

이런 인연으로 이 절에는 면암 선생을 기리는 순국비가 세워져 있다. 우리는 그 앞에서 잠시 경건하게 묵념을 올렸다. 우리가 아무리 하고 싶다

수선사의 낙태아 영가천도를 위한 석상들

해도 타국에 이런 비를 세우는 데 현지 사람들이 반대한다면 어려웠을 것이다. 우리에게는 애국지사이지만 일본 사람들에겐 그 반대일 수밖에 없는 일, 마치 안중근 의사가 우리에겐 존경받는 애국자지만 일본인들에겐 자국의 지도자를 암살한 테러리스트인 것처럼 말이다. 그런데도 선생의 그 고고하고 꿋꿋한 지조와 절개, 일본 땅에서 나는 것은 아무 것도 먹을 수 없다며 목숨을 초개처럼 여긴 그 무서운 정신만은 나라의 구별을 넘고 겨레의 차이를 넘어 영원히 빛나는 인류의 교훈이 되고 있지 않은가. 그러기에 이곳 유지들과 지도자들이 선뜻 선생의 그 고귀한 뜻을 기리는 기념물 조성에 앞장섰을 것이다. 선생은 이제 우리만의 애국지사가 아니라 사람의 도리를 지극한 경지에서 성취한 그 마음과 뜻으로 세계 모든 사람들의 정신적 스승이 되고 있는 것이다.

이 절의 납골묘를 둘러보다가, 아마도 그 후손이 오래 찾지 않았거나 관리비를 내지 않았거나 한 것으로 보이는 빗돌들이 뽑혀 한 곳에 방치되고 있는 것을 보았다. 심지어는 글자가 새겨진 남의 비석이 새로 조성된 다른 사람의 묘에 재료로 사용되고 있는 것도 있었다. 그러기에 옛 사람이 고인총상古人塚上에 금인경今人耕이라 했던가. 애초 무덤이라는 것 자체가 인생의 무상함을 느끼게 하는 존재들이지만, 우리나 남을 가리지 않고 살아 있는 사람 위주로 모든 것이 진행되는 그 사실을 어찌 부정하고 거역할 수 있단 말인가. 또한 죽은 뒤에도 돈의 많고 적음이나 후손의 잘 되고 못

되는 것에 따라 그 대우가 달라진다는 평범한 현실을 어찌 비켜갈 수 있단 말인가. 새삼 물신화되어 가는 천박한 자본주의에 고개가 흔들릴 뿐이다. 절 입구에는 붉은색 턱받이를 차고 있는 작은 돌인형들이 늘어 서 있었는데, 그것은 낙태아를 위한 것들이라고 하니 아마 이 나라에도 세상의 빛을 보지 못하고 스러지는 아기들이 많이 있는 모양이다. 성의 쾌락과 원치 않는 임신은 인류에게 주어진 영원한 난제이자 모순인 듯하다.

이국에서 만나는 낯익은 것들

그 절을 나와 다시 이동을 한다. 날은 덥고 발길은 무겁다. 우리가 걷는 길옆으로 물이 가로질러 흐르는 작은 시내가 있는데, 그 물에는 고기들이 줄지어 헤엄치고 다닌다. 그게 민물인지 바닷물인지 잘 모르겠으나 그리 깨끗해 보이지는 않는다. 시내를 흐르는 하천인데도 관리를 제대로 하지 않는 것 같다. 생활하수 같은 것도 그대로 유입되고 있는 것 같다. 아마 아직 환경오염 같은 것을 걱정할 단계가 아니어서인지도 모르겠다. 길가에는 여러 가게들이 있는데, 특히 인상에 남는 것은 이 작은 도시에 꽤 많은 서점이 있다는 것이다. 규모는 크지 않지만 갖가지 책을 파는 가게가 몇 십 미터 간격으로 있는 것 같다. 그만큼 수요가 있으니까 가게가 유지될 수 있을 것이니, 책 읽는 것이 이들의 생활이란 말이 따로 설명이 필요 없을 듯하다. 우리 현실과 비교하여 부럽기도 하고 부끄럽기도 하다.

빵 가게를 들렀다가 100엔 숍이란 곳에 들어갔다. 무조건 물건 한 개에 100엔씩이라는데, 잠시 돌아보니 대개가 중국산이고 일부 한국산도 있다. 오랜 경기 침체와 장기불황에 경제대국 일본도 결국은 이렇게 전락했는가 하는 생각과 함께 그 일본을 모델로 뒤쫓고 있는 우리의 미래를 생각하니 입맛이 쓰다. 별로 살 것이 없어 밖으로 나와 바로 가게 옆에 있는 촌사村祠인 지신사池神社를 구경하며 일행이 나오기를 기다렸다.

우리가 묵었던 호텔이 있는 거리를 몇 번째인가 다시 걸어 이즈하라의 시청 청사로 갔다. 거기서 점심을 먹을 곳으로 갈 버스를 탈 예정이라고 한다. 우리가 거기에 도착했을 때 공교롭게 시각이 12시가 되었는데 시청에서 정각을 알리는 시보時報로 '고향의 봄' 멜로디가 흘러나온다. 이것은 우리나라 방송에도 소개된 적이 있는데, 양국의 우의를 다지고 친선을 도모하기 위한 정책으로 결정된 것이라 한다. 이뿐이 아니라 이 섬에는 한국과 자매결연을 한 기관이 많고, 또 한국 관광객이 많이 찾아서인지 한글로 된 안내문도 꽤 많이 설치되 어 있다. 이즈하라 우체국에도 부산의 우체국과 자매결연을 했다는 내용이 한글로 크게 쓰여 간판처럼 내걸려 있다. 어쨌든 이국땅에서 우리 노래 멜로디를 들으니 기분이 묘하다. 그게 이해관계를 고려한 장사 속이든 아니면 진정에서 우러난 호의이든 우리에겐 색다른 감흥을 주는 것에 틀림없는 일이다.

오도된 관광 문화에 눈살을 찌푸리며

점심을 먹기 위해 한국 사람이 운영한다는 호텔에서 제공한 버스를 타고 호텔로 향했다. 이 섬에선 가장 좋은 시설을 자랑하는 관광호텔이라는데, 실제 올라가 보니 언덕 위의 바다 조망은 감탄할 만하나 시설은 그리 좋은 것 같지 않다. 규모도 크지 않은데다 층수도 고층이 아니다. 그런데도 이미 예약이 다 차서 우리에겐 그 차례가 오지 않았다고 한다. 관광지로 개발하려면 아직 멀었다는 생각이 든다. 음식은 뷔페식인데 요리사가 일본 사람이라 그런지 한국 음식 같은 맛이 나지 않는다. 그래도 일본 호텔에서 먹던 것보다는 나은 것 같다. 식당 옆에는 면세점이 있는데 진주를 비롯하여 식용유, 농산품 같은 것을 팔고 있었다.

점심을 먹은 것에 대한 서비스로 우리를 차로 실어다 준다 한다. 차가 작아서 우리는 두 팀으로 나누어 다시 팔번궁 신사로 향했다. 이 신사의 위치는 우리가 묵었던 호텔 바로 옆이다. 여기는 일본 신화 속의 천황을 기리는 신사다. 그래서 그 이름에 '궁' 자가 쓰였다고 한다. 그런데 이 신사야말로 일본인들의 역사 왜곡 및 억지가 단박에 드러나는 곳이라 아니 할 수 없다. 왜냐하면 전설적인 신화를 구체화하고 현실화하여 신앙의 대상으로 삼고 있기 때문이다. 저들은 우리의 역사를 왜곡하여 단군신화를 부정하면서, 그래서 우리 역사를 이천 년 정도로 축소하면서, 정작 자신들은 까마득한 옛 이야기를 사실로 둔갑시키는 억지를 부리고 있는 현장이 바로 이곳인 것이다. 그런데도 일부 한국인 관광객들은 여기에 와서 문화 체험을 한다면서 일본인들의 신사 참배 절차를 따라 해 보는 한심한 모습이 보인다. 손을 씻고, 손뼉을 치고, 합장을 하는 의식을 하도록 안내해 주는 한국인 가이드는 도대체 정신이 제대로 있는 사람인가. 여기가 어떤 곳인 줄 잘 몰라서 우리나라의 절 같은 곳인 줄 알고 합장 배례를 하려고 하면 오히려 말려야 할 일인데 되레 그런 걸 안내하고 있다니 정신이 제대로 박힌 한국인은 아닌 것 같다. 우리를 안내한 가이드는 독실한 기독교인이라 그런지 그런 데에 아주 민감해서 절대로 신사에서 예의를 표하지 말라고 강조한다. 여기는 '궁' 자가 들어가는 신사답게 아주 소중한 보물이 있다는데, 그 보물을 보관하고 있다는 건물 문은 굳게 잠가 놓아 볼 수는 없었다. 신화와 관련 있는 것인지 청동으로 조성한 커다란 말의 상도 있다.

어느 신사에나 공통적인 것으로 자신의 소원을 적어 걸어 놓는 곳이 여기에도 있다. 일정한 돈을 내면 거기에 걸 나무판을 주는 모양인데, 거기에는 특이하게도 한글로 된 것도 있었다. 대개 시험 합격이나 사랑 다짐 같은 것이 대부분일 텐데, 어떤 사람인지 거기에 한글로 '독도는 우리 땅'이라고 큼지막하게 써서 걸어 놓았다. 한글을 아는 사람이 없어서일까, 아니며 자신과 상관없는 일이어서일까, 그런 것이 버젓이 걸려 있는 것 자체가 신선한 느낌을 준다. 아마도 우리 같으면 난리가 났을 것이다.

그밖에도 이 신사에는 역사적으로 유명한 사람들을 모시는 작은 신사가 여러 개 더 있다. 특이한 것으로는 임진왜란 때 우리나라를 쳐들어왔던 소성행장의 딸을 모신 것도 있었는데, 그 여자는 마리아라는 세례명을 받은 천주교 신자라고 안내판에 쓰여 있다. 또 이 신사에서 눈길을 끄는 것은 나무인데, 신사의 나무가 오래 되어 죽게 되면 그 고목과 함께 미리 종자를 받아 키운 그 자식 나무를 옆에 심어 놓고 그 사실을 써 놓은 것이다. 신성한 곳의 나무니까 함부로 할 수도 없을 뿐 아니라 그 나무까지 대를 이어 계승하도록 하는 그 정신만은 훌륭하다 아니할 수 없다.

정략의 희생이 된 공주의 외로운 넋이여

그 신사를 나와 또 같은 길을 걸어서 대마 역사자료관 옆에 있는 가네이시金石 성적城跡으로 갔다. 가네이시는 대마도의 옛 성주다. 그가 살던 성이 지금은 거의 다 사라지고 그 흔적만 남아 있다 한다. 현재의 성문과 성은 복원해 놓은 것이라 하는데, 큰 크기의 돌과 작은 돌을 절묘하게 맞춰 쌓은 성과 그 위에 세워 놓은 성문은 우리나라의 어느 성을 연상케 할 정도로 낯이 익다. 그 안에는 어린애들이 떠들썩하게 즐기고 있는 수영장이 있고, 또 그 위에 있는 건물은 무슨 체육관인지 운동하는 사람들의 고함 소리, 기합 소리가 쩡쩡하다.

그 안으로 더 들어가니 덕혜 옹주의 결혼 기념비가 애잔하게 서 있다. 덕혜 옹주는 고종의 딸이다. 일본 놈들은 억지를 부려 대마도주對馬島主와 고종의 딸을 결혼시켰다. 1931년의 일이다. 궁중에서 나서 곱게 자란 처녀가 생판 낯모르는 외국 사람과 결혼을 한다니 그것이 아무리 어른들의 정치적이고 정략적인 결정이라 해도 당사자에겐 비극이 아닐 수 없었을 것이다. 그런데도 전해지는 바에 의하면, 그들 부부는 아주 정답게 결혼 생활을 이어갔다고 하니, 옹주 개인적으로는 다행한 일이라 할 수 있겠다. 이 비석은 이들의 결혼을 기념하기 위해 세운 것인데, 비석 뒤에는 그 후에 누가 심어 놓았는지 무궁화꽃 몇 송이가 피어 말없이 서 있다. 마치 옹주의 조국을 그리는 마음, 부모 형제를 그리는 마음이 담겨 있는 듯하다. 아니 수십 년 후에 꽃으로 환생한 옹주의 넋이 이곳을 찾아 나라 잃었던 울분을 되새기는 우리 후예들을 맞이하고 있는지도 모른다.

성문을 다시 나와 맑은 물이 흐르는 시내를 따라 좀
걸으니 바로 시청이다. 그 청사 앞을 지나 걷다 보니 견
고하게 쌓은 돌담과 오래된 가옥이 나타나는데 이는 옛
날에 성을 지키고 성주를 위해 목숨을 바쳤던 무사(사
무라이)들의 집이라 한다. 수백 년이 지났는데도 가옥
들은 잘 보존되어 있고, 문으로 들여다보이는 정원은
깔끔하게 가꾸어져 있다. 이렇게 높고 견고한 돌담들은
무사의 상징이자 방화벽 등의 용도로 사용된 것이라고
한다.

충신과 간신의 사이

걷다가 보니 서산사라는 절에 도착했다. 간판에 쓰
인 이름은 분명히 학익산鶴翼山 서산선사西山禪寺이니
절이 틀림없는데 지금은 절이 아니라 유스호스텔로
사용하고 있다 한다. 잘 가꾸어진 정원과 납골당 묘지

벌 받고 있는 듯한
임진왜란 길잡이 스님의 상

가 공존하는 것은 옛 절의 흔적이라 할 수 있겠고, 구내가 청결하게 유지
되고 깨끗하게 청소된 것은 세계 젊은이들이 묵고 가는 현장이기에 그러
할 것 것이다. 정원에는 최근에 세운 비석 하나가 바다를 내려다보며 서
있다. 임진왜란 때 활약한 김성일의 시비詩碑다. 그 가문에서 비용을 들여
건립한 것이라 한다. 그와 대조적으로 임진왜란 때 공을 세운 일본 승려의
작은 동상도 한 옆에 세워져 있다. 그는 전쟁 전에 미리 조선에 들어와 지
리를 익히고 또 조선말을 익혀 침략 때 길잡이 노릇을 했다 한다. 아주 작
은 규모인데 가련하게도 청동으로 만든 그 동상을 고정하기 위해 쇠막대
기로 허리를 꽉 동이고 있는 형상이다. 그는 죽은 뒤에도 오래 벌을 받아
야 하는 사람이라 부지불식중에 그런 모습으로 만들어진 것 아닌가 하는
생각을 하다 보니, 인생사는 필경 사필귀정이라는 진리를 떠올리게도 된

빛살 길에 부는 바람

다. 저 건너편으로 바다 옆에 큰 바위가 보이는데, 그 이름이 입구立龜라고 해서 큰 두 바위가 마치 두 마리 거북이 서서 마주 보는 듯한 모습이다.

5시에 출발하는 배라고 해서 서산사를 나와 아까 걸었던 길을 되짚어 3시 반에 터미널에 도착했다. 오전과는 달리 대합실엔 사람들이 꽉 들어 차 있다. 그 작은 공간에 수백 명이 바글바글하니 냉방 장치를 돌려도 사람들의 체열로 후텁지근하고, 게다가 앉을 의자도 없어 서 있자니 더욱 짜증스럽다. 집을 떠나면 고생이라는 옛 어른들의 말이 괜한 말이 아니다. 비싼 돈을 내고 이런 고생을 일부러 하다니 알다가도 모를 일이다.

대마도를 떠나며

배는 도착 예정 시간보다 늦어져 출발 시간이 자연히 지연되었다. 또한 입국하는 사람들 수속이 다 끝나야 출국 수속이 시작될 텐데, 수백 명을 심사하는 일이 신경질 날 정도로 더뎌서 입구에 서서 띄엄띄엄 하나씩 나오는 사람들을 보고 있자니 울화통이 터진다. 관광지로서의 이미지는 점수를 줄래야 줄 수가 없다. 배가 출발하기로 된 5시나 되어서야 겨우 출국 수속이 시작되었다. 서둘러 한다는데도 출국 수속에 시간이 많이 걸려서 5시 반이 넘어서야 배가 출발했다. 그런 사정을 아는지 선장은 안내 방송을 통해 전속력으로 항해를 할 예정이라고 양해를 구한다.

텔레비전을 통해 중계되는 중국과의 축구 경기와 프로야구 경기를 보면서 지루한 시간을 보냈다. 8시 30분에 부산항에 도착했다. 배 멀미 약을 먹으라고 해서 미리 겁을 먹고 멀미에 대비를 했으나 정작 파도는 잔잔해서 다행이었다. 부산에서의 입국 수속은 여러 직원이 나누어 해서 금세 끝났다. 터미널을 나와서, 대기하고 있는 버스를 타고 9시쯤에 출발했다. 모두 피로에 지쳐 버스에 타자마자 잠에 빠진다. 중간에 휴게소에서 간단히 저녁을 먹고, 다 잠든 사이 운전기사 혼자 깨어 고속도로를 달려 12시 50분경에 유성에 도착하여 대전 분들이 내리고, 다시 공주로 향해 1시 20분쯤에 학교에 도착했다. 집에 돌아오니 몸도 마음도 피곤에 지쳐 곧 깊은 잠 속으로 빠지지 않을 수 없었다.

여행을 마치고 나서 다시 생각하다

대마도는 우리에게 과연 무엇인가. 단순한 남의 땅, 섬일 뿐인가. 일본 땅이면서도 일본답지 않고 오히려 우리 정서와 문화에 더 가까운 섬, 그렇다고 지금 저들이 독도에 대해 하는 것처럼 그 섬을 우리 땅이라고 우길 수는 없는 노릇이다.

대마도는 자기들을 규정하는 슬로건으로 '극자연'이라는 말을 쓴다. 그게 한자 조어造語로 맞는 말인지는 모르겠으나, 문명이나 인공으로 오염되지 않은 순수한 자연이라는 의미는 어렵지 않게 이해된다. 그만큼 이 섬은 원시의 깨끗함을 간직하고 있다. 남북 80킬로에 이르는 두 개 섬, 109개의 부속 섬, 유인도 5개, 인구 4만 3천, 전체 섬의 80% 이상이 산지로 된 지형, 그 산에 자생하고 있는 삼나무 중심의 처녀림, 그 나무의 경제적 가치는 일본 인구 전체 3년치 양식에 맞먹는다는 것,…… 이런 섬 소개의 글을 아무리 들여다봐도 이 섬의 실체는 보이지 않는다.

현재 이 섬은 전통적인 농업이나 어업을 벗어나 막 관광 사업을 개발하고 있는 중이다. 그러나 아직은 시설이나 인프라가 매우 미흡하다. 이 섬에서는 매년 8월 첫째 주 토요일과 일요일에 통신사 관련 축제를 연다. 그 이름이 아리랑 마쯔리다. 일본이라는 나라가 크고 작은 축제를 많이 하는 나라이긴 하지만 이 아리랑 축제는 연중 이 섬의 가장 큰 행사라고 한다. 아마도 자신들의 역사나 풍속을 관련시켜 아이템을 찾다보니 당연히 그리됐을 것이다. 그 이름도·그러하지만 그 축제 때는 많은 한국의 관련 인사들이 참석한다고 한다. 그런 사정 때문인가, 이곳 섬에는 곳곳에 한글 간판이 많이 보인다. 서툰 솜씨로 쓴 그 한글 글자들을 보면서 우리는 괜한 자부심에만 젖어서는 안 될 것이다. 그들이 단순히 한국을 흠모하고 존

빛살 길에 부는 마음

경하여 그러는 것이 아니라는 것을, 자신들의 이익을 키우기 위한 전략이라는 것을 똑똑히 알아야 할 것이다.

대마도라는 이름은 원래 우리나라의 옛 나라 이름인 마한을 마주하는 섬이라는 뜻으로 붙여진 것이라는 설도 있고, 일본말로 쓰시마는 두 개의 섬이라는 뜻을 가진 말이라고도 한다. 무엇이 옳은 지는 단정키 어렵지만 분명 오래 전부터 우리와 어떤 형태로든 깊은 관계를 맺고 있는 섬임에는 틀림없어 보인다. 도자기를 연구하는 분들이 조사한 바에 따르면 이 섬의 토양 성분은 일본 본토보다 우리나라 흙과 구성 성분이 더 유사하다고 한다. 또한 이 섬에서 출토되는 유물들 가운데는 우리나라에서 출토되는 약 6천 년 전 것과 동일한 토기가 많다고 한다. 최소한 우리나라와 교섭하기 시작한 역사가 그 정도 된다는 말이다. 그래서일까. 이 섬사람들이 사용하는 말 가운데는 우리 고대 언어와 대응되는 말들이 상당수 있고, 또 농경이나 일상생활 속에는 우리 문화의 흔적이 고스란히 남아서 전해지고 있다고도 한다. 물론 그렇다고 해서 그런 것들이 이 땅을 우리 것이라고 주장할 근거가 될 수는 없다. 아무리 바다 속의 지질 구조가 우리나라와 연결되어 있다 해도, 수백 년 전 우리나라 장군이 이 섬을 정벌하여 항복을 받아냈다 해도, 그것은 현재 이 섬의 소유권을 주장할 권리와는 아무 상관이 없는 일이다. 다만 일부 학자가 주장하는 '문화 영토' 개념을 고려하면 조그만 개연성의 빌미는 될 수도 있을 것이다. 하지만 그것은 현실적으로 의미도 없고, 실효성도 없는 부질없는 망상일 수밖에 없다. 중요한 것은 그런 과거야 어찌됐든 핵심은 우리의 현재다. 이 섬의 우리와 유사한 문화나 자원들을 내세워 괜한 정신적 우월감을 가질 필요도 없고, 그렇다고 선진국이라는 이름 앞에 주눅이 들어 이 섬을 선망할 필요도 없을 것이다. 이 섬이 우리에게 무슨 가치가 있고, 현재나 미래에 무슨 의미로 작용할 것인가를 탐구하는 마음과 자세가 절실히 요구된다 하겠다. 그런 사정이야 어디 비단 이 섬뿐이겠는가.

4 신의 나라 짧은 해탈
인도 기행

신의 나라에 도착하다

인도는 우리에게 무엇인가. 세계에서 두 번째로 인구가 많은 나라, 불교가 발생한 나라, 브릭스나 친디아라는 낯선 단어의 한 나라로 일컬어지는 신흥 공업국가…… 인도 하면 대부분 그런 것이 먼저 떠오를 것이다. 그러나 나처럼 나이가 든 사람들 기억 속에서 인도는 여전히 신비한 나라, 명상의 나라, 종교의 나라 정도로 인식되고 있다. 특히 나 개인적으로는 어렸을 때 동네 형들이 흥얼거리던 현인이 부른 노래 '인도의 향불'에 나오는 갠지스 강, 인디아 처녀, 공작새 날개 등의 노랫말로 아련히 기억되는 나라이기도 하다. 또한 내가 가장 좋아하는 최인훈의 「광장」에 나오는 포로 출신 이명준이 휴전 후 남도 북도 택하지 않고 중립국 인도를 택해 타골 호라는 배를 타고 가다가 바다에 투신하는 작품 속의 나라로 가장 강하게 남아 있다.

오래 여망했지만 비용이나 시간이 여의치 못해 실현되지 못했던 인도 여행이 확정되어 방학을 이용해 여정에 올랐다. 1월 25일 새벽 6시 약속 장소에 집합했다. 이른 시각이라 밥도 제대로 챙겨 먹지 못한 형편이다. 일행은 모두 같은 직장에 근무하는 사람들이고, 몇 차례 해외여행을 같이 한 사람들이라 크게 불편할 것이 없다. 새로 참가한 분이 있지만 역시 같은 직장의 동료들이라 별로 불편할 일이 없어 다행이다.

몇 가지 점검을 하고, 20분에 여행사에서 제공한 대형버스로 출발했다. 이른 시각이라 도로 사정이 좋아서 9시 30분쯤 편안하게 공항에 도착했다. 여행사 사장이 직접 버스에 동승해서 서류 준비와 티켓을 처리해 주니, 그저 편안하게 앉아 있기만 하면 되었다. 12시 반에 출발하는 인도항공 소속 비행기는 30분 지연되어 1시에 출발했다.

시차가 있어 정확한 시간은 잘 모르겠지만 오후 4시 30분쯤 홍콩 공항에 도착했다. 직항이 아니고 경유하는 노선이기 때문에 여기서 사람들을 내려 주고, 또 새로 태우고 하느라 한 시간이 소요되었다. 그 동안 우리는 비행기에서 내리지는 못하고, 기내에서 공항 직원들에게 짐과 티켓을 다시 확인 받아야 했다. 5시 반에 홍콩 공항을 출발해서 다음 날 새벽 1시쯤(현지시각 9시 30분)에 델리의 인드라 간디 국제공항에 도착했다. 인도는 공식적으로 우리나라와는 3시간 30분 시차가 나는 나라다. 국제공항이라고는 하지만 그 규모나 시설은 우리나라 공항에 비해 형편없이 열악했다. 그나마 간디 공항은 이 나라의 7개의 국제공항 중 형편이 나은 편이라 했다. 현재 델리라는 도시는 올드델리와 뉴델리 두 도시를 합해서 부르는 이름인데, 원래 뉴델리는 델리와 떨어진 곳에 새로 건설된 신도시였으나 지금은 도시가 팽창해서 두 도시를 구분할 수 없을 정도로 붙어버렸고, 자전거 릭샤가 운행될 수 있느냐 여부가 올드와 뉴를 구분하는 기준이 되어 버렸다고 한다. 1차 산업의 쇠퇴와 함께 도시의 팽창은 세계적 현상인 모양이다.

입국 수속을 하는데 짜증이 날 정도로 기다리는 시간이 길다. 직원들은 업무 처리에 성의가 없어 보이고, 다른 나라에서 하지 않는 항공티켓 회수, 세관 짐 신고와 검사 등에 한정 없이 기다리는 시간이 이어졌다. 우리나라 공항의 입국 신고와 절차가 얼마나 신속하고 친절하게 이루어지고 있는지 새삼 실감이 되고도 남았다. 사람들의 질서 의식도 희박해서 건듯하면 새치기를 하고, 줄을 서서 기다리는 풍경도 찾아보기 어렵다. 혼란스러움 그 자체다. 간신히 입국 수속을 마치고, 가방을 끌고 밖으로 나오는데, 밖은 더욱 더 혼란스럽다. 아예 통로에 짐과 사람이 뒤범벅이 되어 과거 우리나라 명절 때 터미널 비슷한 풍경이다. 서로 소리 지르고, 떠밀고, 손짓하고,…… 안내하는 사람도 없고, 질서를 유지하는 직원도 없다. 그런 혼란이 아마도 이 나라의 질서인 모양이다.

간신히 아비규환의 인파를 헤치고 밖으로 나와 가이드를 만났다. 현지 사람으로 한국어를 제법 구사하는 청년이다. 네루 대학에 다니는 학생인데 아르바이트로 하는 일이란다. 그 청년을 따라 마치 싸우는 것처럼 사람들과 몸을 부딪치며 혼잡한 통로를 간신히 통과하여 버스에 올랐다. 버스가 공항을 나서는데, 도로 사정은 더욱 난장판이다. 차선도 없고, 아찔한 끼어들기와 추월이 다반사다. 가이드와 첫 대면의 간단한 인사를 나누었다. 그가 자기소개 겸해서 간략한 인도 소개도 했다. 네루 대학은 국립인데 한 해 5만 명이 응시해서 400명만 합격시킨다고 한다. 그렇게 머리 좋은 학생들만 다니는 대학이라 그런지, 그가 자기 대학 자랑하는 데는 대단한 자부심이 들어 있는 것 같았다. 그 청년은 배운지 얼마 안 된다는 한국어를 비교적 정확하게 구사하고 있었다. 그가 인도 이해를 위한 몇 가지 상식을 이야기했다. 인도 사람들은 힌두교도가 82%인데 힌두교는 신앙 대상이 되는 신이 얼마나 되는지 모를 정도로 많고(약 3억?), 또한 그것이 인도의 가장 중요한 특징이라 한다. 자이나교는 약 2%의 국민이 믿는데, 그들은 교리에 의해 작은 벌레들을 살상할 수 있다 하여 농사를 짓지 않기 때문에 일찍이 상업에 나서서 인도의 갑부들 가운데는 자이나교도들이 많다고 한다. 우리가 타고 온 인도항공은 약 50여 대의 항공기로 영업을 하는데, 예비 항공기가 없어 만약 비행기가 고장이 나면 고칠 때까지 기다려야 하므로 딜레이 되기로 유명한 항공사라고 한다.

현지시각으로 열한 시 반에 크라운플라자라는 호텔에 체크인을 했다. 호텔은 세계 어디나 비슷한 구조와 시설이므로 별로 이국에 왔다는 느낌이 들지 않는다.

정복자와 피정복자의 평화로운 동거

다음 날 아침 일어나 식당으로 내려가 아침밥을 먹었다. 비교적 외국인 식성에 맞추어 준비를 했다는데도 내게는 영 입맛에 맞지 않았다. 비로소 외국에 왔다는 실감이 난다. 외국 여행을 할 때 음식에 구애받지 않는 식성도 축복인 것 같다. 아마 내가 자주 외국 체험을 하지 못한 촌놈이라서 더욱 그런지도 모르겠다.

9시 20분에 호텔을 출발해서 굽뜨미나르라는 유적지로 향했다. 여기는 이슬람 사원인데, 종교 시설로서가 아니라 세계문화유산으로 지정된 델리 시내의 가장 유명한 관광 자원으로 이름이 높다. 이곳을 대표하는 건축물은 승리탑이다. 약 72미터의 5층으로 된 거대한 탑은 그 외부의 조각 솜씨도 뛰어나거니와 내부 구조 또한 정교하고 아름답기 그지없다. 이 승리탑은 힌두교 나라였던 이 나라에 이슬람 국가가 침략하여 무력으로 정복하고 무슬림 정권을 수립한 것을 기념하기 위해 세운 것이다. 전해지는 말로는 여기에 있던 힌두교 사원과 자이나교 사원을 헐어서 그 부재로 이슬람 사원 건축을 했다 한다. 따라서 현재의 이슬람 사원에는 전혀 어울리지 않는 힌두교 양식의 조각 흔적이 많이 남아 있다. 당시 정복을 성취한 왕이 시작한 것을 그 규모가 워낙 커서 재위 중에 완공하지 못하고 그 딸이 이어받아 완성했다고 한다. 우리나라 신라 시대에 대를 이어 완공한 경주의 사찰이나 범종과 비슷한 내력을 가지고 있는 셈이다. 그런데 수백 년 전 건축된 것임에도 얼마나 튼튼하게 지어졌는지, 1933년 대지진 때 대부분의 다른 건축물이 거의 다 붕괴되었는데 이 탑만은 무사했다고 한다. 지금도 이 탑의 2배 규모로 지어졌던 탑 등 다른 건축물의 붕괴된 흔적이 그대로 남아 있다. 또 사원 안에는 묘지(대리석으로 꾸며진)도 있고, 잘 가꾸어진 정원도 있고, 현재 사용하고 있는 건물도 있다. 이 탑의 내부에는 위로 올라갈 수 있는 계단이 있어 사람들이 들어가서 안을 볼 수 있었는데, 1982년 초등학교 학생들이 우르르 올라가다가 20여 명이 압사하는 사고가 난

이후 폐쇄되었다고 한다.

　이 거대하고 정교한 건축물을 보면서 이 나라는 참 묘한 나라라는 생각이 그치지 않았다. 우리나라는 외국의 침략을 받은 사실을 부끄러워하고 가능하면 그런 흔적을 지우려 노력하고 있는데, 이 나라는 그 모든 것을 그대로 수용하고, 공존하며 살아간다는 점이다. 여러 해 전 김영삼 정권 시절 때 서울 경복궁 자리에 세워졌던 조선총독부 건물을 해체하여 없애 버렸다. 그 당시 말이 많았다. 당장 없애야 한다는 주장과, 그것도 역사이니 보존해야 한다는 주장, 원형을 유지하며 다른 곳으로 옮겨 보존하자는 주장 등이 난무했었다. 그러나 결국 정치적 판단으로 그 건물은 해체되어 사라지고 말았지만, 그게 민족정기의 회복인지, 역사 유산의 파괴인지는 쉽게 판단하기 어려운 문제다. 물론 강제로 나라를 합병하고 무력으로 탄압했던 일제의 유산과 행적을 액면 그대로 용납하는 것은 문제가 크다. 하지만 치욕의 역사를 기억하고 교육하기 위해서도 당시의 유산을 남겨 두자는 주장도 무시할 수가 없다.

　아직도 8할이 넘는 인구가 믿는 힌두교 사원을 허물고 그 자리에 정복자 이슬람 권력이 세운 건축물, 그것도 힌두교 정복을 기념하는 건축물을 파괴하지 않고 보존하는 것을 어떻게 보아야 할까. 현실적으로 경제를 비롯한 여러 분야에서 밀접하게 연결되어 있으면서도, 말 한 마디, 노래 한 곡조, 만화 한 컷이 일본 것이라는 게 드러나면 온 나라가 나서서 법석을 떠는 우리나라와 비교해 볼 때 이해하기 어려운 현상이 아닐 수 없다. 일본 제품과 지식, 기술이 나라를 뒤덮고 있는 현실을 애써 무시한다고 해서 자존심이 살아나는 것일까. 순혈주의의 순결함과 현실주의의 타협이 접점을 찾는 자리는 어디쯤일까.

　또한 여기에는 천 년 전에 세워진 철 기둥 하나가 있는데, 노천에 서 있음에도 불가사의하게 전혀 녹이 슬거나 변형되지 않은 채 원형을 유지하고 있다. 철의 순도가 현대 기술로도 만들기 어려운 정도라 하니 이 나라 고대 과학 기술의 뛰어난 솜씨를 짐작할만하다. 이 기둥을 안아 깍지를 낄

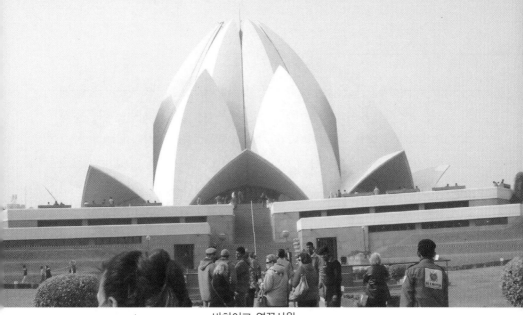
바하이교 연꽃사원

수 있으면 소원이 이루어진다는데, 애석하게도 접근할 수가 없었다.

세계 통합의 이상과 델리 시내의 풍경들

　다음으로 찾은 곳은 바하이교라는 낯선 이름의 신흥 종교 사원이다. 그 생김새가 호주 시드니의 오페라하우스를 닮아 일명 연꽃사원이라는 이름으로도 불린다. 바하이교는 세계 모든 종교를 다 수용한 새로 생긴 종교로서 세계평화와 통합을 이상으로 하고 있다고 한다. 그래서 이 사원에는 모두 아홉 개의 문이 있는데, 여기 들어가려면 저 아래서부터 신발을 벗고 맨발로 걸어 올라가야 한다. 안에는 아무 종교적 상징물도 없다. 원형으로 긴 의자가 열을 맞춰 놓여 있을 뿐이다.

　이 안에 들어온 사람들은 자기가 믿는 종교에 따라 기도를 하면 된다. 단 남의 기도를 방해해서는 안 된다. 따라서 사원의 영역 안에 들어온 그때부터 철저하게 침묵해야 한다. 마치 우리나라의 수도승이 묵언 정진하는 것과 같다. 조용히 의자에 앉거나 바닥에 앉아 자기가 믿는 신에게 기도를 올린다. 믿는 신이 없으면 명상을 해도 된다. 서로 다른 종교를 믿는 많은 사람이 나가고 들어오지만 옆 사람의 가느다란 숨소리조차 들릴 정도로 숙연하고 고요하다. 종교라는 것이 무어던가. 결국 사람이 이승을 살며 행복하기 위한 수단 아니던가. 내세야 믿든 안 믿든 상관이 없다. 서로 인정하고 존중하며 사람답게 사는 세상, 차별이나 착취가 없는 세상, 그것이 인류가 꿈꾸어 온 이상향이고 유토피아 아니던가. 비록 방법이 다르고 길이 다르더라도 그 이상만은 공통이 아니던가. 그러고 보면 종교의 교리를 가지고 다투고, 그 연장에서 전쟁을 불사하는 것이 얼마나 허망하고 헛된 일인지를 이 사원은 역력하게 증언하고 있는 듯하다.

그곳을 둘러보고 곧 점심을 먹기 위해 이동을 했다. 낯선 곳을 여행할 때 먹는 것이 참 문제다. 현지 음식을 먹어 보는 것은 여행의 중요한 경험의 하나이겠지만 오래 길들여진 입맛이라는 게 낯선 음식을 쉽게 받아들여 주지 않는다. 이럴 때 참 난감하기 짝이 없다. 먹지 못하면 힘이 날 수 없고, 힘이 나지 않으면 구경이고 뭐고 다 쓸데없는 일이 되고 만다.

요즘 세계 유수의 관광지에는 빠짐없이 한국인들이 북적인다고 한다. 노무현 정권 내내 경제가 파탄 났다고 야당과 메이저 언론들이 떠들어댔건만, 그래도 역대 어느 정권에서보다 해외여행객이 늘어났고, 또 해외 유학생이 많았다는 것을 부정하지 못할 것이다. 농촌 부녀자들도 계를 만들어 해외여행을 했고, 웬만한 고등학교 학생들 수학여행도 외국으로 가는 게 낯선 풍경이 아니었다. 그것은 무엇을 말하는가. 정말 경제 사정이 어렵냐고 물어보면, 나는 괜찮은데 남들이 어렵다고 하더라는 우스갯소리가 우리를 참 슬프게 했다. 그래서 그런지 여하튼 한국인 많이 찾는 여행지에는 예외 없이 한국 음식을 파는 음식점이 있다. 그래서 웬만한 외국에 가더라도 하루 한 끼 정도는 한식으로 밥을 먹기 마련이고, 현지 음식이라 하더라도 한국인 입맛에 맞게 맛을 조절한 음식을 먹을 수 있게 되어 있다. 그러나 인도는 아직 한국 관광객이 많이 찾지 않는 형편이고, 또 워낙 관광 산업이라는 게 발달하지 못한 처지라 먹는 것에 불편함이 많다. 이리저리 돌고 돌아 찾아간 곳은 작은 규모의 식당인데, 메뉴는 닭고기 구운

것 한 쪽과 쌀로 만든 죽 등이다. 소스에 괴이한 냄새가 배어 역겹지만 최
소한도의 에너지를 공급하기 위해서는 먹어 두지 않을 수 없다.

밥을 먹고 나오니 식당 앞에 허접한 물건을 파는 장사꾼들이 널려 있
다. 우리나라에서 5, 60년대나 볼 수 있던, 잎담배를 썰어서 식물 잎으로
말아 만든 담배를 한 개비 주면서 피워 보라고 한다. 오래 피우던 담배를
끊은 지 얼마 되지 않지만, 그것을 받아 불을 붙여 한 모금 마시니 골이 아
플 정도로 독하다. 그밖에 조잡한 사탕이나 과자, 액세서리 등을 팔고 있
는데, 거저 주어도 갖고 싶은 마음이 들지 않을 정도다. 버스를 타기 위해
몇 걸음 옮겨 큰 거리로 나오니 커다란 가로수가 서 있는데, 마치 뿌리가
가지인 것처럼 나무줄기 주위 겉으로 뻗어 얽혀 있다. 여기서는 흔한 보리
수 나무라고 한다. 불교식으로 말하면 석가모니 부처님의 해탈을 바로 옆
에서 지켜본 지혜의 나무인데, 거리에서 매연과 먼지에 혹사를 당하고 있
다는 느낌이 들었다.

차를 타고 기차역으로 이동하다가 중간에 인도 차를 파는 가게에 잠시
들렀다. 인도는 차가 유명한 나라다. 델리는 차의 명산지이기도 하다. 여
러 가지 맛을 내는 차를 끓여 관광객에게 시음을 하도록 하고, 판매를 하
기도 한다. 값을 물어보니 생각했던 것보다 비싸다. 관광객에게 바가지를
씌우는 것인가. 속고 속이는 현장에서 누가 승자인지 판가름이 쉽지 않을
것이다. 어느 때부턴가 여행 중에 물건 사지 않기로 작정을 하고 그것을
지키고 있는 내가 대견한가, 아니면 돈을 쓰지도 않으려면(쇼핑을 하지 않
으려면) 무엇 하러 어리석게 외국에 나가느냐는 지적을 받는 게 옳은가.

버스를 타고 이동하는 도중에 '인도의 문'이라는 거대한 조형물을 보았
다. 영어로 인디아 게이트(India Gate)라는 이름으로 부른다는데 42미터의
높은 탑에 약 9만 명에 이르는 전쟁 희생자의 명단이 새겨져 있고, 많은 사
람들이 그곳을 찾아 그들의 애국심을 기리는 장소라고 한다. 인도에는 이
런 문이 또 하나 있는데 뭄바이에 있는 것은 '게이트 오브 인디아(Gate of
India)'라고 불린다고 한다. 어느 나라나 나라를 위해 희생한 영령을 추모하

기차를 기다리는 사람들　　　　　　　　국경일 거리 행진 풍경

는 시설을 거대하게 만드는 것은 그들을 추념하고 위로하는 뜻도 있지만, 한편으로는 스스로를 다짐하며 나라의 미래를 지키기 위한 전략이며 교육이기도 할 것이다. 도중에 거대한 퍼레이드 행렬을 만나 잠시 길이 지체되기도 했는데, 내일이 리퍼블릭 데이라고 해서 우리나라로 말하면 헌법절 같은 국경일이라고 한다. 그래서 각 단체에서 인도를 상징하는 거대한 조형물을 만들어 행진을 하는데, 그 규모가 방대해서 놀랍다. 상징 동물, 역사적 인물, 주요 사건 등을 형상화한 조형물은 대형 자동차에 실려 천천히 도로를 행진했고, 수많은 사람이 거리에 나와 그것을 구경하고 있었다.

바라나시로 가는 길

　　열차 정거장에 도착했다. 수많은 사람들이 몰려 혼잡하기 그지없다. 헐벗은 사람, 다 해진 옷을 입은 사람, 구걸하는 사람, 먹지 못한 듯 눈이 퀭한 사람, 초점 없이 눈길을 두고 있는 사람 등이 뒤섞여 있다. 기차 출발 시간이 촉박하다고 해서 짐 가방을 짐꾼에게 부탁하기로 했다. 그런 일마저 차례가 많이 오지 않는지 서로 차지하려 아우성이다. 병자처럼 야윈 노인이 우리 여행 가방을 받아 하나는 머리에 이고, 하나는 손에 들고 힘겨운 걸음을 옮긴다. 안쓰럽기 짝이 없다. 그러나 그 일이라도 해야 얼마간의 수입이 있을 것이고, 그것이 그의 먹을 것과 잠잘 것을 해결해 줄 테니 딱하다고 짐을 안 맡기는 것이 그를 도와주는 게 아니다. 참 혼란스럽다. 신발을 신지 않은 사람이 태반이다. 철길을 넘고, 계단을 오르내리고 해서 플랫폼에 도착했다. 예정보다 열차 출발이 지연되고 있다고 한다. 그런데 여기서는 그런 지연이 예사라서 누구 하나 나서서 항의하거나 따지는 사람이 없다. 승객이나 이용자가 주인이 아니라 공급자가 왕 노릇을 하는 셈이다. 바로 몇 십 년 전의 우리나라 모습이다. 명색이 수도의 열차 역인데 편의 시설은 거의 없다. 승객들은 대합실이 아니라 노천에서 대기해야 한다. 의자조차 몇 개 없어서 대개는 서서 기다려야 한다. 기다리는 시간도 한정이 없다. 그래도 사람들은 불평 없이 잘 기다린다.

누가 그랬던가. 거꾸로 매달려 있어도 시간은 간다고. 기차가 도착했다. 우리는 예약한 차의 번호를 보고 그곳으로 갔다. 우리가 탄 칸은 침대가 있는 고급 칸이다. 다른 칸에는 그냥 서서 가야 하는 곳도 많다. 그뿐이 아니다. 사람과 짐이 많으니 열차의 지붕에 짐을 싣게 되어 있는데 심지어는 거기에도 사람이 빼곡히 탄다. 그렇게 하고도 타지 못한 사람이 있을 정도로 사람이 흘러 넘쳐난다. 마치 한국전쟁 때 피난민 열차를 방불케 한다. 세계에서 인구가 두 번째로 많은 나라라는 게 실감이 된다.

기차는 네 시 40분에 출발했다. 열차는 한 자리에 두 명씩 앉게 되어 있고, 한쪽 자리가 2층으로 되어 있어, 마주 보고 있는 한 구역에 모두 네 명이 잠을 잘 수 있게 되어 있다. 그 옆으로 통로가 있고, 통로와 붙어서 또 두 명이 앉을 수 있는 세로로 된 자리가 있다. 거기도 의자를 펼치면 침대가 되어 아래위로 두 명이 잠을 잘 수 있다. 일단 자리를 잡고 앉아 담소를 나누며 앞으로 밤새도록 가야 할 자리에 친숙해지도록 노력했다. 차창 밖으로는 인도의 농촌 풍경이 펼쳐진다. 대부분 회색으로 정체된 느낌을 주는 풍경인데, 따라서 간혹 푸른색을 띠고 있는 곳이 보이면 신기할 정도다. 그 푸른색은 밀농사를 짓는 곳이라 한다. 또한 유채를 재배하는 밭도 더러 보인다. 소가 어슬렁거리며 들판을 서성거리고 있기도 하다. 잘 알다시피 힌두교에서는 소를 신성시하기 때문에 여기저기 소들이 많이 보인다. 마침 저녁이 되어 노을이 지는 풍경이 이채롭다. 광활한 평야에 아득한 지평선이 아물거리고, 간혹 보이는 인가에서는 삶의 흔적들이 풀풀 흩날린다. 서서히 밀려오는 어둠이 그 사물들을 바다 물결이 모래 위의 발자국 지우듯 흥건히 적시며 지워 가는데, 두고 온 내 고향 산하는 안녕하신가.

시간이 지나니 배가 고프다. 거스를 수 없는 만고불변의 진리다. 밥을 먹어야 하는데, 아까 점심 먹을 때, 가이드가 미리 주문해서 차에 실었다가 역에서 하나씩 나눠 준 게 저녁식사란다. 그 검정 비닐봉지 안에 저녁밥이 들어 있다. 그걸 들고 오느라 고생도 했지만 여행 길에 제 먹을 것을 들고 다녀야 하는 것은 좀 처량한 일이기도 하다. 그러나 어쩌랴, 그게 이 땅의 규칙이라면 따르는 수밖에 딴 도리가 없다. 비닐봉지를 펴니 안에는 중국 음식이 들어 있는데, 우리나라에서 먹는 중국 음식과는 영 딴판이다. 그래도 여행의 초기라 한국에서 올 때 준비해 온 밑반찬들이 있어서 다행이다. 밋밋한 맛이 나는 음식을 고추장과 깻잎, 풋고추 등으로 달래며 빵과 만두 비슷한 것으로 배를 채웠다.

밥을 먹고 나니 별로 할 일이 없다. 이야기를 나누는 것도 한도가 있어 얼마 지나니 화제가 동나는 느낌이다. 달리는 열차이니 어디 갈 데도 없다. 특별한 오락거리가 있는 것도 아니다. 책을 좀 보려 했으나 워낙 조명이 어두워 글자를 읽을 수가 없다. 앉아서 명상을 하는 수밖에 없다. 통로 쪽 자리를 잡은 게 그나마 다행이랄까. 이층에는 외국인이 자리를 잡았는데, 나와 아래 위에 있는 게 불편했던지, 어디로 가서는 오래 돌아오지 않아 나 혼자 그 자리를 독차지할 수 있어서 다행이다. 가부좌를 하고 앉아 기도를 했다. 매일 하는 내 나름의 기도다. 나만이 하는 내 방식의 기도에 이번 여행이 무사히, 즐겁게 종료될 수 있게 해 주십사는 내용을 추가했다. 30여 분의 기도가 끝나고 나서는 잠시 명상을 하다가 자리를 펴고 누웠다. 청결 상태는 좀 불안할 정도다. 아까 밥을 먹을 때 바퀴벌레가 기어 다니는 것을 보았고, 또 우리 일행 중 누군가는 생쥐가 돌아다니는 것을 보기도 했다 한다. 그래도 몸이 피로하니 나눠 준 모포와 시트를 펴고 잠을 잘 수밖에 없다. 한참 잠이 들락 말락 의식이 가물가물한 가운데, 어느 역에선가 사람이 내리고 타더니 익숙한 한국어가 와자하게 들려왔다. 한편으로는 반가운데, 많은 사람이 잠을 자며 쉬는 시간에 고성으로 건배를 외치거나 술을 마시며 떠드는 한국어가 영 불편하고 부끄러웠다. 겉으로 말은 않지만 속으로 그 한국어를 구사하는 사람들을 얼마나 경멸할 것인가.

죽음과 삶이 다르지 않은 3천 살의 도시

약 열두 시간의 긴 여정 끝에 새벽 4시 50분쯤 바라나시 인근의 무굴사라이 역에 도착했다. 바라나시는 현존하는 도시 중 세계에서 가장 오래된 도시로 알려져 있다. 대소 1천여 개의 사원이 있어 사원의 도시라 불리기도 하고, 역대 많은 왕들이 죽음을 이곳에서 맞이하기 위해 궁전을 지어 궁전의 도시라 불리기도 하며, 지금도 인도의 수많은 노인들이 죽음을 맞기 위해 여기 와서 머물기 때문에 죽음의 도시로 불리기도 하고, 약 3천년 동안 끊임없이 죽음과 삶이 공존하는 도시이기에 철학의 도시로 불리기도 하며, 힌두교 최고의 신인 시바 신을 모시는 사원이 많아서 시바의 도시라고 불리기도 한다. 그러나 무엇보다도 이 도시는 인도 사람들이 신성하게 여기는 갠지스 강(인도 사람들은 강가라고 함)이 흐르고 있어서, 일생 동안 한 번만이라도 여기 와서 그 물에 몸을 담그고 목욕하는 것을 염원하는 그런 도시다. 그렇게 해야 지은 죄가 씻기어지고, 내세에 좋은 곳에 태어날 수 있다는 믿음을 인도 사람은 누구나 가지고 있다 한다. 그래서 생전에 하지 못하면 그 자식들이 며칠 걸리는 거리를 시신을 모시고 와서 여기서 화장하여 강에 흘려보내는 것을 자식의 도리라고 여기고, 망자 또한 그것을 가장 행복한 일로 받아들인다는 것이다. 그런 믿음이 무려 3천 년이나 변함없이 이어져 오고 있다니 참으로 대단한 일이 아닐 수 없다. 시간을 초월한 믿음, 그게 오늘의 인도를 있게 한 힘이 아닐까.

열차에서 내리니 우리 짐을 나르기 위한 포터들의 경쟁이 뜨겁다. 거기도 힘을 바탕으로 한 생존 경쟁이 치열하다. 대합실에는 우리나라 노숙자 비슷한 사람들이 즐비하게 누워 있거나 앉아 있다. 고약한 냄새도 난다. 사람과 사람이 뒤섞여 혼잡하기가 이를 데 없다. 질서라는 단어와는 담을 쌓고 사는 듯하다. 버스를 타고 이동해서 래디송 호텔에 들어갔다. 아직 이른 아침이라 우리가 들어갈 방의 손님이 체크아웃을 하지 않은 상태다. 할 수 없이 빈 방 몇 개에 짐을 쌓아 놓고 기다리다가, 7시에 아침식사부터 했다. 여전히 음식은 비위에 안 맞는다. 미리 대비를 하지 못한 불찰로 벌을 받는 듯하다. 밥을 먹고 나서 방이 비는 순서대로 열쇠를 받아 들어가서 휴식을 취했다. 10시까지 자유 시간이라고 한다.

10시에 다시 모여서 요가 체험을 했다. 나는 개인적으로 요가에 대해서는 어느 정도 알고 있는 편이다. 예전 고등학교에 근무할 때 옆방에서 하숙하던 거의 전문가 수준의 교감 선생님이 요가의 기본 자세 몇 가지를 아주 정확하게 가르쳐 주었을 뿐 아니라, 그 후 사찰에서 수련회를 할 때 호흡에 관해 배운 적이 있기 때문에 이론적으로는 대충 알고 있는 셈이다. 다만 실천을 하고 있지 못한 게 문제이기는 하지만 말이다. 잘 하지는 못하지만 요령이나 방법은 알고 있는데, 몸이 말을 안 듣는다. 오래 하지 않던 것이라 당연히 몸이 딱딱하게 굳어 있기 때문이다. 알면서 실천하지 못하면 진실로 아는 게 아니라던데, 결국 나는 요가에 무지한 사람이라 해야 옳을 듯하다.

한 시간 정도 요가 체험이 끝나고 거리를 산책했다. 호텔에서 나와 주변 지역을 둘러보았다. 쓰레기 더미를 뒤지고 있는 삐쩍 마른 소, 우리를 향해 손을 내밀며 구걸을 하는 소년, 새로운 문명의 세례가 분명한 핸드폰 파는 가게, 흐린 강물에 들어가 패대기치듯 빨래를 하고 있는 사람들, 과일과 채소를 파는 노천 가게, 알록달록한 어린이 장난감 같은 물건을 가득 싣고 다니며 파는 사람들, 위험하게 자전거를 타고 자동차와 같이 달리는 사람들, 아주 낡은 토담집 같은 불결하고 좁은 주거 공간과 새로 지어 우뚝 솟은 시멘트 건물의 공존, 눈가림으로 공사한 흔적이 역력한 울퉁불퉁한 포장도로…… 여러 가지 생각을 하면서 그런 것들을 구경했다. 빈곤과 부유함의 차이는 과연 타고난 운명의 결과인가, 아니면 인위적인 제도와 구조 탓인가. 물질이 인간에게 갖는 의미는 진정 무엇인가. 단지 불편함 때문이라면 무엇 때문에 인간다움마저 포기하며 거기에 매달려야 하는가. 알 수 없는 질문의 연속이다. 해답이 나오기 어려운 문제들이다. 종교의 나라, 그것도 바라나시라는 철학의 도시에 오니 갑자기 그런 문제가 의문으로 떠오른 건가.

초전법륜지 녹야원의 겉과 속

호텔로 돌아와 점심을 먹고 버스로 이동을 해서 사르나트로 갔다. 사르나트는 우리말로 하면 녹야원이다. 사슴이 노는 동산이라는 뜻이다. 녹야원이라면 불교에 대하여 조금만 아는 사람이라도 금방 그 의미를 떠올릴 수 있을 것이다. 석가모니 부처께서 깨달음을 이룬 후 처음으로 다섯 명의 옛 수행 동료들에게 법을 설하고 제자로 삼은 곳, 그래서 흔히 초전법륜지라고도 부른다. 불교에서는 부처님과 관련된 네 곳을 성스러운 곳으로 여기는데, 태어나신 룸비니(네팔에 있음), 도를 깨달은 부다가야, 처음 법을 설한 사르나트, 그리고 입멸하신 쿠시나가리가 그것이다. 녹야원은 바로 그 성지의 하나인 것이다.

그러나 이곳이 발굴되고 경전에 기록되어 있던 녹야원으로 확인된 것은 그리 오래 되지 않는다. 인도가 불교의 발상지이기는 하지만 실제 불교 신자는 채 1%도 안 된다. 국민 거의 대부분은 힌두교를 믿는다. 따라서 불교 유적은 자연히 그 전승이 소홀해졌을 것이다. 특히 카스트 제도가 엄격했던 인도 사회에서 '일체중생 실유불성' 이라는 평등사상의 불교 교리는 수용되기 어려운 사정으로 작용했을 것이다. 그래서 이곳은 불교 신자들에게는 성지聖地이지만 힌두교나 다른 종교를 믿는 사람들에게는 그 중요

녹야원 탑

성이 덜했을 것임을 짐작하는 것은 어려운 일이 아니다.

먼저 본 것은 거대한 탑이다. 고대 불교 전개 과정에서 큰 역할을 하여 우리에게도 그 이름이 익숙한 아쇼카 왕이 있다. 그 왕이 초전법륜을 기념하기 위해 탑을 세우기 시작했는데, 워낙 큰 규모라 1층만 세우고 완성하지 못한 채 세상을 떴고, 그 후 악바르 왕이 2층 탑을 완성해서 현재의 모습이 되었다 한다. 탑 주변으로 아름다운 화원이 조성되어 있고, 또 발굴 작업이 한창 진행되고 있다. 아직 지하에 어떤 유적이 얼마나 숨어 있는지 모른다고 한다. 어른 일꾼들이 발굴 작업을 하고 있는 모습은 우리나라 유적 발굴 광경과 크게 다르지 않다. 인디아나 존스라는 영화에서 보던 유적 발굴 모습과도 흡사하다.

그런데 옷도 제대로 챙겨 입지 못한 소년들이 우리 일행을 끈질기게 따라붙는다. 영양실조 상태로 보이지만 그들의 눈은 마치 먹이를 노리는 뱀처럼 반짝인다. 그들이 팔려는 것은 흙으로 빚어 구운 작은 크기의 까만색 불상이다. 우리말도 제법 구사한다. 자신이 직접 캐낸 것인데 30불만 달란다. 처음엔 100불이었다가 80불, 50불을 부르다가 내려온 가격이다. 사지 않겠다고 계속 거절하는데도 끝까지 따라붙는다. 아이가 가엾기도 하고 또 명색 불교신자라고 하면서 그냥 지나치기도 그래서 하나 사려고 호주머니에 손을 넣기도 했으나 동행한 사람이 극구 말린다. 나중에 안 사실이지만 그것은 거의 다 가짜라고 한다.

다시 5분쯤 이동해서 녹야원 경역에 들어섰다. 여기도 여러 곳에서 발굴 작업이 한창 진행 중이다. 먼저 고고박물관(archaeological museum)에 들렀다. 이곳에서 발굴 작업을 통해 수습된 유물들만 전시하는 특별 박물관이다. 전시된 유물은 약 절반이 브라만, 시바, 비슈누와 관련된 힌두교 유물이고, 절반은 불교와 관련된 유물들로 우리에게도 익숙한 모습의 불상들이다. 돌이나 대리석으로 된 크고 작은 불상들은 갖가지 표정을 짓고 있었는데, 특이한 것은 우리나라 서산에 있는 백제 마애불처럼 빛의 방향에 따라 미소가 달라 보이는 불상도 있었다. 한 안내원은 전등을 움직여 그 모습을 보여 주고 수고비를 달라고 손을 내밀기도 하였다. 또 불상들 앞에 돈을 놓고 기도하는 모습도 볼 수 있었다.

박물관을 나와 사원 영역에 들어서니 이슬람 사원이 먼저 눈에 띈다. 불교 유적 위에 이슬람 사원을 짓고, 또 그것을 자연스럽게 받아들이고, 그렇게 오랜 세월 공존해 온 것이 신기하다. 발길을 옮기니 원형의 거대한 탑이 나타난다. 전 세계에서 온, 피부색이 다르고, 언어가 다르고, 입은 옷이 다른 많은 신도들이 그 탑을 돌며 기도를 하고 있다. 비록 말과 문화가 다르다고 해도 그들이 기도하는 내용은 다르지 않을 터, 나도 그 틈에 끼어 탑을 돌며 몸과 마음으로 고통 받고 있는 모든 사람들 편안하게 해 주십사고 기도를 드렸다. 내가 절에 갈 때마다 부처님께 절하며 올리는 기도다. 어떤 사람은 금박을 가지고 와서 정성스레 그 탑에 금을 입히기도 하고, 꽃을 가지고 와서 탑의 곳곳에 올려놓기도 한다. 탑 아래 주변에서도 많은 사람이 기도도 하고, 잔디밭에 모여 앉아 스님의 설법을 듣기도 한다. 아마도 스님을 모시고 성지 순례를 온 모양이다.

좀 떨어진 곳에는 큰 키의 보리수 나무가 튼실하게 자라 있다. 석가모니 부처께서 깨달음을 얻은 부다가야의 보리수 나무 가지를 옮겨다 심은 후손 나무라 한다. 잔디가 곱게 가꾸어져 있고, 곳곳에 발굴 작업이 진행 중이

석가모니 부처의 깨달음 장소
부다가야 보리수 후손 나무

다. 건물, 탑, 기둥, 그런 것
들이 일부 드러나 있기도
하고, 흙 속에 묻혀 있기도
하다. 언제쯤 발굴이 끝날
지 아무도 모른다고 한다.
그처럼 충분한 시간을 들여
철저하게 작업을 하는 모양
이다. 길을 따라가다 보니
철망이 있고, 그 안에 사슴
이 여러 마리 있다. 사슴이
야 어디에 있던 다를 것이
없다. 겁이 좀 많고 순수해
보이는 눈망울을 한 사슴이
녹야원이라는 이름을 살리
기 위해 인위적으로 동원된 것 같아 바라보
는 기분이 썩 상쾌치는 않다.

해가 지기 시작하는 시각이라 나가라고 재촉이다. 더 머물며 보고, 느
끼고 싶으나 어쩔 수가 없다. 밖으로 나오니 여전히 많은 사람이 작은 물
건을 팔기 위해 덤벼든다. 내가 돈이 좀 있어 이런 곳을 여행하고, 그들이
돈이 없어 물건을 팔망정 나와 그들의 차이는 무엇인가. 진정 그들과 나는
다른 사람인가. 약간의 돈이 있고 없음이 사람을 구별하고 판단하는 기준
이 되어서야 되겠는가. 부처님은 일찍이 탐욕, 성냄, 어리석음, 이 셋을 삼
독三毒이라고 하면서 버리라고 하지 않았던가. 부처님의 유적지를 둘러보
고 작은 생각의 변화라도 있다면 그 또한 부처님의 가피이고 은혜일 것을.
그러나 중생의 어리석음이 그것을 딱 가로막고 있으니 어찌 안타까운 일
이 아니랴. 이 근처에 한국인 스님이 운영하는 사찰이 있다는데, 일행들이
있고 또 일정이 빠듯해서 찾아볼 수가 없어 아쉬웠다.

꽃은 길에 피는 바람

돌아오는 길에 카펫과 캐시미르 제품을 생산하는 공장에 들렀다. 먼저 차를 한 잔씩 돌리고, 여자 한 명이 나와 인도 전통춤을 추는 공연을 하였다. 세 명의 남자가 악기로 연주하는 음악에 맞춰 춤을 추는데, 흔히 방송에서 보았던 인도 춤과 다를 바 없다. 카펫이나 비단 제품이 인도의 명산품이라 하는데, 전시된 물건의 값이 비싸고 품질도 그리 좋아 보이지 않았다. 그리고 장사하는 솜씨도 별로 성의가 있어 보이지 않았다. 일행 중에 아무도 물건을 사지 않아 좀 미안한 생각도 들었다. 어둠이 내리는 길을 거칠게 운전하는 버스를 타고 호텔로 귀환했다.

저녁을 먹고, 잠시 쉬다가 야시장을 구경하러 가기로 했다. 밖으로 나와 호텔 앞에 대기 중인 노인이 운전하는 자전거 릭샤를 탔다. 우리 부부가 그리 체중이 나가지 않는 편인데도 자전거 페달을 밟는 노인은 매우 힘이 드는 모양이다. 가쁜 숨소리가 들려 마음이 편치 않았다. 그 노인은 친절을 베푼다는 듯이 연신 뭐라고 설명을 하는데 잘 알아들을 수가 없다. 도로는 무질서 그 자체다. 자동차와 오토바이, 릭샤, 보행자 등이 뒤섞여 클랙슨 소리가 요란하고, 곧 충돌할 것 같은 아슬아슬한 곡예 운전이 이어진다. 도로 옆의 가게는 시간을 초월한 공존의 현장이다. 현대식 찬란한 네온사인의 가게가 있는가 하면 중세 시대의 냄새가 나는 낡은 가게도 있다. 한 바퀴 돌아 다시 호텔로 왔는데, 정해진 요금을 지불하고 통상적으로 지급한다는 1인당 1불의 팁을 주었는데도 더 달라고 강압적으로 요구한다. 돈이 아까워서가 아니라 그 태도가 용납 안 되어 끝까지 안 주고 버텼다. 아마 그 노인이 그렇게 안 했으면 아내나 내가 모른 척할 수가 없었을 것이다.

방에 들어오니 밖에서 폭죽 소리가 요란하다. 창밖으로 내다보니 무슨 축제를 하는 것 같다. 찬란한 불꽃이 하늘에서 아름답게 피어나고, 요란한 장식과 차림을 한 행렬이 악대 연주를 따라 움직인다. 늦게까지 그런 풍경이 지속되었는데, 다음 날 알고 보니 4일 동안 계속되는 결혼식 행사의 일환이었다고 한다. 어디나 귀족들의 사치와 호화스러운 잔치는 보편적인가 보다. 하기야 경제적 여유 있는 사람들이 자식의 결혼식 같은 중요한 행사에 돈을 아끼는 게 이상한 일일 것이다.

갠지스 강에서 보는 중도中道의 얼굴

다음 날 아침 6시에 기상을 하였다. 이번 여행에서 가장 기대되는 갠지스 강과 일출 광경을 보러 가기 위해서다. 버스를 타고 가서 더 이상 차량 출입이 안 되는 곳에서 내렸다. 거기서부터 걸어가야 했다. 어둠이 가시지 않은 거리를 많은 사람들이 걸어 강으로 향하고 있었다. 갠지스 강은 종교를 초월해서 인도인들에게 성스러운 곳이다. 이 강은 하늘에서 끌어온 물줄기라고도 하고, 죄를 씻어 주는 정화의 공간이기도 하며, 죽어서 돌아가는 평화로운 세계이기도 하다. 성스러운 산 히말라야에서 발원하여 멀고 먼 거리를 흘러오며 주변의 크고 작은 물줄기를 흡수하고 통합하는, 맑고 흐린 물줄기를 가리지 않고 끌어안는, 마치 못나고 잘난 자식들을 가리지 않고 품어 안는 어머니와 같은 그런 강이 바로 갠지스다. 부와 빈곤, 위와 아래, 삶과 죽음, 과거와 미래, 그런 모든 것이 하나로 모여 갈등하지 않고 화합하며 조화를 이루는 그런 모습이기에, 많은 사람들이 이 강을 어머니 강이라고 하며 신성시하는 것일 게다. 실제로 갠지스라는 말은 두 개의 큰 강(하나는 맑은 물, 하나는 흐린 물)이 합류하여 이루어진 것이라는 뜻을 갖는다고 한다. 이 강의 인도 이름 강가가 바로 그런 뜻이라 한다. 갠지스는 강가 표기를 영어 발음으로 읽은 것이다.

새벽의 갠지스 강은 이방인의 눈으로 보기에 그 이름과 달리 성스러움과는 거리가 있어 보였다. 기도하는 사람들, 기도를 돕거나 주재하는 성직자들, 기도용 꽃을 파는 장사꾼들, 방생을 유도하는 상인들, 구경을 즐기는 관광객들, 그런 사람들로 이른 새벽부터 북적이는 그곳은 시장 통이나 진배없다. 소리 지르고, 호객하고, 흥정하고…… 거기서는 기도도 거래의 하나요, 기원도 장사의 하나였다. 무슨 종교의 성직자들인지 누런 옷을 입고 앉아 촛불 아래서 신도들에게 무엇인가를 나눠 주고, 주문을 외우고 있었다. 우리는 이곳에 약 80여 개나 있다는 가트(강변에 설치 해 놓은 일종의 접안 시설 같은 곳. 목욕, 빨래, 화장 등 용도에 따라 구분됨) 중에서 가장 크고 화려한 것을 둘러보고, 거기에 그려진 힌두교의 상징인 신들의 모습을 구경했다. 그림은 원색을 사용해서 그런지 예술적이라기보다 조잡하다는 생각이 들었다.

우리 일행은 배를 하나 빌려서 강으로 나갔다. 새벽바람이 싸늘했다. 아직 어둠이 다 가시지 않은 강변의 풍경이 서서히 드러나고 있었다. 목욕하는 가트에는 추운 날씨에도 강물에 몸을 담그고 있는 사람이 많았다. 물에 몸을 담갔다가 나온 사람도 있고, 가트 위에서 물을 떠서 몸을 닦고 있는 사람도 보였다. 많은 사람들이 배를 타고 강으로 나와 강에는 배들이 붐볐다. 배를 운전하는 사람들은 용케도 부딪치지 않고 빠져나갔다. 배가 잠시 속도를 줄일 때마다 작은 배를 탄 장사꾼들이 몰려와 물건 사기를 권유한다. 그들의 위험하고 간절한 호객 행위가 안쓰러워 마음이 좀 움직이다가도 물건을 보면 금세 고개가 돌려졌다. 그들이 파는 것은 엽서, 액세서리, 화장품, 작은 기념품 등이었는데, 막상 손에 들고 보면 사고 싶은 마음이 가셨다. 검정 비닐봉지에 든 것을 쳐들어 보이며 서툰 한국어로 '방생'을 외치는 사람도 있었다. 장사가 되니까 저러고 있을 것이다. 아마도 한국인들이 물고기를 사서 방생을 많이 하는가 보다. 방생이란 죽어가는 생명을 살리는 큰 공덕을 짓는 일이지만, 금방 잡은 물고기를 놓아 주고 그것을 또 잡아 돈을 받고 팔고, 그것을 또 놓아 주는 그런 것이 어찌 진정한 방생이라 할 수 있겠는가. 방생의 형식을 빌린 물고기 고문 행위이자 사람 뱃속 채우는 잔혹 행위 아니던가.

일행의 공동 경비로 꽃으로 장식한 작은 초를 사서 하나씩 나누어 주었다. 바람을 피해 그 초에 불을 붙여 강물에 띄워 보냈다. 소원을 빌면 이루어진다는데, 나는 특별히 빌 소원이 없어서 평소 매일 기도하던 내용을 마음속으로 빌었다. 생화로 된 그 촛불들이 떠내려가다가 한 곳으로 밀려 쓰레기가 되는 것이 안타까웠다. 여기 사람들은 이 강을 신성시해서 강물을

제1부 오래된 바람결의 무늬

갠지스 강 위에서 보는 일출

성수라고 부르며 마시기도 하고 여러 의식에 사용하기도 한다. 그래서 목욕과 빨래, 화장이 동시에 이루어지는 강의 오염을 염려하여 정부에서 많은 경비를 들여 정화 시설을 가동하고 있다고 한다. 그런 이유로 수질은 그리 나쁜 편이 아니라고 하는데, 내 눈으로 보기에는 하수구의 물처럼 불결해 보였다. 아직 내 눈이 열리지 못해서인가.

잠시 뒤 어둠이 가시면서 일출이 시작되었다. 해가 뜨는 것이야 어디나 다를 것이 없지만 이역만리 갠지스 강 위에서 보는 일출은 특별했다. 예전 고등학교 교과서에 실렸던 「동명일기」에 나오는 것처럼 강을 벌겋게 물들이면서 시뻘건 불덩어리가 솟아올라 온천지를 밝히는 그 짧은 순간이 아주 인상적이었다. 어둠을 뚫고, 암흑을 물리치고, 새로운 세상을 여는 저 위대한 힘. 수없이 반복되었을 자연현상인데도 무심히 바라볼 때와 특별한 마음을 가지고 볼 때는 전혀 다른 의미로 다가오는 진리. 그 새로운 깨달음이 결국 세상을 바꾸고, 나를 갱신하는 힘이 되는 것 아니겠는가.

강변에는 각종 건축 양식의 화려하고 정교한 조각을 한 건물이 즐비했는데, 역대 왕들의 궁전으로 지어진 것들이라고 한다. 인도 사람들은 이 강에서 죽음을 맞아 성스러운 강으로 돌아가는 것을 최대의 소원이자 행복으로 생각했기 때문에, 여러 왕들이 여기에 궁전을 지어 놓고 노년을 보냈다고 한다. 지금은 그 궁전들이 개조되어 사원이나 호텔, 혹은 숙박 시설로 사용되는 곳이 많다고 한다.

낯선 길에 부는 바람

갠지스 강에서 화장하는 모습

멀리 시신을 화장하는 광경도 보였다. 가이드는 그 화장터 일정 범위 안에서 절대로 사진 촬영을 해서는 안 된다는 말을 강조했다. 만약 발견되면 많은 액수의 벌금을 물어야 하고, 카메라를 빼앗길 수도 있다고 하였다. 실제로 허락 없이 몰래 사진을 찍던 관광객의 카메라를 빼앗아 강물에 던져 버린 일이 여러 번 있었다고 한다. 사람들은 죽음을 맞기 위해 이곳에 와서 기다리기도 하고, 미처 오지 못한 사람들은 그 자손이 시신을 운구하여 이 강에 와서 화장 가트에서 화장을 한다. 화장장 근처에는 화장할 땔감으로 팔기 위해 장작을 쌓아놓은 곳이 많다. 하루에도 여러 건의 화장이 진행되는데, 그 절차 중에 시신을 강물에 담갔다가 꺼내는 것은 죄를 씻기 위한 목욕의 상징일 터요, 자식이 머리를 깎는 것은 정결한 정성의 표시일 것이요, 수천 년 꺼지지 않고 내려온다는 불씨(여기 말로 아그니라고 함)에서 얻어온 불은 죄 많은 육신을 정화하는 불일 것이다. 우리는 배에서 내려 화장하는 현장 바로 옆을 지났는데, 타다 남은 장작과, 망자에게 마지막 제물로 드린 꽃과 음식물, 그것을 뒤지고 다니는 개와 염소 등 굶주린 듯한 동물들, 무심히 타고 남은 재를 정리하는 인부 등이 삶과 죽음의 벽을 넘나드는 현장임을 실감케 했다. 아주 고약한 냄새도 났다. 죽음이 끝이 아니라 새로운 시작이라는 믿음은 이들의 현실을 유지하는 강력한 원동력일지도 모른다. 현실에 대한 불만이나 정치에 대한 불평을 그런 식으로 통제해 온 권력자들(상위 카스트 계급들)의 노회한 지혜는 시공을 넘어 우리에게도 보편화된 게 아니었던가.

황금사원의 위압과 힌두교 대학

아쉬운 걸음으로 강을 떠나 황금사원을 보기 위해 이동을 했다. 가는 길은 미로와 같이 좁고 지저분했다. 3천 년을 이어온 길이기에 자동차와 대로에 익숙한 우리에게 그런 인상을 주는 것은 당연할 터였다. 길가의 집에는 사람 사는 냄새가 난다. 학교에 가려고 책가방을 메고 나온 학생, 일터에 출근하는지 바삐 걷는 젊은이, 음식물을 준비하는 여인, 그 다양한 사람들 사이로 어슬렁거리며 돌아다니는 소, 그 소가 길바닥에 배설해 놓은 오물,…… 그런 사이로 일행의 앞 사람 머리만 보며 걸었다. 마주 오는 사람들과 만나면 어깨를 옆으로 해야 비켜갈 수 있을 정도의 좁은 길에 여러 인종의 사람들이 섞여 있다. 구경 온 사람도 있고, 그들에게 물건을 팔려는 사람도 있다.

황금사원 근처에 가서 철저한 몸수색을 받았다. 금속으로 된 것은 작은 머리핀 하나까지도 소지할 수가 없단다. 총을 멘 군인들이 금속 탐지기로 검색을 한다. 가방과 짐을 어떤 가게에 맡기고 우리는 사원으로 들어갔다. 지붕이 황금으로 빛난다. 약 1천 4백 킬로그램의 금으로 사원을 장식했다 한다. 여기는 원래 힌두교 사원이었는데, 지금은 이슬람 사원으로 사용되고 있다. 안에는 기도하는 사람들이 많이 모여 예배를 드리고 있었다. 사원 곳곳에 역시 집총한 군인들이 지키고 서 있다. 그 군인들은 사람을 지키는 게 아니라 황금을 지키는 듯했다. 사원 여기저기 예전 힌두교 사원이었던 흔적이 남아 있는 게 특이했다. 종교가 다른데도 이런 모습으로 사원을 공유한다는 게 이 나라의 특유의 풍속인 듯했다. 어느 종교를 막론하고 사람들이 신앙심을 표현하는 데는 공통점이 있을 것이다. 믿는 신이 다르고, 기도하는 방식이 다르다 할지라도 현세의 평안함과 내세의 소망을 갈망하는 마음을 다르지 않을 터, 신을 기쁘게 해 드리는 방법으로 금으로 찬란하게 성전聖殿을 장식하는 것을 그 누가 탓할 수 있으랴. 가난한 사람이 먹을 것과 입을 것을 절약해 모은 것이든, 부자가 아버지로부터 물려받은 것이든, 사원을 장식한 금이 지극한 신앙심의 구현물임은 누구도 부인하지 못할 것이다. 아무 것도 모르는 구경꾼이야 그 빛나는 금의 재산 가치에 눈이 빛날 것이요, 신앙으로 바라보면 그것은 금이 아니라 지극한 정성의 결정체일러니. 사람들이여, 그게 무엇으

대학 구내에 있는 힌두교 사원

로 보이는가. 그 보이는 것이 바로 그대의 본래 마음일지니라.

　시간이 꽤 지났으나 낮에는 시내 투어가 안 된다고 해서 배가 고픈 채로 힌두 대학을 방문하기로 했다. 이 도시의 이름이 유래(바루나 강, 아시강을 합쳐 만든)했다는 강을 지나 힌두 대학에 도착했다. 많은 학생들이 교문에서부터 북적거렸다. 특이하게 교문 앞 광장에 세워진 설립자의 동상이 보였다. 이 대학은 1918년 개교한 대학으로 처음엔 힌두교 신자만 입학이 가능했으나 지금은 종교와 상관없이 누구나 입학이 가능하고, 학생 수는 4만 명에 이른다고 한다. 캠퍼스는 가로 세로 각각 약 8킬로미터에 이를 정도로 넓다고 했다. 부지가 넓어 걸어서 구경하는 것은 어렵고 버스로 큰 길을 따라 대충 볼 수밖에 없다. 길옆에 서 있는 오래된 나무가 대학의 역사를 말해 주는 듯하고, 녹지가 많은 것이 인상적이었다. 건물은 그리 잘 지어진 것 같지 않다. 허름한 저층 건물이 대부분이다.

　학교 구내에 있는 힌두교 사원을 구경했다. 모든 사원이 그렇지만 사원에 들어갈 때에는 신발을 벗어야 한다. 맨발로 걸어서 들어가니 먼저 야외에 서 있는 코끼리를 비롯한 동물들 상이 눈에 띈다. 힌두교에서 섬기는 신의 숫자는 정확하게 아는 사람이 없을 정도로 많다고 한다. 그 숫자가 약 3억에 이른다고 하는 말도 있으나 확실한 것은 알 수가 없다. 그러다

보니 우리 시각으로 보면 이해가 안 될 정도의 별별 것이 다 신으로 숭배된다. 예컨대 원숭이나 뱀, 심지어는 쥐까지 신으로 섬김을 받는 경우가 있다. 실제로 쥐만 신으로 모시는 사원도 있다. 그러나 가장 많이 볼 수 있는 동물은 시바 신의 큰아들이라는 코끼리다. 수행 후 귀가한 시바 신이 큰아들을 외간 남자로 착각하여 목을 잘라 죽였다가 아들임을 알고 다시 살려 주려 했으나, 잘려진 목을 찾을 수 없어 옆에 있던 코끼리 머리를 잘라 붙여 주었다는 이 신은 인도인들에게 가장 널리 숭배되는 신이다. 인도 사람들은 이 가네쉬 신이 풍요와 지혜를 주재한다고 믿기 때문에 사원에 봉안하는 것은 물론 가게에 모시고 수시로 경배하거나 책의 맨 앞 장에 자주 등장시킨다고 한다. 여하튼 힌두교에 신이 이렇게 많다 보니 웬만한 종교의 신은 그 안에 모두 포괄된다고 볼 수 있다. 불교의 석가모니불이나 이슬람교의 신조차도 힌두교 신의 하나로 여겨질 정도다.

힌두교 사원의 구조는 크기의 차이는 있으나 내부 모습은 거의 비슷하다고 한다. 사원 내부에 신앙의 대상으로 모시는 상이 없다. 안은 텅 비어 있고, 기도할 수 있는 방이 몇 개 있을 뿐이다. 벽에는 경전을 새긴 조각 같은 것이 붙어 있다. 우리가 들어갔을 때 마침 아침 기도를 드리는 사람이 많았다. 성직자 한 분이 앉아 있고, 꽃과 음식을 정성스럽게 가지고 온 사람들이 그것을 드리면 성직자가 받아 놓고 손을 머리에 대고 잠시 기도를 해 주는 게 전부다. 그 의식에 물이 아주 중요한 것 같은데 그가 앉은 주변은 물로 흥건하게 젖어 있었다. 종교를 고등종교니 하등종교니 나누는 것은 허튼 우월주의의 오만함일 것이다. 어떤 신을 믿고 마음이 편안하고 안락함을 느낀다면 그것이 그 사람에게 가장 훌륭한 종교일 것이요, 그것을 미신이니 야만이니 하는 것은 편협한 독선에 지나지 않을 것이다.

사원을 나와 교문 앞에서 잠시 휴식을 취하며 자이라는 차를 한 잔 마셨다. 일찍 학교에 나온 학생들이 사원에서 기도하고, 거기서 간단한 아침 식사를 하기도 했다. 일회용 토기 찻잔에 담긴 차는 별로 구미에 맞지 않았다. 식사대용으로 먹는다는 빵과 우유 비슷한 차도 내 비위에 맞지 않아 먹을 수가 없었다. 우리 가이드는 맛있다며 그것으로 아침식사를 대신했다. 아무 음식이나 잘 먹고 소화시킬 수 있는 것도 복이다.

다시 버스를 타고 호텔로 돌아와 늦은 아침식사를 했다. 그나마 호텔 식사가 현지 음식보다는 나은 것 같다. 급히 서둘러서 짐을 정리하고 10시 반에 호텔을 나섰다. 공항으로 이동을 해서 국내선 비행기 탈 준비를 했다.

카주라호 사원 조각을 보는 성聖과 속俗의 눈

공항은 그리 크지는 않은데 경비가 삼엄하고 좀 심하다 싶을 정도로 검색을 했다. 짐 검사도 까다롭고, 항공기 티켓은 컴퓨터로 확인되는 것인데도 다시 수작업으로 일일이 대조를 하며 시간을 소비하게 했다. 사람들은 밀려서 아우성이고 일 처리는 늑장이니 짜증이 났다. 이게 선진국과 후진국의 차이던가. 짐과 사람이 세 번에 걸쳐 거의 같은 검색을 통과해야 했다.

12시 30분에 항공기가 이륙했다. 국내 운행용이라 항공기는 그리 크지 않다. 하늘에서 내려다보이는 풍경은 삭막하기 이를 데 없다. 아무리 비가 오지 않는 건기라고는 해도, 땅 전체가 회색의 죽음을 연상케 했다. 땅은 넓어서 산이 거의 보이지 않고 지평선이 보일 만큼 광활한데, 거기에 푸른 생명의 흔적이 거의 없어 푸석거리는 먼지만 날리고 있으니 그 척박함이 손에 잡힐 듯하다.

13시 10분에 카주라호 공항에 도착했다. 아주 한적한 시골 공항이다. 카주라호라는 이름은 술 성분이 추출되는 나무 이름에서 유래된 것이라 한다. 이 곳 인구는 1만 명 정도 되는데 대부분 농업에 종사하고 있고, 최근 밀려드는 관광객을 대상으로 관광업에 종사하는 사람이 25% 정도 된다고 한다. 대기하고 있는 버스에 올라 래디송 호텔로 가서 여장을 풀었다. 점심은 비행기 안에서 나눠 주는 간단한 음식으로 대체했으니 그를 위해 따로 시간을 낼 필요가 없다. 잠시 방에서 휴식을 취하다가 3시 반에 모여 사원 구경을 나섰다.

서부 사원군 안의 사원

　여기가 유명한 관광지가 되어 공항까지 생기게 된 것은 독특한 사원 때문이다. 여기 사원들은 약 천여 년 전 찬델라 왕조 시절 건설된 것들인데, 약 80여 개의 사원이 있었다고 하나 다른 종교 신자들이 많이 파괴하여 현재는 20여 개의 사원만 남아 있다. 이곳 사원은 크게 동부 사원군과 서부 사원군으로 나뉘어 있는데, 실제 남아 있는 사원의 숫자나 규모로 보아 서부 사원이 중심이다. 소규모 남부 사원도 있다는데 두 사원에 비해 규모나 유명도가 떨어진다.

　서부 사원군에는 여러 개의 사원이 비교적 건립 당시의 원형을 유지하며 남아 있다. 물론 그 내부에는 서로 다른 종교의 흔적이 뒤섞여 있기는 하지만 말이다. 사원 전체가 세계문화유산으로 지정되어 있고, 깔끔하게 가꾸어진 정원과 함께 보존이 잘 이루어지고 있다. 군데군데 힌두교에서 경배하는 신인 동물들의 모습이 그들에게는 성스러운 모습이겠지만 우리에게는 괴기스러운 모습으로 서 있다.

　이곳 사원 중에서 가장 많이 알려진 것은 락사마나 사원이다. 그 사원 벽에 신으로 모셔지는 각종 동물의 상, 전쟁 상황을 묘사한 서사시적 조각들, 카마슈트라라고 불리는 남녀의 성애性愛 모습을 노골적으로 형상화한 조각들이 부조로 붙어 있다. 특히 동물과 인간의 성행위 장면 등 외설스러운 모

사원 외벽의 아름다운 조각

습 때문에 미성년자 관람 불가의 금기처럼 여겨지는 그것들이, 그들에게는 속세의 고통을 넘어 영원한 즐거움으로 인도되는 지극한 신앙일 테니 모든 것은 보기 나름이라 해야 할 것이다. 속인의 마음으로 보면 외설에 지나지 않겠지만 지극한 신앙심으로 보면 해탈에 이르는 지혜의 지름길이기도 할 테니 말이다. 부처의 눈에는 부처만 보인다고 하지 않았던가. 모름지기 마음을 닦아 사물의 본질을 볼 일이다. 그래야 진리를 볼 수 있을 것 아닌가.

여기 있는 그 조각들은 오랜 세월 동안 경배의 대상이기도 했고, 다른 종교의 지배를 받을 때는 훼손의 대상이기도 했다. 사원 곳곳에는 힌두교 사원으로 건립되어 이슬람 사원으로 쓰이던 흔적들이 곳곳에 남아 있다. 이렇게 여러 종교의 사원들이 오랜 세월 부대끼고 충돌하면서도 한편으로는 화해하고 공존하며 오늘날까지 전승되는 모습은 기이하기도 하고 불가사의하기도 했다. 단지 이 중에서 작은 한 부분을 떼어내 부적절한 상업적 목적으로 사용하는 사람들의 무지와 이기심이 부끄러울 따름이다. 다른 사원들도 비슷한 상황이다. 지붕을 이슬람 사원식으로 개조한 곳도 있기는 하지만 대개는 건립 당시의 모습을 유지한 채 내부 장식이나 배치만 바꾸어 사용하고 있는 것이다. 일부 사원은 현재도 신자들이 정기적으로 예배를 드리는 공간으로 활용되기도 한다.

사원 하나하나를 자세히 보자면 많은 시간이 필요하겠고, 또 전문가의 설명을 들으며 보자면 며칠이 걸릴지도 모른다. 우리는 곧 그곳 관람을 정리하고 동부 사원군을 향해 이동을 했다. 차를 내리고 탈 때 현지인들이 끈질기게 달라붙어 물건 사기를 강요한다. 그들이 파는 것은 주로 사진첩이다. 은근히 성적인 자극을 불러일으키는 그림과 용어를 강조하기도 했다. 이들에게 한국인이 어떤 대접을 받고 있는지 말해 주는 듯해서 얼굴이 화끈거렸다. 사원군 앞에 조악한 필체의 한글로 된 식당 간판이 있어 반가웠으나 시간이 없어 들르지는 못했다.

동부 사원군은 서부에 비해 사원의 숫자나 조각의 수준이 뒤지는 편이다. 다만 여기서는 사원을 보수하는 현장을 목격할 수 있고, 힌두교에서 분리되어 나간 자이나교 사원을 볼 수 있었다. 일행은 자이나교 사원 안에 들어가 둘러보았으나 나는 밖에서 다른 사원을 구경하였다. 여기 사원에도 각종 조각들이 아름답게 장식되어 있으나 서부에서 보던 것보다는 수준이 떨어지는 듯했다. 보수 공사를 하는 곳에서는 특이하게 새 부재 속에 옛 부재를 섞어 색깔이 완전히 다른 돌이 맞물려 있기도 했다. 우리나라 익산 미륵사 동탑을 새로 조성할 때 주변에 흩어져 있던 탑의 부재 몇 개를 그대로 사용해서, 색깔이 완전히 다른 것이 끼어 있는 것과 유사해 보였다.

여기 사원에도 이슬람 지배 시절에 훼손한 흔적이 곳곳에 남아 있었다. 목이 잘린 상, 다리가 떨어져 나간 상, 팔이 없어진 상…… 자기 종교의 신만 인정하는 이기심의 발로일까. 아니면 아주 철저한 신앙 행위의 결과일까. 그런 모습을 보면서 일부 기독교들이 단군 상의 목을 자르고 불상을 내동댕이치는 극렬한 모습을 보이는 우리나라 생각도 났다.

원래 힌두교 시바 신이 안치되어 있던 곳에 부처님 모습 비슷한 상이 안치되어 있기도 했는데, 그것은 자이나교에서 신앙의 대상으로 삼는 마하비르 상이라고 했다. 가부좌를 하고 앉아 있는 모습이 불상과 다르지 않은데 차이는 옷을 입지 않은 점이라 했다. 그러고 보니 부처님 상은 반드시 천으로 반쯤이라도 가려져 있지 완전히 벗은 모습은 없는 듯했다.

호텔로 돌아와 저녁식사를 하고 나니 할 일이 없다. 관광지라 해도 시골이라 유흥 위락 시설이 거의 없다. 조용해서 좋기는 한데 금세 심심하다는 생각이 든다. 사람 마음이 참 간사한가 보다. 조용하고 아늑한 곳을 찾다가도 막상 그런 곳에 가게 되면 금방 속세가 그리워지니 말이다. 아마 몸에 속세의 때가 덕지덕지 끼어 그런가 보다.

그런 우리 마음을 읽었는지 우리 가이드가 인도 전통 춤을 공연하는 곳이 있으니 한 번 보라고 은근히 권유한다. 그런데 관람료가 30불이라고 한다. 일행 중에는 비싸다고 가지 말자는 축과 한 번 보자는 축으로 나뉘었는데 결국은 공동 경비 아닌 각자 부담하는 조건으로 구경하기로 했다. 버스로 5분쯤 이동해서 공연장으로 갔는데, 아주 전문가는 아닌 듯싶은 사람들이 나와 악기를 연주하며 인도 전통춤을 몇 가지 추었다. 관객은 우리 일행이 거의 전부고, 낯선 외국인이 몇 사람 보일 뿐이다. 무대 장치며 조명 같은 것은 아주 어설프다는 느낌이 들었다. 그러나 내가 그 방면에 전문가가 못 되니 그 춤이 얼마나 원형에 충실한지, 또 그 기능이 어느 수준인지는 평가할 수는 없다. 한 시간쯤 공연이 끝나고 돌아와 지친 몸을 침대에 뉘었다. 명색이 호텔인데 우리가 든 방은 1층이라 창밖으로 바로 정원이 내다보여 느낌이 이상했다. 일행 중에 일부가 배탈이 나서 걱정이 많다. 비행기에서 나눠 준 음식에 문제가 있는지, 호텔에서 먹은 물이 문제가 된 건지 알 수 없다.

작은 시골 마을의 화려한 궁전

다음 날 아침 일찍 일어나 서둘러서 요기하는 정도로 아침밥을 먹고 8시에 호텔을 출발했다. 오늘은 차를 타야 하는 시간이 많다고 한다. 우리가 향하는 곳은 오차라는 작은 휴양 도시다. 도로 사정은 별로 좋은 편이 아니다. 우리나라 도로는 여기에 비하면 최상급이다. 포장을 한 곳임에도 노면이 고르지 못해 차가 요동을 치니 피로가 더 빨리 오는 듯하다. 차선

알리프르 팰리스에서 내려다본 마을

표시도 불분명한 도로를 버스는 과속을 해서 달리니 불안하기 짝이 없다. 도로 옆에는 오래 묵은 고목나무들이 가로수로 늘어 서 있다. 가끔 보이는 농가는 우리나라 영화에 나오는 세트 건물처럼 튼튼해 보이지 않았다. 기후 조건이 집을 튼튼하게 짓지 않아도 되는 모양이다. 밭에는 유채꽃이 노랗게 피어 있는 곳이 많다. 간혹 밀밭도 보이는데, 이곳 농사의 주종은 바로 이 밀과 유채 재배라고 한다. 그런데 흥미 있는 것은 유채와 밀밭이 아주 띄엄띄엄 있다는 것이다. 그 사이의 넓은 땅에는 아무 것도 심지 않았는지 그저 검은 흙이 드러나 있다. 가물어서 밀이나 유채를 심은 밭에는 스프링쿨러로 물을 뿌려 주고 있다는 설명을 듣고 나니 그때서야 그 이유를 알 듯했다. 비싼 비용 때문에 땅을 놀리고 있는 것이다. 소가 게으른 걸음으로 어슬렁거리는 것은 흔한 풍경이고, 이동통신 중계탑이 어울리지 않게 높이 서 있는 것은 현대 문명의 혜택이라고 해야 할지, 아니면 자연에 대한 폭력이라고 해야 할지 단정하기 어려울 듯했다.

　10시 반에 알리프르 팰리스라는 곳에 도착했다. 여기는 예전에 지방 귀족이 살던 궁전인데 지금은 민속촌으로 개조되어 관광객에게 개방되는 곳이다. 현지인들이 관광객을 대상으로 음식과 차를 팔기도 하고, 또 인근에 있는 집을 개방해서 인도의 서민들 삶을 직접 보여 주는 곳이기도 하

■ 낯선 길에 부는 바람

오차의 자항기르 마할

다. 일행은 우리나라 귀족들 가옥 같은 집의 큰 대문을 통해 안으로 들어
갔다. 큰 나뭇가지가 늘어져 있는 옥상에 올라가 차를 한 잔씩 사서 마시
고, 주변 마을을 내려다보았다. 흙으로 지붕을 덮은 집, 단출해 보이는 살
림살이, 염소나 개 등 빈약한 가축들, 잘 입지 못한 어린이들, 아기를 안은
야윈 여인들…… 그런 모습이 보였다. 건너 산에는 군사 시설인지 거대한
물탱크 같은 덩그러니 서 있었다.

거기서 내려와 동네를 둘러보기로 했다. 아이들 여러 명이 우리 일행을
따라오며 볼펜을 하나만 달라고 조른다. 그것을 가지고 가면 먹을 것으로
바꿔 준다고 한다. 과거 우리나라 어린이들이 미국인 등 외국 사람에게 돈
이나 먹을 것을 구걸하던 것과 다를 바가 없는 풍경이다. 그게 불과 몇 십
년 전의 이야기인데, 한국전쟁 때 우리나라를 도와 파병을 하기도 했던 이
나라 사람들이 그 동안 어떻게 살았기에 우리에게 손을 벌리는가. 격세지
감, 지도자의 능력이 천양지차의 차이를 만드는 현장을 보는 듯하다.

동네 안으로 들어가 실제 사람들이 살고 있는 집을 들어가 보았는데,
살림살이가 너무 적어 놀랍다. 꼭 아이들 소꿉장난 하는 것 같다. 가난해
서 그런지, 욕심 없는 종교적 삶의 실천인지는 알 수가 없다. 전기도 없고,
난방 시설도 없는 맨바닥 방이다. 그래도 세수를 하고 화장을 하는 단순하

기 짝이 없는 시설과 도구, 그리고 기도를 올리는 성스러운 공간은 반드시 있었다. 이들의 평소 삶을 짐작케 하는 풍경이다. 동네 곳곳에도 소가 유유자적 돌아다니고 있었다. 우리가 차를 마셨던 집의 대문 앞에도 오래된 사원이 있었는데, 거기에도 카마수트라 조각들이 건물 처마 밑으로 둘러져 있었다. 규모는 작았지만 이들의 삶을 지배하는 한 조각 비밀을 들여다보는 창구 같은 느낌이 들었다.

다시 버스를 타고 이동해서 오차에 도착한 것은 1시쯤이었다. 예약해 놓은 호텔의 식당으로 들어가 점심을 먹었다. 일행 중 여럿이 배탈이 나서 점심을 제대로 먹지 못했다. 객지에 와서 탈이 나면 난감한 일이 아닐 수 없다. 가이드가 비상 약을 가지고 왔지만 그것으로는 어림도 없는 듯하다. 나도 어젯밤에 한국에서 가지고 온 약을 먹고 약간 증세가 호전되기는 했으나 여전히 정상은 아니다.

오차는 한적한 시골의 휴양도시다. 인구가 2천여 명에 불과하단다. 그런데 우리나라 면 소재지 비슷한 작은 시골 마을이 왜 유명한 관광지가 되었는가. 원래 이곳은 무굴 제국의 지방 소도시로 제후국의 수도였는데, 4대 자항기르 왕이 왕자 시절 반란 혐의로 쫓기고 있을 때 이곳에 있던 제후가 그를 도와 숨겨 준 인연으로 그가 왕위에 오르자 이곳은 갑자기 번영을 누리게 되어 발전했던 도시라고 한다. 당시 아름다운 베트와 강을 중심으로 한쪽에 많은 사원이 세워지고, 그 반대편에 왕을 위한 화려한 궁전도 세워졌다. 그러나 자항기르 왕이 권력을 잃자 이 소도시는 급격하게 몰락하여 화려했던 궁전이나 사원들이 쇠퇴의 길을 걷게 되었다고 한다. 현재는 당시의 사원과 궁전 중에 일부가 남아서 작은 도시 전체가 유적지라 할 만큼 관광 도시로 명맥을 이어 가고 있다. 워낙 작은 도시이다 보니 어디서 무슨 일이 일어나는지, 누가 왔다가 가는지, 마을에서 일어나는 일을 동네 사람 모두가 알 정도라고 한다. 현재 남아 있는 자항기르 마할은 1605년에 이곳 제후가 짓기 시작해서 22년 만에 완공한 것으로 순전히 그 왕을 위해 지어서 헌정된 궁전인데, 실제 그 왕이 이 궁전에 와서 머문 것은 2박 3일이 전부였다고 하니 효율로 따지면 낭비도 그만한 낭비가 없을 것 같다. 일설에 의하면 왕자 시절 부모가 반대하는 사람과의 사랑을 이루기 위해 그 연인과 이곳에 와서 하루를 머물렀는데, 그 사랑을 위해 지은 궁전이라는 이야기도 있으나 그것은 좀 과장이 섞인 꾸며낸 이야기 같다.

퇴락해 가는 궁전은 매우 화려하고 웅장한 규모다. 지상에 있는 방만 모두 160개이고, 지하에 있는 방을 합하면 총 260개의 방이 있는데, 그 방들은 왕이 잠을 자고 생활하는 공간, 시종들이 머무는 방, 왕을 호위하는 군대들이 사용하는 방으로 사용되었다고 한다. 왕이 머물던 방에는 지금도 화려한 그림이 남아 있다. 천정에는 모두 10폭의 그림이 남아 있는데, 힌두교에서 이야기하는 열 가지 신의 모습이 그려져 있다. 그 신의 모습은 비슈누 신의 화신으로 그 중 아홉 번째 화신이 석가모니 부처의 모습이다. 그러니까 불교는 힌두교의 범주 속에 포함되며 따라서 하등 갈등을 일으킬 문제가 없는 셈이다. 다른 종교와의 관계도 비슷하다 할 것이다. 특히 이 궁전에는 정원도 아주 아름답게 조성되어 있다. 정원을 관리하기 위해 강물과 연결된 통로도 있다 한다. 궁전 입구의 문턱도 재미있는데, 말을 타고 와서 내릴 때와 코끼리를 타고 와서 내릴 때, 낙타를 타고 와서 내릴 때 각각 내리는 곳이 그 높이가 다르게 조성되어 있다. 왕을 위해 얼마나 세심하게 설계하고 공사를 했는지 보여 주는 사례라 할 것이다.

이곳은 워낙 범위가 넓고 크기가 커서 자세하게 다 둘러보려면 꽤 시간이 많이 소요될 듯하다. 그래서 여유가 있는 사람은 여기 며칠씩 머물면서, 편안히 휴식을 취하며 천천히 음미하듯이 보는 경우도 많다 한다. 좀 비싸지만 표를 한 장 사면 이 도시 전체 문화재를 다 볼 수 있는 그런 입장권도 있다 한다. 아니면 들어갈 때마다 표를 사야 하는데, 당연히 개별 입장료가 더 비싸다. 또 좀 기분을 상하게 하는 것은 입장객에게 카메라로 사진을 찍을 것인지 묻고, 그렇다고 하면 사진 촬영료를 받는다는 것이다. 비디오를 찍겠다고 하면 더 많은 돈을 내야 한다. 세계문화유산 관광지에서 사진 찍는 것조차 돈을 내야 한다는 게 좀 의아하다. 사진을 찍는다고 문화재가 훼손되는 것도 아닌데, 자본주의의 타락이라고나 할까. 또 궁전의 일부는 지방행정기관에 임대하여 호텔로 개조되어 영업을 하고 있었는데, 그 이름이 쉬시마할이다. 궁전과 호텔. 타락인가, 실용인가. 문화재에 대한 영원한 딜레마 중의 하나일 듯하다.

궁전을 나오니 강을 가로지르는 다리 위에 노인이 앉아 손을 내밀고 구걸을 하고 있다. 어느 나라나 비슷하겠지만 이 나라 노인들은 대개 피골이 상접해 있다. 가난해서 그런 것이 아니라 수도의 결과일지도 모르겠다. 그래서인지 구걸을 하면서도 그 모습에 비굴함은 없고 당당하기만 하다. 부처님의 탁발 정신이 이어져 올 결과일까. 손을 내밀어 흔드는 것이 마치 새를 불러 앉히려는 모습 같다.

하도 넓은 궁전이라 대충대충 살펴보는데도 꽤 시간이 소요되었다. 가이드는 일행이 정해진 시각에 도착하지 않자 매우 짜증스러워한다. 일행 중에 배탈로 인해 화장실을 가야 하는 사람이 있어 늦어지는 것이니 누구 탓을 할 수도 없다. 더 아쉬운 것은 궁전 맞은편의 강 건너에 있는 사원을 구경하지 못하는 점이다. 겉으로 보기에만도 유서 깊은 유적임을 알겠는데, 시간에 쫓기니 눈길 잠깐 주는 것으로 대신할 수밖에 없다.

예정 시각보다 좀 늦게 출발했다. 여기서부터 잔시라는 도시의 기차역으로 가는 데 원래는 30분 정도 걸린다고 한다. 그런데 가는 도중 길이 이만저만 막히는 것이 아니다. 사람들이 줄을 지어 도로 양편으로 끝없이 이어지고 있다. 마주 오는 차가 있으며 사람들 때문에 한참씩 서서 기다려야 한다. 사람들은 더러 깃발을 들기도 하고, 플래카드를 들기도 했지만 대부분은 맨몸으로 도로를 점령하다시피 한 방향으로 걷는다. 가이드가 사정을 알아보더니 누군가의 연설을 들으러 가는 사람들이라고 한다. 이웃 주의 주지사가 와서 강연을 하는데, 여성인 그 지사는 매우 유명한 인사라고 한다. 행렬은 가도 가도 끝이 없다. 수천, 수만 명이 이동을 하는 것 같다. 우리나라 예전 대통령 선거 때 수십 만 명이 운집했던 것을 연상케 한다. 요즘이야 방송이나 인터넷이 발달하여 한 곳에 저렇게 많은 사람을 모아 놓고 강연할 이유도, 필요도 없는 세상인데, 여기는 아직도 20세기 중반을 살고 있는 모양이다. 덕분에 우리가 탄 버스는 지연이 될 수밖에 없다.

혼잡 구역을 벗어나 규정 속도를 무시하며 과속을 해서 우리가 가까스로 잔시 역에 도착했을 때 이미 열차는 서서히 출발하고 있었다. 가이드는 우리 짐을 포터에게 맡기고 움직이는 열차를 향해 전 속력으로 달렸다. 우리도 빠른 걸음으로 뛰어가는 포터의 뒤를 따르지 않을 수 없다. 계단을 두세 개씩 뛰어 육교를 건너 열차 플랫폼에 다다르니 다행히 열차가 멈춰 있었다. 나중에 알고 보니 가이드가 열차에 올라 비상시에만 작동하게 되어 있는 장치를 움직여 차를 멈추게 했다고 한다. 만약 합당한 이유 없이 그런 행동을 하면 징역을 살거나 엄청남 액수의 벌금을 물어야 한다고 한다. 가이드는 그 이유서를 작성해서 제출해 심사를 받아야 한다는데, 별일 없을 것이라고 우리를 안심시킨다. 여하튼 가이드의 재치와 달리기 실력으로 예정된 열차를 탈 수 있어 일정에 차질을 막을 수 있었으니 그보다 더 다행스러울 수가 없다.

7시 40분에 아그라의 역에 도착했다. 건기인데 반가운 가랑비가 내리고 있었다. 대기하고 있던 버스를 타고 시내를 이리저리 돌아 자이피 팰리스 호텔에 여장을 풀었다. 저녁을 먹고 피로한 몸을 쉬었다. 탈이 난 사람들이 있어 일행의 분위기가 어둡다. 할 수 없이 현지 의사를 불러 진찰을 받기로 했다. 의사가 와서 증상이 심한 두 분을 진료했는데, 장염이라면서 무슨 약을 처방해 주고 갔다고 한다. 가이드가 그 약을 사 와서 나머지 사람도 같이 나눠 복용했다.

세상에서 가장 아름다운 무덤과 가장 슬픈 궁전

다음 날 일찍 일어나 밥을 먹고 8시에 호텔을 출발했다. 증상이 심한 두 분은 호텔에서 휴식을 취하기로 했다. 멀리 와서 몸이 안 좋아 고생이고, 많은 경비를 내고 왔는데 예정된 관광을 하지 못하니 그것 또한 아쉬운 일이다.

157

1. 타지마할 입구
2. 타지마할 들어가는 길
3. 타지마할 전경

처음 간 곳은 우리에게 너무나 잘 알려진 타지마할이다. 예전 초등학교 교과서에도 그 사진이 실려서 와 보지 않았어도 낯설지 않은 유적이다. 호텔에서 그리 멀지 않아 차를 타자마자 얼마 안 되어 바로 도착했다. 주차장에서 차를 내려 전기로 운행하는 차로 바꿔 타야 했다. 명분으로는 세계적인 유적을 보호하기 위해서라는데, 독점 운행하는 그 차의 운행 수입이 더 큰 이유가 아닌가 생각되었다. 지금까지 보아온 모습들이 환경 보호와는 거리가 먼 게 대부분이었기 때문이다. 안개가 엷게 끼어 버드나무 가지 위에 작은 물방울들이 매달려 있는 게, 이 그윽한 세계유산을 더욱 신비롭게 보이도록 하는 것 같았다.

입구에 도착하니 우선 물건 파는 사람들이 몰려들기 시작한다. 그것이라도 팔아야 먹고 사는 사람들이니 자연히 위험을 무릅쓸 정도로 적극적일 수밖에 없으리라. 여러 운송수단과 사람이 뒤섞여 그야말로 대혼잡이다. 조상들이 남긴 저 위대한 유산이 오늘 가난한 후손들의 호구지책이 되다니, 새삼 일체가 무상하다는 말이 실감되는 듯하다.

마할이라는 단어는 원래 궁전을 뜻하는 말인데, 여기서는 사후의 왕비를 위해 지어진 궁전이므로 결국 사원 혹은 무덤을 의미한다. 이 궁전의 주인공은 건축의 왕으로 일컬어지는 5대 사자한 왕의 부인이다. 그 왕비는 모두 14명의 자녀를 낳았는데, 마지막 아이를 출산하던 도중 잘못되어 38세의 나이에 세상을 떠났다고 한다. 왕은 왕비를 너무도 사랑해서 그 후 다른 여자를 들이지 않고 평생 독신으로 살았으며, 왕비를 위해 이 화려하고 장엄한 사원을 지어 그 시신을 안치했다고 한다. 이 궁전을 짓는 데는 무려 22년이나 소요되었다. 그것은 입구 지붕 위에 종 모양의 장식물이 앞뒤로 11개씩 22개가 늘어서 있는 것이 잘 말해 주고 있다. 건축 도중 1년 경과마다 한 개씩 만들어 붙인 것이라 한다.

좁고 어두운 입구의 문을 지나면 눈앞에 하얀 대리석의 웅장한 타지마할이 광활한 시야에 확 들어온다. 뒤가 바로 강이라 아무 것도 거칠 것이 없어 파란 하늘을 배경으로 한 건물이 더욱 신비하게 보인다. 달이 뜨는 밤에 보면 더욱 신비한 모습으로 보인다는데 우리에게는 그런 시간이 주어지지 않으니 안타까울 따름이다. 그 앞으로 물이 찰랑거리는 연못과 분수가 길게 펼쳐져 있고, 양옆으로 아름답게 정리된 잔디밭과 꽃, 그리고 희귀한 자태의 나무들이 둘러 서 있는 풍경은 사람 사는 세상과 전혀 다른 느낌을 자아내게 한다. 무릉도원을 가리켜 별유천지비인간이라 했던가. 저 문 밖에는 한 끼 밥에 배가 고픈 사람들이 교활한 눈빛으로 관광객의 시선과 피 터지게 싸우고 있는데, 여기는 평화와 아름다움만이 고요하게 가득 펼쳐 있으니 이런 부조화가 바로 우리 인생의 참모습이던가.

건물은 당시 세계 곳곳에서 가장 좋은 자재를 수입하고, 최고의 기술자를 동원해서, 최대의 정성을 들여 건축한 것인 만큼 인도의 자랑이자 세계의 자랑이라는 말이 조금도 과장이 아닐 듯하다. 전해지는 말로는 이 건물이 완공되고 나서 기술자들의 손을 모두 잘라버렸다는 무서운 이야기도 있다. 다시는 이처럼 아름다운 건축물을 짓지 못하게 하려는 왕의 욕심을 표현한 말이리라. 또한 그것은 왕의 욕심이면서 동시에 먼저 세상을 떠난 왕비를 위한 지극한 사랑이기도 할 것이다.

잘 알려져 있듯 이 건물은 정확한 좌우대칭이 특징이다. 거대한 기둥 혹은 탑 네 개가 정확하게 정사각형의 꼭짓점에 위치해 있고, 그 안에 사원이 역시 정확한 비례의 대칭으로 자리를 잡고 있다. 그뿐 아니다. 이 건물의 밖에도 좀 떨어진 낮은 곳에 동서로 비슷한 모양의 사원이 위치해 있다. 그런데 사원은 하나면 되기 때문에 실제로 사용되는 것은 서쪽의 사원뿐이고, 동쪽의 사원은 사용 목적이 아니라 서쪽 사원과의 균형을 맞추기 위해 지어진 것이라고 한다.

궁전은 평지보다 높은 대지에 조성되어 있기 때문에 안으로 들어가기 위해서는 계단을 올라가야 한다. 계단을 올라가기 전에 반드시 신발을 벗어야 한다. 대개의 종교 시설이 다 그렇다. 다만 외국 사람이 하도 많이 오다 보니 그들에게는 특별히 덧신이 제공된다. 신발 위에 그것을 덧신고 올라가야 한다. 좀 불편하긴 하지만 희귀한 유산이 관람객의 부주의로 조금이라도 훼손되거나 오염되는 것을 방지하기 위해서는 부득이한 조치이리라. 외부의 벽이나 창문, 계단 등도 세계 최고 기술자에 의해 만들어진 것이니 그 아름다움이 찬연하다. 그러나 내부의 장식이나 조각에 비하면 빛이 바랜다. 내부의 화려함이나 정교함은 아름다움의 극치다. 사람이 만든 것이라 할 수 없을 만큼 그 유례를 찾을 수 없는 정치함과 기교가 흘러내린다. 수백 년이나 지났는데도 어제 만든 것처럼 보존도 잘 되어 있다. 단순한 관광 상품이 아니라 종교적 신앙심으로 지켜온 결과일 것이다. 내부 중앙에 안치되어 있는 왕과 왕비의 관은 모형이고, 실제 관은 저 아래 지하에 있다는데, 쇠창살 사이로 희미하게 그 흔적만 보일 뿐이다. 내부에서의 사진 촬영은 철저하게 금지되어 있다.

　밖으로 나와 건물 뒤로 돌아가니 꽤 큰 강이 흐르고 있다. 갠지스 강의 지류인 야무나 강이라고 한다. 아직 안개가 걷히지 않아 강에서 피어 오른 흐릿한 수증기들이 시야를 가로막고 있다. 사자한 왕, 혹은 그 왕비의 눈물이 환생한 것일까. 사자한 왕은 재임 중 엄청난 규모의 공사를 해서 건축의 왕이라고 불리는데, 끝내 말년에 그 아들에 의해 왕위에서 쫓겨나 강 건너 아그라 성 감옥에 유폐되어 생을 마감한 불행한 왕이었다. 그는 생전에 강 건너 편에 이 궁전과 같은 규모의 건물을 지어 다리를 놓아 이 건물과 연결하려는 계획을 세웠다고 한다. 이 건물이 흰색임을 감안하여 검은색의 건물을 지어 그곳을 자신의 무덤으로 삼으려 했다는 것이다. 그러나 아들에 의해 그 계획이 산산조각 무산되어 버리고 감옥에 갇혀 창밖 멀리 강 건너 아내의 무덤을 바라보며 말년을 보냈을 것을 생각하면, 그 눈물이 어찌 이 안개 정도에 그치겠는가. 소나기가 되어 내려도 부족하지 않겠는가. 하지만 달리 보면 왕이 되어 모든 것을 누렸어도 결국 쓸쓸하고 비참한 말년을 맞고 만 한 남자의 일생, 그것이 바로 우리 인생의 진정한 모습 아니겠는가. 무엇을 슬퍼하고 무엇을 안타까워하랴. 모든 것이 다 헛되고 무상한 것을.

　나오는 길에 보니 이곳 관련 유물만 전시하는 박물관이 있는데, 특이하게 금요일이 휴관일이라 볼 수가 없다. 그런데 개관 시간을 보니 열 시부터 다섯 시까지다. 금요일이 아니라도 어차피 보기는 어려웠을 것 같다. 대신 회랑에서 전시되고 있는 사진을 구경할 수 있었다. 인도의 곳곳 문화유산을 사진으로 전시하고 있었는데, 내게는 우리나라 것과 다른 불상과 탑 등 고대 불교 유적들이 꽤 인상에 남았다. 카메라에 이 전시회에 나온 유적 사진을 꽤 많이 담았는데 조작 미숙으로 타지마할을 찍은 사진과 함께 약 100장이 넘는 사진을 다 날려 버렸다. 기계가 사람을 편리하게 하지만 또 순간적으로 엄청난 피해를 주기도 한다. 디지털이 아니고 필름 카메라였다면 이런 낭패를 당하지는 않았으리라. 속이 상하지만 어쩔 수 없는 일이다.

밖에 나오다 보니 석공들이 유적 보수 공사를 하기 위해 자재를 손질하는 모습이 이채롭다. 기술자인 듯싶은 사람들이 돌 한 개를 앞에 놓고 다듬고 있는데, 그 작업이 노는 것인지 일하는 것이지 분간이 안 될 정도로 여유롭다. 워낙 건물 규모가 크고 오래 된 것이다 보니 이렇게 연중 내내 보수를 하지 않으면 제 모습을 유지하기가 쉽지 않을 것이다. 문화재를 다루는 그 느긋한 모습은 우리도 배워야 할 점이 아닌가 한다. 빨리 한다고 해서 모든 것이 다 좋은 것은 아니지 않은가.

전기로 운행하는 차를 타고 다시 주차장으로 나와 우리 버스를 탔다. 거기서 얼마 안 되는 거리를 이동하여 도착한 곳은 아그라 성이다. 이 성은 붉은 돌로 지어졌기 때문에 일명 붉은 성이라고도 부른다. 이 성은 악바르 왕이 건설한 것이다. 악바르 왕은 제국의 세력을 크게 넓힌 공으로 다른 왕과는 달리 대왕이라 불리기도 하는데, 강변의 자연 지형을 잘 이용하여 거주와 수비를 겸한 이 거대한 아그라 성을 지었다고 한다. 이 성을 지을 때 사용한 대리석은 약 100킬로 밖에서 운반해 왔다고 하는데, 그 당시 시설로 그렇게 크고 많은 양의 돌을 옮겨온 것이 참 신기할 정도다. 왕 한 사람의 욕망을 실현하기 위해 얼마나 많은 사람이 희생되었을까 생각하면, 이 건물의 돌 하나하나마다 피눈물이 배어 있을 듯도 하다.

입구에 들어서니 작은 원숭이들의 노림수가 극성이다. 여기 사는 놈들은 눈치가 빨라 관광객의 먹을 것을 주로 노리지만 가끔 모자나 안경을 재빨리 낚아채 가기도 한다니 조심해야 할 듯하다. 사람들 손에 치어 사는 놈들이라 눈치가 여간 영악한 게 아니다.

안에 들어가니 거대하고 화려한 궁전의 모습이 펼쳐진다. 악바르 왕은 전쟁도 많이 했고, 건축도 많이 했지만, 내치에도 남다른 수완을 발휘했던 모양이다. 그 증거가 이 성에 고스란히 남아 있다. 바로 왕비들을 위한 방이다. 왕은 국민의 화합과 공존을 위해 세력이 컸던 각 종교에서 한 명씩 신부를 선택해서 공식적으로 세 번 결혼을 했다. 그 세 명의 왕비를 위한 방을 각기 달리 꾸며 놓았는데, 각각 기독교, 이슬람교, 힌두교의 종교 특색을 살려 만들었다. 그로 인해 종교 간 갈등이나 충돌이 잦아들고 상호 존재를 인정하고 존중하는 공존의 지혜를 발휘하게 되었던 것이다. 정략결혼이라고 비판할 수도 있겠지만 안정을 위한 왕의 절묘한 선택이 아닐 수 없다.

또한 이 성에는 화려한 사치의 흔적도 곳곳에 남아 있다. 절대 권력을 누리던 왕이 거처하던 곳이니만큼 할 수 있는 사치는 다 한 것 같다. 요즘 사람들 시각으로 보면 별 것 아닌 것 같지만 당시로서는 대단한 첨단 기술이 필요했을 냉장고나 냉난방 역할을 했던 장치들도 눈에 띈다. 왕비들의 방이 여름용, 겨울용으로 나뉘어 있는 것은 그렇다 쳐도, 공주를 위해 그 지붕을 순금으로 치장해 주었다거나, 강물의 온도 차이를 이용해서 냉장고 역할을 하는 시설을 만든 것, 땔감 등 연료를 사용하지 않는 청정 난방 시설, 왕의 일반 접견실과 특별 접견실, 야외의 왕과 왕비 자리로 이용된 마주 보고 있는 방 하나 넓이의 돌, 따뜻한 물의 온도가 오래 유지되었다는 거대한 돌로 된 욕조 등 서민들로서는 상상키 어려운 시설들이 즐비하다. 그것을 만들기 위해 얼마나 많은 사람들이 고생을 하고 또 희생되었을까. 물론 그로 인해 놀랄만한 과학 기술이 탄생하고 발전한 성과도 있기는 하겠지만, 한 사람의 편안함을 위해서는 수많은 사람들의 희생이 있어야 한다는 진리를 여기서도 확인하게 된다.

반면 이 성에는 이런 사치스러운 것과 함께 수치스럽고 비극적인 유물

아그라 성 입구

들도 많이 남아 있다. 이곳을 점령했던 영국 군인들의 흔적이 곳곳에 남아 있고, 정원 한 가운데는 군인의 무덤도 있다. 힘이 약한 국가가 당해야 했던 비극의 증거들인 셈이다. 또 순금으로 치장되었던 지붕이 유럽인들의 약탈에 의해 없어진 모습이라든지, 영국인들의 대포 공격으로 왕이 앉았던 큰 돌이 깨진 채 남아 있는 모습이라든지, 포탄 공격으로 파손된 벽이 구멍 뚫린 그대로 남아 있다든지, 그런 것들이 구경하는 사람 마음을 편치 못하게 한다. 특히 마음을 아프게 하는 곳은 아들에 의해 유폐되어 쓸쓸한 말년을 보낸 사자한 왕의 감옥이다. 그 방에 들어가 보니 창밖으로 아스라이 강 건너 아내의 무덤인 타지마할이 보인다. 한때 세상을 호령하던 권력자가 버려진 노인이 되어 아내의 무덤을 바라보면서 그 얼마나 짙은 회한에 젖었을 것인가. 권력 무상, 부자간에도 인륜을 버리고 다투어야 하는 그 비정한 권력이라는 것의 허망함을 얼마나 절감했을 것인가. 우리 후대 사람들이 이 감옥을 보면서, 또 저 허물어져 가는 성벽과 바래가는 유물들을 보면서도, 그 알량한 권력을 끝내 움켜쥐어야 할 대상으로만 볼 것인가. 그렇다면 그 또한 저 햇살에 무너지는 허무한 이슬과 같은 권력의 속성을 모르는 사람이니, 종국에는 가엾고 불쌍한 존재, 어리석은 중생에 지나지 않을지니라.

아그라 성 내부

　현재 이 성은 전체의 40% 정도만 관광객에게 개방되고 있다. 수백 년 전의 요새였던 이 성은 지금도 약 60%가 현역 군인들에 의해 사용되고 있는 군사 시설이다. 성 밖에는 물건 파는 사람들의 호객 행위가 극성스럽다. 한 가지라도 팔아야 생계에 보탬이 될 것이다. 그러니 전쟁터나 다름없다. 사지 않겠다고 뿌리치며 거절하는 게 미안할 정도다. 저들과 내가 무엇이 다른가. 단지 돈 몇 푼이 더 있다고, 지식이 조금 더 많다고 해서 잘난 것이 무엇인가. 아무 쓸모없는 것들을 대단한 차이라고 거들먹거리는 것이 참으로 한심한 일 아닌가.

　호텔로 돌아오는 길에 대리석 제품을 파는 가게에 들렀다. 이번 여행에서는 일부러 단체 해외여행에서 많이 하는 쇼핑을 뺐기 때문에 그런 스트레스는 없는 셈이다. 그러나 현지 물건을 사는 기회가 없으니 한편으로는 서운하기도 하다. 무엇이든지 그 정도가 문제인 것 같다. 대리석으로 동물 모형이나 유물 모형을 만들어 파는데, 값도 예상보다 비싸고 무엇보다 갖고 싶은 욕심이 전혀 들지 않는다. 수공예품이나 비단 제품도 마찬가지다. 아직 관광 산업이 초기라서 여러 모로 준비가 미흡한 것 같다.

　호텔로 돌아와 점심을 먹었다. 급성 장염 증세로 의사의 왕진 치료를 받고 관광에 합류를 못한 채 호텔에서 휴식을 취하고 있던 두 분의 증세가 좀 나아져 다행이다. 점심을 대충 먹고 1시 반에 호텔을 출발했다. 목적지는 자이푸르다.

핑크 시티, 그 이름처럼 아름다운 도시

자이푸르로 가는 도로는 전 구간에 걸쳐 공사 중이었다. 도로 옆의 농지에는 노란 유채꽃이 심어져 있는 곳이 많았고, 파랗게 자라고 있는 밀밭도 보였다. 그러나 잿빛 하늘과 땅 색이 마치 우리나라 겨울의 들판을 보는 느낌이다. 여기는 유채와 사탕수수, 쌀과 밀농사를 2모작으로 재배하는 것이 보통이라 한다. 농업용수는 관정을 파서 펌프로 끌어 올려 사용한다니 농사짓는 데도 비용이 꽤 들어갈 것 같다. 땅이 넓은데도 곳곳에 놀리고 있는 땅이 많은 이유를 알 것도 같다.

끝없이 이어질 것 같은 농토가 간혹 멈추는 곳에 인가가 몇 채씩 모여 있다. 아이들 장난감처럼 지어 놓은 허술한 주택에 빨래를 넌 것이나 퀭한 눈길로 우리를 바라보는 사람들이 있어 그곳이 사람 사는 곳이라는 걸 말해 주는 듯하다. 아이들은 우리를 향해 흰 이를 드러내 웃으며 손을 흔들기도 한다. 그 인가 주변에는 대개 검정 털을 가진 소들이 어슬렁거리거나 누워 있는 것이 보이고, 염소나 낙타 등이 한가롭게 되새김질을 하고 있기도 했다. 어쩌다 좀 규모가 큰 동네가 나타나기도 하는데, 오종종한 물건을 파는 가게, 우리나라 50년대 고물상을 연상케 하는 무슨 물건 수리하는 가게, 무슨 물건을 사고파는지 가격 흥정에 열중인 사람들도 보인다. 특이한 것은 그런 곳에 최신 핸드폰을 선전하고 파는 가게가 꼭 있다는 것이다. 당연히 도로 주변에 높이 서 있는 중계 안테나 탑도 심심치 않게 보인다.

먼 길을 가는 것이기 때문에 중간에 두 번 휴식을 취했다. 운전수와 조수가 교대로 운전을 하기도 했다. 한 사람이 연속해서 여러 시간 운전을 하기는 무리일 것이다. 재미있는 것은 우리가 쉰 휴게소는 우리나라의 휴게소 개념이 아니라 대개 식당이거나 가게인데, 한국 사람이 자주 들르는 코스인 듯, 거기 종업원들이 한국말 몇 마디 정도는 기본적으로 구사하고 있었다. 새삼 한국인들의 해외여행이 보편화되어 있음을 상기하게 된다. 도로 가의 가로수는 유칼리나무가 많았고, 그 나무와 유채에서 꿀을 채취하기 위한 벌통들이 늘어서 있는 곳도 많았다. 도로 사정은 별로 좋지 않아 요철이 심하고, 따라서 피로가 쉽게 몰려온다. 그런 중에 우리를 더욱 피곤하게 하는 것은 넓지도 않은 도로를 자동차와 릭샤, 자전거, 오토바이, 낙타를 이용한 수레, 염소를 떼로 몰고 다니는 사람들이 함께 사용해야 한다는 것이다. 언제 돌발적인 사태가 발생할지 아슬아슬한데 운전수들은 곡예운전으로 용케도 잘 빠져 나간다. 당연히 소가 도로를 가로지를 때는 양쪽 차선 차들이 다 서서 신호등 바뀌기를 기다리는 것처럼 대기해야 한다. 그러니 운행 속도가 느릴 수밖에 없다. 놀랄 만한 것은 이렇게 무질서하고 혼란스러운 도로 사정에다 난폭운전에 곡예운전을 일삼는 데도 여행 내내 고통 사고가 난 것을 한 번도 보지 못했다는 점이다. 별별 종교가 다 섞여 있어도 서로 충돌하지 않고 공존하는 이 나라의 모습이 이런 교통 상황에도 반영되어 있는 듯하다.

저녁 8시나 되어서야 자이푸르에 도착했다. 어둠이 내린 도시는 매우 혼잡하고 공기는 탁했다. 라지프타나 쉐라톤 호텔에 투숙했다. 지친 몸으로 저녁식사를 대충 하고 곧 잠자리에 들었다. 거의 반나절, 7시간 넘는 동안 불편한 자리에서 부대끼며 낡은 버스를 타고 오는 것이 중노동에 버금가는 피로를 몰고 오는 것 같다.

인구 3백 만의 자이푸르는 일명 핑크 시티라고도 불린다. 누군가의 이 도시 방문을 환영하기 위해 도시의 건물 벽을 온통 분홍색으로 칠한 적이 있어서 붙여진 이름이라고 한다. 자이 싱이라는 왕이 암베르 성에서 이곳으로 수도를 이전했다고 하는데, 사전에 치밀한 계획을 세워 설계를 하고, 그에 맞춰 건설된 이 도시는 철저한 계획도시답게 도시 계획이 잘 된 곳으로도 유명하다.

하늘 궁전의 사치와 몰락

아침 일찍 일어나 암베르 성으로 향했다. 호텔에서 도시 외곽을 가로질러 암베르 성으로 가는 길에 바람의 궁전을 잠시 들렀다. 일명 하와마할이라고도 불리는 이 궁전은 궁중 여인들을 위해 건축된 특수한 건물로, 길옆에 분홍색 건축 자재로 지어진 5층 건물이다. 궁중에 사는 여인들은 외부와 자유롭게 접촉을 할 수 없기 때문에 갇혀 사는 것과 다름이 없다. 그 여인들에게 궁전 밖의 사람들이 살아가는 모습을 구경할 수 있도록 이 궁전을 지었는데, 이 건물의 창들은 벌집 모양으로 격자형의 형태를 하고 있다. 그 창문을 통해 밖을 보면 거리에 지나가는 사람들이 보이는데, 이 창문의 특수한 구조로 안에서 밖을 볼 수는 있어도 밖에서는 어떤 경우에도 안이 보이지 않는다고 한다. 그게 요즘 사람들의 눈에는 다만 신비한 현상으로 보이겠지만, 당시 여인들에게는 갇혀 살다시피 하던 생활에서 잠시나마 해방감을 맛보는 일이었을 것이다. 좋은 옷과 음식에도 불구하고 여인들의 궁중 생활은 감옥 생활이나 다름없었을 것이다. 예나 지금이나 권력을 가진 자들은 이토록 여자들까지 철저하게 독점해야 직성이 풀리는 모양이다.

도중에 시간 관계로 내리지는 못하고 차 안에서만 보고 말았지만, 물의 궁전이란 곳도 있었다. 꽤 큰 호수 한 가운데 궁전이 지어져 있었는데, 밖에서 보기에 매우 아름다운 광경이었지만, 실제로는 물이 귀했던 이 사막 지역에서 그런 호수와 궁전 건설은 아마도 사치의 정점에 위치한 일이라 할 것이다.

작은 언덕을 넘어서니 멀리 성이 보이기 시작한다. 이 성은 그저 단순한 성이 아니다. 그 자체로 하나의 나라이었던 만큼 유역도 여러 산봉우리가 포함될 만큼 넓고, 각각의 산 위에 있는 크고 작은 시설들이 아스라이 보인다. 이 성은 악바르 대왕의 세 명의 부인 중 힌두교 출신 부인의 친정이다. 상당히 높은 산 위에 건설된 도시로 당연히 힌두교 양식으로 지어졌다. 성이 하도 화려하게 지어졌기 때문에 이슬람교도인 자항기르 왕이 질투심으

로 침략하여 상당 부분을
파손시켰다고 한다.

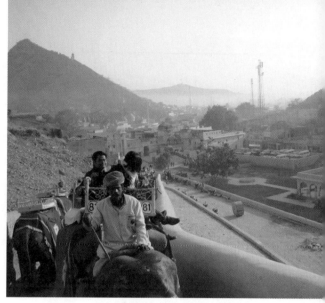

코끼리를 타고 성에 오르는 사람들

이 성에 오르기 위해
코끼리를 타기로 했다.
코끼리를 타기 위해 아침
부터 관광객이 길게 줄을
지어 서 있다. 코끼리 한
마리에 두 사람이 타도록
등에 의자가 놓여 있다.
그리고 앞에는 코끼리 주
인이 타고 조종을 한다.

이 코끼리들은 주인의 개인 재산이라 아침 일찍 집에서 출발해서 여기에
모여 있다가 손님을 태운다고 한다. 가파른 오르막길을 올라가야 하기 때
문에 하루 두 번 이상은 운행을 할 수 없다고 한다. 기다리는 일행 주위로
장사꾼이 기를 쓰고 접근한다. 감시하는 사람이 쫓아내면 잠시 떨어졌다
가 다시 몰려온다. 그들이 파는 것은 조잡한 조각품이나 수공예품, 주석
그릇 같은 것들이다. 제법 한국말을 능숙하게 구사하며 흥정에 나서기도
한다. 이게 한국의 국력인가, 높은 양반들 좋아하는 세계화의 결과인가.

우리 차례가 되어 둘씩 코끼리를 탔다. 짐승이지만 좀 미안한 생각이
든다. 앞에 앉은 노인은 뭔가 설명을 하는데 거의 알아들을 수가 없다. 잘
정비된 길을 따라 오르면서 거대한 규모의 건축물 벽이나 절벽과 같은 비
탈에 정교하게 세워진 건물을 구경했다. 멀리 다른 산꼭대기에 건설되어
있는 성벽(중국의 만리장성을 연상케 한다)과 초소 같은 건물들이 자그맣
게 보인다. 드디어 성의 중심 건물에 도착했다. 우리를 안전하게 내려준
코끼리 주인은 당연히 받는 요금 이외에 정해진 팁을 주었는데도 따로 또
돈을 요구한다. 아까 뭔가 설명한 대가를 바라는 모양이다.

성의 건물은 정말 화려하고, 정교하고, 아름답다. 왕의 아내를 위한 방

1. 암베르 성의
   거울로 만든 방
2. 바람의 궁전

이 12개나 있었는데, 각각 그 용도가 달랐다고 한다. 또 여인들이 외부 사람 몰래 정원에서 펼쳐지는 군대 사열이나 춤을 구경하기 위한 시설도 있고, 전망을 구경하기 위한 높은 곳의 방도 있는데, 거기로 올라가는 길이 재미있다. 그 길은 계단이 아니라 우리가 흔히 보는 장애인을 위한 것 같은 경사로로 되어 있는데, 그 이유는 왕궁의 여인들이 보석을 하도 많이 장식하여 그것이 무거워서 도저히 걸을 수가 없어 이동에 수레를 이용했기 때문이라고 하니, 그쯤 되면 그게 보석이 아니라 고문 도구일 듯싶다. 그런 사치와 향락을 위해 무수히 많은 사람들의 땀과 피가 뿌려졌으리라. 그밖에도 벽 전체가 거울로 된 방, 화려한 벽화가 그려진 방, 문짝 하나 전체를 커다란 대리석 한 개로 깎아서 만든 문 같은 것은 물론, 생활하는 방에도 기도하는 방, 밥 먹는 방, 잠자는 방이 각각 따로 있으니 그 호화스러움이 짐작될 만하다.

이 성은 외부에서 침입하는 적을 방어하기 위해 이 산 위에 지어져 하늘 궁전이라는 아름다운 별칭을 얻기도 했으나, 사막 같은 건조한 기후 조건 아래서 많은 사람이 생활하기에 가장 불편한 것은 물 부족이었을 것이다. 그래서 결국 조상으로부터 미완성의 형태로 물려받아 성을 완공시킨 자이 싱은 성에 대한 애착에도 불구하고 자이푸르로 도읍을 옮기는 결단을 내렸을 것이다. 동서고금을 막론하고 모두에게 만족스러운 완벽한 것은 존재하기 어려운 모양이다. 개인적으로 성 안에서 아내와 카메라를 주고받다가 떨어뜨려 일부 부서지는 사고가 났다. 사진이나 손상하지 않았으면 싶다. 다행히 카메라를 두 개 가지고 온 일행이 있어 그것을 빌려 나머지 기간 동안 응급조치를 할 수 있었다. 일정 중에는 헤나 문신 체험이라는 것이 들어 있어, 모두 한곳으로 모여 팔이나 손에 검은 물감으로 인도 전통 문양 그림을 그렸으나 나는 관심이 없어 참여하지 않았다.

성 안의 한 편에서는 지금도 발굴 조사가 계속되고 있고, 다른 곳에서는 보존을 위한 공사, 훼손된 곳의 수리 공사도 진행 중이었다. 한쪽에선 발굴을 하며 그 자체를 또 하나의 관광 상품으로 활용하고 있는 광경은 문화유산 관광 사업에서 효용 가치가 높은 아이디어의 하나로 생각되었다.

내려오는 길에는 지프차를 이용했다. 차가 얼마나 오래 되었는지 창문도 없고 지붕도 시늉만 있다. 차는 브레이크와 액셀 페달만 있는데 발 닿는 곳이 반들반들하게 닳아 있고, 다른 액세서리나 시설은 아무 것도 없다. 마치 예전 시골에서 타던 장난감 수레 같은 것에 엔진만 달아 놓은 것 같다. 하도 허술하고 불안해서 가다가 멈추거나 뒤집힐 것만 같다. 운전하는 사람은 꽤 나이가 들어 보이는데 서툰 영어로 물어 보니 나보다 몇 살이나 덜 먹었다. 여기 사람들은 외모로 나이를 짐작하기 어렵다. 운전수는 수없이 다녔을 그 길을 능숙하게 내려오는데, 나는 곧 어떻게 될 것 같은 불안에 손때로 하얗게 바랜 쇠 난간을 꽉 움켜쥐고만 있었다. 주차장에 도착하니 예외 없이 웃돈을 또 요구한다. 이게 이들의 본성인지, 아니면 한국 사람들이 와서 잘못 길들여 놓은 것인지, 잘 모르겠다.

호텔로 돌아오는 길에 잔따르만따르 천문대를 구경했다. 이 천문대는 시티 팰리스 바로 옆에 있는데, 인도가 고대 문명의 발상지답게 천문학이 발달했던 나라라는 것을 여실히 보여 주는 산 증거라고 부를 만했다. 정교하게 만들어져 있는 해시계 같은 것은 그 규모도 엄청나게 클 뿐 아니라 현재도 가이드가 태양의 그림자를 이용해 시간을 맞춰 보니 표준시와 분 단위까지 정확하게 맞았다. 또 별자리를 표현한 모형이며, 우리나라처럼 열두 띠가 존재하는 모습 등이 이들의 과학적인 인식과 생활을 잘 표현해 주는 것 같았다.

바로 옆에 있는 시티 팰리스는 자이 싱 왕이 살았던 궁전인데, 현재는 박물관으로 개조되어 왕가의 카펫, 옷, 벽화, 무기 등이 전시되어 있다 한다. 우리는 시간이 없어 관람을 하지는 못했다. 거기 전시된 것 중에서 거구의 왕이 입었던 엄청난 크기의 반바지와 왕의 영국 방문 때 갠지스 강물을 담아다가 사용했다는 거대한 은제 항아리가 유명하다는데, 볼 수가 없어 아쉬웠다. 이 궁전의 한쪽에는 지금도 왕의 후손들이 살고 있다고 한다. 사방이 벽으로 둘러싸인 궁전의 밖으로 큰 도로가 개설되어 자동차들

시티 팰리스 외부

이 끊임없이 질주하고 있으니 아마도 그들은 도로로 막힌 섬 같은 곳에서 감옥 생활을 하는 심정일 것 같다.

원점으로의 귀환, 신들과의 작별

11시에 점심을 먹고 1시 반에 델리를 향해 출발했다. 다행히 고속도로 형편이 좋아 버스는 막힘없이 잘 달렸다. 길 옆 경작지에는 유채 밭이 지평선에 닿게 펼쳐 있고, 척박한 땅을 일구며 농사짓는 사람들의 모습이 가끔 보였다. 산에는 나무가 거의 없으니 푸른색을 찾아보기가 어렵고, 간혹 소규모 도시 같은 곳을 지날 때면 자잘한 물건 파는 가게와 후줄근한 옷을 입은 사람들이 복작이는 게 어디나 별 차이가 없다. 도중에 휴게소에 잠시 휴식을 취했다. 운전수가 가려고 하는 휴게소가 길 반대편에 있어서 고속도로를 잠시 역주행하는 아찔한 경험을 해야 했다. 우리나라에서는 상상키 어려운 일이 여기서는 아무렇지도 않게 이루어진다. 휴게소에서 기념품 같은 것을 팔고 있었는데, 별로 사고 싶은 게 없어 화장실만 이용하고 나오려니 미안한 생각이 들었다. 가이드가 인도 전통 음료 체험이라며 요구르트 비슷한 라시를 한 잔씩 마시라고 돌렸는데, 조금 맛을 보니 내 비위에는 잘 맞지를 않아 마시지 않았다. 다른 일행은 맛있다며 한 잔을 다 마시는 분도 있었다.

버스 창밖을 내다보아도 비슷한 풍경의 연속이니 나중에는 감각이 무 뎌져서 아무 느낌이 없다. 여기가 외국이라는 느낌도 거의 들지 않는다. 항상 눈 뜨면 보던 그런 풍경처럼 조금도 낯설지가 않다. 사람의 감각이라 는 게 참 간사한 것인가 보다. 처음 볼 때는 신기하고 기이하던 것이 조금 익숙해졌다고 해서 아무 느낌이 없으니 말이다. 그러고 보면 사람도 비슷 한 것 같다. 초면에 데면데면하던 사람도 몇 번 만나고 나면 아무 거리감 없이 가까워질 수 있으니 말이다. 풍경이나 사람이나 시간이 지나면 편안 해지고 익숙해지는 게 정상인가. 여러 날 동안 집을 떠나 몸과 마음이 피 로하니 더욱 그런 것 같기도 하다.

졸며, 기도하며, 생각을 정리하며 앉아 있다가 보니 델리가 가까워진 다. 도로가 점점 복잡해지고 차의 속도가 느려진다. 원래 델리에 도착해서 첫날 보지 못했던 라즈 가트와 자마 마스지드 사원을 보기로 했었는데, 날 이 점차 어두워지고 있으니 아무래도 힘들 것 같다. 라즈 가트는 인도의 자랑인 간디의 화장터인데, 원래는 아무 것도 없었는데(화장해서 그 유해 를 강물에 떠내려 보내니 아무 것도 없는 게 당연한 일이다) 사람들이 이 곳을 많이 찾아오자 무덤 비슷한 기념물을 만들어 놓았다고 한다. 그게 온 당한 일인지 잘 모르겠다. 자마 마스지드 사원은 사자한 왕이 건설한 이슬 람 사원인데 그 크기가 약 2만 명이 동시에 예배를 드릴 수 있는 세계 최대 규모라고 한다. 그러나 어느 이슬람 사원이나 그 구조나 양식은 큰 차이가 없기 때문에 우리가 전에 보았던 것과 규모의 차이만 있을 뿐 내용은 다를 바가 없다고 한다. 그 말로 보지 못한 아쉬움을 달래는 도리밖에 없다.

델리의 새로 개발되는 지역은 세계 어느 도시 못지않게 높은 건물들이 우뚝우뚝 솟아 있고, 그 외양은 화려한 조명으로 빛이 난다. 그러나 거기 서 조금만 들어가면 아주 가난한 사람들이 비참하게 살아간다고 한다. 여 기도 빈부 격차가 심한 모양이다. 또 오래 카스트 제도가 유지되어 오면서

꽃신 길에 부는 바람

빈천의 구별이 당연시되어 왔기 때문에 그에 대해 큰 문제의식도 없다고 한다.

이 도시도 교통문제가 심각한 수준인 것 같다. 우리가 시내로 진입하여 대통령궁을 보려고 이동하는데, 차가 가득히 도로를 점령하여 꼼짝도 못 하는 상황이 계속된다. 유료도로의 요금을 받는 곳에서 차가 막혀 겨우 100여 미터를 이동하는 데 거의 30분이 넘게 걸렸다. 그곳을 빠져나와도 차가 막히는 것은 별 차이가 없다. 가는 것인지, 서 있는 것인지 모를 정도로 차는 다른 차 사이에 끼어 옴짝달싹 못한다. 답답하기 짝이 없다. 걸어가는 게 빠를 정도로 움직이다가 대통령궁이 있다는 곳에 이르니 도로가 넓어져서 좀 사정이 나아지는 것 같다. 시간이 되면 내려서 구경을 하고 싶었으나, 날은 어둡고, 공항에 나가야 할 시간은 촉박하고, 또 오랜 버스 여행으로 몸이 지쳐서 이제 구경이고 뭐고 다들 귀찮은 표정이다. 버스로 그 앞을 한 바퀴 도는 것으로 대신했다. 대통령 관저를 궁이라고 부르는 게 특이했는데, 국회의사당과 붙어 있는 이 건물에는 총 260여 개의 방이 있다고 하니 그렇게 불러도 괜찮을 듯싶다. 인도의 행정 조직은 특이해서 국민이 투표로 선출하는 대통령이 있으나 그에게는 권한이 별로 없고 국가 원수로서 1위 시민이라는 영예만 주어지고, 실질적인 국가 통치 권한은 총리가 소유하고 있다고 한다. 또 주지사가 막강한 권력을 가지고 있어서 실제 국민과 밀접한 행정은 주에서 거의 다 이루어진다고 한다. 재미있는 것은 대통령과 총리의 종교가 다르고, 주지사의 종교는 아주 다양해서 힌두교 국가임에도 불구하고 심지어는 공산당이 지배하는 주도 있다고 한다. 그래도 큰 충돌 없이 행정부가 움직여 나가니 참 특이한 나라라고 하지 않을 수 없다.

근처에 있는 로투스 가든이라는 중국 음식점에서 저녁식사를 했다. 비록 중국 음식이지만 내 입맛에 맞아서 오랜만에 배불리 밥을 먹었다. 사람이 먹는 것에 자유로울 수 있다면 그것 또한 커다란 축복일 것 같다. 담소를 나누며 인도에서의 마지막 시간을 보냈다. 지치고 힘 드는 시간이었지만, 그래서 더욱 오래 기억에 오래 남을 수도 있을 것 같다.

우리가 탑승할 비행기는 9시 반에 출발 예정인데 가이드가 전화를 해보더니 지연 출발을 할 것 같다며 여유 있게 떠나도 될 것 같다고 했다. 차를 마시며 시간을 보내다가 8시 20분에 식당을 출발했다. 가이드가 선물이라며 비누와 세제를 담은 꾸러미를 하나씩 돌렸다. 값이야 얼마 안 나가겠지만 그 마음이 따습다. 그와 작별하고 8시 45분에 공항에 들어갔는데, 예측한 대로 출발이 지연된다는 안내판만 세워져 있고, 비행기 탑승 수속은 시작도 되지 않고 있었다. 그때부터 한없는 기다림의 시간을 보내야 했다. 오랜 기다림 끝에 짐 검사와 출국 수속을 했는데, 그 임무를 마친 직원들이 불을 끄고 퇴근하고 나니 공항은 더욱 쓸쓸해지는 듯했다. 꼭 시골역의 대합실 같은 곳에서 복작거리며 기다릴 수밖에 없다. 그러나 어디에항의할 수도 없고, 절에 간 색시처럼 다소곳이 기다리는 수밖에 없다.

출발 시각은 11시에서 12시로, 다시 새벽 1시로 계속 변경되었다. 우리는 작은 의자에 불편하게 앉아 있거나, 대여섯 군데에 불과한 면세점을 오락가락하거나, 일부러 먼 거리에 있는 화장실을 오가거나 해야 했다. 명색이 국제공항인데 그 규모도 탑승 게이트가 10개 정도에 불과할 정도로 작거니와 인도항공의 공항 서비스 또한 점수를 줄래야 줄 수가 없다. 항공사에서는 지연 출발에 대한 미안함으로 승객에게 빵과 우유를 하나씩 공급했는데, 그것이 대단한 선심인 양 티를 낸다. 항공기 출발이 지연된다는방송만 할 뿐 왜 그렇다는 이유 설명도 없고, 미안하다는 사과도 없다. 아마 선진국 공항에서 이런 일이 있었으면 집단으로 항의하고, 시간과 경비에 대한 손해배상을 하라고 난리를 부렸을 것이다. 마치 예전 버스가 귀할 때 시간 지연은 기본이고 태워 주는 것만도 큰 은혜를 베푸는 것처럼 거들먹거리던 운전수를 연상케 한다.

1시 반이 넘어서 탑승이 시작되었고, 비행기는 50분쯤에 이륙했다. 우리는 지친 몸을 좌석에 부리고 늦은 밤, 하늘 높이에서 새로운 날을 맞았다. 캄캄한 어둠 속에 내일의 밝음이 잉태되었을 것이 아닌가. 다행스러운 것은 올 때 시차로 잃어버렸던 3시간 30분을 돌아갈 때 다시 찾을 수 있다는 희망이다. 홍콩을 경유하여 인천에 도착한 것이 다음 날 오후였다. 예정시각보다 많이 연착을 해서 오래 기다린 관광회사 사장이 안내하는 버스를 타니 몸도, 마음도 축 늘어질 정도로 피곤했지만, 음식과, 공기와, 말이 익숙하니 우선 기를 펼 것 같다. 사람이 환경의 영향에서 자유로울 수 없다는 말이 실감된다.

해탈의 끝에서 다시 만나는 속세

인도는 땅도 넓고 사람도 많은 나라다. 국민소득은 형편없이 낮지만 핵무기를 보유한 강대국이기도 하다. 사용되는 언어도 다양하여 화폐에는 15개 언어로 표기가 되어 있을 정도다. 영어를 공용어처럼 사용하기에 그게 강력한 경쟁력이 되기도 한다. 굶어서 죽는 사람들이 있는가 하면 빌게이츠보다 돈이 많은 사람도 있다. 힌두교가 중심이지만 다양한 종교가 제 색깔을 드러내는데 아무 거리낌이 없다. 인도는 이처럼 도대체 그 정체성을 알 수 없는 나라다. 우리가 고작 8일 동안 돌아본 곳은 지도를 놓고 보면 아주 좁은 지역을 오간 것에 불과하다. 그러니 그것으로 인도를 안다고, 보았다고 하는 것은 만용일 것이다. 장님이 코끼리 다리를 만진 정도도 되지 못할지 모른다.

그러나 한 가지 분명한 것은 이들이 우리의 삶을 되돌아보게 하는 거울 역할을 하고 있다는 점이다. 그 동안 우리가 숨 가쁘게 달려온 이유와 목적이 무엇이던가. 물질의 풍요, 휘두를 권력, 과시할 명예. 그런 것을 얻으려 했던 것 아니던가. 그를 위해 우정이나 의리 등 인간으로서 지켜야 할 도리마저 내던지지 않았던가. 그런데 그렇게 해서 얻은 것이 무엇인가. 그토록 소망하던 것들이 손에 들어오면 진정 행복할까. 그런 것들은 마셔도 가시지 않는 갈증 같은 것이다. 소망이 성취되는 순간 대부분 더 많은 물질, 더 강한 권력, 더 높은 명예를 위해 또 다시 투쟁을 시작할 것이다. 그

것들이 가진 속성이 원래 그렇기 때문이다.

인도인들은 대개 노년이 되면 돈과 권력과 명예를 조용히 거두고 은퇴를 해서 수행을 하다가 죽는 것을 최대의 행복으로 여긴다고 한다. 이것은 무엇을 말하는가. 그런 것이 가진 허망함을 잘 알고 있다는 의미다. 이것을 이론으로 알기는 쉬우나 실천하는 것은 대단한 결단과 용기를 필요로 한다. 그런 점에서 인도인들은 기본적인 깨달음을 갖추고 있는 셈이다.

인도에 머문 며칠 동안 낯선 풍경과 구미에 안 맞는 음식으로 고생을 했지만, 가난함에도 여유를 가지고 당당하게 사는 사람들을 보면서 많은 생각을 하게 되었다. 진정한 행복이 무엇인지 알고 있는 사람들, 그들은 비록 헐벗고 굶주려도 안달하거나 슬퍼하지 않는다. 눈앞에 보이는 것들만 믿는 사람들은 가질 수 없는 것, 욕망의 늪에 빠진 사람들은 결코 이해할 수 없는 것, 인도 사람들은 그런 것을 가지고 있다. 일체가 무상이라는 말을 수없이 들었지만 그것을 살아 있는 실체로 받아들인 것은 처음이다. 짧은 기간 속세를 떠나 해탈의 세계에 머물며 얻은 생각의 자유요 사유의 해방이었다.

그러나 어쩌랴. 이 짧은 해탈의 끝에는 아비규환의 속세가 기다리고 있는 것을. 싫어도 거기로 돌아가야 하는 것을. 하기야 그런 분별지分別智 자체가 바로 무명이라 했으니, 해탈과 속세가 둘이 아님을 모르는 어리석음이여. 오호라 내 무명이 참으로 깊고도 무겁구나.

제2부

이방인의 호주 생활

1 일 년 동안 살 브리즈번에 도착하다

이역만리, 아니 수만 리를 떠나 낯선 곳에 와서 첫날을 보냈다. 감당하기 어려운 고통으로부터 도피하듯 떠나온 길이다. 교환교수라는 이름을 빌리기는 했으나 빠른 망각을 기대하며 선택한 자진 유배생활의 시작인 셈이다. 어제 집에서 점심을 먹고, 15만원을 주고 대절한 택시를 타고 인천공항에 일찌감치 도착해서 여유 있게 짐을 부치고, 인터넷으로 예약하고 구입했던 항공권을 발급받고, 공항 식당에서 당분간 접하기 어려울 한국 음식으로 좀 이른 저녁밥을 먹고 기다리다가 출국 수속을 했다. 예전처럼 까다롭지 않아 수월하게 통과가 되었다. 특히 출국신고 카드 작성과 제출 절차가 생략되어 훨씬 부담이 줄었다. 보안 검색도 그리 심하지 않았다. 다만 신발을 벗고 허리띠를 풀어 검색하는 것이 달라졌을 뿐.

저녁 8시 20분에 인천공항을 출발하여 오늘 아침 7시에 브리즈번 공항에 도착했다. 좁은 좌석에 앉아 10시간 가까운 시간을 보내는 고역을 치렀다. 움쭉달싹할 수 없는 불가항력적인 그 상황을 겪으면서 왜 이런 고생을 사서 하는 건지 회의적인 생각을 많이 했다. 문명의 이기 덕분에 사람이 말할 수 없이 편리하기도 하지만 한편으로 그 문명이란 놈이 사람 잡는 덫 역할을 하고 있다고 생각하니 이 세상 모든 게 다 양면성이 있는 것, 다 제하고 나면 아무 것도 남지 않는 셈법임을 새삼 실감하게 되었다.

브리즈번 국제공항에 내려 입국 수속을 하는데 걱정했던 것과 달리 별말(질문) 없이 통과시켜 주었다. 따로 부쳤던 수하물 가방 세 개를 쉽게 찾고, 소지하고 간 식품 몇 가지를 세관에 신고하는 절차를 마치는데, 상표 안 붙은 식품에 대해 간단한 주의를 주었을 뿐 특별히 까다롭게 하지 않아 수월하게 나올 수 있었다. 나중에 이야기를 들으니 1년 살러 오는 사람 가운데 우리처럼 쉽게 통과하여 나오는 사람은 매우 드물다고 했다. 대개 가지고 온 물건을 검사하고, 압수하고, 실랑이를 하는 게 보통이라고 한다. 여러 사람 이야기를 듣고 인터넷 자료를 뒤져가며 준비를 철저하게 해 준 딸 덕분인 것 같다.

그런데 대합실로 일찍 나오기는 했는데, 약속한 시간에 우리를 마중하기로 한 사람들이 나타나지 않으니 일순간에 국제 미아가 되는 기분이었다. 이동전화 번호도 모르고, 연락할 방도는 없고, 그저 막연히 기다리는 수밖에 다른 도리가 없었다. 멍청하게 앉아 있기를 거의 40분 넘게 하도록 아무 변화도 없어 더욱 초조해질 무렵에 마중 나온 분이 나타났다. 아침 출근 및 등교 길에 길이 막혀 예정보다 늦어졌다고 한다. 간단히 인사를 나누고 곧 짐을 끌고 주차장으로 이동하여 그 분의 차에 타고 우리가 살 곳으로 오는데, 길이 복잡하여 방향 감각마저 상실되니 어디가 어딘지 도무지 종잡을 수도, 감을 잡을 수도 없다.

일단 우리가 살기로 계약된 집에 들렀다. 타운 하우스라는 임대 전문용 집인데 1층이 주차장, 2층이 거실 및 주방, 3층이 침실로 된 구조다. 지은 지 오래 되지 않은데다 먼저 살던 사람이 나가면서 청소를 깨끗하게 해 놓아 새 집 같은 느낌이 들었다. 아이들 교육 때문에 이곳에 살고 계신 동료 교수님의 부인이 며칠 동안 노력해서 침대, 냉장고, 세탁기, 청소기, 텔레비전, 주방용품 등 살림살이를 마련해 놓아서 고맙기가 그지없었다.

밥을 먹고 난 후 그 분 차를 타고 당장 필요한 물건을 사러 나갔다. 여기서는 차가 없으면 생활이 안 된다고 하더니 정말 그런 것 같다. 두 군데 가게에 들러 생활필요품들을 사는데, 나는 그저 뒤만 따라다니기에도 지치고 힘이 들었다. 은행 계좌를 개설하여야 한다고 해서 인두르필리라는 곳의 내셔날 은행에 가서 말도 안 통하는 가운데 그 분의 통역으로 겨우 계좌를 만들었다. 천 불을 입금했는데, 은행을 자주 이용할 기회나 있을지 모르겠다. 이자는 한 푼도 없고 한 달에 계좌 관리 수수료를 3달러씩 받는다고 한다. 그런데 그 일하는 모습이 우리나라 은행에 비하면 천양지판이다. 서비스라는 것은 간 곳이 없고, 느긋하게 세월아 네월아 하면서 처리한다. 그러다 보니 계좌 하나 만드는 데 한 시간 20분가량의 시간이 소요되었다. 우리나라 같으면 난리가 나도 여러 번 났을 것이다.

2 퀸즈랜드 대학 방문

    오전 11시에 나를 초청해 준 퀸즈랜드 대학의 L 교수와 만나기로 어제 저녁에 약속을 했는데, 내가 아직 자동차도 없고, 차가 있다고 해도 우측 핸들에 도로 사정이 달라 운전하기도 어려운데다가 지리에도 어두워 미안함을 무릅쓰고 우리의 정착을 도와주시는 분이 운전하는 차에 타고 학교로 갔다. 그런데 그분도 평소와 다른 방향으로 학교로 가서서 학교의 건물 위치를 잘 모르고 있어 학생들과 직원들에게 물어가면서 10분 정도 지나 겨우 L 교수의 방을 찾았다. 전화로 몇 번 통화는 했으나 처음 만나는 L 교수는 우리 부부를 친절하게 맞아 주었다. 이런 저런 이야기를 나누며 서로에 관한 정보를 나누다가 스쿨 헤드(우리나라의 학과장이나 학부장에 해당되는 직책)를 만나기 위해 그의 사무실로 갔으나 자리에 없어서 만나지 못하고, 가족 상황이나 교회 일을 등으로 한담을 나누며 기다리기로 했다. L 교수가 두어 번 오르내린 끝에 시간을 맞추어 잠깐 그를 만나 인사를 나눌 수 있었다. 스페인계 사람으로 영화를 전공하다던가. 키가 멀쑥하고 사람이 서글서글하게 생겼다. 반갑게 맞아 주면서 뭐라고 이야기하는데 영어가 짧아 다 알아들을 수는 없으나, 만나서 반갑고 앞으로 도서관 카드를 만들어 그 자료 등을 많이 활용하여 연구하는데 도움이 되었으면 좋겠다는 등의 말을 하였다. 초청해 주어서 고맙다는 답례 인사를 간단히

퀸즈랜드 대학 아름다운 연못

하고, 준비해 가지고 간 한국 녹차 세트를 선물로 주고 나왔다. 시간이 열
두 시 반이 넘어 L 교수와 점심이라도 같이 하고 싶었으나, 바로 다른 약
속이 있다고 하여 그냥 나올 수밖에 없었다. 아내가 마련한 선물과 내가
쓴 책 두 권을 선물로 놓고 왔다.

　가고 오는 길에 둘러본 퀸즈랜드 대학은 그 건물들이 고색창연한 것들
이 많고 새로 신축하는 건물도 많았다. 큰 나무와 꽃들이 잘 어울려 캠퍼
스가 매우 아름답고, 잔디밭에는 학생들이 자유롭게 눕거나 앉아 음식을
먹고 이야기를 나누는 모습이 인상적이었다. 재학생 수가 3만 명 정도라
니 그 규모도 대단하고, 세계 대학 평가 순위에서 50위권 안에 드는 대학
이라니 그 내실 또한 알찬 대학이라 할 수 있겠다.

　오는 길에 골프장의 식당에 들러 점심을 먹었는데, 그 동안 그분이 우
리를 위해 많은 시간과 품을 들여 우리가 살 집과 살림살이를 준비한 비용
을 어제 계산하면서 약간의 수고비를 추가하여 넣었더니 극구 사양하면
서 본인이 기쁜 마음으로 한 것이니 돈을 받으면 안 된다고 하면서 밥이나
한 끼 사라고 해서 가는 자리였다. 비가 간간 내리는 가운데 골프장 식당

퀸즈랜드 대학 본부 건물

은 사람으로 만원인데, 음식의 양이 많다고 해서 2인분만 시켰더니 의외
로 양이 적어 먹은 것 같지 않게 밥을 먹었다. 쌀로 지은 밥은 하나도 없고
닭튀김과 해물로만 요기를 하는 격이었다. 제대로 된 밥을 한번 사지 못해
미안한 마음이 컸다.

　오다가 한국 식품을 파는 가게에 들러 몇 가지 식품 재료를 구입했다. 한
국에서 지천이던 음식 재료들이 여기서 귀한 대접을 받는 것을 보니 물건은
그 위치가 어디냐에 따라 가치가 달라지는 모양이다. 어제와 마찬가지로 그
분의 두 자녀를 네 시 정도에 학교에서 픽업하여 집으로 왔다. 긴장된 나들
이에 몸이 피곤하여 집에 오니 약간 늘어진다. 간식을 좀 먹고 알아듣지 못하는
텔레비전 화면을 바라보다가 깜박 졸기도 했다. 생각보다 힘든 하루였다.

$\mathcal{3}$ 심심한 하루, 주위 환경 익히기

여기 온 지 나흘째 되는 날이다. 아직도 모든 것이 낯설고 몸에 선 것들 천지다. 날씨도 그렇고, 말도 그렇고, 문화와 풍속도 그렇다. 의사소통이 제대로 되지 않으니 답답하고, 혹시 무엇을 잘못 알아들어 불이익을 당하지 않을까 불안하다. 아마도 이 바닥 문화에 익숙하려면 상당한 시간이 지나야 할 것 같다.

아직 인터넷이 연결되지 않아 답답하다. 사람이 참 간사한 동물이긴 한가 보다. 불과 10여 년 전만 해도 인터넷이란 것을 모르고 살았는데, 이제 그것이 생활의 일부분이 되어 그게 없으면 일상생활이 어려울 정도로 변했다. 일종의 중독 현상일까. 그런 것을 보면 이 나라 사람들은 참 태평스러운 사람들인 것 같다. 인터넷 설치를 부탁한지 여러 날이 되었는데도 소비자야 답답하든 말든 저희들 기준으로 일을 하니 말이다. 뉴스를 들을 수도 없고, 신문을 읽을 수도 없고, 라디오를 들을 수도 없으니, 세상과 열려 있는 통로는 오직 전화뿐이다. 하기야 그런 어지러운 세상 소식을 안 들으려고 여기까지 온 것 아닌가. 다 잊고, 묻어 버리고, 떨쳐 버리고, 오직 여기 이 자연에만 묻혀 살지어다.

(인터넷 연결은 사람이 오지 않고 해당 회사에서 소포로 보내 준 모뎀과 관련 장비를 소비자가 직접 연결해야 한다. 며칠 후 우체국에 가서 그 소포

를 찾아와 영어로 된 설명서를 읽으며 땀을 빼면서 그것들을 설치했다. 프로그램을 가동하여 연결이 되고 나니 비로소 세상과 소통할 수 있는 세계가 열린 것 같고, 보이지 않던 눈이 떠진 것 같아 얼마나 감격스러웠던지!)

오전과 오후에 걸쳐 때때로 비가 내렸다. 마치 우리나라 봄비 오는 것 같이 오는 비는 여기 기준으로 보아 매우 반가운 비라고 한다. 요즘 가뭄 지수가 꽤 올라가 제한 급수도 부분적으로 이루어지고, 정원에 호스로 물을 주는 것을 금지했다는데(위반하면 꽤 많은 벌금 부과한다 함) 이렇게 비가 오니 반갑지 않겠는가. 덕분에 우리 부부는 집 주변을 산책하러 나갔다가 두 번이나 비를 만나 약간 옷을 적시는 일을 겪어야 했다. 집안에 있으면 서늘하여 약간 한기가 들 정도고, 밖에 나가면 오히려 집안보다 따뜻하다. 해가 나면 더운 기운이 느껴진다. 그러니 날씨를 종잡을 수가 없다. 하루에 사계절 날씨가 다 들어 있다더니 꼭 맞는 말 같다.

집 주변 지역을 걸어서 사방으로 좀 다녔다. 운동 삼아 다니는 것인데 우리 부부 말고 아무도 걷는 사람이 없어 우리나라 풍경과는 사뭇 다르다. 여기 사람들은 대부분 집밖만 나서면 차를 타고 다닌다. 그리고 운동은 주로 차를 타고 나가 골프 같은 걸 한다. 골프가 매우 대중적이라 비용도 싸고(1년에 30만 원 정도만 내면 내내 칠 수 있는 곳도 있다 한다), 골프장 시설이 여기저기 아주 잘 꾸며져 있다. 사람들이 나에게도 골프 치기를 권유하는데 나는 엄두도 나지 않고 적성에도 맞지 않아 생각도 않고 있다. 걷는 운동을 하는 사람은 거의 보지를 못했다. 그것도 문화 차이인가.

일요일인데 아무 할 일이 없어 집에서 하루를 보냈다. 남들처럼 교회를 가거나 운동을 하러 가지도 못했다. 그렇다고 오붓하게 가족 나들이를 할 형편도 아니요, 어디로 쇼핑을 하러 갈 처지도 못 된다. 아직 자동차도 없고, 길도 잘 모르니 당연한 일이다. 이렇게 갇혀 살다 보니 예전 이 땅에 유형을 왔던 영국 사람들 생각이 난다. 두고 온 영국 땅이 얼마나 그리웠을 것인가. 가고 싶어도 가지 못하고, 오직 그리움으로만 달랬을 고향. 그러기에 정든 땅과 사람들과 떼어 놓는 형벌은 얼마나 가혹한 것인가. 처음 여기 왔던 우리나라 교환교수 부부들이 한 달 정도는 당장 짐을 싸서 돌아가고 싶은 생각이 났다는 말이 남의 말이 아닌 엄연한 사실로 내 앞에 현현해 있다. 할 수만 있다면 정말 돌아가고 싶은 생각이 간절하다.

가까운 집 주변을 잠깐씩 몇 번에 걸쳐 돌아보았다. 집을 나서 길 하나를 건너면 골프장도 있고, 중국인인지 베트남인인지 비슷하게 생긴 이름이 쓰인 사찰도 있다. 골프장엔 일요일이라 아침부터 골프 치는 사람이 꽤 많다. 노인도 있고, 청년도 있고, 할머니도 있다. 여기서는 골프가 정말 대중적인 운동인가 보다. 길에는 걸어 다니는 사람을 거의 볼 수 없다.

우리가 사는 타운 하우스 바로 뒤로는 대규모 은퇴자 마을 시설이 있다. 나무와 꽃들이 잘 가꿔진 환경 속에 그림처럼 시설이 들어 앉아 있다. 길 건너엔 새로 개발되어 신축한 집들이 있는데, 너무도 아름답게 가꿔 놓았다. 겨울인데도 색색의 꽃들이 어우러져 피어 있고, 어떤 나무는 마치 우리나라 봄에 신록이 피어나듯 연녹색 잎을 막 피워내고 있다. 카메라로 사진을 몇 장 찍었다. 그런데 멀리서 볼 때 그렇게 아름답던 나무와 꽃들도 가까이 다가가서 보면 보잘 것 없는 품새다. 길가의 풀들도 마찬가지다. 골프장의 잔디조차 가까이 보면 고운 잔디가 아니라 잡초 같은 풀이다. 아내에게 여기 풀은 하나도 예쁘지가 않다고 농담을 했는데 사실이 그런 것 같다.

셋집을 얻어 주신 분이 여러 가지를 배려해서 얻은 덕분에 집 앞을 나서면 길 건너 바로 대형 할인점이 있다. 먼 데서도 물건을 사러 오는 사람이 많아 늘 붐빈다. 우리 부부는 가서 물건을 조금씩 사도 남는 편인데, 여기 사람들은 참 많은 양의 물건을 산다. 그것을 한 번에 다 먹는 것인지, 얼마나 두고 먹는 것인지 모르겠다. 사람들은 대부분 친절하다. 전혀 모르는 사람들 사이에도 눈길이 마주치면 자연스럽게 인사말이 나온다. 자전거를 타고 지나가던 청년이 창문을 열고 서 있는 나에게 일부러 돌아보며 인사를 하고 간다. 할인점 안에는 여러 종류의 편의 시설들이 들어 있는데 아직 그 종류와 용도를 다 파악하지 못했다. 술집이나 게임장 같은 데는 밤새도록 문을 여는 곳도 있는 모양이다.

4 날씨와 집 주변 풍경

요즘 여기 날씨는 예전의 전형적인 한국의 가을 날씨 같다. 하늘이 마치 물감으로 칠해 놓은 듯 파랗다. 간혹 떠 있는 구름 조각은 세탁하여 널어놓은 흰옷처럼 깨끗하다. 공해 배출 시설이 거의 없고, 오염되지 않은 청정한 지역이라 먼지가 없어서 그런 색조가 나오는 듯하다. 세차를 하고 보름이 지나도 거의 그대로이고, 와이셔츠를 며칠씩 입어도 때가 안 탄다더니 정말 그런 것 같다.

오전에는 우리 타운 하우스 뒤에 있는 은퇴자의 마을 옆길을 산책했다. 커다란 나무가 숲을 이룬 속에 그림처럼 자리 잡은 집들이 겉보기에 아름답다. 그러나 정작 거기 사는 노인들은 어떤 기분일지 모르겠다. 혼자서 물건을 사 가지고 네 바퀴 달린 전동 모터 차를 운전하고 가는 할머니를 보았다. 여기서는 이렇게 사는 게 정상인지 모르겠으나 우리 정서로는 아직 낯선 풍경이 아닐 수 없다.

길 건너에 있는 베트남 사람 이름을 붙인 사찰도 그 안엔 들어가지 못하고 밖에서 구경만 했다. 옆에는 여호와의 증인 왕국이라는 이름의 종교 시설이 나란히 자리 잡고 있는데 우리나라 종교 시설 같은 엄숙함은 없고 상업적 냄새만 난다. 이상한 것은 두 시설 모두 사람이 드나드는 흔적이 거의 보이지 않는다는 것이다. 사찰은 여러 번 겉에서 보았는데 늘 문이

1. 집 옆의 옥슬리 골프장
2. 타운 하우스 입구
3. 우리가 살았던 타운 하우스 모습

닫혀 있고 사람은 보이지가 않는다. 부동산 보유 목적으로 지어 놓은 것인지도 모르겠다.

그 길 건너에는 우리가 산책하며 여러 번 지나쳤던 옥슬리 골프장이 있다. 평일 오전이라 골프 치는 사람은 없고 직원들이 여기저기 필드를 보수하는 모습만 보였다. 잔디는 엉성하고 곱지가 않다. 그림에서 흔히 보았던 골프장의 잔디와는 전혀 딴판이다. 철사 줄로 울타리도 엉성하게 쳐 놓긴 했는데, 심하게 단속하지는 않는 듯 이곳저곳 사람이 쉽게 드나든 흔적이 보였다. 우리는 혹시라도 말을 들을까 봐 들어가지는 않고 울타리 밖으로만 돌았다. 울타리에는 이름을 모르는 꽃들이 피어 있다. 붉고 흰 꽃에선 향기가 풍긴다. 특이하게도 뽕나무가 무성하게 자라고 있는데, 아무도 쳐다보지 않는지 크고 검은 오디가 다닥다닥 매달려 있다. 시험 삼아 한두 개를 따서 입에 넣어 보니 예전 우리나라 오디 맛과 크게 다르지 않다. 아마도 여기 사람들은 그것이 먹는 것인 줄을 모르는 모양이다. 아니면 야생의 열매를 따 먹는 것에 익숙해 있지 않거나. 아내가 말려서 더 이상 먹지는 않았다.

집 앞 마트에 가서 몇 가지 물건을 샀다. 빵과 우유를 사 가지고 와 점심으로 먹었는데, 오래 먹지 않던 우유를 마셔서인지 배가 아프더니 설사가 나왔다. 삶은 계란 두 개와 사과 몇 조각 먹은 것까지 금방 다 배설해 버렸다. 아마도 내 체질적으로 서양식 음식은 몸에 맞지가 않는 것 같다.

5 투움바 꽃 축제 구경

　어제 밤늦게 S 교수네 집에서 전화가 왔다. 오늘 투움바로 꽃을 구경하러 가자는 것이다. 우리야 별로 하는 일이 없는 사람들이니 마다할 이유가 없는 일이다. 아침에 아내에게 말했더니 남에게 신세지는 것을 싫어하는 성미대로 진작 얘기해 줘야 무얼 준비했을 거 아니냐고 짜증이다. 결국 가게에 가서 과일과 빵 등 간식거리를 좀 사 오는 것으로 우리의 성의를 표하기로 했다.

　길을 잘 아는 S 교수가 앞장을 섰다. 나는 S 교수 옆에 앉아 운전하는 것을 설명도 듣고 관찰도 하면서 '운전 공부'를 하는 처지가 됐다. 우리가 사는 데를 좀 벗어나 교외로 나가니 전형적인 호주의 농촌 풍경이 펼쳐진다. 땅이 넓어 끝이 안 보이는 지평선, 산이라고는 조그만 언덕밖에 없는 평원, 드넓은 초지에 겨우 몇 마리 말이나 소가 한가로이 풀을 뜯고 있는 모습, 띄엄띄엄 서 있는 농가 주택들, 가장 흔하게 볼 수 있는 유카리 나무들, 황량하게 버려진 것처럼 펼쳐진 들판,…… 그런 풍경들이 지나간다. 우리가 달리는 도로는 고속도로인데 속도 제한은 100킬로에서 어떤 곳은 80, 또 어떤 곳은 60킬로 등 차이가 있다. 동네 옆이나 사람들이 통과할 만한 곳은 제한 속도가 줄어든다고 한다. 여기도 교통경찰이 숨어서 사진을 찍어 단속을 하는 곳이 있는데, 걸리면 벌금 액수가 꽤 많아서 조심해야 한다고 한다. 고속도로는 통행료를 받지 않기 때문에 여기저기 들어오고 나가는 길이 있다. 어떤 곳에서는 차량들이 고속도로를 가로질러 통행하는 도로도 있었다.

인적이 드문 길가에는 가끔 야생 동물 보호 표지판이 서 있다. 가끔 차에 치어 죽은 캥거루의 사체가 말라 가는 것도 보인다. 눈에 보이는 나무 가운데는 코알라가 주식으로 한다는 유카리 나무가 제일 많다. 이 나무는 물을 빨아올리는 수관이 겉에 있는 다른 나무와 달리 속에 있어 산불이 나도 타 죽지 않고 다시 잎을 피워낸다고 한다. 또한 이 나무는 재질이 아주 단단해서 목재로도 아주 유용하게 사용된다고 한다. 또한 여기는 태풍이나 폭풍 같은 것이 없고, 사계절 기온 차이가 별로 없어 단열을 할 필요가 없기 때문에 집을 지을 때도 아주 가느다란 나무를 이용해 허술하게 짓는 게 보통인데, 그런 목재로 많이 사용된다는 것이다. 그래서 간혹 일부러 숲에 불을 질러 태우기도 하는데, 그렇게 하면 다른 나무는 다 타 죽고 이 나무만 살아남는다고 한다.

목적지 투움바까지는 약 100킬로가 된다고 해서 가는 도중에 휴게소 같은 데 들러 잠시 휴식을 취했다. 과일과 음료를 파는 데서 물건을 조금 사기도 했다. 커피를 무료로 제공하고 있어서 차를 한 잔씩 타 먹었다. 다시 고속도로를 달려 투움바로 향했다.

투움바는 아무래도 영어식 이름은 아닌 것 같고, 아마도 이 지역에 살았던 원주민(애버리진) 말에서 유래한 지명 같다. 역사적으로 보면 이곳 원주민을 영국 이주민들이 짐승 사냥하듯이 약 100만 명을 학살했다니 웬만하면 멸종되었을 법한데, 지금도 이들은 끈질기게 자기들 살 땅을 달라고 하며 저항 운동을 하고 있다고 한다. 그런데 그들 요구를 들어주지 않는 정치적인 판단과는 상관없이 그들 문화의 핵심이라 할 언어는 이렇게 엄연히 살아남아 영향력을 행사하고 있다. 약자들의 비애를 생각하면 안타까운 마음 금할 길 없다. 사람 사는 어느 곳이나 권력과 힘과 재력을 가진 자들이 힘이 없고 약한 사람들을 압박하고 착취하고 깔보는 역사는 언

고지대에 위치한 투움바 전경

제나 청산될 수 있을 것인가. 그러고도 민주주의를 말하는 사람들의 뻔뻔함, 그들의 이면에 이런 추악한 역사가 숨어 있다는 사실을 어떻게 설명할 수 있는가.

투움바는 해발 700미터 분지에 형성된 인구 약 20만의 도시다. 대부분의 평지와는 달리 이곳은 고산지대이기 때문에 일교차가 크고, 따라서 자생하는 나무를 비롯한 식물상이 평지와는 많이 다르다고 한다. 그래서 여기서 꽃 축제가 생겼다고 한다. 기온이 낮아야 핀 꽃이 오래 가는 것은 당연한 일, 인간은 모든 것이 자연의 이치에 따라서만 살게 되어 있다.

도시에 도착하여 먼저 인포메이션 센터에 들렀다. 사실 꽃 축제는 지난 주말에 끝났다고 한다. 아직 철거하지 않아 그대로 서 있는 광고판을 보니 '꽃과 음식, 포도주 축제'라고 되어 있다. 축제는 끝났으나 이곳을 찾은 우리들에게 센터의 직원들은 친절하게 지도를 내 주고, 관광 코스를 설명하고, 안내를 해 준다. 평일이라 그런지 우리 말고 사람들은 별로 눈에 안 띈다. 대부분 몇 명의 노인들이 천천히 구경을 하는 모습이 보일 뿐이다.

지도를 들고 코스대로 찾기 시작했으나 길이 서툴러 여러 번 멈춰 확인하고 왔던 길을 되돌아가야 했다. 그런 우여곡절 끝에 공원 비슷한 피크닉 포인트를 찾아 거기서 점심을 먹기로 했다. 두 분 집에서 만들어 온 김밥을 몇 개 얻어 요기를 했다. 바람기가 좀 차갑기는 했으나 우리나라 5월쯤의 신록과 같은 연초록 나뭇잎들이 선명한 색깔을 자랑하고 있는 것이 보기에 싱그러웠다.

점심을 먹고 거기서 나와 맨 처음 찾은 곳은 일본 정원인데 많은 돈과 노력을 들여 아기자기하게 꾸며 놓았다. 작은 나무와 꽃, 돌과 바위로 만든 인공의 자연 조형물, 연못과 수생 식물, 동양적인 종류의 식물들이 잘 어울려 펼쳐져 있었다. 입구에는 벚꽃 나무 하나가 탐스럽게 꽃을 피웠고, 그 옆에는 아카시아 나무가 꽃을 달콤한 향기를 내뿜고 있었다. 역시 일본 사람다운 발상과 아이디어인 것 같다.

다음으로 간 곳은 공원인데, 큰 나무와 잔디가 곱게 자란 공원의 한 쪽에 작은 화단을 조성하고 꽃을 심어 놓았다. 페튜니아, 팬지, 양귀비 등등의 원색 꽃들이 아직 싱싱한 자태로 우리를 맞고 있었다. 휠체어를 탄 할아버지, 할머니를 비롯하여 구경하는 사람들은 대부분 노인들이다. 사진을 몇 짱 찍고 다음 장소로 이동했다.

두 번째 찾은 곳 역시 퀸이라는 이름이 붙은 공원이다. 여기까지 오는데 시에서 제공한 지도의 노선을 따라 왔더니 시내를 거의 일주하게 되었는데, 거리가 한산하고, 나무들이 잘 가꿔져 있고, 집들이 그림책에서 보던 것처럼 원색의 모습들이었다. 이 공원의 꽃들 역시 아까 본 것과 별반 다르지 않다. 다만 규모가 좀 크다는 것이 다를 뿐이다. 열대의 나무들과 화려한 봄꽃들과 파란 잔디가 어울려 마치 동화 속의 그림 같다.

다음에 간 곳은 개인 주택이다. 이 시에서는 해마다 개인 주택에서 가꾼 꽃들을 심사해서 시상을 한다고 한다. 그래서 취미가 있고 뜻이 있는 사람들은 오래 계획을 세우고, 일 년 내내 열심히 꽃을 가꿔서 심사에 응하고, 상을 받게 되면 대단한 영광과 영예로 안다고 한다. 지도에는 상을 받은 사람들의 집이 표시되어 있는데 초행길에 찾기가 어려워 몇 번 시도 끝에

투움바 꽃 축제 경연에서 상을 받은 정원

투움바 꽃 축제 한 장면

한 집을 찾았다. 집이 온통 꽃으로 덮이다시피 했는데, 집주인인 여자는 외출을 하려다가 우리를 보고 일부러 들어와 설명을 하고 집 안까지 들어가 보게 선심을 쓴다. 25년 동안이나 가꾼 것이라 한다. 향기가 진동한다. 꽃의 향기와 주인의 향기가 섞여 있나 보다. 같이 사진을 한 장 찍었다.

　다른 집 두 집을 더 가 보았다. 비슷한 것 같지만 자세히 보면 소위 컨셉이 다르다. 한 집은 소나무를 중심으로 해서 강조를 했고, 또 한 집은 꽃과 함께 다양한 나무를 잘 이용해서 가꾸었다. 꽃을 무조건 많이 심어 놓는다고 능사가 아니라 역시 예술적인 안목이 가미되어야 남들에게 인정을 받을 수 있는 것 같다. 간단한 이런 꽃 가꾸기에도 철학이 있을 때 다른 사람들에게 감동을 줄 수 있는 것이니, 아름다움을 추구하는 인간의 본성이 단순한 게 아니다.

　전반적으로 보아 우리나라 안면도에서 했던 꽃박람회나 고양의 꽃박람회, 또는 공주의 산림박물관 등에 비하면 그 규모나 꽃의 종류에 질이 많이 떨어진다. 다만 차이라면 우리는 한 곳에 모아 행사를 하는 반면에 여기는 시 전체가 행사장이 된다는 점이다. 또 꽃들 역시 우리나라의 웬만한 공원에 피는 것에 비해 그 양이나 종류가 더 나아 보이지는 않는다. 단지 우리나라 가을 계절에 이런 꽃을 볼 수 있다는 것이 신기하고 신선하다는 것뿐이다.

　오늘 거기 갔다 오면서 아내와 나눈 말 가운데 이 말은 꼭 기록해 두고 싶다. 여기 나무들은 추위와 가뭄, 더위를 모르고 자랐기 때문에 모두 곧고 곱게 보인다는 것이다. 즉 나무들이 고생을 하며 자라지 않아서 우리나라 나무들처럼 비틀리고 구부러지지 않았다는 것인데, 사람 역시 그와 똑같지 않을까. 그러나 고생하고 자란 나무가 더 강하고 아름다운 결을 가지고 있다는 사실 또한 부정할 수 없는 진실일 터, 자연의 이법은 언제나 한 치의 오차도 없는 한결같은 진리임에 틀림없다.

6 탬버린 산에 가다

아침 9시 좀 넘어 집에서 출발하여 탬버린 산이라는 데를 갔다. 이 산은 브리즈번에서 골드코스트로 가는 중간에서 빠져 한참을 더 들어가야 한다. 사방을 둘러보아도 평원의 초지가 대부분이기 때문에 그리 높지 않은 산이라도 여기서는 명소가 되는 모양이다. 국립공원으로 지정된 표지판이 여러 곳에 서 있다. 산 정상 능선까지 차로 올라가게 되어 있는데, 관광객들이 많이 몰려들어 여기저기 가게와 집들이 꽤 많이 들어 서 있고, 여러 학교를 비롯하여 교회, 고등학교, 산악대학까지 있다. 바람과 지형 조건이 좋아서 그런지 행글라이더를 타는 사람들도 많이 몰려 있었다.

우리는 산 위에서 폴란드식 카페로 들어가 차를 한 잔 마시기로 했다. 커피를 한 잔 시키고 앉아 있으니 새들이 바로 코앞에까지 날아온다. 특히 고운 빛깔의 앵무새들은 설탕을 아주 좋아한다고 한다. 그래서 손님들이 일부러 손바닥에 설탕을 올려놓고 있으면 그 새들이 날아와 손에 앉아 먹는다. 특이한 것은 꼭 흰 설탕만 먹는다는 것이다. 다른 색깔의 설탕(검은색이나 누런색)은 거들떠보지도 않는다고 한다. 우리는 커피에 넣고 남은 설탕을 손바닥에 얹고 새들을 기다렸더니, 곧 여러 마리가 날아와 손에 앉아 설탕을 맛있게 먹는다. 손에 앉은 새의 작은 발가락이 주는 독특한 감각, 설탕을 쪼며 보내는 앙증맞은 자극, 그런 색다른 경험은 매우 신기했

1. 설탕 먹으러 오는 앵무새
2. 특이한 모습의 나무
3. 탬버린산의 열대우림

다. 우리는 그런 모습을 사진에 담으며 잠시 즐거운 시간을 보냈다. 마치 도를 통해서 자연에 동화되면 새가 사람과 하나가 되어(물아일체) 보통 사람과 다른 모습을 보일 수 있는 것처럼 사람을 무서워하고 두려워해야 할 새들이 바로 사람 숨결 눈앞에까지 와서 함께 할 줄이야. 비록 먹이로 유인한 것에 불과하긴 하지만 말이다.

그 찻집은 전망이 좋은 곳이라 사방을 둘러보니 별로 높지는 않은 산인 듯한데, 주변이 온통 낮은 평원 지대이니 꽤 높아 보이고, 시야도 탁 트여 보이는 것 같았다. 눈 아래 목장과 초지, 멀리 지평선을 이룬 벌판, 아스라이 보이는 유순한 산 능선들, 발아래 자라고 있는 싱싱한 나무와 풀들, 그런 것들이 다소곳이 펼쳐져 있다. 반 달 가량 답답한 시간을 보내면서 막혔던 가슴을 확 털어내는 기분이었다. 거기서 약간 내려와 또 다른 전망대에 들렀는데, 아까 본 것과 비슷한 풍경이었다. 길 주변에는 돈을 받고 빌려 주는 집들이 여러 채 있었는데, 하루 비용이 우리 돈으로 20만 원 정도 한다.

그곳에서 더 내려와 열대 우림 지역을 구경했다. 야자수를 비롯한 나무들이 빽빽하게 우거져 하늘이 보이지 않을 정도인데, 오래 된 큰 나무들은 수명을 다하고 쓰러져 썩어가고 있었다. 그런 것이 바로 자연의 이법 아닌가. 그 나무들이 그 자리에서 물과 햇볕과 바람으로 얻은 자신의 육신을 그 자리에서 다시 고스란히 돌려주고 있는 거룩한 모습이. 그 숲길을 걷다 보니 작은 폭포도 있었다. 물이 그리 많지도 않고, 높이도 그리 높지는 않았지만 이런 평원 지대에서 보기 드문 광경이 아닐 수 없었다.

이 산은 우리나라로 보면 이름난 산 축에 끼지도 못할 것 같다. 그런데도 이 나라의 특이한 지형상 국립공원으로까지 지정받아 보호되고 있다. 다만 부러운 것은 곳곳에 휴식과 관찰을 위한 시설이 아주 잘 되어 있고, 모든 시설은 자연친화적으로 설계되어 자연을 극도로 아끼고 원상태로 보호한다는 것이다. 말만 국립공원으로 지정해 놓고 비싼 입장료까지 받으면서 인공적으로 자연을 훼손하는가 하면, 찾는 사람들의 편의를 위한 시설은 빈약한 우리나라의 경우와는 많이 다른 것 같다.

7 멜버른 컵 경마 대회와 도박

오늘 11월 첫째 화요일(7일)은 이 나라 호주의 재미있는 축제일이다. 사실 축제라고 했지만 정확히 말하면 전 국민 도박의 날이다. 멜버른에서 그 유명한 멜버른 컵 경마대회가 열리기 때문이다. 이 경마대회의 역사는 140여 년이 넘는다고 한다. 처음에는 호주와 뉴질랜드의 말 중에서 우수한 말들이 이 경기에 참가했지만 지금은 전 세계의 최고 말들이 참여하여 그 실력을 겨루는 세계적인 경마대회가 되었다.

경마는 말 그대로 하면 말들의 경주지만 잘 알려져 있다시피 지금은 단지 말들의 뜀박질 경기만을 말하지 않는다. 거기에 돈이 따라 붙는다. 물론 이로 인한 과다한 집착으로 경마 때문에 패가망신하는 사람들도 종종 우리 주변에서 보고 듣게 되는 경우도 있다. 그러나 이 나라의 경마는 우리와는 상당히 다른 것 같다. 도박은 도박이되 그냥 잠시 즐기는 오락 정도로 본다는 점이다. 그러기에 멜버른 경마는 합법적인 도박일 뿐 아니라 심지어는 초등학교 학생들까지 참여하는 게 자연스러운 그런 경마라고 한다.(초등학교 수업이 끝나는 3시경에 메인 경기가 있고, 학생들은 각자 돈을 걸고 만약 우승마를 맞춰 돈을 따게 되면 자선단체에 기부하는 게 상례인데, 이를 통해 학생들은 사회 공부를 하게 되는 것이라고 한다.)

호주 정부 수입의 40% 정도가 경마를 포함한 도박에서 나오는 수입이라고 하니 말 그대로 경마는 건전한 생활 오락인 동시에 국가적인 사업인 셈이다. 어떤 통계에 의하면 멜버른 컵 경마대회에 호주 국민의 80% 이상이 돈을 건다고 한다. 따라서 그 액수는 천문학적인 금액이 될 수밖에 없다.

11월은 호주의 봄이다. 장미가 만발하는 계절이다. 그래서 멜버른 컵 경마가 열리는 경마장 주변은 온통 장미가 뒤덮고 있다 한다. 이 축제는 단 하루지만 그 준비와 홍보, 그리고 부대 행사는 거의 일 년 내내 준비되고, 경기 몇 주 전부터 대대적인 여러 행사가 이어진다. 이 경마대회에 수많은 사람들이 몰려오기 때문에 여기에 맞춘 음식, 의상, 기념품, 놀이, 유흥 등등이 때맞춰 펼쳐진다. 텔레비전에서도 정규방송을 치우고 이 행사를 중계한다. 멜버른이 소재한 주인 ACT는 이 날을 공휴일로 정해 모든 기관이 휴무에 들어간다.

이 대회의 하이라이트는 이 날 오후 세 시경에 펼쳐지는 메인 경기다. 3천 2백 미터의 잔디 경기장 트랙을 한 바퀴 도는 마지막 경기는 수많은 사람들의 애간장을 태우며 진행된다. 지금은 경마의 마권을 온라인을 통해 실시간으로 구입할 수 있기 때문에 전 세계의 수많은 사람들이 마권을 사 가지고 자기가 예상한 우승마가 어떤 순위를 차지하는지 가슴 졸이면서 구경을 하는 것이다. 불과 얼마간의 시간과 간격 차이로 우승마가 가려지고(육상 선수가 100미터 달리기 결승선에 누가 먼저 도달했는가를 사진 판독하듯이 우열을 가리기 어려운 말들의 결승선 도착 사진을 판독하여 우승을 가리는 일도 많다) 나면, 또 다시 다음 해 경마를 기다리며 일 년 동안을 사는 것이다. 이 대회에서 우승한 말과 마주, 그리고 기수는 평생의 영예와 함께 엄청난 경제적 이득도 얻게 된다.

올해는 사상 처음으로 일본 출신 말이 다른 말들을 상당한 간격으로 떼어놓고 월등한 실력으로 우승과 준우승을 석권하였다. 특이하게도 이 말들은 같은 사람이 사육하고 훈련시킨 말들이라고 한다. 기수는 한 사람은 호주 사람이고 한 사람은 일본 사람이었다. 도박이라는 게 원래 의외성을 바탕으로 성립하는 것이지만 언론에서 유력하게 우승을 예측한 말은 상위권에도 들지 못하였다니 그야말로 경마가 도박은 도박인 셈이다.

　호주 사람들은 도박을 포함한 내기를 좋아하지만 그것은 일부 우리나라 사람들이 중독이 되어 사생결단 식으로 벌이는 도박과는 상당히 거리가 멀다. 경마나 내기는 복잡하고 피곤한 일상생활에서 잠시 벗어나 벌이는 단순한 오락일 뿐이고, 만약 돈을 잃더라도 억울해하기보다는 그것이 국고에 들어가 가난하고 힘없는 사람들을 위한 복지사업에 쓰일 것이라는 자위를 하는 경우가 많다고 하니 이 정도면 도박도 권장할만하지 않은가. 애초 경마가 이들 조상들의 이민 초기에 고향에 가지 못하는 향수병을 달래고 쌓인 스트레스를 풀던 데서 유래했다니, 도박을 잘 활용하는 이들의 지혜가 부럽기도 하다. 또한 멜버른 컵 경마를 통해 창출되는 경제적 부가가치는 계산하기가 어려울 만큼 크다고 하니 이런 걸 타산지석으로 삼을 만도 하잖은가.

8 지속되는 가뭄

오늘은 날이 흐리고 가끔 빗방울도 날렸다. 우리 속담에 '7년 대한★
루에 비 안 오는 날이 없다'라는 말이 있지만, 가뭄이 보통 심각한 것이
아니라는데도 실제 비는 가끔 이렇게 뿌리고 있는 것이다. 흔히 지독한
가뭄이라면 사막이나 지글지글 끓는 더위를 연상하지만, 잔뜩 흐리고
찔끔찔끔 비가 오락가락하는 가뭄이 사실은 더 무서운 것인지도 모른
다. 이 나라는 지금 거의 5년째 가뭄이 지속되고 있고, 특히 이런 가뭄은
이 나라가 기상 관측을 시작하여 자료가 축적되어 있는 114년 이래 처음
이라고 한다. 어떤 전문가는 텔레비전에 나와 이번 가뭄이 확률적으로
보면 1천 년에 한 번 있을까 말까한 것이라고 말하기도 한다. 매일 뉴스
에서 가뭄에 관한 보도가 빠지는 일이 없다. 여하튼 대단한 가뭄이 아닐
수 없다.

　정부에서는 대책 마련을 위해 각 주정부 대표들과 수시로 회합을 하고
있고, 어떤 곳은 제한 급수를 하고, 어떤 곳은 주민을 위한 식수 배급을 고
려하고 있다고도 한다. 가뭄이 이렇게 크게 문제가 되는 것은 이 나라가
주로 1차 산업에 의지하고 있는 이유가 가장 큰 것 같다. 농업이나 목축업
은 당연히 물이 그 성패를 좌우하는 관건이다. 물이 있어야 농작물이 자랄
수 있고, 물이 있어야 가축들이 살 수 있으며, 물이 있어야 소나 양이 먹을

풀이 자랄 수 있기 때문이다.

방송에는 물을 아껴 쓰라는 말이 자주 나온다. 정부에서도 새로 짓는 주택의 화장실 물 내리는 꼭지를 절반의 양만 내리는 것 한 개를 의무적으로 더 달도록 하고 어기면 벌금을 물린다고 한다. 또 개인집 정원의 잔디와 꽃에 물을 주는 요일과 시간도 따로 정해서 발표하고, 이를 반드시 지키도록 하되 어길 경우 적잖은 벌금을 물린다고 한다.

원래 이 나라는 거대한 섬 하나로 된 나라이지만 그 섬이 바로 대륙이고 중심지는 대부분 불모의 땅인 사막으로 되어 있다. 사람들은 주로 해안지방에 모여 산다. 도시들도 해안을 중심으로 발달되어 있다. 내륙으로 들어가면 원시림이 우거진 곳도 있지만, 대체로는 나무와 풀이 제대로 자라지 못하는 척박한 땅이다. 그 곳에 비가 내리지 않으면 당연히 먼지가 많이 날리고 간신히 버티는 작은 생명체들도 살 수가 없을 것이다.

그런 곳과 사람들이 사는 곳의 중간쯤에는 광대한 목장 같은 것이 개발되어 있는 경우가 있다. 콜린 맥컬리가 쓴 「가시나무 새」라는 소설의 주요 배경인 드라게다 목장도 바로 그런 곳이다. 소설에 보면 몇 년 동안 가뭄이 지속되어 목장의 자산인 가축들이 물을 못 먹고 풀이 없어 양 10만여 마리가 죽고, 소도 수천 마리가 죽는 장면이 나온다. 목장의 주인인 매기의 오라비와 동생들은 물을 못 먹고 먹이를 못 먹어 고통을 당하고 있는 양과 소를 발견하면 총을 쏴서 생명을 끊어 주는 일을 한다. 일종의 안락사인 셈인데, 그게 목축을 하는 사람들이 보일 수 있는 가족 같은 가축에 대한 최대한의 애정 표시였던 것이다. 지금 목장의 형편이 어떤지는 잘 모르겠다. 하지만 짐작컨대 가뭄이 이 정도라면 매우 심각한 상황일 것이고, 소설에 나오는 그 장면과 크게 다르지 않을 것 같다.

이런 심각한 가뭄을 보고 있자면, 인간들이 자신이 이룩한 고도의 문명을 자랑하고, 또 자연의 정복을 노래하고 있는 게 얼마나 허망한 기만欺瞞인지 깨닫지 못하고 있다는 것이 진실로 실감되고도 남는다. 사실 대자연에 비해 인간이란 존재는 얼마나 왜소하고 무능한 존재인가. 장자莊子도 일찍이 말했지만, 기고만장한 인간이 과연 이 세상 어떤 나무들도 아무렇지도 않게 만들어내는 살아 있는 나뭇잎 한 장을 만들어 낼 수 있는가. 가뭄이라는 것도 마찬가지일 것 같다. 인간의 지식과 경험으로 아무리 댐을 쌓고, 저수지를 만들고, 지하수를 퍼내도, 약간의 시기를 늦출 수 있을 뿐 하늘이 내리는 이 가뭄 앞에는 속수무책일 뿐이다. 역시 자연이 위대한 존재임을 인정치 않을 수 없다.

이곳 퀸즈랜드 주에서는 주지사가 주동이 되어 각 교회에서 비가 내리기를 기원하는 기도 주간을 갖기로 했다는데, 예전 우리나라에서도 가뭄이 들면 왕이 몸소 제단에 나가 기우제를 올렸고, 각 지방 관청에서도 관리들이 죄수를 석방하거나 선정을 베풀어 비를 빌었던 적이 있었던 것과 시기와 방법은 달라도 그 마음만은 하나도 다르지 않은 것 같다. 부디 위대한 대자연께서 어리석은 인간들의 오만함을 용서하시고, 이제 비를 좀 흠뻑 내려 주셔서 이 가뭄을 해결하고 뭇 생명을 살리시기를 바랄 뿐이다.

오늘은 아내가 마트에 가서 살구를 사와서 맛있게 몇 개를 먹었다. 크기도 우리나라 것보다 크거니와 맛도 그렇게 시지 않고 괜찮다. 그러고 보니 이 나라 과일들은 도대체 계절을 잘 따지지 않고 나오는 것 같다. 농산물 마트에 가면 지금도 수박이 있다. 우리가 처음 왔던 9월에도 있었으니 아마 요새도 계속 생산이 되는가 보다. 모양이 길쭉해서 우리나라 수박과는 좀 달라 보이지만 먹어 보면 맛은 거의 똑같다. 우리처럼 비닐하우스 같은 걸 이용하여 재배하지는 않을 텐데 계속 생산해낼 수 있을 정도로 기후 조건이 잘 맞는가 보다. 그런가 하면 알이 작고 빨간 사과도 많이 나온다. 꼭 예전 우리나라 재래종 사과 같은 모양을 하고 있다. 여기 사람들은 대개 사과를 깎지 않고 그냥 먹는다. 껍질에 비타민이 더 많다고 하면서. 농약 같은 것을 전혀 사용하지 않기 때문일 것이다. 모양은 좀 이상하지만 배도 있다. 맛은 우리나라 배와 비교가 되지 않는다. 달지도 않고 퍽퍽하기만 하다. 그것도 계속 생산되는지 마트에 많이 있다. 호박도 있다. 특히 늙은 호박을 잔뜩 진열해 놓고 판다. 쪼개서 필요한 만큼만 살 수 있도록 팔기도 한다. 얼마 전부터 열대 과일이라고 하는 망고도 나오고 있다. 크기가 작은 체리도 나와 있다. 딸기도 두어 달 전부터 계속 많이 나와 있다.

이렇게 우리나라 기준으로 하면 봄에 나오는 것에서부터 여름에 나오는 것, 가을에 나오는 과일까지 한꺼번에 다 생산되어 팔리고 있으니, 이 나라 기후 조건이 얼마나 좋은지 짐작할 만하다. 만약 이런 조건 아래서 우리나라 사람들처럼 비닐하우스를 짓고 난방을 해 가면서 열심히 농사를 짓고 과일을 재배한다면 그 생산성이 대단할 것 같다. 이런 점을 생각해 보면 사람들은 이 땅 위에서 참으로 공평한 조건을 나누어 가진 듯하다. 그게 하나님의 섭리인지, 자연의 순리인지, 정확히 알 수는 없지만 지구라는 인간 삶의 터전이 참으로 오묘하게 이루어졌다는 생각이다.

오늘은 일요일이다. 교회 다니는 사람들의 말로는 주일이다. 이 나라가 오래 전부터 영국의 영향 아래 있었고, 또 서양의 일반적인 성향이 기독교 문명을 바탕으로 성립되고 유지되어 왔기에, 이 나라에 기독교 문화가 보편적일 것임은 쉽게 짐작이 가고 또 충분히 이해할 수 있는 일이다.

그런데 여기에서는 이 나라에 살러 왔거나 아니면 잠시 체류하러 온 사람들까지도 거의 예외 없이 교회를 다니는 것이 하나의 관행처럼 되어 있다고 한다. 실제로 여기 교민들의 모든 생활은 거의 한국인이 다니는 교회를 중심으로 이루어지고 있다 한다. 일주일에 한 번씩 만나서 낯선 땅에서 말도 잘 안 통하는 생활을 하며 받았던 스트레스를 풀기도 하고, 어려운 일을 서로 상의하기도 하고, 또 일자리 같은 것에 대해 정보도 교환하고, 있는 것과 없는 것을 상호 바꾸기도 하는 것은 정녕 필요하고도 아름다운 일일 것이다. 그래서 한국에서 교회와 거의 관계가 없던 사람들, 심지어는 다른 종교를 신앙으로 가지고 있던 사람들조차도 여기서는 자연스럽게 교회로 나오게 된다고 한다. 나도 여기 오기 전에 먼저 와 살았던 사람들로부터 교회 가는 것이 신앙이 아니라 생활의 편의 때문이라고 하는 말을 듣기도 했었다.

실제로 내가 여기 오던 날부터 나를 도와주시던 분들이 모두 같은 교회를 다니시는 분들이다. 그리고 지금 살고 있는 집과 가구 같은 것을 사다 채워 주신 분들도 마찬가지다. 나를 초청해 준 교수님도 목사 안수를 받은 분이다. S 교수, L 교수네 가족 모두 기독교인들이다. 이런 분들 사이에서 내가 교회를 가지 않고 버티는 것이 좀 미안하기도 하다. S 교수가 나에 관해서 이들에게 어떻게 말해 놓았는지는 모르겠으나, 한국에서처럼 교회를 나오라고 거의 강압적으로 말하는 분은 아직 한 분도 없다. 내버려 둬도 제 필요에 의해 저절로 나오고 말 것이라고 생각해서일까.

어제 코린다 슈퍼에 다녀오면서 오늘 교회 주일 예배에 가겠다고 대답한 아내는 S 교수 부인이 운전하는 차를 타고 12시가 다 되어 집을 나섰다. 현지 사람들이 오전에 예배를 보고 난 후 그 공간을 빌려 예배를 드려야 하니 시간이 그렇게 되는 게 당연하다. 나는 혼자 집에 남아 인터넷으로 여러 자료들을 검색하고 읽으며 모처럼 한가로운 시간을 가졌다. 그런데 늘 곁에 있던 아내마저 옆에 없으니 허전하고 적막한 느낌은 더하다. 2시가 거의 다 되어 배가 고파 혼자 밥통의 밥을 푸고 냉장고에서 반찬 몇 가지를 꺼내 놓고 밥을 먹었다. 처량한 모습이다. 아내는 3시 반이 넘어 돌아왔다. 교회 갔다 온 얘기를 몇 가지 말하는데, 나는 별로 관심도 없어 건성 듣기만 했다. 교회에서 10불 헌금 내고 얻어왔다는 인절미 몇 개를 달게 먹은 게 그나마 다행이랄까.

내가 교회에 대해 특히 무슨 반감이 있는 것은 아니다. 물론 국내에서는 건물만 거창하게 짓고, 예수님의 본래 가르침과 관계없이 기복화되어 가는 교회에 대해서는 매우 비판적인 편이었지만, 여기 교민들의 외로움과 실제 필요성을 충족시켜 주는 교회야 사정이 다르니 비판적으로 볼 이유가 전혀 없다. 다만 내가 교회를 가지 않는 것은 내 자신의 일시적 편의와 필요 때문에 마음 깊이 인정하지 않는 신앙을 흉내만 낼 수 없다는 양심을 거스를 수 없기 때문이다. 또 천성적으로 많은 사람들이 모여 왁자지껄한 분위기를 감당할 자신이 없어서이기도 하다. 주변의 여러 사람이 은근히 권유하는 일이기는 하지만, 허리 굽은 할머니도 친다는 골프장에 못 가는 것처럼, 교회 가는 일도 내게는 당분간이 아니라 귀국하는 날까지 내내 어려울 것 같다. 이것도 또한 사서 하는 고생처럼 딱한 모습임이 분명하다. 내가 원래 그렇게 힘들게 세상을 사는 놈 아닌가.

10 쓰레기 처리 방식의 허와 실

　오늘은 쓰레기를 내 놓는 날이다. 우리가 사는 지역은 매주 수요일에 한 번씩 쓰레기를 수거해 간다. 일반 쓰레기는 매주 수거해 가고, 재활용 쓰레기는 격주로 가져간다. 그런데 이 나라의 쓰레기 처리 방식은 우리와 많이 다른 것 같다.

　여기는 집집마다 시에서 나눠 준 플라스틱 재료로 된 쓰레기통이 두 개 씩 있다. 하나는 뚜껑이 검은색(일반)으로 된 것이고 또 하나는 노란색(재활용)으로 된 것이다. 용량은 매우 커서 높이는 거의 사람 키의 3분의 2 정도는 되고 그 안은 사람이 두어 명은 들어갈 수 있을 정도로 넓다. 밑에는 바퀴가 달려 있어 여자나 아이들도 쉽게 끌고 움직일 수 있게 되어 있다.

　일반 쓰레기는 음식물 찌꺼기를 비롯하여 가정에서 배출되는 거의 모든 것이 해당된다. 이것들을 따로 처리하지 않고 슈퍼나 마트에서 물건 사면 담아 주는 비닐봉지 같은 것에 한꺼번에 담아 묶어서 그냥 통에 넣는다. 일주일씩 모아 놓다 보면 부패해서 고약한 냄새도 나고, 파리나 기타 해충 같은 것들도 생긴다. 특히 기온이 높은 계절엔 더할 것 같다. 이 쓰레기들은 수거해서 태우는 게 아니고 일정한 장소에 매립한다고 한다. 거기에 썩지 않는 것과 습기 먹은 것이 섞여 있어 매립을 한다 해도 침출수 문제 같은 게 생길 게 뻔하다.

재활용 쓰레기도 분리수거가 철저하지 않다. 격주, 그러니까 거의 보름에 한 번씩 가져가는 재활용 쓰레기는 주로 종이, 빈 병, 빈 캔 같은 것들이다. 그런데 그런 것을 따로 분리하지 않고 하나의 통에 넣어 그냥 내 놓게 한다. 일단 가져간 것들을 어떻게 다시 분리해서 재활용하는지는 잘 모르겠다.

재미있는 것은 일반 쓰레기나 재활용 쓰레기나 수거는 우리나라처럼 미화원이 여러 명 차 한 대에 매달리지 않고 오직 차 한 대가 와서 운전수 혼자 다 처리한다는 점이다. 일반 쓰레기 수거하는 날은 검정색 뚜껑이 달린 쓰레기통만 집안에서 차가 다니는 길까지 내다 놓는다. 차가 와서 멈추고 곧 사람 팔 같은 기계 장치를 이용하여 쓰레기통을 들어 차 안에 쏟는다. 재활용 쓰레기 수거하는 날은 두 개의 쓰레기통을 함께 내놓는다. 이 날도 마찬가지 방법으로 수거하는데, 다만 쓰레기를 담는 차의 탱크가 위아래 두 부분으로 나뉘어 있어 노란색 뚜껑의 쓰레기통을 들어 쏟을 때는 위로 들어가게 하고, 검은색 뚜껑 쓰레기통을 쏟을 때는 아래로 들어가게 운전수가 조작을 한다. 그러니 사람이 따로 필요할 일이 없다.

이 나라는 자연 환경을 매우 소중하게 보존하는 나라다. 1차 산업 위주의 자연 조건 때문에 당연히 그럴 수밖에 없을 것이다. 그래서 주유소에 가 보면 대기오염을 더 시킨다고 디젤유(경유)를 휘발유보다 더 비싸게 파는 걸 볼 수 있다. 그럼에도 쓰레기 처리하는 걸 우리나라와 비교해 보면 환경 인식이나 실천에 대해서는 우리보다 한참 뒤져 있는 것 같다. 아마도 땅이 넓고 아직 오염을 걱정하지 않아도 될 만큼 자연이 잘 보존되어 있기 때문인 것 같다. 그래서일까. 길을 다니다 보면 여기저기 담배꽁초나 쓰레기가 널려 있고, 사람들도 심각하게 생각하지 않고 쓰레기를 버리고 있는 모습을 볼 수 있다.

쓰레기 문제 하나를 놓고 보더라도 이 나라가 한편으로는 우리보다 훨씬 앞서 있는 부분도 있고, 또 한편으로는 우리가 이들보다 훨씬 선진화되어 있는 부분도 있는 것 같다. 사람 사는 곳이 원래 복합적이니까 모든 것을 단선적으로 판단할 일은 아닌 듯하다.

11 예측 불가의 날씨들

오늘은 모처럼 날이 흐렸다. 오전에 검은 구름이 하늘을 뒤덮더니, 낮인데도 곧 주위가 컴컴해져 버렸다. 그리고 음습한 바람이 휘몰아쳤다. 꼭 우리나라 여름날 소나기 내리기 직전의 모습과 똑같다. 잠시 뒤 굵은 빗방울이 떨어지기 시작했다. 아스팔트에 떨어져 깨지는 빗방울이 하얗게 비명을 질렀다. 거센 바람도 함께 왔다. 창문이 흔들거리고 가녀린 나무들이 제대로 버티고 서 있지를 못했다. 그러나 비는 그렇게 잠시 퍼붓고는 곧 사라졌다. 아쉬운 일이다. 가뭄을 해소하기에는 턱없이 부족한 양이다. 그래도 이만한 비가 내린 것만 해도 고마운 일이기는 하다.

그런데 뉴스를 보니 오늘 전국적으로 이상 기후가 몰아쳤다고 한다. 저 남쪽 빅토리아 주에서는 제법 많은 양의 눈이 내렸다고 한다. 이 나라에서는 보기 드문 일이라고 한다. 그런가 하면 시드니 인근의 블루 마운틴에서는 두 곳에서 산불이 발생해서 거센 바람에 번져 가고 있으며, 수백 명의 소방관이 진화 작업에 나서고 있다고 한다. 게다가 기온이 급강하해서 산불과 동시에 눈이 내리는 특이한 현상이 일어날 수도 있다고 예상하는 사람도 있다고 한다. 우리가 사는 브리즈번 남동쪽 해안에서는 아주 강한 폭풍이 불어 주택이 파괴되는 등의 피해가 속출했다고 한다. 또 어느 지역에서는 아주 큰 우박이 내렸다고 한다. 얼마 전 뉴스에서는 투움바에 내린 우박이라며 아이들이 소쿠리 같은 데 주워 담아 가지고 다니는 어린애 주먹 크기의 우박을 보여 준 적이 있었다. 혹 그런 우박이 내렸는지 모르겠다.

불과 며칠 사이에 기온이 0도까지 내려갔다가 낮에 30도를 넘는 더위가 오락가락하니 도대체 계절이라는 게 아무 의미가 없는 것 같다. 지금은 여름이라고 하는데도 아침저녁으로는 선선하기가 우리의 초겨울 못지않고, 한참 기온이 올라갈 때는 33도에서 34도까지 오르내린다. 그러니 여름옷과 겨울옷을 함께 걸어두고 맞춰 입지 않을 수 없다. 에어컨을 틀었다가 두터운 이불 속으로 파고들어가 나오기 싫은 일이 반복된다. 참 요상한 날씨고 기후다. 그게 이곳의 특징인 것 같다. 그러니 민소매 입은 사람과 겨울 코트 입은 사람이 동시에 텔레비전 화면에 나오는 게 하나도 이상하지 않고, 긴 소매 겨울옷을 입은 사람이 지나가는 옆에서 찬물에 수영하는 사람이 있는 게 자연스러운 이 고장 풍속이다.

12 스쿨리스를 아시나요?

스쿨리스schoolies라는 단어가 있다. 분명 영어 단어인데 영어 사전에는 안 나온다. 물론 큰 사전에는 스쿨리schoolie라는 단어는 나오는데, 그 뜻은 호주 속어俗語로 교사 혹은 선생을 가리킨다. 즉, 교사를 얕잡아 일컫는 말이다. 그러나 스쿨리스라는 단어는 이곳 호주에서 현재 전혀 다른 뜻으로 사용된다. 교사를 얕잡아 보는 단어의 복수로 사용되는 게 아니라 고등학교 졸업 자격 시험을 치르고 난 고등학교 3학년 학생을 일컫는 말로 사용되고 있다. 그러니까 같은 영어를 사용하는 나라라고 해도 이 단어가 사용되지 않는 나라가 많은 것이다. 오직 호주에서만 이 단어가 사용되고 있는 이유는 무엇인가?

이 나라는 고등학교 과정을 마치는 학생을 대상으로 그 자격을 인정하는 시험을 각 주에서 주관하여 대략 11월 중순쯤에 일괄적으로 동시에 치른다. 마치 국가 주도로 치르는 우리나라의 수능 시험과 비슷하다. 학생들은 이 시험을 반드시 거쳐야 정식으로 고등학교 졸업장을 받을 수 있다. 또한 이 시험이 학생들에게 중요한 의미를 갖는 또 다른 이유는 이 시험 성적이 대학 입학 전형 과정에서 상당한 비중으로 작용하기 때문이다. 따라서 해당 학생들은 이 시험을 대비하여 매우 열심히 오랫동안 준비를 해야 하고, 그러다 보면 많은 스트레스를 받기도 한다. 심한 경우에는 그 스

골드코스트 서퍼스파라다이스

트레스를 이기지 못하여 약물 중독에 빠지는 경우도 있고, 드물기는 하지만 자살하는 학생도 있다 한다.

이렇게 압박감을 주는 시험이기 때문에 학생들은 이 시험이 끝나면 대단한 해방감을 느끼는 게 당연하다 할 것이다. 그것은 우리나라의 수능 시험을 치르고 난 고3 학생들도 조금도 다를 바 없는 현상일 것이다. 그런데 이 나라 고3 학생들은 그 억눌렀던 감정들을 발산하는 방식으로 학교의 벽이나 건물에 낙서를 한다든가, 또는 친구들끼리 모여 그 동안 하지 못했던 일을 한다든가, 했다고 한다. 이런 학생들을 걱정하던 어느 고등학교 교사 하나가 이런 학생들의 빗나간 행동들을 좀 긍정적으로 발산하게 하자는 아이디어를 내서 시작된 것이 스쿨리스 축제(우리 식으로 하면)라고 하는 것이다.

이 축제의 조직위원회에서는 이 시험을 끝낸 학생들만을 대상으로 신청을 받아 여러 가지 프로그램을 만들어 학생들의 젊음을 마음껏 발산하도록 한다고 한다. 이곳 퀸즈랜드의 아름다운 해변인 골드코스트는 이 '스쿨리스 위크'(약 10일 간)의 장소가 된다. 여기서 학생들은 파도타기를 비롯한 각종 운동을 하거나, 그룹 별로 모여서 토론회를 하거나, 노래 부

청정지역답게 물과 하늘이 무척 맑다

르기나 춤추기 경연에 참가하거나, 그 밖에 패션 쇼, 음식 쇼, 각종 창의적
인 여러 놀이 등등 자기가 가진 특기와 장기를 발휘할 기회를 갖는다.

그 기간 동안 경찰관 천여 명이 동원되어 질서 유지를 담당하고, 자원
봉사자 수천 명이 행사가 원활하게 치러지도록 노력한다. 밤새도록 춤추
고 뛰면서 놀다가 새벽녘에 잠자리에 들어 다음 날 늦게 일어나는 학생들
은 주최 측에서 제공하는 케이크와 돼지고기 등으로 늦은 아침밥을 먹는
다. 이와 같이 이 열정적이고 순수한 젊은이들의 행사는 천혜의 절경인 대
자연의 경관과 함께 평생 잊지 못할 아름다운 추억의 모습으로 진행되는
것이다.

그런데 이 행사가 거듭되면서 여러 문제점도 노출되고 있다 한다. 가장
심각한 것은 이곳에 오는 학생들의 소지품을 검사하여 술은 못 가져오게
하는데도, 어떤 경로로 술이 들어와 술에 취한 학생들이 벌이는 추태라고
한다. 또 종종 약물 사고 같은 것도 일어난다고 한다. 또한 여학생을 대상
으로 한 성추행이나 성폭력 사고도 심심치 않게 일어나고 있다 한다. 특히
학생 아닌 성인이 이 구역에 몰래 들어와 해방감에 무방비 상태인 학생들
을 대상으로 각종 추행과 나쁜 사건을 일으키는 것도 큰 문제라고 한다.

올해만 해도 방송 화면에서 술에 취해 비틀거리는 학생, 무엇 때문인지 서로 엉켜 머리칼을 끌어당기며 심하게 싸우는 여학생들, 폭력 사고로 피를 흘리는 학생, 무슨 잘못을 저지르고 경찰관에게 체포되어 가는 사람 등을 반복해서 보여 주고 있다. 그런데 재미있는 것은 우리나라 같으면 그런 화면을 보여 주며 이런 행사 당장 때려치우라고 난리일 것 같은데 그런 건 전혀 없다는 것이다.

지금 수능을 끝낸 우리나라 고3 학생들은 참 답답한 시간을 보내고 있을 것이다. 수업 일수 때문에 학교는 나오지만, 교과 내용이 다 끝났으니 수업도 할 수 없고, 학교에 출석했는데 그냥 놀라고 할 수도 없고, 교사나 학생 모두 난감하기는 마찬가지일 것 같다. 외부 인사 초청 특강을 듣는 것도 한도가 있고, 현장 체험 학습도 경비 문제가 있으니 계속할 수는 없는 일이다. 수능 후 졸업까지 석 달 정도의 시간이 공중에 붕 뜨는 듯한 제도는 정말 심각한 문제인데도, 아무도 이에 대한 진지한 대책을 말하지 않는다. 심각하게 이 문제를 생각해 봐야 할 것이다. 젊은이들의 중요한 시간을 허송하게 해서는 안 된다. 이 학생들을 아무 하는 일 없이 학교에 나오게 해서 아침에 출석만 확인하고 대충 놀리다가 점심시간쯤 집으로 돌려보내기를 반복하는 현실은 무책임하기 짝이 없는 일이다. 더구나 그것이 하루 이틀도 아니라는 것은 아주 심각한 일이다. 그것은 국가적으로도 낭비일 뿐 아니라 개인적으로도 소모적인 일일 뿐이다. 속히 이에 대한 대책을 세워야 한다. 그래서 젊은이들의 소중한 시간이 낭비되지 않도록 하는 것이 어른들의 책임을 다하는 길이다. 그 과정에서 여러 가지 대책 가운데 이 나라의 '스쿨리스 위크' 같은 것도 한번쯤 검토해서 우리 실정에 맞게 수정하여 적용해 보는 것은 어떨까 한다.

13 번거로운 자동차 수리

지난주에 수리소에 맡긴 자동차를 오늘 찾아왔다. 차가 오래 되어서 미리 그럴 거라 짐작이야 했지만, 차를 구입하고 나서 벌써 두 번째 수리를 했다. 첫 번째는 에어컨을 비롯한 여러 부품들을 교체하는 데 800불이 들어갔다. 이번엔 엔진 오일이 새는 걸 발견하고 그걸 고치러 간 것인데, 그게 원인이 되어서 타이밍 벨트도 못 쓰게 됐고, 워터 펌프도 못 쓰게 됐고, 또 무슨 부품도 교체해야 한다고 했다. 나야 차에 대해서 잘 모르고, 또 호주 사람이 하는 영어를 알아들을 수도 없어서 하자는 대로 맡길 수밖에 없다.

차를 고치려면 당연히 여기는 정비소에 예약을 해야 한다. 그리고 수리비는 부품 값에 시간당 노임 얼마로(우리가 간 곳은 대략 한 시간 공임이 45불 정도) 계산된다. 우리 차는 지난주에 그런 절차를 거쳐 맡겼는데, 그동안 전 차 주인이었던 S 교수네와 전화로 어떻게 얘기가 됐는지 250불 정도에 수리해 주기로 했다고 연락을 받았었는데, 오늘 공장에 가니 수리비로 680불을 요구한다. 지난주 차를 맡길 때는 차를 뜯어서 작업을 해 봐야 정확한 금액이 나오겠지만 750에서 800불 정도를 얘기했었다. 다른 곳에서는 1500불 정도를 받을 것이라며 자기네가 싸게 해 주는 것이라 했었다. S 교수 부인이 여러 말로 설명하며 깎아서 결국 650불을 주기로 했다. 우리 돈으로 거의 50만 원 가까이 되는 금액인데 이번 한 번 고친 것으로 좀 일 년 정도 말썽 안 나고 운행할 수 있었으면 참 좋겠다.

차를 수리한 할아버지는 이제 차가 아무 문제없다면서 멜버른도 가고 시드니도 가고, 마음대로 운행하라고 한다. 정말 그럴까. 이 나라 사람들의 정직성을 한번 믿어 봐야지. 지금으로서야 별 수 있나. 그냥 나오기 뭣해서 그 동안 궁금했던 것 몇 가지를 물어 보았다. 즉 차량 부품들이 내게 낯선 것이어서 주기적으로 점검해야 하는 부분과 방법을 몰랐었는데, 그것을 물어서 대충은 익혔다. 엔진 오일 점검하는 것이나 냉각수 보충하는 것도 우리나라 차와는 좀 다른 것 같다.

14 가뭄과 방송 보도

이렇게 하늘이 파랗고 날씨가 좋은 날이 열흘 넘게 연속된다는 게 믿어지지 않는다. 보통 때는 날이 맑으면 당연히 사람들 기분도 좋아지는 게 정상이다. 그런데 천 년에 한 번 있을까 말까 한 가뭄이 들어 농작물과 가축들이 고통을 받는 상황에서 아침에 일어나 이처럼 파랗게 맑은 하늘을 보면 어떤 생각이 들까.

내가 사는 지역에서 길을 가다가 보면 "level 4 water restrictions"라는 문구가 버스 정류장이나 사람들이 잘 보이는 곳에 큼지막하게 붙어 있는 것을 볼 수 있다. 현재 가뭄에 대비하여 4단계 대책이 시행 중이라는 뜻이다. 아마 시민들은 각 단계별로 어떤 사항을 지켜야 하는지, 공무원들은 각 단계별로 어떤 대책을 시행해야 하는지 미리 마련되어 있는 것 같다. 그래서 당국(물 관리위원회)에서는 현재 상황을 정말하게 관찰하여 그에 따른 단계별 경보를 발령하는 것 아닌가 한다.

따라서 가뭄 때문에 정부 당국자들은 단계별로 연일 대책 만들기에 부심하겠지만, 중요한 것은 언론이나 당국에서 무슨 캠페인 같은 것은 전혀 하지 않고 있다는 점이다. 우리 같으면 벌써 신문이나 방송에서 특집면 제작과 특집 방송을 해도 여러 번 했을 것이다. 또 고통 받는 농민을 위해 무엇(양수기 등)을 보내 주자는 운동도 많이 벌어졌을 것이다. 성금 걷기 행사도 수없이 열렸을 것이다. 공무원이나 학생, 군인들은 또 얼마나 많이 동원되었을 것인가. 그런 데에 참여 안 하면 국민도 아니고, 같은 민족도 아닌 사람으로 매도되었을 것이다. 그게 따뜻한 동포애로 자랑할 만한 일인지, 아니면 이해하기 어려운 선동으로 사람을 한쪽으로만 모는 술책인지 모르겠지만, 아무래도 그건 후진국에서나 있을 수 있는, 동양적 군주 국가 전통이 남아 있는 나라에서나 있을 수 있는 현상으로 생각된다.

이 나라의 가뭄 대비 정책이나 언론의 보도 태도는 과연 선진국답다. 호들갑을 떨며 흥분하고 사람을 동원하여 떠든다고 그게 해결되는 게 아니다. 조용히 평소 세워 놓았던 대책을 상황에 맞추어 단계별로 시행하면 그만이다. 나머지는 시민들이 그걸 믿고 정부에서 지시하는 대로 따라 주는 일이다. 그게 관과 민이 하나 되어 위기를 극복하는 아름다운 모습일 것이다.

또한 심각한 가뭄 상황을 전달하는 뉴스 방송에서도 남녀 진행자들은 표정은 늘 밝다. 밝은 정도가 아니라 가끔 가벼운 농담도 하고, 웃기도 한다. 출연하는 관련 기자나 전문가들이라는 사람도 마찬가지다. 영국에서는 경찰이 시민들이 보는 가운데 뛰지 못하도록 한다는 말을 들었다. 그걸 보는 시민들이 불안해한다는 게 그 이유다. 뉴스 진행자들이 심각한 상황을 더욱 심각한 표정으로 전달하면 국민들은 더욱 불안해할지도 모른다. 결국 국민성의 차이겠지만, 우리나라에서 만약 그랬다면 난리법석일 것이다. 어디서 실실 웃으며 국민의 고통을 외면하느냐고, 당장 물러가라고.

이 나라가 좋고 우리가 나쁘다는 뜻이 결코 아니다. 다원화된 국제사회에서 일방적이고 절대적인 것은 있을 수 없다는 것을 빨리 깨달을 필요가 있다. 따라서 우리에게 부족하고 모자란 것은 속히 선진국의 것을 참조하여 우리 실정에 맞게 받아들이고, 긍정적이고 비교 우위에 있는 것은 더욱 발전시켜서, 우리의 위상을 강화하고 우리 힘을 기르자는 뜻이다. 잘못되어 고쳐야 할 것은 빨리 손댈수록 좋은 것 아닌가.

본다이 비치

　그런 점에서 우리의 경직되고 화석화된 것 같은 뉴스 진행 방식도 한 번쯤 재고해 볼 필요가 있는 것 아닌가 한다. 동시에 무슨 사회적 이슈가 있을 때마다 전 언론사들이 나서서 캠페인을 하고, 반강제로 성금 모금 운동을 하고, 반대 의견이나 이의는 아예 발을 못 붙이게 하는 권위주의적 사회 분위기 조성 같은 것은 이제 좀 졸업할 때도 되지 않았나 생각해 본다.

15 애쉬스 시리즈 크리켓 경기

이번 주말에도 지난주에 이어 영국과 호주의 크리켓 경기가 열리고 있다. 지난번 1차전에서는 호주가 압도적인 점수 차이로 승리했는데, 이번 2차전은 어제까지 영국이 큰 점수 차이로 리드하고 있어서 그 결과가 주목이 된다. 이를 반영하듯 한 방송사에서는 이 경기를 아침부터 직접 중계하고 있다.

이 나라에서는 크리켓 경기가 아주 인기 있는 스포츠다. 반면에 크리켓이라는 경기는 우리에게 그리 익숙한 스포츠는 아니다. 물론 우리나라에도 이 경기 종목 협회가 구성되어 있고 또 이 경기를 좋아하는 사람도 많이 계시겠지만, 일반인들에게 그리 친숙한 편은 아닌 것 같다.

이 경기는 야구와 유사하지만 다른 점도 많다. 잔디 운동장에서 두 팀이 공격과 수비로 나뉘어서 경기를 하는 것이나, 공을 던지는 투수와 이를 치는 타자가 있는 것이나, 공을 쳐서 제한선 밖으로 넘기면 6점을 인정하는 것이나, 공을 치고 나서 타자가 위켓이라고 하는 곳까지 아웃되지 않고 도달하면 점수를 얻는 것은 야구와 흡사하다. 그러나 11명 수비수의 위치, 루가 없는 점, 타자의 배트가 긴 빨래방망이처럼 생긴 것, 10명이 이웃될 때까지 진행하는 점, 수비수가 글러브 없이 맨손으로 경기를 한다는 것 등은 야구와는 전혀 다른 모습이다.

원래 이 경기는 영국의 목동들 사이에서 시작되었다 한다. 따라서 주로 영국과 관계있는 나라들에서 많이 행해진다. 현재 국가대표끼리 시합을 할 수 있는 수준의 나라는 영국, 호주, 뉴질랜드, 인도, 남아공 등 9개국에 불과하다. 이들 나라끼리의 시합을 테스트 매치라 하고 선수들은 이 테스트 매치에 몇 번 출전했느냐가 능력 평가의 중요한 기준이 된다. 특히 영국과 호주의 테스트 매치는 전통이 깊고, 그 우승은 바로 세계 최고 실력을 인정받는 것이나 다름없기 때문에 두 나라 신수들은 이 경기에 모든 것을 걸다시피 한다고 한다. 그것은 이 경기의 승리가 모국의 명예이자 개인의 자존심이기도 하기 때문일 것이다.

영국과 호주의 테스트 매치에서 승리한 우승자를 애쉬ash라고 한다. 이 단어를 사전에서 찾아보면 '재'라는 뜻에서부터 여러 의미가 있는데, 한참 내려가다 보면 '영국과 호주의 크리켓 경기 우승 상징'이란 설명이 나온다. 그래서 지금 진행되는 경기를 '애쉬스 시리즈'라고 한다. 2년 전에는 영국이 승리했다. 올해는 누가 이길 것인가.

하루 7시간(중간에 휴식 한 시간)씩 5일간 진행되는 세계 최고의 크리켓 경기. 이 나라 사람들은 쨍쨍 내려쬐는 햇볕에도 아랑곳없이 경기장을 가득 메우고, 각자 좋아하는 형형색색의 옷과 모자 등으로 장식하고 나와 경기를 보며 응원을 하고 있다. 우리가 보면 참 재미없는 스포츠인데, 운동장에서 온종일 시합에 임하는 선수들이나 그걸 하루 종일 앉아서 응원하면서 관람하는 사람들도 대단하다는 생각이다.

16 초등학교 학생들의 졸업식

오늘은 이곳 초등학교 학생들이 졸업식을 하는 날이다. 나야 초등학교와 아무 상관도 없는 사람이니 거기 가 볼 수도 없고(굳이 가면 못 오게 할리는 없겠지만) 갈 필요도 없는 사람이므로 졸업을 하건 말건 별 상관이 없지만, 아이들이 몇 년 다닌 학교를 졸업한다는 건 어느 나라에서나 의미 깊은 날일 것이다.

이 나라의 학교는 우리와 몇 가지 면에서 다른 것 같다. 우선 개학을 1월 달에 한다. 1월 하순에 각 주별로 개학을 하는데, 학교 시작을 하는 날이 각각 다르다. 1학기가 시작되면 약 10주 정도를 공부한다. 그리고 2주 방학을 한다. 그게 4월 중순이다. 방학이 끝나면 다시 2학기가 시작된다. 6월 말에서 7월 초에 2학기가 종료된다. 다시 약간의 방학을 한다. 우리로 말하면 1학기가 끝나는 셈이다. 7월 중순에 개학을 해서 9월 하순경에서 10월 초까지 다시 10여 주를 공부한다. 우리처럼 겨울이 춥지 않으니 긴 겨울 방학은 없는 셈이다. 2주 정도 휴가가 끝나고 마지막 4학기가 시작되어 12월 중순까지 10여 주를 다시 공부한다. 이 4학기가 끝남과 동시에 학년을 수료하고 상급 학년으로 진급을 하거나 졸업을 한다. 초등학교는 대개 6년 과정인데 주에 따라 1년을 더 다녀야 하는 곳도 있다. 그러니까 6학년 또는 7학년까지 초등학교를 다니는 것이다.

중학교는 고등학교와 통합되어 있다. 즉 하이스쿨이다. 다만 주니어냐 시니어냐 하는 구분이 중학교와 고등학교 학생을 나누는 용어가 된다. 하이스쿨에선 7학년에서 10학년까지 필수 과목을 주로 공부한다. 그리고 10학년 말에 선택을 한다. 바로 직업을 갖기를 원하면 일단 10학년을 수료하고 그 쪽으로 가서 직업 교육을 받는다. 일정 기간 교육을 받고 취업을 하게 되면 대학을 졸업한 사람과 큰 차이가 나지 않는 보수를 받는다고 한다. 대학 진학을 원하는 학생은 11학년으로 올라가 진학하고자 하는 학과와 연관된 선택 과목 중심으로 공부한다. 이 선택 과목의 이수 성적이 대학 진학 시에 주요한 역할을 한다. 즉 이 성적을 포함한 고교 내신 성적과 고등학교 졸업 자격 시험 성적으로 대학 입학 여부를 가리게 되는 것이다. 1년에 대학 진학을 지망하는 학생은 약 20만 명 정도라고 하니 이 나라 전체 인구 2천만 명의 약 1%에 해당되는 셈이다.

졸업식에 직접 가서 보지 않아 잘은 모르겠으나 들은 바에 의하면 이곳은 우리나라 졸업식 풍경과는 사뭇 다른 데가 많은 것 같다. 우선 전체적으로 매우 진지하고 경건한 분위기에서 식이 진행된다고 한다. 그리고 공식적인 의식 절차가 우리처럼 복잡하지 않다고 한다. 식은 강당 같은 곳에서 진행하는데, 중간에 졸업생들의 음악 연주나 무용 공연 같은 것을 하기도 하고, 장차 무슨 일을 하고 살 것인가를 발표하기도 하고, 담당 선생님이 학생에 대한 이야기를 하기도 한다고 한다.

흥미로운 것은 상을 수여하는 순서가 아주 간소하다는 것이다. 대부분의 상은 미리 해당 학생들에게 개별적으로 전달하고, 전체가 모인 자리에서 수여하는 가장 영예로운 상은 개근상이라고 한다. 이 나라는 평소 학생의 결석에 대해서 아주 너그러운 편이라고 한다. 부모님의 일을 돕기 위해, 또는 약간의 감기 몸살 기운에도 당연한 듯이 결석을 하고, 교사들도 그것을 아주 자연스럽게 받아들인다고 한다. 만약 약간 아픈 몸으로 학교에 오면 우리는 그 의지를 가상하다고 하지만 여기서는 모두가 이상하게 생각하고 이해를 못한다는 것이다. 그런 점을 생각하면 개근상은 개인의 성실성을 증명하는 일이기도 하지만, 건강관리에도 신경을 많이 쓰는 사람이라는 증거가 된다고 볼 수 있을 것이다. 그래서 이 상의 수상 기록은 상급 학교 진학이나 취업에 매우 유용한 부가 점수 자료가 된다고 한다.

또한 졸업식이 끝나게 되면 학부모들이 한 가지씩 만들어 가지고 온 음식을 모아 놓고 모두 모여서 그것을 나누어 먹으며 이야기를 나누는 순서가 있다고 한다. 어떤 집에서는 김밥도 만들어 오고, 샌드위치도 만들어 오고, 과자도 만들어 오고, 과일을 깎아 오기도 하고,…… 생각만 해도 참 소박하고 정겨운 풍경이 아닐 수 없다. 그렇게 선생님과 학부모와 학생들이 한 자리에 모여 이야기를 나누며 감사 표시를 하고, 장래 소망을 이야기하기도 하고, 아이의 장점을 말해 주며 용기를 북돋워 주는 일이 바로 진정한 졸업식의 의미가 아닐까 한다.

찬란하게 꾸민 식장, 교장과 내빈의 지루한 연설, 억지로 꾸미는 송사와 답사, 마음에서 우러나지도 않는 사은의 인사, 잘난 몇 아이들만 반복해서 나가 상을 받고 나머지는 멍청히 박수만 쳐야 하는 시상 순서, 교장 이름으로 된 졸업장을 나중에 교실에서 담임한테 받아야 하는 현실, 식이 끝나면 우르르 몰려 나와 사진 찍기에 바쁜 사람들, 잠시 들고 있다 버려지는 값비싼 꽃다발 주고받기, 그리고 가족들끼리 몰려가 비싼 비용 들여 해야 하는 외식, 몇 년 지도한 아이들을 졸업해 보내고 쓸쓸하게 혼자 밥 먹는 담임교사,…… 그런 게 바로 우리나라 졸업식 풍경이 아닌가.

이 나라의 졸업식 제도와 내용 가운데 몇 가지는 좀 수입을 해다가 우리도 이제 수십 년 이어온 졸업식 문화를 좀 바꿔 볼 필요도 있을 것 같다. 다행히 최근 들어 몇 학교에서는 교장이 직접 학생 하나하나에 졸업장을 나눠 준다거나, 의례적인 격식을 떠나 학생들의 3년 동안 생활을 동영상으로 만들어 상영한다거나, 하는 식으로 변화의 바람이 불고 있다고 한다. 참으로 바람직한 현상이 아닐 수 없다. 졸업식은 잘난 사람 몇몇을 위한 소수의 잔치가 아니라 마땅히 졸업생 모두가 주인공이 되어 새롭게 출발하는 축제여야 한다.

17 크리스마스를 맞고 보내는 지혜

크리스마스 대목이라고 온 나라가 들떠 있는 것 같다. 방송에서는 어느 방송국이나 특집 방송을 하지 않는 데가 없고, 가게마다 세일을 하지 않는 데가 없다. 사람들은 일 년 내내 이때를 기다려 왔다는 듯이 크리스마스를 보낼 계획으로 분주하다. 물론 이 나라가 영국 이민을 중심으로 틀을 잡았으니 거기에 영국적인 기독교 문화가 바탕을 이루는 것이야 당연한 일일 것이다. 우리나라처럼 종교가 다양한 것도 아니고, 신자나 비신자나 구분이 별로 없는 것 같고, 특별히 기독교를 믿지 않는 사람도 드문 것 같다. 그러니 온 나라가 이렇게 축제 분위기에 빠져 드는 게 오히려 당연할지도 모르겠다.

연휴가 시작된 오늘, 벌써부터 도로 사정도 많이 혼잡해진 것 같다. 방송에서는 각 주별로 교통사고 사망자 통계를 보여 준다. 멀리, 가까이 서로 떨어져 있던 가족들이 이 날을 기해 만나기 위해서 이동을 하는 사례가 많은 것 같다. 우리가 사는 동네도 보면 어디서 왔는지 집집마다 문 앞에 못 보던 차들이 많이 주차되어 있다. 가족과 친척들이 오랜만에 만나 안부를 주고받고, 맛있는 음식을 나눠 먹고, 추억에 남을 파티를 하면서 보내는 시간은 동서양을 막론하고 아름다운 일이 아닐 수 없다.

이런 모습은 마치 우리나라의 설날이나 추석 명절과 하등 다름이 없다. 아마 이 날에 대한 그 느낌이나 생각도 우리와 비슷할 것 같다. 그런데 한 가지 우리와 다른 점이 있다. 크고 작은 상점은 물론 관광지나 세계적으로 유명한 유희 시설 등이 이 날은 모두 휴무를 한다는 사실이다. 1년 365일 연중무휴로 운영되는 시스템에서 단 하루 문을 닫는 날이 바로 이 날이라는 것이다. 우리 같으면 오히려 많은 사람들이 찾을 이 날을 대목으로 생각해서 문을 여는 것이 지극히 자연스럽겠지만, 여기는 그 시설 종사자들이 가족과 시간을 보내는 것이 더 중요하므로 휴무를 하는 것 같다. 돈을 버는 게 중요한 게 아니라 구성원들의 가정생활을 배려하는 그 마음이 부럽기만 하다. 명절에도 가게를 열고 손님을 맞는 것은 친절이 아니라 종업원의 개인 인권을 고려치 않는 행위라고 할 수 있다. 우리도 이젠 명절에 모든 관광지, 공공시설, 놀이터, 상점, 교통 기관 등등이 휴무를 하는, 그래서 돈보다는 휴먼 라이트를 우선하는 그런 나라가 되었으면 좋겠다.

18 복싱 데이? 권투하는 날?

내일은 복싱 데이다. 달력에도 그렇게 쓰여 있고, 방송에서도 이와 관련한 광고가 많이 나온다. 크리스마스 다음 날, 12월 26일은 빨간색으로 된 휴일로, 분명히 복싱 데이라고 표기되어 있다. 복싱 데이라, 사람들이 누구와 복싱을 하는 날인가. 사람들이 정말 이 날은 치고받는 권투를 하는가. 이 나라에는 참으로 이상한 날도 다 있구나, 그렇게 처음 들을 때 매우 의아했었다.

그러나 알고 보면 복싱 데이는 권투하는 날이 아니다. 원래 복싱 데이는 영국에서 유래되었다고 한다. 잘 아는 것처럼 크리스마스에는 가족이나 잘 아는 사람들 사이에 선물을 주고받는다. 크리스마스는 예수님 탄생을 기리고 축하하는 날이지만, 이 날 그 기쁨을 더하고 또 나누기 위해 사랑하고 좋아하는 사람들에게 가장 귀한 선물을 주면서 그 마음을 전하는 것이다. 그런데 세상을 살다가 보면 가족들이 아니라도 꼭 고마움을 표시해야 할 사람들이 있기 마련이다. 하지만 가족과 똑같은 날에 비슷한 선물을 하기에는 부담이 되는 사람들, 그런 사람들에게 가벼운 선물을 하는 날로 영국에서는 크리스마스 다음 날, 즉 다시 업무가 시작되는 날 선물을 하는 풍습이 있었다고 한다. 다른 선물도 마찬가지이겠지만 대개 이때 선물은 상자에 넣어서 전달하게 되는데, 그 대상은 우편물을 배달해 주는 우체부나, 자기 집에서 고용한 사람들이다. 이 날 선물 받은 사람들은 여러 사람에게서 받은 많은 선물 상자를 가지고 다니기 때문에 복싱(상자) 데이라는 말이 붙게 되었다고 한다.

호주에서는 복싱 데이가 다소 다른 의미로 사용된다. 그냥 크리스마스 연휴의 의미도 있겠지만, 더 중요한 것은 이 날 많은 쇼핑센터에서 엄청난 세일을 한다는 것이다. 이 나라 사람들은 평소 일을 해서 돈을 모으는 이유가 우리처럼 좋은 집 사고, 차를 사고, 아이들 교육시키고, 그런 데 있지 않다고 한다. 집이나 자동차는 대개 세를 내며 살거나 장기 할부로 사고, 아이들 교육이야 학교에서 선생님들이 하는 것이고, 자기들은 돈을 모아 여행을 하거나 쇼핑을 하는 데 쓰는 비율이 제일 높다고 한다. 우리에게는 낯선 풍경이지만 여기 사람들은 은행에 가서 여행비를 대출 받는 게 하나도 이상하지 않다. 대출을 받아서 여행을 간다는 게 우리 상식으로 보면 잘 이해가 안 가는 일인데, 이 사람들은 아주 자연스럽게 받아들인다. 또 하나는 평소에 갖고 싶은 물건이 있는데 돈이 없거나 모자라서 사지 못했던 것이 있으면 그것을 위해 몇 달 동안 돈을 아끼고 모은다. 우리가 보면 별것도 아닌, 생필품도 아니고 취미 생활을 위한 것인데도, 이들은 그걸 사서 갖고는 행복감에 젖는다.

이런 심리와 생활을 반영하여 생긴 것이 일 년에 단 한 번 하는 복싱 데이 행사다. 이 날 쇼핑센터에서는 박스(상자)도 뜯지 않은 상품을 최고 80-90%에서 20-30%까지 할인하여 판다. 어떤 품목은 전략적으로 더 싼 값에 한정 수량을 팔기도 한다. 그러니 사람들은 이 날 새벽 가게가 문을 열기를 기다리는 게 당연지사, 이른 새벽부터, 혹은 전날 밤부터 줄을 서서 기다린다. 그리고 문이 열리자마자 달려 들어가 품목이 떨어지기 전에 잽싸게 구입을 한다. 일 년 동안 기다리고 기다리던 날, 조금씩 돈을 모아 꼭 가지고 싶었던 것을 손에 넣는 날, 그 날이 바로 복싱 데이인 것이다.

우리도 이런 날을 한번 만들어 보면 어떨까. 파는 사람들은 창고에 쌓여 있는 엄청난 재고품을 현금화할 수 있는 좋은 기회가 되고, 사는 사람들은 질 좋은 물건을 싸게 살 수 있으니 서로 좋은 일 아닌가. 이것은 백화점이나 할인점에서 수시로 하는 세일을 말하는 게 아니다. 아주 대대적으로, 전 국민의 관심을 끌면서, 수많은 사람들이 수많은 물건을 수많은 돈으로 일시에 사고파는 제도를 말하는 것이다. 만약 이런 제도가 정말 도입된다면, 지금 어느 한 곳이 막혀 있는 재화 소통을 위한 기회도 될 것이고, 묶여 있는 경제를 활성화하는 효과도 적지 않으리라고 생각된다.

19 호프만 컵 테니스 대회와 현대자동차 광고

　오늘 이 나라에는 두 가지의 큰 스포츠 행사가 있었다. 하나는 작년부터 진행해 오던 영국과 호주의 애쉬스 시리즈라는 크리켓 테스트 매치가 오늘 5차전을 끝으로 종료된 것이고, 또 하나는 작년 연말부터 시작된 호프만 컵 국가대항 테니스 경기가 종료된 것이다.

　크리켓 경기는 야구와 비슷한 경기이면서도 우리에게는 좀 낯선 스포츠다. 그러나 세계적으로 보면 야구 경기를 즐기는 관중보다 크리켓을 즐기는 관중수가 두 배는 더 많다고 한다. 호주는 크리켓에서 세계 정상의 팀이다. 선수들은 엄청난 인기를 누린다. 얼마 전 유명한 선수 하나가 은퇴를 한다고 해서 방송에서는 특집 프로그램을 마련하고, 생중계로 은퇴 기자 회견이 열리기도 했다.

　이번 경기는 모두 다섯 차례에 걸쳐 경기가 이루어졌다. 국가 대항 크리켓 경기를 테스트 매치라 한다. 테스트 매치는 한 번 경기에 길면 5일이 걸리기도 한다. 경기는 아침에 시작해서 오후 늦게까지 이어진다. 한 팀에서 아홉 명이 아웃될 때까지 점수가 수백 점이 나기도 한다. 텔레비전에서는 하루 종일 이 경기를 빼놓지 않고 생중계한다. '정규방송 관계로 중계를 마칩니다, 시청자의 양해를 바랍니다.' 우리에게 익숙한 이런 말은 여기 방송에서는 없다.

지난번 경기에서는 영국이 이겼다는데 이번에는 여러 도시를 순회하며 열린 경기에서 호주팀이 완승을 거두었다. 한 번도 영국에 지지 않고 다섯 번 모두를 이긴 것이다. 영어로 '화이트 워시'라고 한다. 오늘 경기를 이기고 나서 관중과 선수들은 온통 축제 분위기에 빠졌다. 마치 나라와 나라의 전쟁에서 승리한 것처럼 수많은 사람들이 광적으로 승리의 쾌감을 즐기고 있다. 국가적인 경사인가 보다.

　또 하나는 호프만 컵 테니스 경기다. 이 경기는 지난 해 말에 시작되어 오늘 결승전 경기를 끝으로 종료되었는데, 호주 국영방송 ABC에서 연일 중계를 했다. 그런데 이 경기가 내 시선을 끄는 것은 호주 서부 퍼스라는 도시에서 열린 이 경기 중계 화면에 우리에게 아주 낯익은 로고가 계속 비치고 있기 때문이다. 그것은 현대자동차 로고다. 호프만 컵은 현대자동차가 가장 큰 스폰서다. 그래서 대회 명칭도 '현대 호프만 컵'이라고 되어 있다. 이 대회는 세계적인 테니스 상위 랭커들이 출전하여 다음에 있을 그랜드 슬럼의 하나인 호주 오픈의 사전 탐색 경기 성격을 띠고 있기도 하다고 한다. 그래서 아주 주목 받는 대회인 것이다.

　한국 사람으로서 한국의 대표적인 기업의 로고가 국영 방송 화면에 하루 종일 계속 나오는 것을 보는 심정은 뿌듯하기만 하다. 현재 이 나라에서 가장 많이 팔리는 자동차를 순위 매길 때, 현대자동차는 소형차 부문에서 켓츠라는 상표로 선두권을 달리고 있다. 이 차는 호주 젊은이들이 가장 선호하는 차종의 하나이기도 하다.

　그런데 인터넷을 통해서 고국의 뉴스를 보다가 아연 탄식을 하지 않을 수 없었다. 해외에서 이처럼 인기가 높은 차를 만드는 굴지의 자동차 회사에서, 한 해 업무를 시작하는 시무식 현장이 노조원들에 의해 난장판이 되었다는 것이다. 회사는 목표 달성 미달 시 성과상여금을 삭감한다는 협약에 의해 성과 상여금을 150%에서 100%로 삭감했다는데, 노조는 협약 이전에 관행에 의해 해마다 지급하던 것이라며 사장을 폭행하고 시무식 현장에 소화기 분말을 뿌리며 난동을 부렸다고 한다. 그러지 않아도 노동 귀족 소리를 듣는 현대자동차 노조는 4만여 명 종업원이 내는 조합비만 연간 백억 원대에 달한다고 한다. 일 안하는 노조 전임자가 90명이나 되고. 연례행사처럼 파업을 반복하면서도 이제 폭력까지 동원하여 자기 이권을 챙기겠다면, 또 협약을 어겨서라도 금전적인 손해는 절대 안 보겠다면, 이런 자세는 어느 언론의 표현대로 조폭 수준이 아닌가 싶다. 나는 현대자동차를 차를 바꿔 가며 17년 넘게 탔는데, 이제 다음에도 또 그 회사 차를 사야 할지 좀 고민해 봐야 되겠다.

외국에서 막대한 경비를 들여가며 세계적인 스포츠 행사를 개최하여 좋은 이미지로 광고되는 자동차 상품이 자칫 고국에서의 볼썽사나운 일로 그 위상이 추락하지 않기를 국민의 한 사람으로 간절히 바란다.

낯선 길에 부는 바람

20 론파인 코알라 파크 관람

점심을 먹고 L 교수네 가족과 같이 나들이를 했다. 멀지 않은 곳에 론파인이라는 데가 있는데 우리가 사는 집에서 보자면 브리즈번 강변 반대편에 있는 동네다. 직선으로 가면 그리 멀지 않지만 다리가 놓여 있는 도로로 자동차를 운전해 가야 하기 때문에 꽤 먼 거리를 돌아가야 했다. 거기에 있는 론파인 코알라 파크라는 데를 찾아가는 길이다.

론파인 코알라 파크라는 데는 동물원이다. 그 이름에 보다시피 코알라가 중심이다. 일찍이 1920년대에 개설된 동물원이라고 한다. 당시 코알라두 마리로 시작한 동물원이 지금은 세계에서 가장 많은 코알라를 보유한 동물원이 되었다고 한다. 기네스북에도 가장 오래된 코알라 동물원이라는 점, 가장 많은 수의 코알라를 보유한 점, 두 가지 기록이 등재되어 있다한다.

주말이라 그런지 더운 날씨에도 사람들이 꽤 있다. L 교수네 집은 여기 자유이용권을 가지고 있는 관계로 우리도 할인 혜택을 받아 어른 한 명당 20불하는 입장권을 16불에 샀다. 이 교수의 아들이 중학교 1학년 때 우리 딸이 담임을 한 인연이 있어 그 집 가족들이 선생님 대접을 깍듯이 하는 셈이다. 동물원은 자연 환경을 그대로 살려 조성되어 있다. 밀어내고, 깎아내고, 쌓아 올리고 한 흔적이 없다. 원래 있던 그 지형 그대로, 거기 있던 나무까지 그대로 두고 만들어진 곳을 금방 볼 수 있다.

맨 먼저 캥거루 있는 데 가서 돈 주고 산 먹이를 주면서 가까이에서 같이 사진도 찍고 놀기도 했다. 원래 아주 순한 동물인지, 아니면 관람객들에게 단련을 받아서 그런지 사람을 무서워하지 않는다. 반면 성품은 아주 게으른 듯하다. 먹이를 줘도 입 앞에 대 줘야 먹지 조금 거리가 떨어져 있으면 쫓아와 먹지 않는다. 코알라들은 나이 먹은 순서로 분류되어 있는데, 대개 나무에 붙어 잠을 자는 모습이다. 그것들이 즐겨 먹는 것은 유칼리나뭇잎인데 거기에 알코올 성분이 들어 있어 그렇게 잠을 자는 것이라 한다. 성품은 게으르다 못해 답답할 정도로 느리다. 간혹 나뭇잎을 먹거나 이동하는 경우도 있는데 동작은 아주 느려 터져 답답하기만 하다.

다음은 새들인데, 앵무새를 비롯하여 각종 새들이 전시되어 있다. 특히 색깔이 고운 앵무새들은 시간을 정해 관객들이 가까이에서 먹이를 주는 이벤트를 하기도 하는데, 그 시간에 수십 마리의 새들이 날아와 사람 가까이에서 지저귀며 먹이를 먹는 모습은 장관이다. 하루 3번 정해진 시간에 개들이 나와 양떼를 모는 쇼를 하는 순서도 있다. 개는 빠르고 영리하지만 그 개들에게 몰려다니며 하루에 서너 번씩 사람들에게 구경거리가 되어야 하는 양들은 참 불쌍해 보인다. 관객들 중에는 한국 사람도 꽤 있어서 한국어로 말하는 것을 들을 수 있었다. 그밖에도 칠면조, 조랑말, 닭, 양, 각종 새, 딩고, 웜뱃, 월라비 등 여러 동물들을 볼 수 있었다. 보기 좋은 것은 동물들을 사람들과 아주 가까이에서 관찰하고 교감할 수 있도록 해 놓은 것이고, 반면 아쉬운 것은 동물들의 종류나 숫자가 우리나라 것보다 훨씬 못하다는 것이다. 그 방면으로만 보자면 아주 빈약하기 짝이 없다. 볼거리도 많이 부족한 편이다.

입구 가게에서는 각종 기념품을 팔고 있는데 한글로 '호주산 인형 판매'라고 써 놓기도 했다. 한국인이 많이 오는 것인지, 한국인이 물건을 많이 사는 편인지 잘 모르겠다. 밖에 나오니 브리즈번 강이 코앞이다. 물은 맑지 않고 흐리다. 그 위에서 수상 스키를 타는 사람도 있고, 쾌속정을 타는 사람도 있다. 수상 교통이 발달하여 수시로 관광용 또는 수송용 배도 운행된다고 한다. 날은 따끈했지만, 여기 와서 처음으로 이 나라의 상징 동물이라는 캥거루와 코알라를 가까이에서 자세하게 보았다는 것, 그리고 자연을 잘 보호하고 관리하는 현장을 목격했다는 것 등이 공부거리였다고 할까.

21 브리즈번 시티 투어

　오늘은 교민이 운영하는 여행사인 미니투어에 시티 투어를 부탁해 놓은 날이다. 아직도 이 도시의 지리를 잘 모르고, 운전에도 서툴러서 시티를 한 번도 가 보지 못했다. 또 마침 딸애가 처음으로 이 나라를 방문해 와 있기도 해서 겸사겸사 시티 투어를 하기로 한 것이다.

　아홉 시에 집으로 픽업을 와서 우리 가족 셋이서 그 차를 타고 출발을 했다. 차는 한국 기아자동차 차로 출고한 지 두 달밖에 안 되었다고 한다. 운전 겸 가이드를 담당한 사람은 경상도 억양이 강한 젊은 남자다. 이민 온 지 10여 년째 되는, 구미가 고향이라는 사람이다. 맨 먼저 간 곳은 마운트 쿠사라는 산이다. 거기는 전에 S 교수 일행과 한 번 가 본 적이 있는 곳이다. 그러나 딸은 처음이기 때문에 거기서부터 투어를 시작하기로 했다. 쿠사는 여기 원주민의 말이다. 따라서 영어로는 그 뜻이 짐작도 안 되는 단어이다. 입구에는 투웅 공립묘지가 있다. 일찍이 여기를 개척한 영국 귀족, 원주민과 싸우다 목숨을 잃은 사람, 나라를 위해 고귀한 생명을 바친 사람, 고위 공직을 역임하며 큰 업적을 남긴 사람,…… 그런 분들이 묻혀 있는 곳이다. 우리나라와 비교하면 국립 현충원 같은 곳이다. 많은 호주 사람들이 수시로 이곳을 찾아 경의를 표하는 교육의 장소이기도 하다고 한다.

마운트 쿠사에서 본 브리즈번 시내 전경

　쿠사는 해발 244미터이니 그리 높은 산은 아니다. 그러나 브리즈번 시가 워낙 해안의 낮은 곳에 위치하고 있기 때문에 이 산은 주변에서 가장 높은 장소가 된다. 그래서 중계소가 아닌 방송국이 모두 이 산에 있다고 한다. 여기는 시내가 한 눈에 조망되고, 바다까지 가까이 있어 그 전망이 매우 좋은 곳이다. 그래서 이곳을 찾는 관광객이 연중 끊이지를 않는다. 특히 낮에도 경관이 좋지만 저녁에 해질 무렵에는 마치 시내가 바다 위에 떠 있는 배 형상이 되어 더욱 아름답다고 한다. 밤에도 많은 사람이 찾는다. 야경이 또 만만치 않게 좋기 때문이다.

　오늘은 월요일이고, 또 아침 이른 시간인데도 꽤 많은 사람이 와 있다. 말을 들어보니 일본 관광객들이다. 버스가 두 대니 수십 명이 온 것 같다. 중국인들도 적잖게 있다. 그러고 보니 이 나라 관광객의 상당 부분은 아시아인들이 메워 주는 것 같다. 전망대에서 시내를 구경하고, 사진을 몇 장 찍고 내려왔다. 내려오는 길에 보타닉 가든에 들렀다. 이곳은 원래 시티에 있던 식물원이 1970년대 대홍수로 떠내려간 후 거기는 그대로 복원을 하면서, 좀 높은 지대를 골라 홍수 피해를 피해 새로 조성한 식물원이라고 한다. 돔 형태의 온실이 있는데 그 속에는 열대 식물이 잘 가꿔져 있었다. 그 아래 연못에는 수생 식물들이 잘 조성되어 있고, 특히 각종 연꽃이 예쁘게 피어 오리들이 노니는 곳곳을 장식하고 있었다. 과일나무도 종류별로 있는데, 감나무, 석류나무 같은 것도 있었다. 재패니스 가든은 이 식물원을 만들 때 일본 재단에서 금전적으로 많이 기여를 했기 때문에 조성되게 되었다 한다. 일본 정원답게 아기자기한 모습이다. 분재원도 있는데 오늘은 개관을 않는 날이라 구경하지 못했다. 특이한 것은 관광객은 누구나 무료로 들어가 구경하고 사진을 찍을 수 있어도 젊은 남녀 웨딩 사진 촬영은 금지되어 있고, 필요한 경우 경비를 내고 허가를 받아 촬영할 수 있다 한다.

갖가지 기이한 형태의 나무들을 길을 따라 구경하며 한 바퀴 돌고, 내려오는 길에 '자유의 벽'이라는, 2차 대전 이후 나라를 위해 목숨을 바친 사람들의 이름과 행적을 동판에 새겨 전시한 곳을 잠시 둘러보기도 했다. 또한 이곳엔 천문대도 있는데 미리 예약을 하고 오면 별을 관찰할 수 있다 한다. 또 도서관도 있는데 여기에는 각종 식물, 정원에 관한 도서를 많이 갖추고 있어 시민들은 물론 전문가들도 많이 이용한다고 한다. 두어 시간 나무와 숲을 둘러보니 다리가 아프다. 역시 나이는 속일 수 없는가 보다.

다음에는 시티로 이동하여 뉴팜 파크라는 데를 갔다. 여기는 각종 장미가 많이 심어져 있는 것으로 유명한 공원이다. 원래는 죄수들에게 공급하는 식량(밀)을 생산하던 곳인데, 죄수가 점점 없어지면서 이곳이 쓸모가 없어져 가던 것을 꽃을 심고 가꿔 공원으로 개발한 것이다. 그런데 아름답게 가꾼 장미들이 홍수에 떠내려가고, 새로 조성한 지금은 예전의 그 모습보다는 못하다고 한다. 그 옆에는 잔디밭이 있어 젊은이들이 운동도 하고, 또 그 옆에는 예전 발전소였던 곳을 개조한 공연장도 있고, 소풍이나 바비큐 시설도 잘 갖추어져 있고, 바로 앞에는 브리즈번 강이 유유히 흘러가고 있어 경치가 좋다. 시티 가까운 곳에 이런 곳이 있어 많은 사람들이 찾아와 휴식을 취하고, 에너지를 재충전하고, 사랑도 나누고, 우정도 쌓고, 참좋은 공간이라는 생각이 든다.

J라는 이름의 한국인 식당에 가서 점심을 먹었다. 소, 돼지고기 등 몇 가지 바비큐와 해물 전골을 곁들인 점심이 69불이다. 우리 세 식구와 가이

브리즈번 강을 쾌속으로 오가는 시티 캣

드까지 넷이 잘 먹었으니 비싸다고 할 일은 아닌 것 같다. 점심을 먹고 브리즈번 강으로 가서 시티 캣이라는 배를 탔다. 강을 오가는 배인데 속도가 꽤 빠르다. 아침저녁으로는 통근이나 통학용으로 인기가 있다 한다. 무바라이라는 데서 사우스 뱅크까지 가는데 일인당 3불 정도씩 받는 것 같다. 사우스 뱅크에서 내려 가이드를 만나 1988년 엑스포를 했다는 강변의 경치를 구경했다. 인공 해변이며, 꽃길, 열대 우림 지역, 강변 산책로를 걸으며 구경했다. 그리고 연극 공연을 중심으로 하는 복합공연장 옆에 있는 미술관과 박물관을 구경했는데, 그 건물 규모는 매우 크나 그 안에 전시된 내용물은 그다지 풍부하지 못한 것 같았다. 그런 면에서는 우리나라가 한참 앞서 있는 것 같다는 생각이다. 4층까지 있는데, 전시된 것들은 특별한 것이 없고 흔히 그런 데서 많이 보던 것들이고, 호주 특산이라는 것도 그다지 시선을 끄는 것은 별로 없다. 4층에 있는 이곳 원주민인 애버리진 관련 전시장은 그런대로 박물관다운 모습이었다. 미술관은 보지 않고 밖으로 나왔다. 다리가 아프고 꽤 피곤하다. 야외 벤치에 앉아 한참이나 쉬었다.

오늘의 마지막 코스로 캥거루 포인트라는 곳을 찾았다. 여기는 강변 절벽인데, 경사가 수직에 가까워 젊은이들이 가끔 암벽 타기를 즐기는 곳이

브리즈번 경관이 가장 아름답다는 캥거루 포인트

라고 한다. 또한 거기서 내려다보는 경치가 장관이다. 브리즈번의 고층건
물은 스카이라인 규제로 아주 좁은 구역에만 건축이 허용되는데, 그 건물
들이 강과 어울려 한눈에 보이는 곳이 바로 여기다. 방송국에서 야외 스튜
디오를 만들고 수시로 방송을 진행하는 곳이기도 하다. 거기서 사진을 몇
장 찍고 나니 더 이상 아름다운 경치도 흥미를 끌지 못한다. 쉬고 싶을 뿐
이다. 시간은 좀 남아 있지만 가이드를 재촉해 귀갓길에 올랐다. 집에 오
니 다섯 시도 안 되었다. 일인당 85불씩을 주고 한 투어이니 돈으로 따진
다면 낭비를 많이 한 셈이다. 시티 투어는 말 그대로 차가 없고 며칠 다니
러 오는 관광객이 선택해서 하는 투어이지, 여기서 살며 차가 있는 사람들
은 이용할 필요가 전혀 없는 프로그램임을 확실히 알게 되었다. L 교수 부
인이 극구 만류하던 이유를 알 것도 같다.

다행히 날씨가 구름이 끼고, 기온도 그리 높지 않아 한여름 야외 나들
이한 셈으로는 땀을 많이 흘리지는 않았다. 돈은 좀 들었지만 운전하는 수
고로움이나 신경 곤두서는 일이 없이 여유롭게 다녀왔으니 그것으로 충
분히 벌충이 되었다고나 할까. 덤으로, 가이드의 설명을 들어 몰랐던 것을
알게 된 것도 있고, 또 하루 시간을 잘 보낸 소득도 있으니 비싸다고 할 일
만은 아닌 듯하다.

22 시드니 데이 투어

17일 새벽 세 시에 일어나 준비를 하고 아침밥도 먹지 못한 상태로 공항으로 갔다. 미니투어에 부탁한 공항 픽업 차는 정확한 시간(4시)에 집 앞에 와서 기다리고 있다가 40여 분만에 국내선 터미널에 우리를 내려주었다. 처음 가는 국내선 공항에 도착하여 약간 주춤거리기는 했으나, 요즘 항공 운영 시스템은 아주 편리해져서 줄을 서 기다릴 필요가 없이 자동으로 탑승권이 발급되는 기계에 예약한 사항이 기록된 것을 넣으니, 우리들 표 석 장이 나왔다. 그 표를 가지고 간단한 몸수색을 거쳐 들어갔는데, 몸에 지닌 금속(볼펜, 허리띠 장식, 동전 등) 때문에 세 번이나 검색대를 들락거려야 했다. 탑승하는 번호가 쓰인 게이트에 가서 약간 대기하고 있으니 곧 탑승이 시작되었다. 버진블루라는 항공기인데 국내선 전용이라 그런지 한쪽에 세 명씩 앉는 의자가 양쪽으로 배치된 작은 규모의 항공기였다. 이륙하여 한 시간 정도 비행하니 곧 시드니 상공이다. 준비를 거쳐 공항에 착륙했을 때 예정 시간보다 약간 빠른 8시 20분 정도 되었다. 여기는 우리가 사는 퀸즈랜드 주와 달리 서머타임을 하기 때문에 한 시간이 빠른 곳이다. 공항에 내려 햄버거와 커피 한 잔으로 간단하게 아침을 해결하는 시늉을 하고, 곧 택시를 타고 호텔로 향했다. 택시를 기다리는데 좀 시간이 지체되었고, 또 아침 출근 시간과 겹쳐 차가 밀리는 관계로 우리가 예약한 칼튼 크레스트 호텔에 도착하니 아홉 시 반이 되어 있었다. 일일관광을 부탁한 글로리아 회사 차가 이미 호텔 앞에 와 기다리고 있었다. 미리 회사와 통화하고 또 운전수 겸 가이드와 전화를 해서 좀 늦는다는 것을 말하긴 했지만, 차에서 우리를 기다리는 분들에겐 여간 미안한 일이 아닐 수 없는 일이다. 곧 호텔에 체크인을 하고, 짐을 맡기고 차에 탔다. 우리까지 모두 20여 명이 일행이다.

맨 먼저 간 곳은 동물원이다. 그런데 말이 동물원이지 우리가 생각하는 그런 곳과는 거리가 멀다. 규모도 작고 보유한 동물 수도 보잘 것이 없다. 다만 호주를 대표하는 동물들(캥거루, 코알라, 웜뱃, 딩고, 쿠카버라, 월라비, 작은 펭귄 등)을 도시에서 간단히 만나볼 수 있는 의미나 있다 할까. 중간에 나이 지긋한 할아버지 한 분이 나와 양 몇 마리를 데리고 개를 시켜 몰이를 하는 것을 보여 주기도 하고, 또 양털 깎는 것을 직접 보여 주기도 하고, 부메랑 던지기하는 것을 보여 주기도 했다. 그런데 거기 서서 구경하는 사람 거의 모두는 한국 사람들이었다. 할아버지 할머니도 계시고, 신혼여행 온 듯한 젊은 사람도 있고, 방학을 맞아 온 듯한 학생들도 많고, 어학연수 온 것 같은 나이 어린 학생들도 있었다. 경제가 어렵다는 언론의 엄살도 헛소리인가 보다. 여기는 관광지 어딜 가나 한국 사람들이 철철 넘치고, 돈도 흥청망청 쓴다. 누가 경제가 어렵다고 정치적인 언사를 번죽거리는가.

블루 마운틴으로 올라가다가 점심을 먹었다. 몇 년 전에도 다른 일행과 와서 점심을 먹었던 에버튼 하우스라는 바로 그 집이다. 당시는 사람도 북적이지 않고 음식도 우리 입맛에 맞게 조리되어 있어 맛있게 밥을 먹었던 좋은 기억이 있었는데, 오늘은 영 기분이 상해 버렸다. 좁은 공간에 수백 명의 사람을 한꺼번에 몰아넣고 밥을 먹으라고 하니 말이 식사이지 무슨 시장 바닥처럼 북적이는 곳에서 어찌 밥을 제대로 먹을 수 있겠는가. 음식은 갖다 놓는 대로 금방 동이 나서 떨어지고, 앞 사람이 먹고 나간 자리를 치우지도 않은 채 그 자리에서 또 밥을 먹고, 길게 늘어선 줄은 밖의 뜨거

1. 시드니 동물원 캥거루
2. 시드니 동물원 코알라
3. 양몰이와 부메랑 던지기 시범

블루 마운틴 세 자매봉

운 햇볕 아래까지 이어지고, 이건 손님이나 관광객 대접이 아니라 완전히
거지 취급하는 꼴이다. 이 근처 한국 음식점이 딱 여기 한 곳뿐이고, 당국
에서는 환경 문제를 내세워 추가로 허가를 내 주지 않는다니, 이건 완전히
독점 사업에 배가 부를 대로 부른 사람의 모습이다. 이런 곳에서 하루 점
심에 600명까지 밥을 먹어야 한다니 한국인의 자존심을 위해서도 뭔가 대
책이 있어야 할 듯하다.

　잠시 뒤 정상인 카툼바에 도착했다. 산 정상은 약 3만 명 인구가 상주하
는 도시다. 이곳까지 기차가 다닌다. 카툼바 역이 있고, 쇼핑센터가 있고,
학교가 있다. 세 자매 봉을 보러 에코 포인트로 갔다. 전에 왔을 때와는 달
리 조망 시설을 아주 넓고 깨끗하게 잘 갖춰 놓았다. 구경을 하려는데 갑
자기 하늘에서 굵은 빗방울이 몇 개 떨어진다. 서둘러 사진 몇 장을 찍고
돌아섰다. 여기도 온통 한국에서 온 사람 천지다. 전후좌우에서 들리는 말
이 거의 다 한국어다. 기사와 약속한 시간이 되기도 전에 서둘러 차를 탔
다. 다음에 간 곳은 시닉 월드다. 예전 광산 개발 회사가 있던 곳에 그 폐
지된 시설을 이용하여 만든 관광자원이다. 궤도 열차를 타고 경사 50도가
넘는 절벽 같은 곳을 내려갔다. 거기서 열대 우림 지역을 15분 정도 구경

하며 걸어서 케이블카를 타는 데까지 갔다. 각종 열대 나무와 덩굴, 큰 나무로 자란 고사리(고비) 같은 것을 구경하며 걷는 길은 무척 상쾌했다. 중간에 광산의 채탄 모습이나 당시 기구 같은 것도 전시해 놓은 것도 있었다. 케이블카를 타고 순식간에 위로 올라왔다. 올라오면서 발아래 펼쳐진 숲과 절벽, 기이한 형상의 바위들을 보며 감탄사를 연발했다.

다시 차를 타고 시내로 내려와 올림픽 공원을 구경했다. 2000년 올림픽이 열렸던 메인스타디움, 기념 조형물, 각종 경기장 등을 둘러보았다. 사진도 몇 장 찍었다. 개막 직전인 그 해에 와서 보았던 것들이라 별 감흥이 없다. 우리를 제일 먼저 호텔 앞에 내려주고, 다른 사람들은 본래 탔던 곳으로 가는 모양이다. 방에 올라와 샤워를 하고, 밖으로 나와 한국 음식점을 찾아 나섰다. 다행히 호텔 근처에 한 곳이 있어 들어갔더니 예약을 안 했다고 좀 있다가 다시 오란다. 할 수 없이 밖으로 나와 시간을 보내다가 일곱 시에 다시 가서 김치찌개로 밥을 먹었다. 손님은 한국 관광객과 유학생이 대부분이다. 호텔에 돌아와 피곤해서 일찍 잠자리에 들었다.

다음 날 6시 50분에 픽업을 온다고 해서 아침에 일찍 일어나야 했다. 세수를 하고 식당에 내려갔으나 6시 반부터나 밥을 먹을 수 있다 한다. 별수 없이 다시 올라와 커피 한 잔을 끓여 놓고 과자 몇 개와 빵 한 개로 아침식사를 대신했다.

정해진 시간에 차가 와서 우리 세 식구가 가장 먼저 차에 타게 됐다. 기사 겸 운전수는 제일 좋은 자리를 골라 앉으라고 한다. 나는 맨 앞자리, 운전석 옆 자리에 앉았다. 어제부터 우리를 태우고 다닌 운전수는 나이가 지긋해 보이는 점잖은 분이다. 나중에 들으니 한국에서 오신 목사님이신데 아르바이트를 하는 것이라고 한다. 교회 재정이 많이 부족하고, 신자들도 한국에서처럼 십일조 헌금 같은 것을 잘 내지 않을 뿐 아니라 살기들이 어려워 많은 목사님들이 신자들을 위해 봉사하시는 경우가 많다고 한다. 그래서 간간 페인트공이나 미장공 같은 일을 하는 분들이 계시다 한다.

스트라스필드라는 곳에 가서 오늘 함께 할 일행을 태웠다. 시드니에서 한국인이 많이 모여 사는 곳이 캠시, 이스트우드, 스트라스필드 같은 곳인데, 이곳은 점차 한국인 숫자가 늘어가는 추세라고 한다. 거기서 세 가족이 탔다. 일행은 모두 열 셋이다. 차는 시내를 벗어나 고속도로를 달린다. 이 나라의 고속도로는 모터웨이, 하이웨이, 프리웨이 등으로 구분되는데, 모터웨이를 제외하고는 통행료를 받지 않는다. 모터웨이 통행료도 구간별로 2불, 3불이 전부다. 특히 사설도로의 경우 통행료를 받는데 거기도 금액은 비슷하다. 통행료가 없으니 고속도로는 곳곳에서 진출입이 자유롭다. 어느 곳은 고속도로에 신호등이 서 있고, 횡단하는 도로가 있기도 하다.

우리 차가 달리는 고속도로는 미국 《포춘》 잡지에서 선정한 세계에서 가장 아름다운 고속도로 1위 길이라고 한다. 좌우로는 무성하게 우거진 숲이 끝없이 이어지고, 도로 건설할 때 자연 경관 보호에 신경을 많이 써서 중앙분리대도 별도로 만들지 않고 큰 나무를 심어 구분해 놓았다. 어떤 곳은 산을 깎아 도로를 만들었는데, 바위를 그대로 두고 양쪽 도로 있는 부분만 파내어 남은 바위가 그대로 중앙분리대 역할을 하기도 한다.

세 시간 정도 달려서 10시 좀 넘어 첫 번째 목적지에 도착했다. 그곳에 도착하기 직전에 초원지대의 광활한 목장을 지났고, 갈대가 망망 무제로 자라고 있는 지대도 지났고, 갈치가 하도 많이 잡혀 한국인들이 가마니로 잡아다가 놓았다가 썩는 냄새에 이웃의 신고로 곤욕을 치르기도 했다는 바다(만)도 지났다. 도착지는 와인 시음장이다. 와인용 포도가 까맣게 익어가고 있다. 그런데 거기에 한글로 '포도를 따 먹지 마시오.'라고 쓰인 푯말이 꽂혀 있다. 부끄러운 일이다. 일본어나 중국어는 없고 한글만 있다는 게 얼마나 창피한 일인가. 더구나 그 밑에는 이런 글귀도 있었다. 벌레를 잡기 위해 약을 뿌렸으니 따 먹지 말란다. 이 나라 사람들이 결코 농사에 약을 쓸 리가 없다. 그러니 그것은 거짓말이다. 두 배로 자존심이 상하는 말이 아닐 수 없다. 얼마나 한국인들이 포도에 손을 댔기에 그랬을까. 안에 들어가 종류별로 내 놓는 와인 네 가지를 마실 수 있게 하는데, 나는

포트 스테판

술을 전혀 하지 못하니 아무 상관이 없는 일이다. 사람들은 시음을 하고, 거기서 파는 와인을 사기도 한다.

거기서 20분 정도를 더 가니 스테판이라는 조그만 항구다. 거기에 한국인 음식점이 딱 한 군데 있다. 우리는 열한 시에 점심을 먹었다. 식당이 좁아 한국 관광객을 시차를 두고 밥을 먹게 하는 것이라고 한다. 메뉴는 비빔밥 하나밖에 없다. 배가 고픈 김에 밥 한 그릇을 비벼 맛있게 먹었다.

밥을 먹고 바다로 내려가니 거기는 넬슨 베이라고 하는 곳으로 완전히 휴양 리조트다. 해수욕을 하는 사람도 많고, 바닷가 경치 좋은 곳에는 리조텔이나 돈 많은 사람들의 별장이 즐비하다. 우리는 돌고래 크루즈를 하는 배에 탔다. 이곳은 야생 돌고래를 볼 수 있는 곳이다. 이 넬슨 바다에 약 200에서 300마리 정도의 돌고래가 살고 있다고 한다. 예전에는 호기심 많은 돌고래가 배가 다가오면 졸졸 따라다닐 정도였는데, 지금은 관광객을 실은 배가 하도 많이 다니니 돌고래들이 잘 나오지 않는다고 한다. 배를 타고 한참을 나가니 가끔 두세 마리의 돌고래가 나타나 머리나 꼬리, 지느러미를 살짝살짝 보여준다. 사진을 찍어보려고 했으나 순식간에 사라지니 찍을 수가 없다. 사람들은 고래 모습이 조금 보일 때마다 소리를 지른다. 운이 좋으면 돌고래들이 먹이 사냥을 할 때 수십 마리씩 떼를 지어

바다에 붙어 있는 사막

고기를 몰아가는 장관을 볼 수 있다는데, 오늘은 그런 복이 없는가 보다.

약 한 시간 30분이 지나 원래 배를 탔던 곳에서 내려 아나 베이라는 곳으로 이동을 했다. 여기는 사막이 있는 곳이다. 신기하게도 바다 바로 옆에 사막이 형성되어 있다. 호주를 대표하는 것이 세 가지 있는데, 그것은 바다와 사막과 나무라고 한다. 그 세 가지를 한 곳에서 다 볼 수 있는 곳이 바로 여기다. 차에서 내려 사막을 달릴 수 있는 4륜구동차로 바꾸어 탔다. 차에 타기 전에 안내자의 명령에 꼭 따르고 그를 어겼을 때는 사고가 나도 책임을 묻지 않는다는 각서에 서명을 했다. 울퉁불퉁한 모래 위를 차는 덜컹거리며 달린다. 마치 예전 비포장도로를 달리던 버스를 탄 것 같다. 얼마를 달려 높은 모래 언덕에 멈춰 섰다. 모래 썰매를 타는 곳이다. 위에서 타고 내려가고, 다시 언덕을 기다시피 걸어 올라와 다시 타고 내려가는 식이다. 젊은 사람도 몇 번 하지 못할 만큼 모래 위를 걸어 올라오는 것이 힘이 든다고 한다. 그런데 차에서 내리자마자 거센 바람이 불어와 모래가 날린다. 몸이 휘청거릴 정도다. 우리는 썰매를 탈 엄두도 못 내고, 간신히 사진만 몇 장 촬영했다. 그런데도 바람에 날린 모래가 얼굴을 따갑게 때리고 옷 속으로 파고 들어간다. 아내는 아예 수건으로 입과 코를 막고 간신히 서 있다. 운동화 속으로 들어간 모래를 간신히 털어내고 차에 타 다른 사람을 기다렸다. 그래도 우리 팀에서 젊은 학생들 몇은 몇 번씩 썰매를 타고 들어왔다고 한다. 역시 젊음이라는 게 좋기는 좋다. 한쪽에는 낙타가 여러 마리 앉아 있다. 돈을 받고 관광객을 태워주는 낙타들이다. 또 시간이 있으면 돈을 주고 사막을 차로 몇 시간 또는 하루 종일 운행하는 코스도 있어 다양한 사막 체험을 할 수 있다 한다.

차를 타고 다시 바다로 나갔다. 모래밭 위에 현지인 운전수가 동그랗게 표시를 해 준다. 그곳을 손으로 파 보니 조개가 나온다. 하얗고 뾰족하게 생긴 제법 큰 놈이다. 이름이 피피 조개

관광객을 태우기 위해 기다리는 낙타

라고 한다. 잡혀 나오면서 물을 찍 뱉는다. 예전에는 조개가 엄청 많았고 관광객이 잡아가도 아무 상관이 없었으나 요새는 조개가 줄어 보호 차원에서 가져가지 못하게 한다고 한다. 몰래 가져가다 잡히면 벌금이 2만 달러쯤 된다고 하니 아예 그런 생각도 말라는 뜻인가 보다. 몇 마리 잡은 것을 다시 물에 놓아주고 돌아오는 차에 탔다.

피곤한 몸에 끄덕끄덕 졸다 보니 세 시간여 만에 다시 시드니다. 호텔에 들어가 모래와 땀을 씻어내고 어제 저녁식사를 한 집에 가서 또 밥을 먹었다. 한국식으로 구워 먹는 갈비를 시켰는데(여기서는 흔히 BBQ라고 한다), 갈비 3인분과 순두부찌개 2인분에 65불이다. 호주 쇠고기에서는 특유의 냄새가 나는데, 이 집에서는 어떻게 조리를 했는지 전혀 냄새가 나지 않아 배불리 저녁을 잘 먹었다. 거리를 좀 걸으며 구경을 하다가 호텔에 들어와 11시 넘어 잠자리에 들었다.

셋째날인 19일은 시드니 시티 투어를 하는 날이다. 아침 아홉 시에 호텔 앞에서 차에 타니 어제 같이 했던 중년 부부가 먼저 타고 있다. 인사를 나누고 출발해서, 중간에 학생 두 명을 태웠다. 고등학교 졸업반 학생들인데 관광을 하러 왔다고 한다. 예전 같으면 꿈도 꾸지 못할 일이 지금은 현실이 되었다. 일행은 모두 일곱 명이다. 운전수 겸 가이드는 글로리아 관광회사 사장이라는 중년 여자다.

첫 번째로 맥콰리어 공원에 가서 하버 브리지와 오페라 하우스를 배경

시드니 시티 풍경

으로 사진을 찍었다. 그리고 이동을 해서 다음 일정으로 시드니 타워에 올라갔다. 먼저 입체 영화로 된 호주 소개 영상물과 아이맥스로 된 호주 영상을 잠시 관람하고 타워에 올라갔다. 타워에서는 동서남북 시드니 시내가 한눈에 들어왔다. 맑은 바다와, 스카이라인을 해치지 않는 건물들과, 곳곳의 유서 깊은 유적들과, 시내 곳곳에 조성된 무성한 숲으로 된 공원들이 어우러져 마치 솜씨 좋은 화가가 그려 놓은 것 같다. 왜 여기가 세계 3대 미항에 들어가는지 충분히 납득이 되고도 남는다. 거기서 내려와 가까이에 있는 1820년대에 지어졌다는 성당 구경을 했다. 이 성당은 지은 지 오래 되어 보수하는 비용만 엄청나게 들어간다고 한다. 그런데도 새로 짓는 것보다 훨씬 많이 들어가는 비용으로 원형을 그대로 보존하면서 조금씩 고쳐 사용하고 있다 한다. 문화재를 아끼는 이 나라 사람들의 품성이 잘 드러나는 부분이다. 안에 있는 스테인드 글라스 조각은 정교함과 아름다움의 극치다. 누구나 안에 들어가 볼 수 있는데, 우리가 들어갔을 때 몇 분이 경건하게 기도를 하고 있어서 사진 찍기도 미안할 정도였다. 이 성당에서는 얼마 전에 탐 크루즈라고 하는 영화배우가 결혼식을 하기도 했다 한다.

　11시가 좀 넘어 런치 크루즈라고 하는 배를 탔다. 시드니를 뱃길로 일주하면서 점심을 먹는 배다. 배에는 역시 한국인이 가장 많다. 아침을 먹

바람 부는 길에 서서

자살 바위. 시드니를 방어하는 천연 요새

지 않아 배가 고프던 차에 점심을 꽤 많이 먹었다. 배를 타고 가면서, 수상 아파트, 해군 기지, 해양 박물관, 누드 비치, 어린이 놀이공원, 존 하워드 수상 관저, 외국 국빈이 머무는 영빈관, 탐 크루즈의 별장을 비롯한 세계 연예인과 갑부들의 별장, 그들의 호화스러운 요트, 그런 것들을 구경했다. 배에서 내려 차를 타고 이동하여 본다이 비치를 잠시 구경하고, 또 이동하여 시드니에서 가장 오래 되고 불빛이 멀리 간다는 등대, 고국 땅을 그리며 바다를 바라보다가 뛰어내리는 사람이 많았다는 자살 바위와 영화 빠삐용을 촬영했다는 절벽을 구경했다. 마지막 일정으로 들른 곳은 달링 하버에 있는 아쿠아리움(수족관)이다. 각종 어류, 어패류, 조류 등을 원형 그대로 전시하고 보여 주는 곳이다. 규모도 크거니와 사람들이 그냥 보기만 하는 것이 아니라 직접 참여하여 만져 보고 느껴 보게 조성한 점은 꽤 본받을 만한 일이라 생각되었다. 아무리 화려하고 잘 꾸며 놓았어도 그림의 떡이 된다면 그게 무슨 교육이고 배움이겠는가. 다만 나는 가 보지 못했으나 가족의 말에 의하면 우리나라 수족관 시설이나 전시 기법에는 한참 미치지 못한다는 말을 들어볼 때 그런 방면에서 우리나라 수준이 꽤 앞서 있는 것은 틀림없는 것 같다.

호텔 앞에 내리니 다섯 시도 안 됐다. 아침에 이미 체크아웃을 한 상태니 호텔 방에 들어갈 수도 없다. 할 수 없이 이른 저녁을 먹기로 하고 어제 그 식당에 또 갔다. 단체 손님 때문에 준비를 해야 한다면서 간단한 메뉴만 가능하다고 한다. 빈대떡과 김치찌개를 시켜 저녁을 먹었다. 호텔로 돌아와서 아침에 맡겨 놓은 짐을 찾아 택시를 타고 공항에 가니 일곱 시도 안 됐다. 항공권을 자동 처리하는 기계를 통해 탑승권을 받고, 몸 검색을 포함한 수속을 하고 안으로 들어갔다. 커피를 한 잔 마시며 대기석에 앉아 있는데 시간은 더디기만 하다. 공항 이곳저곳을 돌아다니며 구경하고, 항공기 이착륙하는 것을 하염없이 바라보기도 하고, 그렇게 해서 시간을 보내고 아홉 시 좀 넘어 브리즈번 행 버진블루 항공기에 탑승을 했다. 9시 25분에 이륙해서 한 시간 좀 넘게 비행을 해서 브리즈번 공항에 도착했는데 착륙해서 비행기에서 내리니 시간이 아홉 시 50분이다. 한 시간의 시차가 그런 묘한 시간을 만들어 내는 게 신기하다. 픽업을 오기로 한 사람이 오지 않아 전화를 하니 지금 오고 있는 중이라고 한다. 얼마를 기다리니 그 사람이 와서 그 차를 타고 집에 오니 열한 시쯤 되어 있다. 샤워를 하고, 3일간 밀린 메일을 간단히 확인하고, 잠자리에 들어 세상모르게 잠에 빠져 들었다.

여행은 계획할 때 가장 즐겁고, 막상 가서는 고생이고, 끝나고 돌아와서는 추억만 남는다는 말이 있다. 이번 여행에서 남은 추억은 무엇인가. 그러나 그것도 젊은 사람들 이야기 같다. 늙은이들에게는 추억이라는 것도 없다. 서양의 나이 많은 사람들이 왜 한 곳에 몇 달씩 머물며 여행을 하는지, 우리나라 사람들은 왜 그렇게 대충 그리고 많이만 보려고 서두르는지, 그 이유를 곰곰 생각해 볼 일이다.

꽃 피는 길에 마음을

23 오스트레일리아 데이의 유래

 오늘 1월 26일은 219주년이 되는 오스트레일리아 데이다. 호주에서는 자기 나라의 건국 기념일을 그렇게 부른다. 우리나라로 말하면 개천절 같은 날이다. 호주의 6개 주(두 개의 자치주는 별도)는 각각 의회와 독립적인 정부를 가지고 있고, 학교 제도나 기념일도 다르지만, 이 날만은 모든 주에서 공통적으로 기념하는 날이다. 그런데 실제 호주가 6개의 주로 연방 정부를 구성하여 정식으로 건국된 날은 1901년 1월 1일이다. 그러면 왜 1월 1일이 아니고 1월 26일이 오스트레일리아 데이가 되었는가. 거기에는 사연이 있다.

 호주는 바다에서 융기한 섬으로 오랜 세월 대륙과는 단절된 환경에서 독자적인 생태계와 문명을 유지해 왔다. 이 땅에서는 약 4만 년 전에 살았던 인류 유적이 발견되기도 했다. 그들의 후손은 지금도 이 땅에서 근근이 명맥을 유지하고 있다. 이런 호주를 유럽의 탐험가들이 먼 항해 끝에 상륙하여 새로 발견했다고 하는 것이 대략 17세기의 일이다. 그러다가 결정적으로 영국의 탐험가 제임스 쿡이라는 선장이 지금의 시드니에 처음 상륙한 것이 1770년이다. 그는 이 호주뿐 아니라 뉴질랜드에도 처음 상륙한 사람이다. 그래서 이 두 나라에는 그의 이름을 딴 산이나 지역 명칭이 꽤 많다. 이 나라에는 그의 이름으로 된 대학교도 있다. 영국에서는 국내의 죄수를 멀리 떨어진 곳으로 보내는 전통이 있었는데, 한 동안 그 역할을 했던 미국이 독립을 해 버리자 마땅한 대안이 없던 차에 버려진 땅이나 다름없던 호주가 그 대체지로 떠오르게 되었다. 그래서 1788년 처음으로 아서 필립이라는 장군이 수백 명의 죄수를 가득 실은 배와, 해군 함대, 군인 가족 등을 태운 11척의 선단을 끌고 와서 시드니에 상륙하였다. 그는 상륙하자마자 곧 영국 국기를 게양하고 식민지를 선포하면서 초대 총독으로 취임하였다. 이 나라에 영국 식민지 역사가 시작된 것이다. 그들은 미국에서 원주민이었던 인디언들을 가혹하게 탄압하고 유린한 것처럼 여기서도 원주민인 애버리진들을 무자비하게 학살하고 축출하면서 세력을 확장해 갔다. 마치 짐승을 사냥하듯이 원주민을 사살했고, 음식에 독을 넣어 죽이기도 했으며, 심지어는 전염병을 일부러 옮겨서 대량으로 죽이기도 했다. 지금도 원주민들은 일정한 구역에 모여 살면서 백인들에 대한 저항을 지속하고 있다 한다. 일부에서는 백인들 가운데 정신병 환자가 많은 것이 바로 그들 조상이 끔찍한 짓을 많이 한 것과 연관이 있지 않을까 하는 이야기를 하기도 한다.

이 나라 사람들 가운데는 형식 논리에 따라 1월 1일을 건국 기념일로 해야 한다는 주장을 하는 경우도 만만치 않게 있다 한다. 그러나 그렇게 되면 1월 26일의 의미가 퇴색하고, 더 곤란한 것은 영국과의 관계가 단절되어 버린다는 점이다. 이들은 몇 년 전 영국 연방에서 떨어져 나와 완전한 독립 국가가 될 것인가를 묻는 국민투표를 했었는데, 결과는 영연방 유지 쪽을 지지하는 사람들이 더 많았다고 한다. 그만큼 영국과의 관계를 중히 여기고 있다는 것이다. 그래서 실제로는 건국 기념일이 아니라 영국 식민지가 시작된 날인 1월 26일을 건국 기념일로 해서 지켜 오고 있는 것이다.

이 날은 각 주에서 대대적인 기념행사와 축제를 벌인다. 화려한 불꽃놀이를 포함하여 각종 공연과 이벤트가 이어져 그야말로 국가적인 축제로서 이 날을 맞고, 함께 즐기고, 같이 축하하고, 공동체(이 나라는 다민족 국가로서 민족의식 같은 것은 거의 없고 대신 합리성이나 동료의식 같은 것은 매우 강하다)의식을 다지는 날로, 대략 1930년대부터 국가적인 기념일이 되어 지속되고 있다. 이방인인 나로서는 그저 이들의 화려하고 열정적인 국가 축제를 지켜보며 구경이나 할 따름이다. 우리나라 건국 기념일인 개천절이 너무 쓸쓸하게 지나가는, 그저 하루 노는 날로만 인식되는, 말로만 국가 기념일인 것을 약간 아쉬워하고 슬퍼하면서.

24 호주 오픈 테니스 대회의 묘기들

테니스 그랜드슬램 대회는 프랑스 오픈, 영국 오픈(윔블던), US 오픈, 그리고 호주 오픈을 말한다. 이 네 대회를 일 년 안에 모두 우승하면 그랜드슬램 달성이 된다. 테니스 선수들에겐 누구나 이루어 보고 싶은 꿈의 목표라고 할 수 있다. 그 대회의 하나로 해마다 첫 번째로 열리는 경기가 호주 오픈이다. 세계적인 선수들이 이 대회에 대거 참가하는 이유는 많은 상금과 명예에도 있지만, 그밖에 이 대회를 통해 한 해의 판도를 점쳐 보고, 자신의 실력을 가늠해 보는 기회로 삼을 수도 있기 때문이다. 올해 대회는 월요일인 지난 15일에 시작되어 2주일 간의 열전 끝에 오늘 28일 남자 단식 경기를 끝으로 종료되었다.

대회 기간 내내 채널 7번 텔레비전에서는 매일 이 경기를 중계하였다. 그 방송국의 자체 프로그램을 거의 무시하고 테니스 중계로 하루 프로그램을 메운다고 할 정도였다. 그러니 우리나라처럼 중계를 하다가 한창 재미있고 아슬아슬한 장면에서 '정규방송 관계로 중계를 마칩니다. 시청자 여러분의 양해를 바랍니다.' 이런 경우는 상상할 수도 없다. 대회가 열린 멜버른의 아레나 경기장은 연일 관중으로 가득 찼다. 예선 경기가 진행되는 동안 매일 텔레비전 보는 재미로 살았다. 선수들의 경기 기량이 놀라울 정도로 정교하고 아름답다. 나는 운동을 전혀 하지 못하는 사람이지만, 수준 높은 경기를 보는 것만으로도 즐겁다. 우리나라의 이형택 선수는 1회전에서 탈락하여 방송에서 그 모습을 볼 수 없어 아쉽고도 안타까웠다. 하루 종일 중계되는 경기 화면에는 늘 기아자동차 로고가 가장 잘 보이는 곳에 부착되어 선명하게 보이는 것도 한국인으로서 가슴 벅찬 일이 아닐 수 없다.

　준결승이 열린 날도 날은 무덥고 특별히 할 일도 없어서 온종일 방송에서 중계하는 테니스 경기를 보았다. 세계적인 선수들이 펼쳐 보이는 예술 같은 경기 모습은 전혀 운동을 할 줄 모르는 나는 물론 아내까지도 경기에 몰입하게 했다. 남녀 단식 준결승 경기는 더욱 흥미진진한 경기였다. 그동안 매스컴에서 익히 보았던 이름의 선수들(페더러, 로딕, 샤라포바, 세레나, 어제 경기에서 패배한 힝기스 등)이 경기하는 모습을 직접 지켜보는 것은 더욱 긴장되고 재미있는 일이다. 긴 여정 끝에 어제는 여자 단식 결승 경기가 있었다. 러시아의 마리아 샤라포바와 미국의 세레나 윌리엄스가 맞붙은 경기는 그 동안 예선과 준결승 경기를 보면서 아주 기대를 많이 했던 경기였다. 그러나 막상 경기가 시작되자마자 거의 일방적으로 윌리엄스의 독주가 이어졌다. 강력한 서브와 코너를 찌르는 스토로크는 남자 선수들의 파워를 연상케 했다. 이미 그런 사정을 잘 알고 경기에 임했을 샤라포바는 매우 당황한 듯 무기력하기 짝이 없었다. 코치들도 아무 대책을 세워 주지 않은 것 같은 느낌이었다. 경기는 불과 한 시간도 안 되어 종료되었다. 한 세트도 따내지 못하고 2:0의 스코어로 무너졌다. 그것도 각 세트에서 한 게임, 또는 두 게임밖에 따 내지 못하는 졸전이었다. 샤라포바를 응원하던 나나 아내까지 괜히 씁쓸한 기분에 빠지고 말았다. 한 마디로 세레나가 아주 잘해서 이긴 경기라기보다는 샤라포바가 너무 못해서 진 경기라는 말이 맞을 것 같았다. 비유하자면 남자와 여자, 혹은 어른과 아이의 경기였다고나 할까. 하지만 그는 이제 겨우 19세의 막 피어나는 나이이니 분명 앞으로 크게 성공할 기회가 있을 것이다. 오늘의 치욕적인 패배를 거울삼아 앞으로는 더욱 세심하게 작전을 짜고 경기를 운영했으면 좋겠다.

오늘 남자 단식 결승에서는 스위스의 페더러가 칠레의 곤잘레스를 세트 스코어 3:0으로 누르고 우승을 차지하였다. 스코어는 3:0이었지만 실제 경기는 팽팽한 접전이었다. 1세트는 타이브레이크까지 가는 혼전으로 한 시간이 넘게 걸린 경기였고, 2세트와 3세트도 6:4의 스코어였으니 일방적이라고 할 수는 없는 경기였다. 그만큼 긴장감과 박진감이 넘치고, 또 선수들의 수준 높은 기량이 가히 예술의 경지라고 할 만큼 뛰어나 수시로 관중들의 감탄과 박수를 받았다. 경기가 끝나고 시상식을 할 때는 이 대회 메인 스폰서인 우리나라 기아자동차 임원이 나와서 우승과 준우승을 차지한 두 선수에게 상금을 수여했다. 한국인으로서 가슴 뿌듯한 일이 아닐 수 없었다.

이번 대회를 2주일 동안 지켜보면서 느낀 점이 두 가지 있다. 하나는 5년째 이어지는 우리나라 기아자동차의 메인 스폰서 역할이 한국인에게 주는 긍지이고, 또 하나는 경기를 관전하는 관중들의 수준 높은 매너다. 기아자동차는 이번에 메인 스폰서로 막대한 비용을 부담했지만 그에 못지않게 자동차 이미지 제고와 광고도 많이 되었을 법하다. 매일 중계 화면을 통해 세계 여러 나라에 기아 로고가 노출된 시간을 따지면 약 5천억 원 가까운 광고 효과가 있었다고 한다. 그런데 한국 본사에서는 적자에도 불구하고 성과급을 지급하기로 노조와 합의했다는 뉴스가 보도되었는데, 외국에서 막대한 비용을 들여 애써 쌓아 올린 이미지가 그런 일로 훼손되지 않았으면 한다. 대회가 열린 아레나 경기장은 관중이 약 1만 5천 명 정도 입장할 수 있다고 한다. 대회가 진행되는 동안 좌석은 매일 거의 가득 찬 것처럼 보였다. 그런데 그 많은 관중이 모였음에도 선수가 서브를 넣을 때는 순간 적막감이 돌 정도로 조용해지곤 했다. 공이 네트에 맞는 소리를 심판이 놓치면 안 되기 때문이다. 또한 가장 감동적인 장면은 경기에 패배한 선수가 경기장을 먼저 나갈 때 관중이 모두 일어나 기립 박수로 격려와 위로를 아끼지 않는 점이었다. 선수들의 실력 차이는 백지 한 장 정도라할까. 그 날의 컨디션이나 아주 사소한 감정의 흔들림으로 경기를 망칠 수있는 가능성은 매우 크다. 이긴 자에 대한 축하도 중요하지만 간발의 차이로 패배한 선수에 대한 격려와 위로도 그에 못지않게 소중한 것임을 보여주는 그 장면들은 그 얼마나 아름다운 광경인가.

25 학교 개학과 학사 운영 점경

오늘 1월 마지막 월요일에 이 나라 대부분의 학교가 개학을 했다. 뉴사우스웰스, 퀸즈랜드, 사우스 오스트레일리아의 3개 주와 노턴 테리토리가 오늘 개학을 했고, 내일은 빅토리아 주, 이 나라 수도가 있는 에이시티는 모레 개학을 한다. 그리고 웨스트 오스트레일리아는 2월 2일, 타스마니아는 가장 늦은 2월 15일에 개학을 한다.

재미있는 것은 웬만한 이 나라 달력에는 연중 중요 행사의 하나로 학생들의 개학 날짜가 기록되어 있다는 것이다. 아마도 학생들의 개학은 단순히 그 학생들만의 문제가 아니라 그 부모나 학교 직원은 물론 그 외에도 많은 연관된 사람에게 중요한 날이기 때문일 것이다. 또한 나라 전체가 아이들의 교육에 그만큼 많은 노력과 정성을 기울이고 있는 증거가 되기도 할 것이다. 매스컴에서는 벌써 며칠 전부터 개학을 맞아 가정에서 무엇을 어떻게 준비해야 하는지, 변화된 환경에 학생들이 어떻게 적응해야 하는지, 전문가들이 나와 조언을 하는 프로가 시리즈로 방송되고 있다.

또한 학생들이 개학을 하게 되면 단순히 학교와 교직원들만 바쁜 게 아니다. 모든 운전하는 사람들은 학교 근처를 지날 때 철저하게 제한 속도를 지켜야 한다. 만약 이 스쿨존에서 제한 속도를 지키지 않다가 적발되면 수백 달러(주에 따라 다르지만 우리가 사는 곳은 약 6백 달러)의 벌금을 내야 한다. 또한 이곳 대부분의 학교는 급식이라는 제도가 없다. 모든 학생들은 점심을 지참해야 한다. 당연히 부모들은 아이들의 점심과 간식을 만들어 들려 보내야 하기 때문에 신경을 쓰지 않을 수 없다. 학교에 가면 그 운영도 우리와는 차이가 많다. 학교에 가장 먼저 출근하는 사람은 교장이다. 교장은 제일 먼저 학교에 나와 교실 문을 열고, 학교 안전 관리 상태를 점검하고, 아이들 등교 지도하고, 그런 일을 손수 해야 한다. 학생들의 고민 상담이나 생활지도 같은 것은 거의 전적으로 교장의 임무다. 학생들의 전출이나 전입 등 학사 관리 사항도 모두 교장이 처리한다. 학부모가 찾아오면 그들을 맞아 학생 문제 상담을 하는 것도 교장의 일이고, 학교에 손님이 와도 학교 안내 및 접대는 당연히 교장의 몫이다. 교사들은 오로지 수업과 학생들의 평가만 담당한다. 그 대신 자기가 맡은 학생들에 대해서는 철저한 계획과 빈틈없는 지도로 책임을 다한다. 자기가 맡은 수업만 끝나면 교사들은 자유롭게 퇴근할 수 있다. 교장은 맨 나중까지 남아 학생들 귀가 지도하고, 학교 정리를 하고, 문단속을 하고 퇴근해야 한다.

이 나라는 사회복지 제도가 잘 마련되어 있는 나라로 널리 알려져 있고, 교육에 있어서도 그런 점이 잘 나타난다. 연방 정부나 각 주정부에서는 교육에 많은 재정을 투입하고 있다. 단적인 예로 어떤 주에서는 개학을 맞아 학생이 있는 가정에 학용품 준비하는 데 쓰라며 50달러씩 지급하고 있다. 버스나 기차 등 교통 기관도 학생들은 대폭 할인해 주고, 공공시설이나 유원지 등도 학생들은 아주 저렴한 입장료로 들어갈 수 있다. 그 밖에도 학생을 위한 시설이나 제도가 잘 마련되어 있어서 학부모들은 자녀들 교육시키는 데 금전적으로 거의 부담이 없고, 오히려 국가나 주정부로부터 큰 도움을 받고 있다. 물론 외국에서 온 사람들은 상당히 많은 액수의 납입금과 기타 교육비용을 부담해야 한다.

학생들이 개학을 하게 되면 그 학생들의 가정뿐만 아니라 나라 전체가 깨어나는 것 같다. 그만큼 차세대 교육에 온 나라가 나서서 정성을 기울인다는 뜻 아니겠는가. 내 아이만 위하는 우리나라의 삐뚤어진 이상 과열 교육 현상과는 차원이 다른 문제다. 참으로 부러운 일이 아닐 수 없다.

26 자동차 관리와 등록 갱신 제도

지난해 중고 자동차를 구입할 때 전 소유주가 등록을 한 기간이 종료되어 새로 등록을 하라는 우편물을 받았다. 자동차 등록 갱신은 6개월, 또는 12개월 주기로 해야 한다. 그 두 가지 중에서 소유자가 선택하도록 되어 있다. 6개월짜리로 하면 337달러이고, 12개월짜리로 하면 644달러다. 즉 1년짜리로 등록을 하면 먼저 내는 금액에 대한 이자를 감안해서 약 30달러를 할인 받아 절약을 할 수 있는 셈이다. 반대로 기간 내에 이 금액을 내고 등록을 하지 않으면 약 44달러의 금액을 추가로 더 내야 등록이 된다. 등록하지 않고 운행하는 차량은 발견되면 많은 벌금을 물어야 한다.

이 등록 금액은 모두 네 가지 항목으로 되어 있다. 우선 CTP라고 해서 강제로 들어야 하는 보험이 있고(6개월 154불, 1년 292불), 등록비가 보험 금액과 비슷하고(155불, 311불), 그리고 교통 개량 부담금과 세금이다. 여기서의 보험은 우리나라의 책임보험과 비슷한 성격이다. 따라서 자동차 보험은 따로 들어야 하는데 우리나라의 임의 보험과 같은 종합보험을 들어야 사고가 났을 때 제대로 보상을 받을 수 있다. 자동차 평가 금액(생산 연도)이나 운전자 성향에 따라 달라지지만 종합보험은 나 같은 경우 대략 600달러 좀 넘게 들었다. 물론 거기에는 도로에서의 사고 발생 등 긴급 상황 때 출동하여 도와주는 특약이 포함되어 있다.

낯선 길에 부는 바람

고지된 금액은 우체국이나 은행에 가서, 또는 전화(신용카드 납부)나 우편을 통해 납부할 수 있다. 물론 직접 담당 행정기관에 가서 낼 수도 있고, 수표로 바꾸어 우편으로 납부할 수도 있다. 주정부의 교통 담당 부서에서(각 지역에도 사무소가 있음)는 납부가 확인되면 소유주에게 스티커가 들어 있는 등록증을 우편으로 보내 준다. 소유를 증명하는 서류는 아니지만 그 등록증에는 자동차 소유주, 주소, 자동차의 여러 관련 사항(생산 회사, 모델 이름, 고유 번호, 실린더 수, 좌석 수, 용도 등)이 기록되어 있다. 이 등록증에서 스티커를 떼어 내어 항상 자동차 왼쪽 앞 유리에 부착하고 다녀야 한다. 이것이 없거나 기간이 지난 것을 붙이고 다니면 발견 시 적지 않은 액수의 벌금을 물어야 한다. 스티커에는 등록 유효한 해당 월이 큰 글자로 쓰여 있고 그 옆에는 연도가 쓰여 있다. 또 스티커의 배경 색깔을 해마다 달리하여 좀 떨어진 곳에서 보아도 그게 유효한 것인지 아닌지 금세 판별할 수 있게 되어 있다.

자동차 번호는 대개 전 소유자가 받아 놓은 것을 소유주 이름만 변경하고 그대로 사용하는 경우가 많다. 그러나 본인이 원하면 주정부 교통 담당 사무소에 가서 돈을 내고 새로 번호를 받을 수도 있다. 여기 번호판은 개인 차량의 경우 대개 흰 바탕에 숫자 세 자리와 알파벳 세 개 조합으로 되어 있다. 그런데 개인이 특별히 원하면 해당하는 금액을 내고 독특한 개인 번호를 달고 다닐 수도 있다. 자기의 애인 이름이나 특별한 단어를 자동차 번호판으로 할 수도 있는 것이다. 길을 다니다 보면 번호판 색깔도 다르고, 숫자나 알파벳이 아닌 단어로 된 번호판을 달고 다니는 차를 가끔 볼 수 있다. 자동차에 관한 행정 관리에 있어, 해마다 연말이 되면 일시에 자동차세 납부 고지서를 발송하고, 일정한 기간 안에 납부하게 하는 엄청난 혼잡과 행정력 소모나, 무보험 차량으로 운행하다 사고를 내어 피해자에게 엄청난 고통을 안겨 주는 일은, 우리도 이 나라의 교통 행정 제도와 보험 제도를 좀 벤치마킹하여 개선을 하면 어떨까 한다.

전력 사용 요금 납부 고지서가 우편으로 왔다. 여기는 전력 사용 요금을 매월 납부하는 게 아니라 3개월에 한 번씩 내게 되어 있다. 요금 고지는 2월, 5월, 8월, 11월의 중순에 하고, 납부 기한은 각 3월, 6월, 9월, 12월 초로 되어 있다. 이번에 우리가 내야 할 금액은 138.80달러다. 작년 11월 10일의 계량기 수치가 7202였고, 이번 2월 9일의 계량기 수치는 7916이었으니 총 사용량이 714 킬로인 셈이다. 납부 기한은 3월 2일까지로 되어 있다.

전력 사용 요금은 모두 세 가지 항목으로 구성된다. 우선 말 그대로 순수하게 전력을 사용한 금액이 부가세를 포함하여 총 99.12달러다. 거기에 서비스 요금(Tariff 11 유형)이 부가세 포함 15.96달러다. 그리고 또 한 가지 특이한 항목이 더 있다. 바로 'Community Ambulance Cover'라고 하는 것인데, 지역에서 응급 사고 때 운행하는 구급차를 운영하는 비용이다. 이 비용이 전기를 사용하는 모든 가구에 하루 약 26센트씩 부과되는데, 해당 기간인 91일 동안 23.74달러가 된다. 이 세 가지가 모두 더해져서 앞에 말한 금액이 산출된 것이다.

이 금액은 해당 기일 안에 우체국이나 전화, 또는 인터넷 뱅킹이나 직접 회사를 방문하여 납부해야 한다. 인터넷 뱅킹을 사용하여 B-pay 방식

꽃과 깃털 속에 부는 바람

납부를 선택하면 아주 쉽고 빠르게 납부할 수 있다. 우리나라는 인터넷 뱅킹을 할 때 해당 은행에 접속을 하고, 인증서를 선택하고, 비밀 번호를 입력하고, 미리 받아 놓은 비밀 번호 카드의 두 곳 번호를 입력하는 복잡한 절차를 거쳐야 원하는 금액을 이체할 수 있는데, 여기서는 단 두 가지 번호, 즉 해당 회사의 코드(biller code인데 대개 네 자리 또는 여섯 자리 숫자)와 납부자 번호(Ref. Reference의 약자로 대개 아홉 자리 숫자)만 입력하고, 해당 금액을 입력하면 그것으로 모든 것이 끝이다. 분명히 해킹의 위험이 있을 텐데, 어떤 시스템을 구축해 놓았기에 그런 간편한 제도가 가능한지 모르겠다. 해당 납부 사항은 언제든지 은행에 접속하여 확인할 수 있고, 해당 회사에서는 다음 요금 고지 때, 언제 얼마를 어떤 방식으로 받았다는 사실을 기록하여 보내 준다.

비록 두 식구가 사는 집이긴 하지만 한 달에 약 46달러(오늘 환율로 약 3만 4천원)의 요금을 내는 것은 그리 비싼 것은 아닌 것 같다. 냉장고, 세탁기, 청소기, 텔레비전, 전자레인지, 전기 오븐 등 기본적인 가전용품의 사용은 물론이고, 취사와 온수 사용까지 모두 전기로 해결하면서, 다시 말해 가정의 모든 에너지를 클린 에너지인 전기에 의존하면서 그 정도 요금을 내는 것을 비싸다고 하기는 어려울 듯하다. 더구나 이번 1월과 2월은 날이 더워 에어컨을 가동한 날도 많았으니 더욱 그렇다.

28 한여름 더위 속에 맞는 섣달 그믐날

음력으로 섣달 그믐날이다. 바람이 쌩쌩 불고 눈보라가 휘날리는 그런 섣달은 아니지만, 오히려 날이 더워 땀이 배는 그런 날이기는 하지만, 그래도 한 해가 가고 새로운 해가 다시 시작되는 분기점인 것만은 지구 어느 곳에 있어도 다르지 않으니, 이 섣달 그믐날 밤이 예사롭다고 할 수만은 없는 일이다. 그렇다. 객지, 그것도 고국에서 수만 리나 떨어진 타국에서 맞는 섣달 그믐날이 어찌 예사로우랴. 그러나 아는 사람도 별로 없고, 명절의 즐거움을 나눌 분위기도 아니다. 그저 쓸쓸하게 지나가는 하루를 멀건이 바라보고만 있어야 하는 신세다. 귀성 전쟁도 없고, 가족끼리 오랜만에 만나는 반가움도 없다. 기름진 음식 냄새도 나지 않고, 선물이나 세배를 걱정할 일도 없다. 더구나 떡국 한 그릇도 먹지 못하고 나이를 한 살 더 먹어야 하는 일도 심란함을 더한다. 그러나 마음으로만 섣달 그믐날의 기분을 느끼며 지내는 것도 내 인생에서 오직 이번 한 번뿐일 것이니, 그런 것으로라도 위로를 삼고 애를 삭일 일이다.

집 근처 베트남 사람 소유의 사찰에서는, 새해를 맞아 이 근방의 모든 베트남 사람들이 다 모인 듯 수많은 사람들이 모여서 부처님께 예배를 드리고, 이어서 축제를 하고 있다. 다민족 국가답게 브리즈번에 사는 베트남 사람 1만 2천여 명의 새해맞이 축제 개막식에는 이곳 시장을 비롯한 많은 사람들이 참석해서 축사도 하고 같이 즐겼다고 한다. 사찰에서는 그곳을 찾는 사람들에게 차와 음식을 나누어 주기도 하고, 흥겹게 여러 놀이를 하기도 한다. 며칠 전부터 연습하던 춤을 추기도 하는 모양이다. 오늘 밤 편한 잠을 자기는 어려울 것 같다. 하기야 예전부터 섣달 그믐날에는 잠을 자지 말라고 하면서, 잠을 자면 눈썹이 하얗게 센다고 겁을 주지 않았던가.

이 나라 사람들의 기준으로 보면 동양의 소수 민족들이 즐기는 음력의 새해맞이 축제라는 것이 잘 이해되지 않겠지만, 어디 사람 사는 세상이 달랑 한 가지 기준으로만 살아지던가. 피부 색깔이 다르고, 말이 다르고, 문화가 다른 사람들이, 어찌 생각이 하나처럼 동일할 수 있겠는가. 맹자는 일찍이 인간의 마음 깊은 곳에 들어 있는 측은지심이나 수오지심 같은 것은 모든 사람이 한결같다고 했지만, 그것은 인간과 짐승을 구별하는 차원에서의 이야기일 뿐이요 현실적으로 사람들 생각은 민족이나 풍토의 차이에 따라 천차만별일 수밖에 없을 것이다. 그런 점을 감안하면 먼 남의 나라에 와서 살면서 당당하게 자신들의 문화를 지키고 내세우며 사는 것은 정말 뜻이 깊은 일이라 할 수 있다. 문화다양성의 입장에서 앞으로는 음력 새해맞이와 섣달 그믐날 풍속도 이 나라의 새로운 문화 현상으로 정착되었으면 한다.

29 새로운 시작 아닌 날이 있었던가?

    오늘은 설날이다. 새 해가 시작되는 첫 날이다. 그런데 여기는 여름이다. 여름에 해가 바뀐다. 우리 상식으로는 한 해의 시작은 봄이고 끝은 겨울이라고 각인되어 있다. 그래서 여름에 해가 바뀌는 이 기이한 현상이 낯설다. 실감도 잘 나지 않는다. 당연하게 이 나라 사람들 대부분은 양력만 알고 있다. 지난 12월 31일 날 밤, 해가 바뀌는 즈음에 엄청난 인파가 모여 곳곳에서 불꽃놀이에 현란한 축제를 벌이며 새해맞이 행사를 했다. 그러니 오늘 음력 새해라는 게 그들에게 도무지 알 수 없는 이방인들의 풍속에 지나지 않을 것이다.

    같은 지구 위에 살고 있으면서 사람들이 이처럼 서로 다른 문화를 갖고 있다는 게 쉽게 납득이 되지 않는다. 인류라는 공통의 조건을 갖고 있으면서 왜 이리 서로 달라야 하는가. 그것은 아마도 자연 환경이 가져다 준 차이 때문일 것이다. 그 지역에서 태어나, 그 지역의 풍토 위에 살다가, 그 지역의 자연으로 다시 돌아가는 생활을 수만 년 동안 해 오는 동안에, 자연스럽게 그 지역의 해 뜨고 지는 현상과 같은 그 지역의 고유한 자연 환경에 삶의 사이클을 맞추어야 했을 것이고, 또 불가피하게 그 지역의 흙과 물로 생명을 이어갔을 것이다. 이는 인간이 자연의 일부분으로 살아온 궤적이요 역사이기도 할 것이다. 그러다가 산업화가 이루어지고 또 문명의 교섭이 이루어지기 시작했다. 처음에는 모든 것이 놀랍고 이해하기 어려웠을 것이다. 나에게 익숙한 것이 아니면 받아들이기도 힘들었을 것이다. 그러나 보다 나은 생활을 위한 선택으로 낯설지만 선진화된 것을 하나씩 수용하면서 발전이라는 것이 가능해졌다. 그것이 축적되면서 보다 선진화된 문명이 그보다 뒤진 것들을 유연하게 점유해 가면서 인류 역사의 진보와 향상이 이루어졌다.

현대 문명으로 들어오면서는 그 속도와 변화가 놀랍게 빨라졌다. 이제 공간적인 거리라는 게 별 의미 없는 시대가 되었다. 지구가 하나의 동네, 한 가정처럼 단순화되고 좁아졌다. 지구 이쪽 끝에서 벌어지는 일이 저쪽 끝에서 동시에 실시간으로 공유되는 시대가 바로 현대다. 이런 시대에는 계절도 별 의미가 없다. 어제 겨울을 살다가 오늘 여름을 살 수도 있다. 오전에 눈이 내리는 곳에서 스키를 타다가 오후에 땀을 흘리며 해수욕을 즐기는 사람도 있을 수 있다. 그러니 이제 새해라는 게 서양 사람의 기준이건, 동양 사람 기준이건 크게 따질 필요가 없는 세상 아닌가 한다. 양력이니 음력이니 하는 게 무슨 필요가 있는가. 그저 사람 사는 세상에 생활의 편리를 위해 일 년 단위의 인위적 시간 구분이 생겨났고, 그러다 보니 어느 날이 일 년의 시작인가 하는 문제가 생긴 것뿐 아닌가. 따라서 일 년의 시작은 사람마다 다 다를 수 있어야 정상적인 것 아닌가. 날마다 일 년의 시작이요 날마다 일 년의 끝이 아닌가. 굳이 새해라는 개념을 만들어 특정한 날을 기념하는 게 본질적으로는 불필요한 일 아닌가.

그리고 보면 새해는 추운 겨울에 맞아야 한다는 생각은 우리만의 케케묵은 고정관념일지도 모르겠다. 겨울에 그 날을 맞거나 여름에 그 날을 맞거나 무슨 상관인가. 그런 걸 따지는 건 모두가 다 좁은 울타리 속에서 자신만 생각하는 낡은 사고방식 탓일 게다.

30 처음으로 교회에 가다

오늘은 일요일이다. 교회 다니는 사람들의 말로는 주일이다. 나는 교회
를 안 다니기 때문에 주일이라는 게 별 의미가 없지만 오늘은 좀 특별한
날이다. 나를 이 대학으로 초청해 준 L 교수가, 며칠 전에 오늘 자기 교회
에서 부흥회를 하는데 꼭 참석해 달라는 부탁을 해서 그렇게 하기로 약속
했기 때문이다. 교회는 우리가 사는 곳에서 꽤 떨어진 곳에 있는데, 차로
30분 정도 걸린다고 했다. 내가 길을 전혀 모르기 때문에, 집으로 찾아와
옆에 앉은 L 교수가 지시하는 대로 좌회전, 우회전을 하면서 11시 반쯤 교
회에 도착했다.

교회는 교외의 넓은 지역에 자리를 잡고 있었는데 주로 호주 사람들이
다니는 교회라고 한다. 담임목사님은 연세가 70이 넘으신 분인데 아픈 사
람을 고치는 능력을 가지고 있어서 많은 사람들이 은혜를 받았고, 주일 예
배에는 약 천 명 정도의 신자가 참석하는 큰 교회라고 한다. 그런데 교회
는 우리나라처럼 거창하고 으리으리한 건물로 되어 있지 않았다. 넓은 터
에 여기 저기 조립식의 건물이 서 있을 뿐이고, 컨테이너로 된 시설이 드
문드문 서 있을 따름이다. 휑한 주차장은 잘 가꿔진 잔디밭으로 되어 있
다. 그 교회의 한쪽에 조립식 컨테이너로 된 건물이 하나 있는데, 그 시설
이 바로 L 교수가 목사님으로서 목회를 하는 교회라고 한다.

L 교수의 안내로 안으로 들어갔더니 먼저 와 있던 사람들이 반갑게 인사를 한다. 교회의 장점 중의 하나가 바로 이런 친절함이다. 전에 댁으로 초대해 줘서 만났었던 L 교수 부인과는 오랜만에 다시 만나게 되어 반갑게 인사를 했다. 그밖에 L 교수가 소개하는 대로 몇 사람과 좀 더 상세한 인사를 나누었다. 특히 수술을 받고 치료중인 담임목사를 대신해서 온 그 교회의 부담임목사라는 분과도 인사를 나누었다.

열두 시가 되어 예배가 시작되었다. 참석한 사람들은 대략 50여 명 쯤 되었다. 새로 시작한 개척교회인 셈으로는 적지 않은 숫자일 것이다. 한국 교민들이 대부분이고 드물게 중국인이나 동남아인 같은 사람도 몇이 있었다. 예배는 먼저 젊은 청년들의 악기 반주에 맞춰 찬송을 부르는 것으로 시작되었다. 찬송가는 컴퓨터 빔 프로젝션을 이용해 스크린에 가사를 띄워 놓고 불렀는데, 한국어로 한 번 부르고 같은 내용을 영어로 다시 한 번 부르는 식이었다. 세 곡을 부르고 나서 L 교수(목사)님이 간단한 기도를 했다. 기도를 하는 중에 오늘의 부흥 강사를 소개하는 내용도 있었다. 다음 순서로 부흥 강사의 설교 장면을 담은 동영상을 잠시 보여 주었는데, 유럽이나 미국 등 여러 나라로 다니며 수많은 사람 앞에서 설교를 하는 내용이었다. 그 영상에는 특이한 것이 두 가지 있었는데, 하나는 그가 기도를 해 주면 서 있는 사람들이 뒤로 벌렁 넘어지는 모습이었고, 또 하나는 손바닥에 황금으로 된 무슨 모양이 나타나는 것이었다.

잠시 뒤 L 목사의 소개를 받고 그가 단상에 섰다. 말레이시아 출신 중국계 에스겔 목사라고 한다. 주로 대단위로 모인 사람들 앞에서만 설교를 하는 분인데 오늘은 특별히 L 목사와의 개인적 친분으로 이런 소규모의 자리에 왔다고 한다. 그가 영어로 설교하고 L 목사가 통역을 했다. 그는 마태복음 25장, 열 명의 신부 중에 기름을 준비한 다섯 명은 신랑을 영접했고 준비하지 못한 나머지 다섯 명은 신랑을 맞이하지 못했다는 내용을 제재로 설교를 했다. 신랑은 예수님을 상징하며 신부는 우리 신자들을 상징한다고 한다. 미리 준비하고 대비한 사람만이 주 예수 그리스도를 영접할 수 있다는 게 설교의 주제인 것 같았다. 그리고 지금 예수님의 재림의 때가 되었다는 것, 그 신호가 바로 지구 온난화, 핵무기, 인터넷의 발달 같은 것이라고 했다. 특히 인터넷의 웹(www)을 나타내는 기호가 바로 희랍어로 666인데 그게 바로 적그리스도의 상징이라는 것이다. 이런 상징들이 바로 최후의 심판의 날이 가까웠음을 나타내는 증거들이라는 것이다. 그러니 반드시 예수를 믿고 영접하여 최후의 심판의 날, 나팔 소리를 들으며 하늘나라로 들어 올려진다는 예언이 반드시 실현될 수 있도록 준비하라는 내용을 반복해서 강조했다. 그리고는 희망자를 불러내서 일렬로 세우고 기도를 했는데, 몇 사람은 바로 뒤로 넘어지는 모습을 보였고, 몇 사람은 그대로 서 있었다. 또 손바닥을 위로 들게 하여 기도를 한 후 거기에 황금빛 무늬 같은 게 나타난 사람도 있어서 모여 구경을 하기도 했다. 우리 부부는 물론 앞으로 나가지도 않았고, 그런 것을 구경하지도 못했다.

헌금을 하는 순서가 있었는데, 옆에 앉은 분이 말하기를 손님인 우리는 안 해도 된다고 했다. 그러나 재정 형편이 안 좋을 초기 개척교회에 와서 그냥 말 수는 없는 일이었다. 얼마를 내야 할지 몰라 아내와 나는 집에서 미리 준비한 대로 20불씩 헌금을 했다. 많은 건지 적은 건지 알 수 없는 일이다. 다시 감사의 기도가 있었고, 또 주중에 이루어진다는 각종 작은 예배 모임에 대한 안내를 비롯한 광고가 있었다. 다음으로 몸이 아프거나 마음이 아픈 사람을 위해 에스겔 목사가 특별히 기도를 해 주는 순서가 있다고 했는데, 우리 부부는 그냥 밖으로 나왔다. 파란 하늘과 흰 구름이 한가했다.

두 시가 넘었다. 높게 천막이 쳐진 곳에서 점심식사를 한다고 해서 모두 모였다. L 교수님과 또 다른 신자 분이 집에서 준비 해 온 음식으로 점심을 먹었다. 메뉴는 카레라이스인데, 배가 고파서인지 나는 평소 잘 안 먹던 것임에도 한 접시를 깨끗하게 다 비울 수 있었다. 정말 시장이 반찬인 모양이다. 세 시가 넘어서야 자리가 끝났다. 예배에 참석한 사람 하나 하나에게 인사를 하고, 차가 없는 사람들은 귀갓길 차편까지 다 정리해서 태워 주고, 개인적인 일까지 자상하게 기억해서 따스하게 챙겨 주고, 그러고 나서야 목사님의 임무가 끝나는 것 같았다. 새삼 교회 하나를 운영한다는 게 얼마나 힘든 일인지 알 것 같다. 신자들에게 군림하며 제왕처럼 대접받는 목사님을 많이 보아 온 내 입장에서, 이런 목사님을 본다는 건 참 이색적인 일이 아닐 수 없다.

한편으로 생각하면 대학교수라는 안정적인 지위를 가진 처지에서 왜 이런 힘든 일을 자처해서 할까 하는 생각도 들지만, 아마도 돈이나 명예나 권력 같은 게 아니고, 진정 복음을 전하고 그 안에서 행복을 느끼는 생활이기에 자청해서 하는 일이 아닐까 생각되었다. L 교수의 차는 그 따님이 다른 신자들 픽업을 위해 운전하고 가고, L 교수는 다시 우리 차에 타고 길·안내를 하며 집으로 향했는데, 옆에 앉은 L 교수는 수시로 깜박깜박 조는 것으로 보아 많이 피곤한 모양이었다. 수월찮은 준비 끝에 하루 예배를 보고 나서, 그 뒤로도 많은 자질구레한 일까지 손수 다 처리해야 하니 얼마나 피로할까. 내일부터 개강(2월 마지막 주 월요일부터 1학기가 시작됨)이라는데 쉬지도 못하고 고생하는 모습을 보니 신앙이라는 게 정말 신비한 것 같기는 하다.

우리를 여기에 정착하게 도와준 분들이 교회에 나오라고 해도 안 가고 지금까지 살았는데, 어쩔 수 없이 가기는 했지만 오늘 교회를 처음 가 본 느낌은 한 마디로 특별할 게 없다. 오늘 접한 내용들은 새로울 게 거의 없는, 내가 이미 읽고 들어서 잘 알고 있는, 또 하도 많이 우리 주변에 반복적으로 떠돌아다녀 익히 잘 아는 내용(말세, 심판, 거듭남, 영접)들이었고, 그것을 전달하는 형식이나 방법도 낯설거나 새로울 것이 없었다. 수십 년 전 어렸을 때 교회 가서 보고 듣던 것과도 별 차이가 없는 것 같기도 하다. 역시 신앙이라는 것은 이성적으로 되는 게 아닌 모양이다. 지식으로는 다 알고 있는 내용이라 해도 그것을 체화하여 몸과 마음이 떨리는 영광으로 받아들이는 사람도 있고, 나처럼 무덤덤하게 받아들이는 사람도 있으니까 말이다.

31 자동차에 휘발유 넣기

여기 와서 살면서 몇 번밖에 주유를 하지 않았는데, 오늘 밖에 나가다 보니 차에 기름이 떨어져 가고 있다. 나는 국내서도 1년에 1만 킬로 미만으로 자동차를 많이 운행하지 않는 편이었다. 여기 와서는 국내보다 더욱 자동차 운행 거리가 짧다 보니 주유를 할 기회가 별로 없었다. 작년 9월에 차를 인수할 때 주행 거리가 27만 4천 500킬로였는데(여기서는 10년 이상 된 차나 2, 30만 킬로 운행한 차가 중고차로 많이 거래되고 운행된다) 오늘 확인해 보니 2천 킬로 남짓 운행한 것으로 나온다. 길도 모르고 겁이 많아 거의 차를 운행하지 않은 탓이다. 그러니 한 번 기름을 넣으면 보통 한 달 정도 가는 것 같다. 겨우 운행한다고 하는 것이 20여 킬로 범위에 있는 몇 군데 한국 식품점이나 퀸즈랜드 대학 정도니 운행 거리가 올라갈 일이 별로 없는 것이다.

여기 주유소에는 기름을 넣어 주는 주유원이 없다. 주유를 하려면 본인의 손으로 직접 해야 한다. 우선 차를 주유기 앞에 세운다. 다음에 차의 시동을 끄고 차에서 내려 차의 주유구를 연다. 그리고 주유기를 들어 앞 순서 사람이 넣고 간 주유 양과 금액을 지운다. 그리고 주유구에 주유기를 넣고 레버를 당겨 주유를 시작한다. 주유를 하는 도중에 레버를 잡고 있어야 멈추지 않는다. 물론 주유소에 따라 한 번 금액을 조작해 놓으면 그 금

주유소 기름 값 표지판

액에서 자동으로 주유가 멈춰지는 곳도 있다. 기름을 다 넣었으면 주유기를 제자리에 얹어 놓고 자동차의 주유구를 잠근 다음 판매점 안으로 들어가 계산을 해야 한다.

대개의 주유소는 편의점을 겸한다. 계산원에게 가서 본인이 주유한 곳의 번호를 말하면 계산원이 컴퓨터로 그 번호를 확인하고 금액을 말한다. 계산을 할 때 할인 쿠폰을 가지고 있으면 제시하여 할인을 받을 수 있다. 대부분의 마켓에서는 물건을 사면 포인트 적립을 해 주거나 주유 할인 쿠폰을 준다. 예컨대 콜스 마켓에서는 40불 이상을 구매하면 1리터에 4센트, 80불 이상을 구매하면 1리터에 10센트를 할인해 주는 쿠폰을 준다. 쿠폰은 따로 발급하여 주는 게 아니고 물건값 영수증 아래 붙어 나온다.

휘발유(언레드라고 해서 보통 승용차에 넣는 무연 휘발유로 주유기가 노란색이다)는 매일 가격이 변동되는데, 주유소 앞에는 그 날의 휘발유 값이 플라스틱으로 된 기둥 같은 곳에 큰 글자로 게시되어 있다. 휘발유 값은 센트 단위로 게시된다. 요즘은 보통 1리터에 100센트를 기준으로 오르락내리락하고 있다. 쌀 때는 94센트까지 한 때가 있었고, 비쌀 때는 115센트까지 한 적이 있었다. 우리 돈으로 하면 대략 700원에서 800원 사이를 왔다 갔다 하는 셈이다.

특이한 것은 우리나라에서는 휘발유보다 저렴한 디젤유(경유)가 여기서는 더 비싸게 팔린다는 사실이다. 디젤유는 휘발유에 비해서 대략 10에서 20센트 정도 비싸게 받는다. 경유가 연소 과정에서 공해 물질을 더 많이 배출한다는 이유 때문이라고 한다. 이는 당연히 깨끗한 자연을 생각하는 정책 때문일 것이다. 아마도 우리나라는 원유의 수입 금액이나 제조 원가보다도 세금 때문에 휘발유 값이 디젤유보다 높게 책정되었을 것 같다.

여기서도 당연히 소비자들은 조금이라도 싼 주유소를 찾는다. 인터넷에는 그런 저렴한 주유소를 찾아주는 하는 사이트가 있다. 그 사이트의 이름(motormouth.com.au)이 참 재미있다. 참고로 이 나라의 인터넷 사이트 주소는 우리와 다르게 대개 전체 단어를 다 사용한다. 우리처럼 줄여서 약자로 사용하면 편리하고 경제적일 텐데 굳이 그렇게 하지 않는 것은 아마 매사에 느긋하고 여유 있는 국민성 탓인 듯하다. 약자를 사용하면 빠르고 편리하긴 하지만 그 대신 뜻을 잘 모를 경우가 많다. 그러나 이 나라의 인터넷 사이트 주소는 아주 길게 나열되어 있어 답답하긴 하지만 대신 그냥 보기만 하면 무엇을 하는 곳인지 금방 알 수가 있다. 장단점이 있는 것 같다. 오늘은 휘발유 38리터 좀 넘게 넣고 50달러 지폐를 주었더니 10달러 지폐 한 장과 동전 몇 개를 돌려준다. 우리 돈으로 3만 원쯤 되니 여기가 싼 것인가, 아니면 우리나라가 비싼 것인가.

32 환율과 집세 이야기

오늘 집세를 주어야 하기 때문에 다라의 베트남 마켓에 있는 현금 인출기에서 1500불을 인출했다. 카드 인출은 하루 1천 불로 제한되어 있어 국민카드로 1천 불, 농협카드로 5백 불을 인출했는데, 농협카드가 국민카드에 비해 천 불당 5200원 정도 더 빠져나간다. 요즘 환율이 올라(내린 건가?) 1달러에 750원에서 760원 사이를 오르락내리락하는데 카드 회사에 따라 더 빠져나가는 곳도 있으니 이래저래 쓰는 사람만 손해를 보는 것 같다. 작년에 비하면, 천 불을 인출할 때 72,3만 원에서 요즘은 74,5만 원이니 몇 만 원의 차이가 난다. 작년의 환율은 대략 1불에 720원에서 730원대에서 결정될 때가 많았다. 어떤 때는 710원대까지 간 적도 있었고, 현찰을 팔 때는 600원대까지 내려간 적도 있었다.

아내가 오후에 매니저 사무실에 가서 집세를 내고 왔다. 우리 타운 하우스의 매니저는 여자인데 비가 새는 지붕 수리와 주택의 안전 진단 관계로 몇 번 우리 집에 왔었다. 아내는 그 여자가 집에 왔을 때 아무 것도 대접을 못해 미안해하며, 집에 있는 과일 몇 개라도 갖다 주고 싶다고 하더니, 망고 몇 개를 가지고 가서 집세와 함께 주고 왔다. 사실은 이 달 중순(13일)이면 원래 계약한 기간이 만료된다. 여기는 우리나라의 전세라는 개념의 세는 없다. 보통 집을 계약을 할 때는 대개 4주치에 해당하는 금액을 맡긴다. 영어로는 본드bond 또는 데포지트deposit라고 하는데, 이것은 나중에 집을 나올 때 돌려받는다. 물론 반환되는 금액은 그 집에 사는 동안 훼손된 집의 수리비나 이사하고 난 후의 집 청소비 등이 공제된 것이다.

셋집은 대개 6개월 단위로 집 주인이나 주인을 대리한 매니저와 재계약을 해야 하는데, 그때마다 약간씩 집세가 인상되는 것이 보통이다. 요즘 우리 동네는 신흥 개발지로서 인기가 높아 세를 얻고자 하는 사람이 많다고 한다. 그런데 타운 하우스나 단독 주택이나 세를 놓을 집이 별로 없어 집을 구하기가 매우 어렵다고 한다. 그래서 재계약을 할 때 집세 인상은 당연한 일로 받아들여지고 있다. L 교수네도 며칠 전 재계약을 하면서 주당 10불을 인상했다고 한다. 우리도 그런 생각을 하며 각오를 하고 있는 참이다.

그런데 지난달 집세를 전달하며, 대강 우리가 돌아갈 날을 이야기하고 재계약에 관해 잘 안 통하는 영어로 물어본 적이 있는데, 그때 같이 달력을 보며 매니저가 내게 무슨 이야기를 했었다. 그러나 내가 영어를 잘 알아듣지 못해 그 내용을 정확하게 이해하지 못했었다. 대강 어렴풋이 들어보니 아마도 그냥 그대로 살라고 한 것 같긴 한데, 확실하지는 않아서 긴가민가한 적이 있었다. 오늘 그것을 확실하게 확인해야 하는데, 아내에게 1250불을 줬더니 지난달과 똑같이 10불을 거슬러 가지고 왔다. 여기는 보통 주 단위로 집세를 계산하는데, 대개는 은행 계좌를 통해 자동이체를 하거나 카드 또는 수표 같은 것으로 납부하기도 한다. 우리는 처음에 계약할 때부터 현금으로 집세를 내왔는데, 한국 사람의 관행대로 월세 개념을 생각해서 한번에 4주치씩 내고 있다. 매니저는 그것을 아주 고마워한다. 매니저가 재계약을 하면서도 세를 올리지 않은 것은 아마도 1월에 우리 집의 지붕이 비에 좀 새서 침대와 이불이 약간 젖었던 적이 있었고, 그 수리 관계로 몇 번 우리 집에 와 본 매니저가 부부 둘이서만 깨끗하게 집을 유지하며 사는 것을 알고 있어서 그런 것인지 모르겠다. 여하튼 고마운 일이다.

낯선 길에 부는 바람

33 목요일은 쇼핑 데이

오늘 목요일은 쇼핑 데이다. 목요일에는 많은 사람들이 일주일치 먹을 것과 생필품을 한꺼번에 산다. 우리 식으로 말하면 섣달 대목이나 마찬가지다. 그러니까 이 나라는 일주일마다 대목을 맞이하는 셈이다. 이 날은 마켓마다 물건을 사려는 사람들이 줄을 잇고, 주차장에는 차가 가득하다. 그래서 대부분의 마켓은 평소 다섯 시나 여섯 시에 문을 닫던 것을 이 날만은 아홉 시까지 연장해서 영업을 한다. 왜 그런가. 이 나라 사람들의 생활 패턴은 우리와 달리 대개 주 단위로 돌아간다. 우리나라는 노동자들이 노동의 대가를 보통 월급의 형태로 지급받는다. 연봉제라 하더라도 그것을 월 단위로 나누어 지급하는 게 보통이다. 그래서 월급날이 되면 외상값도 갚고, 외식도 하고, 쇼핑도 하고 그런 생활을 한다. 즉 월 단위로 생활의 사이클이 그려지는 것이다.

그런데 여기 사람들은 노동의 보수를 보통 주 단위로 지급받는다. 그 주급이 지급되는 날이 목요일이다. 따라서 목요일이 한 주일의 분기점 비슷하게 될 수밖에 없다. 월요일부터 직장에 나가 열심히 일하고 목요일에 급료를 받으면 그것으로 마켓에 가서 우선 일주일 먹을 식료품과 생활필수품을 가득 산다. 마켓에 가 보면 물건 싣는 카터에 온갖 먹을 것과 마실 것을 하나 가득 싣고 나오는 것을 흔하게 볼 수 있다. 처음에는 저 많은 것을 어떻게 다 먹나 했는데 몇 달을 살다가 보니 대충 이해가 간다. 그렇게 가득 사서 차에 싣고 집에 가서 냉장고를 가득 채우고 나면 아마 매우 흐뭇할 것이다. 또한 이 나라의 많은 사람들이 왜 비만에 시달리는지 그 이유도 미루어 짐작할 만하다.

금요일은 주말이기 때문에 대개 직장의 일이 일찍 끝난다. 그러면 집에 돌아가서 각종 요리를 하고 음식을 차려 파티를 한다. 서로 초대도 하고 초대를 받기도 한다. 모여서 음식도 먹고, 술도 마시고, 담소도 하고, 춤도 추고, 재미있게 즐긴다. 보통 때 이웃집에서 소란하게 하면 이 나라 사람들은 즉각 신고를 해 버리는 경우가 많다. 여기 사람들은 대개 저녁에 일찍 자기 때문에 안면을 방해한다고 신고를 하는 것이다. 신고 받은 경찰은 출동하여 벌금을 부과하기도 한다. 그런데 금요일 주말부터는 약간이 아니라 아주 시끄럽게 해도 그냥 넘어가야 한다. 우리 이웃집에서도 몇 번 주말에 사람들이 모여 새벽까지 파티를 하며 술 마시고 떠들고 하는데 시끄러워 잠을 못 자도 그대로 감수할 수밖에 없었다. 토요일과 일요일에도 파티를 하는 집이 있다. 또 떨어져 사는 가족들이 서로 찾아가 만나는 날이기도 하다. 결혼도 않은 자식들이 부모 곁을 떠나 살다 부모를 만나러 오기도 하고, 할아버지 할머니가 손자들을 보러 오기도 하고, 친척들이나 친구들을 방문하기도 한다. 또 가족들끼리 외출을 해서 낚시나 캠핑 등을 즐기거나, 여행을 하는 경우도 많다. 이렇게 주말은 철저하게 개인적인 시간을 가지면서 즐기고 노는 시간이다. 그리고 월요일이면 다시 직장에 나가 열심히 일을 한다.

아마 상당수의 이 나라 사람들은 목요일을 기다리며 한 주일을 살고, 목요일을 기준으로 모든 계획을 짜서 생활하는 풍습이 몸에 배어 있는 듯하다. 그것 또한 독특한 이 나라의 문화이고 풍속일 것이다.

34 중고 물품을 교육적으로 처리하는 지혜

오전에 아내가 코린다에 있는 콜스 마켓에 다녀오자고 해서 길을 나섰다. 가는 길에 옥슬리 초등학교 운동장에서 중고 물건을 싸게 파는 행사가 있다고 해서 잠시 들렀다. 학교 운동장은 잔디로 되어 있는데 평평하게 골라 만든 게 아니라 대충 평지에 잔디만 심어 놓은 것 같았다. 거기에 〈car boot sale〉이란 행사 표지판이 있고 많은 차가 주변에 주차되어 있었다. 우리도 길가에 차를 주차시키고 안으로 들어가 보았다. 마침 구름도 없는 하늘에서 뜨거운 햇볕이 내려쬐고 있어서 눈이 부실 정도다. 집에서 사용하던 여러 물건들을 차에 싣고 와서, 바로 그 앞에 비닐 자리를 깔고, 그 위에 물건들을 전시해 놓았다. 어떤 사람은 햇볕을 가리는 천막을 쳐 놓기도 했다.

전시된 물건 중에는 책도 있고, 전기용품이나 주방용품도 있다. 신던 운동화나 입던 옷가지는 물론이고 사용하던 찻잔에서부터 비디오테이프, 인형, 장난감, 학용품 등등 별별 게 다 있다. 우리나라 같으면 가차 없이 쓰레기통으로 버려졌을 낡은 가정용품들이 올망졸망 햇볕 아래 전시되어 팔리기를 기다리고 있었다. 새삼 이 나라 사람들의 근검절약하는 모습을 실제 현장에서 확인하는 것 같다. 또한 공산품이 귀한 나라라는 말도 충분히 이해가 간다. 꼬마 아이들을 동반한 부모들이 많이 와서 물건을 구경하고 사기도 한다. 물건을 파는 어른들 옆에는 역시 꼬마들이 함께 서서 구경도 하고 물건을 팔기도 한다. 돈이 없어서가 아니라 그런 정신이 중요하기 때문일 것이다. 다시 말해 아이들에게 중고 장난감이나 책을 팔고 사는 모습을 직접 보여 주고 체험하게 해 주는 부모는 정말 훌륭한 현장 교육 실천자들이라 할 수 있을 것이다.

물론 그곳의 물건 가격은 아주 저렴하다. 한 개에 몇 센트, 몇 개에 1달러, 모두 몇 달러 식으로 팔기도 한다. 잘만 하면 아주 싼 값에 괜찮은 물건을 살 수도 있다. 입던 것이지만 꽤 유명한 상표의 청바지 하나에 5달러, 고급스러운 점퍼 하나도 5달러. 햇볕이 너무 뜨거워 우리는 구경을 많이 하지 못하고 발길을 돌렸다. 나오다 보니 물건 팔 자리를 하나 빌리는데 10달러라고 게시되어 있다. 학교에서는 일요일에 학교 운동장을 지역 주민을 위해 제공해 주고 일정한 수입을 얻게 되고, 물건 파는 사람들은 집에 쌓여 있는 안 쓰는 물건들을 얼마간의 돈을 받고 처분하는 계기가 되고, 사는 사람들은 아주 싼 값에 괜찮은 물건을 손에 넣을 수 있으니, 이런 제도는 서로서로 모두에게 좋은 것 같다.

물건을 사는 사람 입장에서 보면 남이 쓰던 물건을 공짜로 얻으면 뭔가 동정 받는 기분이기도 하고 또 쓰던 것이라 찜찜한 기분이 들기도 하는데, 이런 데서 떳떳하게 돈을 주고 구입을 하면 당당한 주인이 되는 것이니 돈도 절약되고 자존심도 살아날 것 같다. 이런 제도는 우리도 한 번 도입해 보면 어떨까. 이것은 이미 운영 중인 중고품 반짝 시장하고는 비슷한 면도 있지만 여러 면에서 다르다. 가장 중요한 차이는 이것은 분명히 교육의 일환이고, 또 자라나는 아이들에게 그 효과가 매우 크고 오래 갈 것이라는 점이다.

35 햇밤과 감을 먹으며

여름의 늦더위가 아직 기승을 부리고 있지만 계절은 어김없는 순환을 한다. 아침저녁으로 제법 선선한 바람이 부는 게 그 증거다. 이런 계절의 변화는 그 누구도 막을 수 없고, 또 재촉할 수도 없다. 그저 순리대로 흘러가고 흘러오고 할 뿐이다. 제 아무리 막강한 권력과 부를 가진 사람이라 하더라도 이 순리의 털끝 하나조차 어길 수가 없는 것이다. 우리나라는 4계절의 변화가 뚜렷한 편이다. 그것을 자랑삼아 강조하기도 한다. 그러나 그것에는 장단점이 있을 것이다. 가령 변화가 많은 자연 환경 속의 삶은 자연히 사람의 성격 형성에도 영향을 미칠 것이 분명하다. 또 의복이나 주거비용의 증가도 무시하지 못할 부분이다. 반면 다양한 음식의 문화라거나 지루하지 않은 자연 풍경은 그렇지 못한 지역 사람들이 부러워하는 환경이 될 것이다.

여기는 지금 가을이다. 물론 우리처럼 뚜렷한 4계절의 변화가 있는 나라는 아니다. 정확히 말하면 이 나라는 면적이 워낙 넓기 때문에 기후가 어떻다고 특정해서 말하기 어렵다. 가령 저 남쪽 태즈마니아 같은 곳은 남극에 가까워 연평균 기온이 꽤 낮은 편이고, 북쪽에 가면 열대 가까운 기후를 보이는 곳도 있다. 대륙 중앙에는 사막이 있어 최고 기온이 40도를 넘는 날이 많고, 사람들은 주로 바닷가에 형성된 도시에 모여 산다. 그러니 계절의 변화라는 게 우리 개념으로 보면 매우 우습게 보이는 게 당연하다. 한겨울에도 최하 기온이 10도 아래로는 잘 안 내려간다고 하니 대충 짐작할 만하지 않은가.

가을이 되면 흔히 오곡백과가 풍성하다고 한다. 그것은 우리의 경우 틀림없는 사실이다. 그러나 여기는 가을이 되기도 전에 가을 곡식과 과일이 가게마다 가득하다. 일 년 내내 거의 그렇다. 작년 9월 처음 왔을 때 가게에 나오던 수박이 지금도 나온다. 딸기, 사과, 메론, 배, 포도, 바나나, 파인애플…… 그런 것들도 비슷하다. 거의 연중 재배가 되고 출하가 되는 것 같다. 가끔 우리 입맛에 맞는 먹을 것을 사기 위해 베트남 사람이나 중국 사람이 운영하는 가게에 간다. 거기 가면 같은 동양 사람인지라 우리가 먹는 것과 유사한 것들이 꽤 있다. 고추, 마늘, 깨, 배추…… 그런 것을 사려고 더러 가는 것이다. 물론 한국인이 하는 가게에서 한국 음식 재료들을 팔고 있지만, 거기는 가격이 만만치 않게 비싸다. 다른 나라 사람은 잘 사지 않는 것들을 소품종 소량 생산해야 하고, 또 멀리까지 운반해야 하니 당연히 그럴 것이다. 그래서 좀 아쉽기는 하지만 이들 가게를 가는 것이다.

오늘은 거기 가서 잘 익은 감 몇 개와 밤 한 줌을 사 가지고 왔다. 감은 1킬로에 6불이고 밤은 8불이다. 가을이라고 해도 별로 다를 것이 없다 했더니 그 두 가지 과일을 보고서야 확실히 가을임을 느낄 수 있었다. 감은 노르스름하게 익었는데, 깎아서 먹어 보니 우리나라 단감과 하등 다르지 않다. 여기 사람들은 대개 과일을 껍질째 먹는데, 껍질에 영양소가 많을 뿐 아니라 소화에도 좋다고 한다. 중요한 것은 우리나라처럼 과일 재배할 때 농약을 안 쓰기 때문일 것이다. 그러나 우리는 습관이 돼서 과일을 깎아서 먹는다. 밤도 삶아서 까 먹어 보니 그 맛이 우리 것과 별반 다르지 않다.

한낮에는 아직도 30도를 넘는 더위가 기승인데, 계절의 변화는 어쩔 수가 없어 햇과일이 나오는 것을 보니 자연의 위대한 섭리를 실감하게 된다. 우리나라는 지금 봄이 시작되어 햇나물이 막 나올 때다. 여러 꽃망울들도 곧 터질 듯이 부푼 그런 시절이다. 그런데 불과 비행기로 10시간만 날아오면 햇감과 햇밤을 먹을 수 있는 가을의 나라다. 세상이 크고 넓다고 해도, 이런 것을 보노라면 지금 우리가 사는 세상은 참으로 좁고도 가까운 것 같다.

36 박태환 선수의 쾌거와 보도의 불쾌함

지금 멜버른에서는 세계 수영 선수권 대회가 열리고 있다. 여기에 우리 나라 박태환 선수가 참가하여 좋은 성적을 올려 우리 국민을 즐겁게 해 주고 있다. 그는 현재 고등학교 재학생이다. 지난 아시안 게임에 출전하여 3관왕이 되어 우리 기억에 남아 있지만 세계적인 선수들이 모두 참가하는 이번 대회에서 그 어린 나이에 과연 얼마나 성적을 낼 수 있을까, 불안했던 게 사실이다. 그러나 그는 보란 듯이 400미터 경기에서 세계적 선수들을 다 물리치고 우승을 했다. 특히 그것도 뒤에 처져 있다가 마지막 50미터를 남기고 앞에 가던 선수들을 모조리 따라잡아 뒤로 젖히고 역전을 한 것이다. 그만큼 극적인 우승이었다. 그래서 이곳 언론들도 어린 나이의 그가 우승한 것을 크게 보도하며 놀라워하는 게 당연했을 것이다. 그는 며칠 뒤 200미터 경기에서도 동메달을 획득했는데, 놀라운 것은 그가 이런 단거리 경기 선수가 아니라 중장거리 전문 선수라는 점이다. 그래서 어느 언론에서는 박 선수의 이 동메달을 마라토너 이봉주 선수가 100미터에서 메달 딴 거나 비슷하다고 보도하기도 했다. 내일 모레는 그의 주 종목인 1500미터 경기가 있다고 한다. 그 경기에서도 좋은 성적을 내기를 기대한다.

그런데 이 대회를 보면서 아쉬운 점도 있다. 현재 이 나라 방송에서는 9번 채널에서 이 경기를 독점 중계하고 있다. (여기에는 국영방송인 ABC 방송이 있고, 나머지 민간방송들로 7번, 9번, 10번 채널이 있다. 그리고 다국적 언어로 방송하는 SBS 방송이 있다. SBS에서는 1주일에 한번 일요일 오전에 우리나라 YTN 방송을 30분씩 방송하기도 한다.) 중계는 저녁 7시부터 하는데, 지난번 박 선수의 경기 중계를 보면서 좀 화가 났었다. 분명 박 선수가 우승자인데, 방송사 기자는 3위를 한 자기 나라 선수에게 인터뷰를 하고 있었다. 물론 그 선수가 올림픽 메달리스트로 국가적인 영웅이고 국민들의 관심을 모으고 있는 선수임은 틀림없다. 그러나 경기에서 우승한 사람에게 소감을 말하게 하는 것이 상식 아닌가. 그게 스포츠맨십에 맞는 거 아닌가. 언론에서 뉴스 가치를 따질 때, 누가 이긴 것보다 누가 진 것이 더 비중이 크다고 판단할 수는 얼마든지 있는 일이다. 하지만 만약 박 선수가 미국이나 영국 선수여도 그렇게 했을까. 작은 일이지만 이 나라 사람들의 우리나라에 대한 인식의 일단을 엿볼 수 있는 사례였다고 생각된다.

지난 12월 노무현 대통령이 이 나라를 방문했을 때도 뉴스 보도에 매우 인색했던 느낌이 있었다. 여기는 매 시간 뉴스에서 거의 빠지지 않고 수상이 나와 현안에 대한 자기 의견을 말하는 게 자연스럽게 정착되어 있다. 그렇다면 수상이 외국 국빈을 맞이하는 뉴스를 자세하게 다루어 줘야 하는데, 아주 형식적으로 보도하고 마는 것을 보고 우리에 대한 인식의 일단을 짐작할 수 있었다. 그에 비해 오히려 북한에 대한 보도는 매우 많은 편이다. 이 나라는 남북한 동시 수교국이기는 해도, 무역의 양이나 양국 국민 교류 숫자 등으로 볼 때 당연히 한국이 더 중요한 파트너임에도 북한에 대해 더 관심이 많은 듯한 보도 태도를 보인다. 우리를 무시해서 그런 것인지, 아니면 뭔가 딴 저의가 있는 것인지는 모르나 분명 기분이 좋은 일은 아니다.

다음에 있을 경기에서 우리 박 선수가 이 나라 영웅이라고 하는 기록 보유자를 코가 납작하게 물리치고 당당하게 이겨서, 우리에 대해 혹 있는 지도 모르는 이들의 부정적 인식(무관심, 질시?)을 말끔하게 씻어 줬으면 한다.

* 박 선수는 어제(31일) 있은 예선 경기에서 조 3위를 했으나 기록에 뒤져 결선 진출에 실패했다. 기록 보유자인 호주의 영웅 해켓은 결선에는 진출했으나 오늘(4월 1일) 실시된 최종 결승 경기에서 최하위권으로 쳐졌다. 우승은 폴란드의 젊은 선수에게 돌아갔다.

37 부활절의 문화적 의미를 생각하며

　오늘은 부활절 연휴 전날이다. 내일부터 4일 간의 황금연휴long weekend 가 시작된다. 내일은 굿프라이 데이(예수님의 돌아가심으로 인해 인간의 죄가 다 없어졌으므로)이고 대부분의 상점도 문을 열지 않는 날이다. 그리고 토요일은 이스터 새터데이고 일요일은 이스터 데이, 월요일은 이스터 먼데이다. 이 연휴를 손꼽아 기다린 사람들이 얼마나 많을까. 아마 오래 전부터 이 날을 위해 저축을 하고, 어디로 놀러 갈 것인가 휴가 계획을 짜고, 입을 옷을 장만하고, 무슨 음식을 해 먹을까 고민을 하고,…… 그런 사람들이 많았을 것이다. 마침 오늘로서 각 학교의 1학기가 종료되고 학생들은 달콤한 2주간의 가을 방학(날짜와 기간은 주마다 다름)이 시작되기도 했다. 그야말로 가족들이 모두 함께 시간을 보낼 수 있는 좋은 기회가 주어진 것이다.

　원래 부활절은 예수님께서 인류의 죄를 대신하여 십자가에 못 박혀 돌아가신 지 3일 만에 그 육신이 부활하신 것을 기리기 위한 행사다. 그러니까 철저하게 기독교라는 종교 신앙 속에서만 그 의미가 통하는 그런 날이라고 할 수 있다. 하지만 오래 전부터 기독교 문명 속에 살아온 서양 사람들은 기독교 신자이거나 아니거나를 따지지 않고 하나의 문화나 풍속으로 이 부활절이 자리를 잡고 있는 것 같다. 성탄절 날짜는 고정되어 있지만 부활절 날짜는 해마다 유동적이다. 춘분이 지나고 첫 번째 맞이하는 보름(만월, full moon) 다음 일요일이 바로 부활절이다. 그러니까 이 날은 음력과 관계가 깊다. 어떤 학자는 그것이 봄에 씨 뿌리는 농경 사회의 절기의식과 기독교 신앙이 결합한 결과가 아닐까 추측하기도 한다.

우리나라는 기독교 국가가 아니고 또 그 문화를 받아들인 지도 얼마 되지 않기 때문에 말은 '부활절'이라고 하면서도 실제로는 기독교인들도 일요일 하루 정도만 그 날을 기리는 경우가 적지 않다. 개천절이나 광복절과 마찬가지로 원칙대로 하자면 하루가 아니라 며칠 동안 그 의미를 되새기고 축하하고 기려야 한다. 그래서 '날'이 아니고 '절'인 것이다. 물론 신앙심이 두터운 분들은 이 날을 중심으로 사순절이니 오순절이니 해서 40일이나 50일 동안 기도하며 고행하는 분들도 있다. 예수님께서 광야에서 40일 동안 금식 기도하신 일을 본받기도 하는 뜻에서 말이다. 그러나 대부분의 사람들은 하루 정도로 부활절을 보내는 걸 대개 그러려니 한다. 물론 기독교와 관계없는 학교나 직장은 당연히 그 하루도 아무 관심이 없이 지날 것이다.

호주는 원주민(애버리진)들이 있긴 하나, 대체로 영국 죄수들의 이주로 시작된 나라라고 할 수 있다. 따라서 철저하게 서양식 기독교가 그 뿌리를 내리고 있다. 민주주의 국가로서 종교의 자유가 보장되고 있는 나라지만, 일상생활 곳곳에는 기독교 문화가 깊이 침윤되어 있다. 아무도 그것을 부정하지 않는다. 누구나 자연스럽게 받아들인다. 기독교가 종교라는 의식도 별로 없는 듯하다. 태어나면서부터 당연히 받아들여야 할 생활이고 또 문화라고 여기고 있는 듯하다. 물론 자료를 보면 이 나라도 지금 여타 서양 나라들처럼 기독교가 많이 쇠락하고 있다 한다. 일요일 교회에 가 보면 주로 노인들이 많고 젊은이들은 별로 보이지 않는다고 한다. 교인이 없어 문을 닫는 교회도 많고, 십일조 같은 게 잘 안 지켜져서 운영이 어려운 교회도 많다고 한다.

그러나 부활절은 신자, 비신자를 떠나 전 국민의 축제인 것 같다. 며칠 전부터 모든 마트나 마켓에서는 이스터 데이 세일을 하고 있다. 물건을 20에서 30%씩 할인해서 판다. 아이들 선물로 달걀 모양의 초콜릿을 엄청나게 준비해서 판매한다. 오늘 목요일은 원래도 쇼핑 데이지만 마트마다 사람들로 인산인해를 이루었다. 마치 우리나라 섣달 대목 같다. 물건들도 엄청나게 많이씩 사간다. 우리도 무엇을 좀 살까 해서 가게에 갔다가 차를 주차할 곳을 못 찾아 한참 헤매기도 하였다.

많은 사람들은 연휴 기간 동안 가족들 모두 여행을 떠나기도 한다. 평소 가고 싶었던 곳으로 가서 휴식을 취하고 취미 생활을 즐기기도 한다. 오래 못 만났던 사람을 반갑게 만나기도 한다. 평소 시간이 없어 못했던 일을 마음껏 하기도 한다. 이래저래 이 나라 사람들은 예수님의 은총 속에 행복한 시간을 보내면서, 지치고 힘들었던 평상시의 삶에서 벗어나 새롭고 즐거운 삶을 가지고 있으니, 그것만으로도 훌륭한 '부활'이라고 할 수 있지 않을까. 교회를 가고 안 가고, 신앙을 갖고 안 갖고, 그런 것을 떠나 어쩌면 일상에서 편안히 휴식하면서 '부활'을 즐기는 사람들이 많다는 게, 요즘 같은 세상에 부활절이 갖는 중요한 의미 중 하나일지도 모르겠다.

38 제5단계 물 절약 제한 조치

오늘부터 우리 지역에 제5단계 물 절약 제한 조치(water restrictions level 5)가 시행된다. 비가 충분히 내리지 않으면 이 계획은 4월 10일부터 시행에 들어간다고 한 달여 전부터 예고해 온 것이기에 그리 생소하거나 놀라운 일은 아니다. 이 5단계 조치에는 여러 가지 내용이 포함되어 있지만, 일상생활에 가장 영향을 미치는 변화라면 개인별 샤워 시간이 7분에서 4분으로 줄어든다는 것, 자동차 유리와 백미러 등을 닦는 것 이외의 세차가 금지되는 것, 정해진 시간과 분량(일주일에 두 번, 짝 홀수 번지 교대로 오후에 두 시간씩, 호스 사용은 금지, 양동이 두 개 분량의 물만 가능) 외에 정원에 물을 주지 못한다는 것, 새로 만드는 수영장에 이 지역 외의 물로 채워야 한다는 것(다른 지역에서 물을 사 오거나 가져와야 함) 등이다.

물론 이 계획들은 철저하게 자율적으로 지키도록 권장되는 사항이다. 하기야 누가 샤워 시간 4분을 지키는지 안 지키는지 체크할 수 있겠는가. 그야말로 가뭄으로 물이 부족한 상태에서 자발적으로 물을 절약해서 위기를 넘기자는 공동체적 약속이라고 해야 할 것이다. 그러나 당국에서는 어느 가정에서 하루 800리터 이상 물을 사용하는 경우(5단계에서 권장하는 양은 하루에 1인당 140리터임. 참고로 2005년 1단계에서는 300리터였고, 바로 직전 4단계에서는 180리터였음) 그 가정에 자체 평가서를 내게 하고, 그에 따라 물을 절약할 수 있는 새로운 계획을 짜서 무료로 제공하게 된다. 그리고 그 계획대로 진행되지 않을 경우 매 건당 150불씩 벌금을 물린다고 한다.

또한 이 나라 사람들은 신고 정신이 강하다. 일종의 시민의식이라고도 할 수 있겠는데, 우리 같으면 그저 눈살 한 번 찌푸리고 넘어갈 일이나 귀찮아서 못 본 척하고 지나갈 일을 이들은 꼬박꼬박 지적해서 신고를 한다. 공공 정신에 어긋난다고 여겨지는 것들은 정확하게 지적해서 잘못을 바로잡는 것이다. 그러니 만약 물 절약 제한 조치를 어기는 것이 목격되면 어느 곳에서, 누가 신고할지 모르는 것이다. 물론 그것이 무서워서 제한 조치를 지키는 것이 아니라 그만큼 누가 보건 안 보건 지킬 것은 지키고 사는 정신이 배어 있는 사람들이지만 말이다. 가뭄과 같은 천재지변은 모든 사람들의 힘이 합해지고 함께 노력을 해야 덜 고통스럽게 그 위기를 넘길 수 있다. 남이야 어찌됐든 나부터 편하고 보자는 이기적 생각을 가진 사람이 많다면 그것은 모든 사람이 고통을 더 당해야 하는 결과로 이어진다. 시민의식과 진정한 슬기가 반드시 필요해지는 이유가 여기에 있다.

인간의 힘으로 어찌해 볼 수 없는 가뭄 같은 재해를 두고 이들이 보이는 태도는 타산지석으로 삼을 만하다. 이런 재해는 감성적으로 재해민을 도웁시다, 같은 캠페인으로 해결될 일이 아니다. 몇 푼의 성금 모금으로 풀릴 일도 아니다. 정밀하게 현황을 분석하고, 미래를 예측하는 계획을 짜고, 그에 따라 차분하게 단계적으로 대책을 세워 조용히 실천하는 게 가장 현명한 일이다. 행정당국의 주도가 아니라 수자원위원회에서는 지금까지 수자원의 양(댐 수위)과 시민들의 감당 능력을 감안하여 1단계부터 5단계까지의 계획을 세워 순차적으로 진행하여 왔고, 만약 가뭄이 해소되지 않고 지속된다면 오는 9월쯤에 6단계 조치가 시행되리란 예고를 하고 있다. 거기에 어떤 내용이 포함되는지도 이미 그 내용이 나와 있다. 가뭄이나 홍수 같은 자연의 재앙이 다가왔을 때 그것을 어떻게 극복하는가를 보면 그 나라나 민족의 수준을 알 수 있을 것 같다. 하늘에 기도하고 빌며 은혜와 자비를 내려달라고 하는 사람들, 과학적으로 미래를 예측하고 최선의 대책을 세워 가능한 한 버티는 사람들, 어느 쪽이 더 인간의 본질에 가까운가. 과연 어느 쪽이 더 호모사피엔스다운 모습인가.

39 호주 달러 강세와 한국인의 피해

　요즘 호주 달러 환율이 연일 최고치를 기록하고 있다고 한다. 미국 달러로 교환하는 액수가 호주 1달러에 82-83센트까지 치솟았다. 1990년 이래 17년 만에 최고치를 경신한 것이라고 한다. 얼마 전까지만 해도 70센트 후반에 있던 것이 이렇게 올라간 것은, 분석 결과 호주의 금리 인상을 예상한 세력들의 호주 달러 집중 매입과 연관이 있다고 한다. 호주는 은행 기준 금리가 현재 6.25%라고 한다. 물론 은행에 따라, 예금 종류에 따라 다르기는 하겠지만 이 금리는 다른 나라들에 비해 꽤 높은 것이라고 한다.(나 같은 경우는 내셔널 은행에 계좌를 개설했는데, 돈을 예금해 놓으면 이자를 주는 게 아니라 오히려 계좌 관리비라고 해서 한 달에 3달러씩 예금 잔고에서 공제를 한다. 우리나라는 보통예금도 낮은 이자율이기는 하지만 명목상 이자가 지급되는데, 내가 가입한 이 예금은 이자를 한 푼도 안 주는 것이다.)

　반면 우리 이웃인 경제 대국 일본은 기준 금리가 0.5%에 지나지 않는다. 그래서 이 금리 차를 이용해 이득을 취하고자 하는 사람들이 일본에서 돈을 빌려 호주에 예치한다는 것이다. 그 액수가 크다면 땀 흘려 일하지 않고서도 가만히 앉아서 큰돈을 벌 수 있는 방법이다. 이것을 금융 용어로 캐리트레이드라고 한다던가. 이로 인해 외환 시장에서 호주 달러 품귀 현상이 빚어지고 가치가 상승하는 것이다. 문제는 이 와중에 한국의 화폐 가치도 덩달아서 떨어지고 있다는 점이다. 지금 한국 경제는 눈부시게 발전해서 세계 10위권의 경제 대국이 되어 가고 있는데, 그래서 한국의 화폐는 미국 달러나 일본 엔화에 대해서 계속 상승하는 추세인데, 유독 호주 달러에 대해서는 하락을 면치 못하고 있다.

오늘 호주 달러 대 한국 원화 환율은 1달러 당 780원을 넘어 790원대를 육박했다. 불과 한 달 전만 해도 750원대였고, 작년 연말에는 730원대였었다. 서너 달 사이에 50원에서 60원이 오른(가치 하락) 것이다. 한국의 사정 때문이 아니고 순전히 호주 사정 때문에 많은 한국 사람들이 엉뚱하게 피해를 보고 있는 중이다. 지금 호주에는 꽤 많은 한국 사람들이 와 있다. 이민을 온 사람도 많지만, 대개는 임시 거주 비자를 받아 사업을 하거나 공부를 하는 경우가 대부분이다. 이들은 여기서 돈을 벌어 생활하기도 하지만, 한국으로부터 송금을 받아 학비와 생활비를 충당하는 사람들도 아주 많다. 이들은 아무 잘못도 없이 더 많은 경비를 지출해야 한다. 한 달에 생활비로 2천 달러를 쓴다고 하면 1달러에 50원씩만 해도 10만원이 더 들어가는 것이다. 10만원이면 120달러가 넘는데 이 돈이면 여기서는 큰 금액이다. 한국 사람들이 주로 먹는 10킬로 쌀 한 포대에 12-13 달러 하니까, 그 돈이면 쌀 한 가마 값이 넘는다. 우리 부부는 10킬로 가지고 20일에서 한 달 가까이 먹으니, 그 양이면 거의 한 해 먹을 양식이 된다.

지난 4월 초에도 호주 금리 인상 소문이 있었으나 당국자가 나서서 그런 일이 없을 거라고 부인하여 불안정한 환율을 안정시킨 일이 있었다. 이번에는 얼마나 정확한 정보인지 모르겠다. 하기야 돈 냄새를 맡고 덤비는 자들에겐 귀신 같은 감각이 있으니 어쩌면 그 소문이 맞을지도 모르겠다. 그나저나 한국 사람들에게 이렇게 억울한 일이 빨리 지나가고 다시는 오지 않았으면 좋겠다. 그러려면 우리나라 화폐가 어떤 상황에서도 영향 받지 않도록 그 바탕이 튼튼해져야 할 것이다.

40 브리즈번의 유일한 사찰 금강사에 가다

오래 벼르기만 하던 금강사를 방문하는 길에 나섰다. 작년에 여기 오기 전 한국에 있을 때부터 금강사라는 절 이름은 듣고 있었다. 그래서 여기 오게 되면 그 절에 가서 마음을 다스리는 시간을 가지리라 기대를 많이 하기도 했었다. 그러나 막상 여기 와서 보니 그 사찰은 여기서 꽤 떨어진 곳(우리가 사는 집으로부터 약 50킬로 정도)에 있었고, 차 운전에 서툰 나는 쉽게 거기를 갈 엄두를 내지 못했었다. 특히 고속도로를 타고 가야 하는 도로 사정과 노후한 차량을 운전하는 나를 염려하여 아내는 아예 거기 갈 생각을 말라고 하기도 했었다. 아내의 염려가 있기도 했지만 실수를 하지 않기 위해 지도를 펴 놓고 도상 연습을 여러 차례 하고, 또 도로 번호와 고속도로 진입과 출구 번호 등을 자세하게 적은 메모를 만들었다. 그 메모를 들고 처음 가는 길을 나선 것이다.

써니 뱅크 가는 도로인 30번 도로를 타고 가다가 중간에서 13번 도로로 바꾸어 내려가서 4번 고속도로에 들어섰다. 평일이라 차가 그리 많지 않아 도로는 한산한 편이다. 4번 고속도로에서 고속도로 통행료로 2달러짜리 동전을 던져서 지불하니 차단기가 열려 잘 통과했다. 다시 6번 고속도로에 접어들어 한참을 가다가 드디어 1번 고속도로에 무사히 접어들었다. 2차선에서 4차선으로 바뀐 도로를 주로 3차선이나 4차선을 이용하여 규정 속도인 110킬로를 유지하며 운행했다. 가운데 중앙분리대가 매우 넓고 거기에 큰 나무와 풀이 잘 자라게 가꾸어 놓아서, 마주 오는 차의 영향이 거의 없으니 운전하기가 편한 느낌이다.

예정대로 별 착오 없이 49번 출구를 찾아 고속도로를 벗어나 핌파마라는 곳에 들어섰다. 라운드 어바웃을 두 개 지나 잠시 방향이 헷갈려 멈칫거리기는 했으나 곧장 핌파마 초등학교를 찾았고, 거기서 좌회전하여 좀 가다가 우회전하여 높은 언덕을 올라가기 시작했다. 상당히 높은 지역에 목장이 개발되어 있었고, 드문드문 인가도 보였으나 산지가 대부분인 지역이다. 도로는 차선도 없는 시골길이다. 한참을 두리번거리며 잘 온 것인지, 잘못 온 것인지 불안해하며 좌우를 두리번거려야 했다. 그러다가 언뜻 왼쪽을 보니 검은 페인트로 큰 전등 위에 '금강사'라고 쓴 글씨가 나타났다. 얼마나 반갑던지…….

조심스럽게 차의 방향을 돌려 절 쪽으로 들어서니, 주차장이 있긴 한데 줄을 쳐서 막아 놓았다. 아마 많은 사람이 오는 법회 때나 열어 놓는 모양이다. 할 수 없이 차를 몰고 경내까지 올라갔다. 아침에 주지 스님과 통화를 해서 우리나라 일반적인 절처럼 규모를 갖추지 못한 곳이라는 것은 알고 있었지만, 막상 마당에 들어서 보니 절이 아니라 여느 가정집과 다름이 없다. 기둥 같은 곳에 작은 크기의 '금강사'라는 한글로 된 세로 현판이 달려 있고, 그 옆에 주련柱聯 형식의 글이 대구對句도 없이 딱 하나 걸려 있는데 거기에 '衆生供養諸佛供養'이라 쓰여 있다. 경건한 마음으로 부처님 경역에 들어온 예법의 합장을 하고 서 있는데, 우리 인기척을 듣고 주지 스님이 나오신다.

스님께 인사를 올리고 법당으로 들어갔다. 법당은 사찰 용도로 따로 지은 것이 아니라, 가정집의 거실 한쪽에 부처님과 보살님을 모신 형태다. 최근 한국에서 전문가를 모셔 개금改金 불사를 했다는 부처님은 신선하고 정갈한 느낌을 주었다. 우리 부부는 부처님 앞에 촛불을 밝히고, 향을 한 대 사르고, 정성스러운 마음으로 삼배를 올렸다. 나는 부처님께 삼배를 하

금강사 주지스님과

면서 평소에 하던 대로 '이 세상에 몸과 마음으로 고통 받고 있는 모든 분들 편안하게 해 주소서.' 라는 원을 올렸다.

참배를 마치고 스님과 마주 앉아 얘기를 나누었다. 올해 세수 일흔넷이 되셨다는 스님은, 자신은 젊어서 몸이 약하고 병골이어서 공부를 제대로 하지 못했다는 말씀을 반복해서 하시는 매우 겸손하신 분이었다. 이 금강사에는 1994년에 와서 10여 년 동안 주지를 하셨는데, 주지 자리에서 물러나셨다가 후임 주지스님이 그만 두셔서 부득이 6개월 전에 다시 오셨다고 했다. 본인 말씀으로는 주지를 하려면 수완이 좀 좋아야 절을 잘 운영할 수 있는데, 본인은 그러지 못해 주지 자격이 부족한 사람이라고 되풀이해서 말씀하셨다. 예컨대 스님께서는 초파일 연등을 달 때도 돈 액수를 정하지 않고 형편대로 하라고 하는 스타일이라는 것이다. 한 시간 넘게 녹차를 마시며 스님과 얘기를 나누었는데, 재미있게 들은 것은 어려서 조부님에게 한문을 공부하셔서 그것을 밑천으로 중노릇한다는 말씀과, 어문연구회라는 한자교육을 주장하는 단체에 회원으로 가입하셔서 활동하고 계시다는 말씀과, 예수님은 30세가 되기까지 불교를 공부하셔서 그 바탕 위에서 제자를 가르치셨다고 생각한다는 말씀과, 불교와 천주교는 여러 면에서 유사한 점이 많다는 말씀 같은 것이었다.

사찰 내부를 구경시켜 주시겠다는 말씀에 따라나섰다. 이층에 올라서
니 전망이 아주 좋았다. 멀리 태평양 바다가 보이고, 작은 산 하나도 없이
지평선처럼 시야가 확 트여 시원했다. 큰 배가 지나가면 보이기도 한다고
했다. 반대편으로 돌아가니 야트막한 언덕이다. 사방이 탁 트인 공간이라
흔히 관광지에서 말하는 시야 360도 전망지였다.(관광 안내 지도나 책자에
전망대마다 시야가 몇 도인지 그림으로 표기되어 있다. 당연히 각도가 클
수록 인기가 좋다.) 2층에는 사찰 살림을 맡고 있다는 노부부 거사님과 보
살님의 방, 사찰 사무실, 스님의 거실 등 몇 개의 방이 있었는데, 스님의 방
에는 책상과 작업대 위에 온갖 물건들과 재료들이 어지럽게 놓여 있었다.

밑으로 내려와 약 7에이커(약 9천 평에 해당된다고 함)에 달하는 사찰
경역을 한 바퀴 돌아보기로 했다. 사찰이 언덕 위에 있기 때문에 경사가
심한 땅인데, 몇 해 전에 불이 나서 나무가 타 죽고 유칼리 나무만 다시 살
아나 잎을 피우고 있었다. 작은 연못도 몇 개 있는데, 지금은 날이 가물어
물이 말라 있었다. 나무 사이로 캥거루 한 마리가 펄펄 뛰어 다니고 있었
다. 언덕을 내려와 풀을 깎은 곳으로 한 바퀴를 돌아 다시 사찰로 올라 왔
다. 주차장과 물탱크도 구경시켜 주셨는데, 주차장은 예전 가옥 소유주가
말 훈련시키던 곳이라 하고, 물탱크는 빗물을 받다 두었다가 사용하는 것

인데 그 용량이 매우 커서 한 번 채워지면 꽤 오래 사용한다고 했다. 물이 모자라면 차로 실어 오는데 한 차에 80달러를 줘야 한다고 한다.

점심시간이 되었는데 아내는 폐를 끼치지 말고 가자고 하고, 스님은 자꾸 국수를 삶아 점심을 먹고 가라고 붙든다. 망설이다가 절 살림하는 분이 외출을 해서 스님 혼자 계신 걸 뻔히 알면서 그냥 가기가 뭣해서 다시 안으로 들어갔다. 스님께서는 본인 방식으로 하시겠다며 아내를 주방에 못 들어오게 하고 손수 국수를 삶으셨다. 미역을 조금 넣고 삶은 국수를 건져 물에 헹구고, 고추장과 채소, 두유, 설탕, 김치, 생채 같은 걸 내 놓으신다. 두유를 부으면 콩국수고, 고추장을 넣어 비비면 비빔국수라고 하신다. 고추장과 김과 채소를 넣어 비벼서 비빔국수 한 그릇을 맛있게 비웠다. 점심을 먹고 차 한 잔을 마시며 스님의 말씀을 더 들었다. 성경과 불경의 공통점에 대해 많은 예를 들어 설명하셨다. 성경 구절을 굉장히 많이 외우고 계셨다. 종교의 타락상에 대해서도 많이 걱정하셨다. 부처님의 가르침에 어긋나는 일들이 사찰에서 너무 많이 벌어지고 있다는 우려도 하셨다. 한 시간여 더 말씀을 듣다가 일어섰다. 스님은 며칠 후에 한국에 다녀오실 일이 있어 떠나신다고 한다. 스님께 작별 인사를 하고 사찰을 나섰다.

이 절은 역사는 꽤 오래되었으나 신도는 그리 많지 않은 것 같았다. 방에 사물놀이나 탈춤놀이 도구가 다 있는데 그것을 할 사람이 없다는 것이다. 브리즈번과 골드코스트에 교회가 30개가 넘는다는데 사찰은 딱 여기 하나밖에 없다(원불교 법당은 별도). 한국과 달리 여기서는 대부분의 교민이 교회를 다닌다. 아마도 생활의 편의성에서 볼 때 사찰보다는 교회에 훨씬 유리한 점이 많아 그렇게 된 것 같다. 종교라는 것이 구원이니, 기복이니, 사후 영혼의 안락이니 그런 걸 많이 말하고 있지만, 결국은 현실에서의 수요와 편의성도 선택의 주요 기준이 되는 모양이다.

$\mathcal{41}$ 호주의 현충일, 안작 데이

오늘(4월 25일)은 안작 데이다. 안작 데이는 우리나라의 현충일과 같은 국가 기념일로서 호주와 뉴질랜드의 공동 공휴일이다. 그런데 왜 이 날의 이름이 안작인가. 안작(ANZAC)이라는 말은 호주와 뉴질랜드 연합군 (Australian and New Zealand Army Corps)의 영어 단어 첫 글자를 따서 만들어진 단어다. 하지만 이 말은 단지 그 연합군 자체만을 지칭하지는 않는다. 예컨대 추모의 뜻을 담아 붙인 이 이름으로 된 도로, 공원, 광장 등이 여러 곳에 있다. 시드니에는 유명한 하버 브리지와 쌍벽을 이루는 다리가 있는데 이 다리 이름도 안작 브리지다. 그러나 안작이라는 단어는 보통 호주 뉴질랜드 연합군이라는 뜻으로 사용되는 게 보편적이다. 사전에도 그렇게 나와 있다.

호주와 뉴질랜드는 서로 이웃해 있을 뿐 아니라 영국의 연방이라는 점에서나, 영국 이민에 의해 건국된 나라라는 점에서 매우 동질적인 점이 많은 나라다. 물론 두 나라에 유배를 온 죄수들의 신분이 좀 차이가 있다거나, 장남은 호주로 차남은 뉴질랜드로 보내는 풍속이 있었다거나 하는 등의 차이는 있지만, 두 나라는 현재도 상호 간의 이민이 자유로울 정도로 형제처럼 가까운 이웃이다.

그렇다고는 해도 엄연히 다른 두 나라인데 어떻게 두 나라의 연합군이 가능했는가. 이 단어의 유래, 다시 말해 두 나라의 연합군 편성 역사는 1차 세계대전으로 거슬러 올라간다. 영국을 비롯한 동맹국은 1915년 독일과 동맹을 맺은 터키를 공격하게 되는데, 그 중심 역할을 40여 만 명의 군대를 동원한 영국이 맡게 되었다. 그런데 영국 군인의 숫자가 부족하게 되자 영연방이었던 호주, 캐나다, 뉴질랜드 등이 군인을 보내게 된다. 이때 호주군 2만여 명과 뉴질랜드군 1만여 명이 연합군으로 편성되어 이 전투에 참여하게 된다. 터키의 갈리폴리 반도에서 전개된 전투는 상륙하려는 동맹군과 저지하려는 터키 군인 사이에 수개월에 걸쳐 치열하게 진행되었고, 수많은 사상자를 냈다. 동맹군에서 안작 부대로 명명된 호주와 뉴질랜드 연합군은 여기서 용감하게 싸웠으나 불리한 지형조건 때문에 엄청난 희생을 당했다. 이 전투에서 호주 군인만 약 8천여 명이 전사했다고 한다. 이 전투가 시작된 날이 바로 4월 25일이다. 그래서 이 날은 호주와 뉴질랜드에서 공동으로 기념하는 날이 된 것이다.

이후 이들 안작 부대는 한반도에서 일어난 한국전쟁에도 참여한다. 미국에 이어 두 번째로 참전을 선언한 나라가 호주이고, 인구 대비 가장 많은 군인을 보낸 나라가 뉴질랜드다. 이들 부대는 유엔군의 일원으로 압록강까지 진출하는 개가를 올리지만 곧 중공군의 개입으로 후퇴를 하게 된다. 중부전선에서 교착 상태로 대치하던 중, 이들 나라의 기후와는 비교할 수 없는 한국의 혹한 속에서도 이 부대는 한국전쟁사에서 찬연하게 빛나는 '가평전투'를 치러 혁혁한 전과를 올린다. 그 후에도 이들은 베트남의 전쟁에 참여했고, 또 최근에는 동티모르, 아프가니스탄 등의 분쟁 지역에 참전하여 평화를 지켜내는 일을 하고 있다.

안작 데이는 이처럼 평화를 지키기 위해 세계 여러 나라 전투에 참전했다가 희생된 두 나라의 군인들을 기리는 날이다. 단순하게 하루 쉬는 공휴일이 아닌 것이다. 그것은 우리나라도 마찬가지다. 여기서는 안작 데이가 되면 동이 틀 무렵 호국 영령을 위한 추모 기념식이 있고, 전투에 참여하였던 부상자나 유족을 돕기 위한 모금 운동도 하며, 용사들의 묘지에 꽃을 바치며 그 넋을 기리기도 한다. 그러나 무엇보다 이 날의 핵심이 되는 행사는 전투에 참여하였던 퇴역 군인을 중심으로 한 퍼레이드다. 예전 입던 군복을 꺼내 입은 허리가 굽은 노 병사들로부터 최근 전역한 젊은 군인들까지 행진에 참여하여 당당한 모습을 보이고, 시민들은 그들에게 아낌없는 박수와 존경을 보낸다. 그들의 가슴에 달린 훈장은 찬란하게 빛나고, 그 빛은 바로 나라를 지키는 고귀한 힘이 되어 사람들을 하나로 묶어주는 역할을 한다. 뉴질랜드에서는 이 날, 병사들이 피를 흘리며 죽어가는 것을 상기하자는 뜻에서 새빨간 색깔의 양귀비꽃을 꽂기도 한다. 또 가족들이 멀리 떠나 있는 군인들에게 보내기 위해 만들기 시작했다는 비스킷을 팔기도 하는데 이를 안작 비스킷이라고 한다. 이 비스킷 판매 금액은 상이군인이나 전몰 유족을 위해 사용되는 기금이 된다.

내가 사는 브리즈번에서도 오늘 대규모 시가행진이 있는데, 약 6천 명에서 만 명 정도가 참여하리라는 보도다. 그리고 그 몇 배 되는 시민들이 나와 행진을 지켜보면서 고귀한 정신을 되새기게 될 것이다. 또한 그 정신은 나라를 지키고 유지하는 원동력으로 더 한층 강화되어 많은 사람들의 가슴속에 타오르게 될 것이다. 이 날을 맞는 이들의 구호는 'Lest We forget'다. 결코 잊을 수 없고 잊어서도 안 되는 것, 그것이 바로 나라를 지키고 유지하는 본질적인 힘일 것이다.

42 고환율과 고유가의 이중고

오늘 우리나라 화폐의 호주 달러 교환 환율이 드디어 800원 선을 넘어섰다. 얼마 전 770원대까지 떨어졌던 것이 다시 반등하여 근래 최고치를 경신한 것이다. 아마도 우리나라와 호주 두 나라만의 화폐 가치를 대비하여 그렇게 환율이 오르는 일은 없을 것이다. 거의 틀림없이 미국 달러와 호주 달러와의 교환 가치 상승에 따라 우리나라 화폐 환율도 덩달아 오르내리는 것이 아닐까 한다. 요즘 호주 1달러는 미화 약 84센트에 해당되는 비율을 보이고 있다. 이것이 간접적으로 우리나라 화폐 교환 가치를 그대로 결정하는 것 같다. 우리나라의 미국 달러 환율은 최근 940원대에서 거의 변화가 없는 사실이 이를 잘 보여 준다 할 것이다.

주유소의 휘발유 가격도 최근 연일 최고치를 갈아치우고 있다. 오늘 우리 동네 대부분의 주유소는 무연 휘발유 1리터당 130센트를 고시했다. 얼마 전에는 134센트까지 올라가기도 했다. 또 다른 지역에서는 그보다 더 높은 가격으로 파는 곳도 많이 있다고 한다. 아마 겨울철 소비 증가와 환율 상승이 그 원인이 아닌가 한다.

환율은 내가 여기 처음 도착했던 때에 비하면 당시 대비 1달러에 약 70원 정도 상승했다. 휘발유도 그때에 비하면 30센트 이상 상승한 가격이다.

최근 호주는 경기가 매우 좋아 활황이라고 한다. 그러나 여기서 살면서 여기서 돈을 벌어 살아가는 교민들도 이런 고유가는 매우 큰 부담이 될 것이다. 하물며 한국에서 돈을 가져다 쓰는 입장에서 보면 고환율과 고유가는 이중의 고통이 아닐 수 없을 것이다. 가족 중의 누군가가 애써서 돈을 벌어 보내는데, 그것이 고환율로 말미암아 가만히 앉아서 상당한 액수가 허공으로 날아가 버린다면 그 얼마나 애석할 것인가. 한 달에 3천 불 정도 쓰는 사람이라면 몇 달 전에 비해 먹어보거나 써 보지도 못하고 20만 원 정도를 그냥 날려 버리는 것이다.

우리나라와 호주는 최근 교역량이나 상호 방문객 숫자가 가파른 속도로 상승하고 있는 관계다. 이민을 오는 교민 숫자도 많이 늘어나고 있다. 어학연수 등 공부하러 오는 장단기 체류 유학생도 상당히 많다. 이런 선량한 사람들이 아무 잘못도 없이 단지 시기를 잘 선택하지 못한 이유로 금전적 불이익을 당한다면 너무 억울하지 않은가. 이런 애꿎은 피해자가 나오지 않는 묘안은 없을까.

43 마스터스 여자 골프 대회와
북한 여자 축구 응원

그림처럼 아름다운 해변의 골드코스트 로얄파인즈 리조트 골프장에서 나흘간 진행된 유럽 여자 골프 투어 2007 ANZ 레이디스 마스터스 골프 대회 중계를 마음속으로 열심히 응원하며 오늘 마지막 날 경기까지 열심히 보았다. 우리나라 젊은 선수들이 여러 명 참가하여 좋은 성적을 기대했는데, 아쉽게도 우승은 세계적인 선수인 캐리 웹이라는 이 나라 선수에게 돌아가고 말았다. 우리나라 선수인 안선주는 엊그제까지 한때 많은 타수를 앞서는 단독 선두를 달리기도 했으나, 결국은 노련한 웹 선수에게 추격을 당하고 역전을 허용하고 말았다. 대신 신지애가 어제부터 꾸준히 성적을 유지하더니 오늘 드디어 2타 차이로 단독 2위(준우승)를 차지했다. 세계적으로 쟁쟁한 선수들 사이에서 그만한 성적을 낸다는 것이 참으로 대견하지 않을 수 없다. 안선주는 마지막까지 최선을 다했으나 결국 5위에 그치고 말았다. 로라 데이비스 같은 유명한 선수도 선두권에 이름을 올리지 못한 것을 보면 그만한 성적도 대단한 것이 아닐 수 없다.

골프라는 게 워낙 섬세하고 심리적인 요소가 많이 작용하는 운동이기는 하지만, 그것도 눈에 보이지 않는 실력이라고 본다면 결국 누가 더 강인한 체력과 심리적 안정감을 갖고 있는가가 우열을 판가름하는 것 같다.

행운이나 우연은 그야말로 일시적인 것이니까 말이다. 많은 연습과 실전 참여만이 그런 힘을 길러 주는 것 아닐까. 선전한 우리 선수들에게 박수를 보내고 싶다

  텔레비전을 보다가 우연히 어느 채널을 돌리니 북한과 호주의 여자 축구 경기를 중계방송하고 있었다. 여기 호주식 축구나 럭비는 생소한 경기라 중계를 보기가 좀 답답하지만, 그래도 경기 규칙이나 방법을 알고 있는 축구 경기는 우리와 아무 상관이 없는 팀이 경기를 해도 지켜보는 재미가 있다. 더구나 그 팀이 우리와 관계가 있는 팀이라면 더욱 흥미가 있을 수밖에 없다. 곧장 다른 모든 것을 덮어 두고 그 경기에 몰입해서 구경을 하였다. 체력은 호주팀이 훨씬 나은 것 같다. 선수들이 키도 크고 달리는 속도도 빠르다. 공중에 뜬 볼은 호주 선수들이 먼저 헤딩을 해서 공을 소유하는 빈도가 높다. 대신 개인 기술은 북한팀이 좀 앞서는 것 같다. 그리고 우리가 운동 경기에서 자주 하는 말, '정신력'은 당연히 북한팀이 압도적으로 앞서는 것 같았다. 일진일퇴로 전반전을 끝냈다.
  후반전에 접어들어 북한팀이 먼저 골을 넣었다. 코너 쪽에서 올려준 볼을 보기 좋게 헤딩슛으로 연결하여 골문을 열었다. 골을 허용한 호주팀은 반격에 나서 북한팀을 매섭게 몰아붙였다. 실점의 위기도 있었다. 그러나 골키퍼가 침착하게 잘 막아냈다. 호주팀의 공격이 거세지자 상대적으로 수비가 약해지는 것은 당연한 일, 그 허점을 파고들어 두 번째 골이 터졌다. 공격수가 수비하던 선수 둘을 제치고 반대쪽으로 연결해 준 볼이 다른 선수에게 단독 찬스가 되어 그 선수가 가볍게 골을 차 넣었다. 아내는 박수를 치며 격려를 했다. 나는 속으로는 똑같은 심정이면서도 괜히 겉으로만 "북한 응원하면 국가보안법 위반이여."라고 딴죽을 걸었다. 환성 대신에 나온 소리였다.
  이 나라는 우리나라와 북한 모두 외교 관계를 맺고 있다. 북한에 관한

뉴스도 방송에 종종 나온다. 호주는 한국전쟁에 유엔군의 일부로 참전한 바 있는 나라인데, 우리나라의 분단 이후 어느 한 쪽 편을 들지 않는 중립적인 외교를 하고 있다. 이 나라 사람들에게 우리나라의 국가보안법은 어떻게 인식되고 있을까. 같은 나라 사람끼리 갈라서서 서로 적대적인 관계를 반세기 넘게 유지하고 있는 게 기이하게 보이지 않을까. 상당수의 호주 사람들은 한국이 분단되어 있다는 사실도 잘 알지 못하는 사람이 많다. 그래서 코리아라고 쓴 우편물이 남한 대신 북한으로 가는 일도 있다고 한다. 오늘 방송 중계에서도 자막에 'KOREA'라고만 나왔다. 물론 경기 정보를 전할 때는 'DPR KOREA'라고 나왔지만. 오늘 중계를 보면서 북한팀을 응원한 것이 국가보안법상의 '찬양 고무' 조항을 위반한 것은 아닌지 모르겠다. 아직은 그 법이 엄연히 살아 있는 실정법이니까 말이다. 하루 빨리 그런 법, 그리고 이런 걱정이 필요 없는 남북 평화 공존의 시대가 오기를 고대한다.

44 혼성 모방, 혼성 계절

포스트모더니즘의 창작 방법 중에 혼성모방이라는 것이 있다. 영어로는 패스티쉬라고 한다. 창작과 모방의 경계가 애매할 정도로 다른 사람의 창작물을 가져다가 자기 것으로 만드는 기법이다. 포스트모더니즘의 성격이 원래 그러하듯이 논리와 이성을 무시하고, 중심을 벗어난 주변적인 것을 중시하다가 보니 이 기법으로 된 것에는 대체로 무질서와 혼돈의 모습이 많아 보이는 게 정상이다. 그런데 세상을 살다가 보면 우리 주위에서도 심심치 않게 이런 모습을 많이 볼 수 있다. 애초 사람의 생각이나 기억이라는 것도 질서정연한 것이라기보다는 무질서한 뒤섞임의 모습이다. 사회라는 것도 각종의 사람이 각기 서로 다른 모습과 생각으로 모여서 이루어진 것이다. 이처럼 우리가 사는 세상은 과거와 미래가 현재라는 순간에 동시로 뭉쳐 있고, 서로 다른 공간이 생각 속에서 무한대로 넘나드는 그런 세계인 것이다.

문학에서는 현실이라는 것이 바로 무질서요, 혼란이요, 난장판이라고 본다. 거기에 질서를 부여하고, 의미를 생성시키고, 가치를 매겨 주는 것이 바로 문학 작품인 것이다. 사람의 생각도 대단히 무질서한 것으로서 그 내부에서는 끊임없이 과거와 미래 현재가 들끓고 있는데, 이런 인물 중의 하나를 선택하여 일관된 성격을 갖춘 인물로 만드는 과정이 바로 소설 작품의 창작인 것이다. 즉 우연의 연속인 현실을 잘 정제하여 필연의 세계로 만드는 것이라는 말이다.

골치 아픈 얘기는 그만두고, 내가 왜 이런 이야기를 하는가 하면 지금 여기 호주의 날씨가 혼성성 계절이라는 말을 붙이고 싶은 모습이라는 것이다. 계절적으로 보면 여기는 지금 우리나라와 반대로 겨울이다. 물론 겨울이라 해도 기온이 영하로 내려가고 눈이 내리는 그런 겨울은 아니다. 지역에 따라 다르기는 하지만 내가 사는 곳은 최저 기온이 10도 내외를 유지하고 있다. 겨울에 눈을 보려면 저 아래 남쪽으로 한참(몇 백, 또는 몇 천 킬로미터) 내려가야 한다고 한다. 그러나 이렇게 춥지 않은 것 같은 겨울 날씨에도 나처럼 적응되지 못한 사람에게는 좀 고통스럽다. 집을 지을 때 단열재를 전혀 사용하지 않았고, 창문도 이중창을 하지 않았기 때문에 외부의 공기가 직접 영향을 미친다. 따라서 집 안에 있으면 여름에는 무척 덥고, 겨울에는 춥게 느껴진다. 오히려 집을 나가 밖에 있는 것이 덜 덥고, 덜 춥다. 여기 사람들은 이런 기후에 잘 적응이 되어 있어 우리가 겨울옷을 입고 다니는 요즘에도 머리가 하얗게 센 노인들이 반바지에 맨발로 다니는 분들이 많다. 여자들도 어깨를 다 드러낸 옷을 입고 다닌다. 요새도 날씨가 약간 따뜻하면 야외 수영장에 뛰어드는 사람도 있다.

이런 계절의 혼성성은 식물들에게도 그대로 적용되는 것 같다. 매일 동네를 산책하다 보면 겨울인데도 나무들이 모두 푸르기만 하다. 가을이 되고 겨울이 되어도 나뭇잎이 물들거나 떨어지는 것을 보기 어렵다. 그런데 엊그제는 어느 집의 울타리에 있는 어떤 나무가 마치 우리나라 봄에 버들개지 잎이 피듯이 새로운 잎을 뾰조록하게 내밀고 있는 것을 보았다. 말라가던 잔디밭에도 약간의 비가 내리고 나자 새로운 싹이 마구 돋아난다. 여기저기 계속 피고 지는 꽃들도 4계절 내내 여전히 아름다운 자태를 뽐내고 있다. 그런가 하면 우리 이웃 동네 길가에 심어 놓은 어떤 나무는 그 이름은 잘 모르겠으나 잎이 노랗게 물들어 바람에 거의 다 쏟아지고 가지만 앙상하게 남아 있기도 하다. 그 잎들이 이상한 색으로 변해 버린 나무도 있다.

몇 해 전에 이 나라를 여행하러 왔을 때 가이드가 여기는 하루에 4계절 날씨가 다 나타난다고 해서 잘 믿기지가 않았는데, 얼마간 살아보니 그 말이 사실인 것 같다. 새벽에 추울 때는 겨울임을 실감하겠고, 낮에 해가 쨍쨍 비칠 때는 땀이 날 정도이니 여름이라 할 수 있겠다. 또 중간에는 봄과 가을이 교차한다고도 볼 수 있을 것 같다. 마찬가지로 식물들을 보면 봄의 새싹과 꽃들, 여름의 무성한 잎, 그리고 일부 특이한 나무들이긴 하지만 가을의 낙엽, 겨울의 앙상한 가지 등이 동시에 다 나타난다. 즉 4계절의 식물 모습이 한 곳에 다 있고, 그런 것들이 한눈에 다 들어오는 것이 바로 여기 현재의 풍경이다. 이런 모습을 혼성 모방이란 말을 본떠서 혼성 계절이란 말로 부를 수도 있지 않을까. 4계절이 있긴 하되 그것이 무질서하게 한 풍경으로 섞여 있으니까 말이다.

45 겨울 장마, 그리고 감기가 찾아오시다

장마라고 한다. 그 말이 맞는 말인지 모르겠다. 겨울에 웬 장마? 그런데 거짓말처럼 며칠째 비가 내리고 있다. 주룩주룩 오는 비는 아니고 꼭 우리나라 봄비처럼 가느다랗고 처량하게 온다. 그래서 심한 가뭄에 비를 기다리는 식물과 동물들이 많은데 그들을 흡족하게 해 주는 비는 못 된다.

우리 동네에 있는 골프장의 연못에 물이 많이 줄었다. 작년에는 거의 가득 물이 찼었는데 가뭄이 계속되자 그 물을 퍼 올려 잔디에 뿌려주는 관계로 수위가 내려가기 시작하더니, 이제는 물이 고였던 흔적만 둑 안쪽에 뚜렷이 남아 있다. 얼마 전 이틀이나 비가 밤새도록 내려서 물이 많이 불어나나 했더니 수위가 꽤 올라가긴 했으나 작년 수준에는 이르지 못했다. 그 연못에 물이 가득 차도록 비가 오려면 아마 며칠 더 많은 비가 내려야 할 것 같다. 그런데도 밖에 나가보면 비를 맞고 생기를 되찾는 나무와 풀들이 싱싱한 모습이다. 마치 봄비를 맞고 새 얼굴을 내미는 것 같다. 비가 내리고 나면 마른 풀밭에서 새싹이 돋아나고, 나무들은 새 잎을 피워내기도 한다. 꽃을 피우는 놈들도 있다. 겨울은 겨울이되 죽음의 겨울이 아니라 살아있는 겨울이다. 연중 어느 때나 하늘에서 내리는 비는 봄비라고 해야 할 것 같다. 그 비가 새싹을 불러내니까 말이다.

오늘 같은 비는 하루 종일 내려봤자 강수량이 10밀리에서 20밀리 정도다. 이런 비로는 해갈이 요원하다. 그런데 장마라고 한다. 하기야 예전 어른들이 '칠 년 대한에 비 안 오는 날이 없다.'고 하셨다. 비는 매일 오되 그 양이 충분치 못하여 가뭄인 것이다. 인간이 제 아무리 기고만장해도 저 자연의 소리 없는 가르침, '홍수와 가뭄'의 교훈을 어찌 알 수 있으랴. 교만하기만 할 뿐 지혜가 부족한 탓일 게다.

요새 불규칙한 날씨에 적응을 하지 못해서 그런지 감기 기운이 있다. 요즘은 아침 최저 기온이 10도 이하로 내려가기도 하고 낮 기온이 20도를 밑돌기도 한다. 어제는 최저 8도 최고 18도였다. 한국에서라면 비교적 쾌적한 기온이겠지만 여기서는 매우 드문 추운 날씨라고 한다. 여기 와서 여러 달을 살면서 다행히 한 번도 아픈 적이 없었는데 이제 내 몸도 여기 환경에 적응하는 데 한계에 이른 건가. 혈압을 측정했더니 160에서 170까지 올라간다. 무엇보다 견디기 어려운 것은 머리가 아픈 것이다. 통증이 격심하지는 않은데 머릿속이 무지근하게 아프다. 매우 불쾌하고도 은근한 통증이다. 견디기가 쉽지 않다. 아내가 그렇게 먹으라고 하던 약용 건강식품 같은 것을 안 먹고 살았는데, 할 수 없이 내가 스스로 나서서 한국에서 올 때 조제해 가지고 온 감기약을 한 봉지 찾아 먹었다. 아내가 웬일이냐고 한다. 우선 그거라도 먹고 통증을 좀 완화시키고 싶은 마음뿐이다.

컴퓨터를 놓은 방이 햇볕도 안 드는 음침한 방이고 기온이 낮아 그렇다고 아내가 말해서 거기 앉아 있기도 어렵다. 어쩔 수 없이 저녁을 간신히 먹고, 동네를 한 시간 정도 산책하고 들어와서 8시 좀 넘어 침대로 가서 누웠다. 여기 와서 8시쯤에 잠자리에 들어간 것은 처음이지 싶다. 대개 12시 넘어 한 시 가까이 돼서 잠을 잤는데(그래야 잠이 안 드는 고통을 줄일 수 있어서다) 오늘은 아주 예외적으로 일찍 자리에 든 것이다. 편안히 자고 나서 고통이 말끔하게 가신 아침을 맞았으면 좋겠다.

46 자동차 검사와 한국인 종업원의 태도

　자동차 검사(RWC)를 받기로 예약을 한 시간이 11시라 아침을 먹고 잠시 쉬다가 10시 반쯤 출발을 했다. 여기에서는 중고 자동차를 거래할 때 의무적으로 첨부하게 되어 있는 것이 바로 자동차 검사 합격증이다. RWC는 road worthy certification의 약자다. 즉 자동차가 도로를 주행할 수 있는 증명서라는 말이다. 당연히 자격증이 있는 정비사가 자동차를 꼼꼼히 살펴서 실제 운행에 지장이 있는지 여부를 점검하고 별 문제가 없으면 증명서를 발급해 준다. 현재 거기에 지급되는 비용은 55불이다.

　자동차에 대해서는 내가 한국에서 20년 가까이 운전을 했기에 대충 알고 있지만, 영어를 잘 못하기 때문에 호주 사람이 운영하는 정비소에 가면 말이 잘 안 통해 궁금한 것을 물어볼 수도 없고 해서, 특별히 한국인이 근무하는 정비소를 전화로 찾아 어제 예약을 했었다. 그 사람이 전화상으로는 꽤 시원하게 말을 해서 별 걱정 없이 그 정비소로 갔다. 갔더니 일단 차를 맡기고 한 시간쯤 뒤에 오라고 했다. 우리는 거기서 나와 몇 군데 한국인이 운영하는 상점을 돌아보다가 다시 지정한 시간에 다시 그 가게로 갔다. 그 한국인은 우리를 어수룩한 사람들로 본 것인지, 단지 운행 검사를 받으러 간 것인데도 그것과 직접 상관이 없는 시트며, 천장 커버, 핸들 카

버, 오일 누수 등등 대여섯 군데 고칠 곳을 적어 놓고 1500불 정도를 내란
다. 그것을 고쳐야 증명서를 발급해 줄 수 있다는 것이다. 하도 기가 막혀
서 더 이상 얘기하고 싶지 않아 검사 비용 55불만 주고 그냥 나와 버렸다.
그 돈을 내고 차를 고치려면 차라리 폐차를 해 버리는 것이 나을지도 모른
다. 실제로 그 액수는 웬만한 낡은 차 한 대를 살 가격이기도 하다. 여기
사정이 이러하니 지난번 여기서 얼마 안 떨어진 어느 상점에 갔을 때 그
주인이 그 정비소를 잘 알지도 못할 뿐 아니라, 언뜻 매우 비싸다는 소문
이 났다고 귀띔까지 했을까. 나는 설마 그 정도까지 할 줄은 몰랐다.

여기 RWC라는 게 나도 작년에 차를 인수할 때 전 주인에게서 형식적인
것이라는 말을 들으며 건네받아서 명의 이전을 했었고, 또 여기서 십여 년
넘게 산 교민들에게서도 그것은 형식적인 것이고 믿을 게 못 된다는 말을
수차 들었던 터인데, 그 한국인 종업원은 그것이 없으면 큰일 나는 것처럼
겁을 주고, 그렇게 비싼 돈을 요구하니 아주 기분이 상해 버렸다. 아마도
다른 곳에 가면 단순한 검사 몇 가지만 하고, 최소한 시급한 것 한두 가지
교체하고, 그리 큰돈을 안 주고도 그것을 받을 수 있을 것이다. 주변 사람
들이 하는 것을 보면 대개 그렇게 하고 있다. 얼마 전 꽤 비싼 가격(우리
차의 두 배)에 차를 인수한 사람도 분명히 전 주인으로부터 증명서를 받아
서 명의 이전을 했는데도 불구하고 얼마 안 가 차가 완전히 못 쓰게 된 분
도 있다. 그런 상태에서도 발급될 수 있는 게 바로 그 증명서인 것이다. 그
러니 중고차를 사는 것은 전문가가 아닌 이상 어쩌면 운이 많이 작용한다
고 볼 수 있다. 저렴한 가격에 사도 고장 없이 오래 타는 수가 있고, 고액
에 사도 금세 망가지는 경우도 있을 수 있다. 따라서 실질적으로 그 증명
서는 차의 내구성이나 안전성을 증명하는 데 별 효용성이 없는 셈이다.

사정이 이러하다 보니 그 한국인 종업원에게 기분 나쁜 말이 저절로 나
올 수밖에 없다. 물론 그는 원리원칙대로 했다고 할 것이다. 하지만 작년
인수 이후 여태껏 아무 문제없이 운행해 온 멀쩡한 차를 폐차 운운하며,

형식적으로 증명서를 떼 주면 큰일이 나니 모두 고쳐야 한다고 강조한 것은, 우리를 차에 대해 무지한 사람으로 보고 돈벌이 수단으로 여긴 것 같아 더욱 기분이 나쁜 것이다. 차를 고치러 간 것과 운행 가능 증명서를 발급받으러 간 것은 엄연히 다르지 않은가. 우리는 분명히 낡은 차를 완벽하게 고쳐 달라고 거기에 간 것이 아니었기 때문이다.

47 선샤인 코스트의 알몸 햇빛

오늘은 선샤인 코스트 관광을 하기로 한 날이다. 내가 그쪽 지리도 잘 모르고 운전도 자신이 없어 일일관광을 전문으로 하는 교민업소에 부탁을 했다. 요금이 한 사람당 140불이니 우리 부부 두 사람에 280불이다. 그것도 10%를 할인한 금액이라고 한다. 그러나 아무리 비싸도 말도 안 통하는 현지인 틈에 끼어 관광을 하는 것보다야 스트레스가 덜하지 않겠는가 하는 생각에 정한 계획이다. 현지인과 함께 하는 투어는 일인당 85불이면 된다.

아침 아홉 시에 우리 집에 픽업을 온 차에 올라 출발을 했다. 그는 일정을 두 가지 잡아 가지고 와서 우리에게 선택을 하란다. 그런데 내가 그 일정에 없는 누사헤즈를 말했더니 좀 떨떠름한 표정이다. 아마 거리가 멀어서 연료비가 많이 나올 것을 우려하는 듯했다. 일단 출발해서 현지 사정을 봐 가면서 방향을 정하자고 해서 좋도록 하자고 했다.

차는 일단 시내로 들어갔다가 시티를 벗어나 3번 고속도로를 타고 올라간다. 날은 맑게 개어 차에 들어오는 햇볕이 더운 느낌을 준다. 선샤인이라는 말 그대로 강력한 햇볕이다. 도로 양 옆으로는 시원한 지평선이 아득하도록 펼쳐 있고, 조림을 한 것인지 소나무 숲이 길게 이어져 있기도 했다.

한참을 달리다가 보니 평지만 계속되던 시야에 우뚝 솟은 바위가 나타난다. 얼핏 보면 우리나라 마이산 비슷한 모습이다. 그곳을 지나서 고속도로

선샤인 코스트 내륙

를 벗어나더니 시골길로 접어든다. 경사진 밭에 푸른 식물이 자라고 있다. 그 면적이 어마어마하게 넓어 광활하다. 사람들이 거기서 일을 하기도 한다. 안내하는 분이 파인애플 농장이라고 설명을 한다. 파인애플 농장은 물이 잘 빠져야 하기 때문에 약간 경사진 땅에 조성해야 한단다. 재미있는 것은 이런 농장을 하고 싶은 사람이 누구나 신청만 하면 시에서 땅을 공짜로 빌려 준단다. 거기다가 어떤 곳에는 살 집까지 마련해 주고 여러 가지 지원을 해 주기도 한단다. 땅이 넓은 나라이다 보니 참 별 혜택도 다 있다 싶다. 거기서 일하는 사람들 중에는 한국 학생들도 꽤 있을 것 같다고 한다. 워킹 홀리데이 비자로 온 젊은이들이 이런 농장에서 일을 많이 한다고 한다.

약간 경사진 길을 한참이나 올라서 글래스 하우스 마운틴 전망대에 도착했다. 가는 길에 거의 사람들을 보지 못했는데 거기 가니 차도 몇 대가 있고 구경하는 사람도 여러 명이 있다. 우리나라 정자처럼 지어 놓은 곳에 올라가 바라보는 전망이 참 좋다. 가장 좋은 전망이라는 360도 전망을 표시하는 각도가 숫자로 새겨져 있다. 멀리 태평양 바다가 아스라하게 보이고, 아까 오다가 보았던 바위도 보이고, 또 뽀족하게 생긴(우리나라 사람에게 이름 지으라면 틀림없이 촛대바위라고 지었을) 바위도 보인다. 이 바위는 나중에 알아보니 크리크 넥이라는 이름의 바위다. 우리말로 하면 학의 목이라는 뜻이다. 거기서 사진을 좀 찍고, 화장실도 다녀오고, 물도 한 잔 마시고 하면서 하다 보니 시간이 꽤 지체되었다. 거기에다 운전하는 분이 또 개인적인 통화를 하느라고 또 시간이 꽤 늦어졌다.

내려오는 길에 마케도니아라는 과일을 심은 농장을 지났는데, 그것은 우리나라 밤과 상수리의 중간 비슷하게 생긴 것이라고 한다. 간혹 인가가 있는데, 이렇게 외지고 후미진 곳에 집을 짓고 살아가는 사람들이 우리에겐 좀 이해가 잘 안 되었다. 사람들은 대개 모여서 마을을 이루면서 사는 게 보통인데 이들은 왜 자청해서 이리 고립된 생활을 하는 것일까. 특이한 것은 시에서 운영하는 쓰레기 수거차가 이런 오지까지 다니며 일을 하는 그 놀라운 마인드와 시스템이다. 까짓 쓰레기쯤 이런 황량하다시피한 데서 살며 아무데나 버려도 오염이란 말을 사용하기 민망할 듯한데, 철저하게 그것을 지키다니 대단한 사람들이 아닐 수 없다.

다시 고속도로를 통해 가다가 빠져나왔다. 일차선 도로를 가다가 보니 낯익은 장면의 광고판이 보인다. 바로 작년에 방송 화면 촬영을 하다가 바다 가자미 지느러미에 찔려 사망한 '악어 사냥꾼'이라는 별명을 가진 스티브 어윈의 사진이다. 우리가 주행하고 있는 도로 이름이 그의 이름으로 되어 있다. 추모의 뜻을 담아 그렇게 한 듯하다. 그의 장례식에서 앙증맞은 목소리로 아빠에게 보내는 편지를 읽던 그의 딸이 요즘 대단한 인기를 누리고 있다. 그가 세상을 떠난 후 그의 어린 딸인 빈디라는 소녀가 요즘 미국과 호주를 오가며 다큐멘터리와 영화 촬영에 바쁘다고 한다. 당연히 학교도 못 다닌다. 따라서 그 아이는 홈스쿨링을 하고 있다고 한다. 그 아이는 요새 텔레비전 광고에도 많이 나온다. 자기 아빠가 세운 동물원을 광고하는 것이다. 그 스티브가 세운 동물원이 바로 여기에 있다. 오스트레일리안 동물원이다. 시간이 바빠서 거기 들어가지는 못하고 앞에서 잠시 겉모습만 구경했다.

차는 산등성이로 난 길을 따라 달린다. 산이라고 해 봤자 아까 글래스 하우스는 300미터 남짓이고 지금 가고 있는 곳은 해발 200미터도 안 되는 것인데 사방이 평지이다 보니 꽤 높아 보인다. 가다가 중간에 전망대가 있어 잠시 쉬면서 구경을 했다. 바다가 좀 더 가까워져서 잘 보였고, 눈 아래 넓

몬트빌, 예술가의 언덕

게 조성되어 있는 초지와 목장이 아름답게 펼쳐져 있다. 구름 한 점 없는 하늘은 파랗다 못해 거울처럼 맑고, 무성하게 자란 나무와 풀들이 반들거릴 정도로 윤기가 돈다. 안내하는 분이 말하기를 여기는 가뭄이 거의 없다고 한다. 불과 100여 킬로 떨어진 곳인데 기후가 그렇게 다른가 보다. 우리가 사는 곳은 가뭄이 심해 물 절약 계획을 단계별로 시행하고 있는데, 여기는 위에서 내려다보니 초지 안에 크고 작은 연못이 있고 물이 가득 고여 있다. 상당히 큰 규모의 호수도 하나 보였는데 물이 가득하여 풍요로워 보였다.

그 방향으로 한참을 더 가서 도착한 곳은 몬트빌, 예술가의 언덕이라는 곳이다. 평일인데도 꽤 많은 차량이 몰려와서 주차장에 비어 있는 자리가 없다. 경사진 도로가 있고, 그 양 옆으로 각양각색의 건물과 특이한 물건을 전시하기도 하고 판매하는 집들이 늘어서 있다. 마침 영국 군악대 복장을 한 악대가 연주를 하고 있었다. 우리는 잠시 그 옆에 서서 연주를 들었다. 연주가 끝나자 몇 명 안 되는 관객들이 박수를 쳤다. 우리도 따라서 박수를 쳐 주었다. 많은 사람들이 거리를 오가며 구경도 하고, 먹기도 하고, 걷기도 한다. 우리는 그 길을 따라 가다가 관심이 있는 가게에 들러 구경을 했다. 나무로 된 조각품을 파는 곳도 있고, 골동품을 파는 곳도 있고, 유리로 된 제품을 파는 곳도 있고, 천으로 된 것을 파는 곳도 있다. 미술관도 있는데 유명 화가의 작품을 전시해 놓았다. 판매가격이 28000달러짜리도 있다. 사진을 파는 곳도 있다. 풍경을 찍은 큰 사진 한 장에 3500불이나 한다. 아내는 르누와르 그림 모조품 하나를 사고 싶다고 한다. 20불이다. 그것과 자개로 만든 팔찌 3개에 20불이라 하여 40불을 주고 샀다. 장난감을 파는 가게, 크리스마스 용품을 파는 가게, 사탕이나 식품을 파는 가게 등도 있었으나 한가하게 구경할 기분이 아니어서 그냥 지나쳤다. 내려오다가 보니 한 시가 넘었다. 배가 고파서 점심을 먹기로 했다. 적당한 식당이 없어 카페에 들어가 8불이 좀 넘는 버거를 먹기로 했다. 닭고기가 들어있는 버거 한 개 먹었더니 충분히 한 끼 식사가 되었다. 커피 한 잔에 3불이다. 셋이 커피까지 마시고 나니 35불이다. 이 나라는 대개 음식 주문을 할 때 돈을 먼저 내야 한다.

거기를 출발하여 한참을 내려와 빅 파인애플이라는 곳에 들렀다. 파인애플 농장을 관광지로 꾸며 놓았다. 커다란 파인애플 모형이 도로 가에 서 있는데 안에 들어가니 이 농장의 역사가 잘 정리되어 전시되고 있었다. 회사가 1947년에 설립되었다 하니 꽤 전통 있는 회사 같다. 거기서 내려와 건물 안에 들어가니 각종 파인애플 제품이 전시되어 판매되고 있고, 놀이 시설, 식당이 잘 갖추어져 있다. 아래에는 관광객을 태우고 농장을 일주하는 열차도 있다. 우리는 별 관심이 없어서 그냥 대충 둘러보고 나왔다. 밖에 나오니 아침에 얘기하던 누사를 가려면 시간이 많이 늦어질 것 같다고 방색을 한다. 그래서 할 수 없이 무루루바 해변을 가기로 했다. 애초 그의 계획대로 되는 셈이다. 가는 길에 슈퍼 비라는 농장에 잠시 들렀다. 벌 농장이다. 여러 가지 꿀과 관련된 제품을 전시 판매하고 있었다. 우리는 거기 작은 공원을 한 바퀴 둘러보고 나오다가 프로폴리스를 열 개 샀다. 안내하는 분은 여기가 오래된 곳이고 관광지이기 때문에 제품은 믿을 만하다고 한다. 그 말이 맞았으면 좋겠다.

거기서 얼마 안 가 무루루바 해변에 도착했다. 지금 한겨울인데 바다에는 해수욕을 하는 사람이 꽤 많다. 모래밭에서 놀이를 하는 사람, 걷기 운동을 하는 사람도 많다. 우리는 겨울 내복에 겨울옷을 입고 앉아 있는데, 수영복

무루루바 해변, 겨울인데 해수욕을 즐긴다

차림으로 바다에서 노는 사람들을 보니 참 신기하다. 여기 사람은 추위를 모르는가. 물에서 노는 사람들은 하나도 춥지 않은 것 같다. 잠시 물에 들어갔다가 나오는 게 아니라 물속에서 오래 수영을 하거나 파도타기를 한다. 인명 구조대도 정해진 구역 안에서 정상적으로 활동하고 있다. 우리는 거기 해변의 잔디밭에 앉아 간식으로 가져간 떡을 먹고 물을 마시며 쉬었다. 사람들이 매우 여유 있게 산책을 하거나 잔디에 앉아 바다를 바라다보고 있다.

시간이 늦어질 것 같아 아쉽지만 거기를 떠나 귀로에 올랐다. 서쪽으로 지는 저녁 햇빛이 눈부시게 비쳐서 눈이 아플 지경이다. 왜 여기 이름을 선샤인이라 했는지 알 것 같다. 고속도로를 달려 아래로 내려오는 길에 해가 졌다. 해가 지고 나니 곧 어둠이 몰려온다. 길 가로는 끝없이 조림한 소나무 숲이 이어진다. 저것이 다 목재가 되면 엄청난 재화가 될 것이다. 역시 이 나라는 자연으로부터 엄청난 복을 받은 나라다. 우리나라에서 몇 십년 자라야 할 나무가 여기서는 그 몇 분의 일 세월 동안에 이루어질 것이니 얼마나 복을 많이 받은 것인가.

집에 도착하니 6시 반이다. 서둘러 샤워를 하고 아침에 얼굴에 바른 썬크림을 닦아냈다. 아내가 부랴부랴 차린 저녁을 먹었다. 몸이 피로하다. 나이가 많아지면 힘이 들어 여행도 못할 것 같다. 그래서 그런 것도 젊어서 많이 해야 하는 것인가 보다. 이래저래 늙는 것은 서러운 일일 수밖에 없다.

48 교통경찰에게 잡히다

오후에 아내가 다라에 있는 베트남 마켓에 가서 무를 사겠다고 해서 집을 나섰다. 오늘이 쇼핑 데이니까 틀림없이 한국 무가 나왔을 거라는 것이다. 전에 거기서 그것을 산 적이 있기 때문일 것이다. 그러나 도착해 보니 오늘이 쇼핑 데이인데도 그 가게는 문을 열지 않았다. 엊그제 왔을 때도 안 열었었는데 아마 장사를 그만 둘 모양인가 보다. 별 도리 없이 아내는 우리가 자주 가는 길 건너 가게에 가서 과일과 다른 채소를 좀 사고, 다시 길을 건너 정육점에 들러 돼지 갈비를 좀 샀다. 바람이 몹시 불어서 나는 밖에 안 나가고 차 안에 있었다.

다라를 오고가는 길은 일주일에 한두 번은 꼭 다니기 때문에 매우 익숙한 편이다. 다라는 우리가 사는 곳에서 약 5킬로 되는 곳인데 가는 길에 골프장이 있고, 경찰학교가 있고, 또 몇 개의 공장이 있고, 물류 회사 창고도 있다. 그러나 그쪽은 아직 개발이 안 되어서 길 양옆으로 나무가 무성하고 소나무가 있는 곳에는 카라반 파크라고 해서 차를 가지고 장기 여행을 다니는 사람들이 밥을 해 먹고 잠을 자는 곳도 있다. 따라서 운행하는 차들이 별로 없어 그쪽 도로는 매우 한산하다.

호주는 도로 주행 속도가 차선 수에 따라 일률적으로 정해지지 않는다.

차가 많이 안 다니는 도로는 2차선 도로도 80에서 90킬로까지 속도를 낼 수 있는 표지판이 서 있다. 반면 4차선 이상의 도로도 60킬로로 제한하는 곳이 있다. 특히 학교 근처는 차선 수에 관계없이 스쿨존이라 하여 학생들 등하교 시간에 40킬로 이하로 운행하여야 한다. 이를 어기면 많은 액수의 벌금을 물어야 한다. 이는 대단히 합리적인 제도라고 생각된다.

다라 가는 도로는 한산한 편이라 2차선의 좁은 도로인데도 제한 속도가 70킬로로 되어 있다. 평상시처럼 그 정도 속도로 오고 있는데 갑자기 뒤에서 교통 순찰차가 바짝 따라와 경광등 불빛을 비치며 서라고 한다. 겁이 덜컥 났다. 한국에서도 거의 20년 가까이 운전을 했지만 한 번도 경찰이 따라와 차를 세운 적은 없었다. 물론 속도 위반으로 몇 번 잡혀 딱지를 끊은 적은 있지만 말이다. 깜박이를 켜고 차를 갓길에 세웠다. 전에 누군가에게서 들은 말로, 호주에서는 운전을 하다 경찰이 잡으면 절대 차에서 내리지 말고 대응해야 한다는 것이 생각나서 창문만 내리고 기다렸다. 한국에서는 좀 건방져 보이지만 여기선 그게 정상이란다. 또 우리처럼 섣불리 차에서 내려서 경찰에게 사정 얘기를 하려 하면 오해를 해서 더 큰 화를 당할 수도 있다 한다. 예컨대 주머니에 손을 넣는 동작은 총이나 무기를 꺼내려는 것으로 오해를 해서 자칫하면 물리적인 제압을 당할 수도 있다 한다.

남자와 여자 2인 1조로 된 경찰 둘이 다가온다. 우선 면허증을 달란다. 한국에서 만들어간 국제운전면허증을 내 줬다. 남자가 그것을 보더니 이 운전 면허증은 3개월만 유효하다고 하면서 작년 9월에 발급받은 날짜를 가리킨다. 나도 작년에 그것이 궁금하여 여기 오래 사신 교민 분들에게 문의해 봤는데 정확한 것은 아무도 모르고 있었다. 유효기간이 3개월이라는 분도 있고 1년이란 분도 있었다. 한국면허증을 영어로 번역해서 공증을 받으면 인정을 받을 수 있는데 절차가 복잡해서 나는 그냥 그 면허증으로 지금까지 운전을 해 오고 있다. 물론 지금까지 한 번도 교통경찰에게 면허증 제시를 요구받은 적도 없고 운전 중에 나를 멈추게 한 교통경찰을 보지도 못했다. 한국에서처럼 비교적 교통 법규를 충실하게 지키고 속도도 지키며 운전을 하기 때문에 그런 면에서는 자신이 있었다.

나는 우선 영어를 잘 못한다는 양해를 구한 다음, 면허증에 적혀 있는 대로 이 면허증의 유효 기간은 1년이며 그 날짜도 9월까지라고 좀 강하게 말했다. 작년에 면허증을 받은 날 그 내용을 자세하게 다 읽었기 때문에 정확하게 위치와 내용을 지적해서 말할 수 있었다. 그 남자 경찰은 손가락 세 개를 펴면서 3개월이라는 말을 강조하고 뭐라고 자꾸 말하는데 나는 잘 알아듣지 못하는 표정을 지었다. 이번엔 여자가 나서서 뭐라고 또 말하는데 나는 미안한 표정을 지으며 영어를 잘 알아듣지 못한다고 좀 불쌍한 표정을 지었다. 여자는 답답하다는 듯이 단어를 하나씩 끊어서 뭐라고 한다. 가만히 들어보니 내가 직선 도로를 좀 지그재그로 운전을 했다는 말 같다.

그 말을 듣고 보니 언뜻 생각나는 것이 있었다. 내가 지나온 곳의 도로 가운데에 맨홀 비슷한 것이 있고 그 위에 쇠로 된 뚜껑이 덮였는데, 그것이 약간 튀어나와 타이어가 닿으면 듣기 싫은 소리가 날 뿐 아니라 차가 심하게 요동을 치는 관계로 그것을 피해 운전을 해 왔다. 그런데 오늘은 아내와 다른 이야기를 하고 오다가 미처 그것을 못 보고, 바로 앞에서야 그것을 발견하여 급하게 핸들을 꺾어 피했었다. 차의 속도를 줄이지 않은 채 그리 했으니 뒤에서 보면 갑자기 차가 심하게 흔들리는 게 이상했을 것이다. 남자 경찰이 내게 플라스틱 대롱 같은 게 매달려 있는 걸 내밀며 불어 보라고 한다. 아마 음주를 하고 운전을 하는 것으로 본 모양이다. 나야 원래 술을 한 모금도 못 마시는 사람이니 음주 측정에는 자신이 있을 수밖에 없다. 망설이지 않고 그들이 원하는 대로 힘껏 불었다. 당연히 수치가 나오지 않았을 것이다. 그들은 그 결과를 보고서 번갈아가면서 뭐라고 자꾸 말을 한다. 그들의 말을 정확하게 알아들을 수도 없었지만 일부러 몇 개 단어 들리는 것조차 전혀 이해하지 못하는 것처럼 멀뚱한 표정을 지었다. 임기응변으로 하는 일종의 연기인 셈이다.

그들은 어딘가 숨어 있다가 음주 운전하는 사람 하나 잡았다고 쫓아왔는데, 측정해 보니 알코올 수치는 안 나오고, 뭐라고 말해도 잘 알아듣지 못하는 사람이니 꽤나 답답했을 것이다. 그러나 혐의를 두었던 것이 사실이 아니니 그들은 더 이상 실랑이를 하는 것이 소용없다고 판단했는지 그냥 돌아섰다. 내가 좀 겁먹은 표정을 지은 게 마음에 걸렸는지 여자는 돌아서면서 내게 안심하라는 듯 뭐라고 말을 하는데, 그 가운데 '노 프라블럼'이라는 말만 똑똑하게 들렸다. 아마 내가 영어를 제대로 하는 사람이었다면 면허증 문제나 안전 운전 불이행, 다른 운전자에게 위험 등 무엇을 트집 잡아 '한 건'을 올렸을 수도 있었을 텐데, 그들도 속으로 재수 없다고 하면서 갔을 것 같다. 오늘은 참 별 희한한 경험도 다했다.

49 유칼리 나무 이야기

호주를 대표하는 동물이 캥거루라면 호주를 대표하는 나무는 유칼립투스 나무일 것이다. 이 나무는 호주 전역에 걸쳐서 분포하는데, 대략 그 종류가 300종이 넘는다고 한다. 우리가 흔히 알고 있는 대로, 이 나무의 잎만 먹고 사는 동물이 코알라인데, 코알라는 아무 유칼리 나뭇잎이나 먹는 것이 아니라 실제 먹는 것은 60여 종밖에 안 된다고 한다. 코알라가 이 나뭇잎을 주식으로 하는 이유는 나뭇잎에 함유되어 있는 특유의 알코올 성분 때문일 것으로 보고 있다. 이 알코올은 사람이 마시는 술의 그것과 유사해서 코알라는 이 나뭇잎을 먹으면 술이 취한 것 같은 상태가 된다고 한다. 그래서 코알라들은 이 나뭇잎을 먹고는 나무 가지에 붙어서 잠을 잔다. 나뭇잎 먹는 시간을 빼고는 하루의 나머지 모든 시간을 거의 잠에 빠져 보낸다. 이렇게 대부분의 시간을 잠 속에 빠져 살기 때문에 코알라는 번식이 잘 안 될 정도라고 한다.

그러면 유칼리 나뭇잎이 알코올 성분을 함유하게 된 이유는 무엇일까. 어떤 학자들은 그 까닭을 이렇게 설명하고 있다. 이 나무는 다른 나무와 달리 수관이 밖에 있지 않고 안에 있다고 한다. 그래서 불이 나서 겉이 타도 나무가 죽지 않는다. 뿌리에서 물을 빨아올려 나무 위로 보낼 수 있기 때문이다. 여러 나무가 섞여 자라는 곳에 불이 나면 유칼리를 제외한 다른 나무들은 거의 타서 죽고 만다. 풀은 더 말할 필요도 없다. 이렇게 풀과 다른 나무가 다 타서 죽고 나면 이 유칼리 나무 홀로 살아남아 잎을 피우고 다시 살아난다. 풀과 다른 나무가 타고 남은 재는 당연히 이들의 거름이 된다. 따라서 유칼리 나무에게는 주기적으로 불이 나서 주변이 정리되는 것이 아주 좋은 일이다. 사람 손길이 가지 않은 산이나 언덕에 유칼리 나무가 홀로 무성하게 숲을 이루고 있는 것은 이 나무 스스로 자신에게 유리한 환경을 만들어가면서 이루어낸 결과일 것이다. 그리고 보면 이 나무는 대단히 욕심이 많은 이기적인 나무임에 틀림없다.

이 나무는 일정 기간 성장을 하면 껍질을 마치 뱀이 허물 벗듯이 벗어버린다. 거무스레한 껍질이 벗겨지고 나면 아주 매끄럽고 때깔 좋은 속살이 드러난다. 그것을 바라보노라면 살집 좋은 성숙한 여인이 옷을 벗던지는 것을 연상케 한다. 그런데 이 껍질이 벗겨지는 모습이 꽤 재미있다. 마치 사람이 옷을 벗는 것과 비슷하게 한 번에 다 벗어버리는 게 아니라 위에서부터 순차적으로 벗겨진다. 어떤 나무는 중간쯤까지만 벗겨지고 아래는 그대로 있는 것도 있다. 껍질이 세로로 길게 조각이 나서 순차적으로 몇 가닥씩 나무 주변에 떨어지는 것이다. 그것은 대개 바싹 말라 있다. 불길이 닿기만 하면 금세 불이 붙어 타기 좋은 상태다.

호주에는 원시림 상태의 숲이 곳곳에 많이 있다. 당연히 그곳의 나무는 유칼리가 주종이다. 하늘에 닿을 듯 곧게 뻗어 올라간 나무들이 허공에서 강한 바람에 부딪치게 되면 불티가 튈 가능성이 크다. 그때 불쏘시개가 될 만한 것이 가까이에 있는가 여부가 산불 발생의 열쇠가 될 것이다. 바싹 마른 유칼리 나무 껍질은 그럴 때 산불 발생의 촉매제 역할을 한다. 일단 불이 붙어 그것이 확산되는 데는 유칼리 나무의 잎에서 나오는 알코올 성분이 또 크게 영향을 끼친다. 이처럼 유칼리 나무는 산불의 발생과 확산의 조건을 두루 갖춘 나무인 것이다. 또한 이 나무 주변에는 이 나무가 꽃을 피워 맺은 열매가 떨어져 있기 마련인데, 이 열매는 매우 단단한 껍질에 싸여 있어서 그냥 땅에 떨어지면 절대로 싹을 틔우지 못한다고 한다. 반면 웬만한 가뭄이나 악조건에서도 이 열매는 그 두꺼운 껍질 때문에 그 생명을 유지할 수 있다. 그러다가 불이 나서 강한 열을 받게 되면 이 열매가 마치 튀밥을 튀기듯이 껍질이 벗겨져서 싹을 틔울 수 있게 된다고 한다.

이런 이유로 이 나무의 생존과 번식에는 산불이 필수적이라고 할 수 있다. 호주에서는 대규모 산불이 자주 발생하는데, 그것이 자연 스스로 구조조정을 하는 과정이라고 보는 사람도 있다. 워낙 땅이 넓기도 하고 나무가 많기도 하지만 여기서는 산불이 나도 우리나라와는 그 대처 방법이 다른 것 같다. 미국에서는 산불이 나도 일부러 끄지 않고 저절로 꺼질 때까지 그대로 놔두는 경우도 있다고 하는데, 여기서도 도시나 인가 가까이에서 발생한 산불은 모든 장비와 인력을 동원하여 진화에 나서지만, 저 아웃백 같은 곳에서 일어나는 산불은 불이 났는지도 모른 채 지나가는 경우도 있다. 나무들의 세계에도 우리 인간 세상과 마찬가지로 치열한 경쟁과 함께 거대한 섭리 같은 게 작용하는 듯하다. 그들 스스로 구조조정을 하면서 최적의 환경을 만들어 가며 생존을 하고 있는 것이 참 신기하기만 하다. 그런 와중에 유칼리 나무 같은 깡패 나무도 있는 것이다.

우리가 사는 집의 앞 측면에는 벽에서 돌출된 약 한 평쯤 되는 베란다가 있다. 발코니가 아닌 그 베란다는 완전히 외부로 노출된 공간이다. 위에는 나무를 듬성듬성 대서 지붕 명색을 해 놓기는 했으나 해가 비치면 그대로 볕이 들어오고, 비가 내리면 그대로 빗물이 들어오게 되어 있다. 안전장치로 벽을 제외한 3면의 둘레에는 약 6, 70센티 되는 난간이 세워져 있다. 바닥은 나무로 마루처럼 깔아 놓았다. 다른 집에서는 여기에 의자와 탁자를 내 놓고 차를 마시거나 대화를 나누는 공간으로 사용하거나, 혹은 화분이나 나무 같은 것을 내 놓고 기르기도 한다. 그런데 이 공간의 지붕이나 바닥을 구성하는 나무가 바로 유칼리 나무 목재다. 이 공간뿐 아니라 집을 지은 목재도 거의 모두 그 나무다. 유칼리 나무는 목재로의 유용성도 아주 뛰어나다. 나무가 아주 단단하고 곧게 자라기 때문이다.

기록에 의하면 세계에서 키가 가장 크게 자란 나무가 바로 호주의 유칼리 나무였다. 호주에는 143미터까지 자란 유칼리 나무가 있었다고 하며 전 세계적으로 아직까지는 그만큼 높이 자란 나무가 없다고 한다. 태풍이나 자연 재해 같은 게 거의 없고, 기후가 온난하며, 땅이 기름지니 나무가 잘 자랄 것은 정한 이치다. 또한 겨울에도 기온이 낮지 않으니(우리가 사는 곳의 한겨울 평균 기온은 10도 내외다) 나뭇잎이 떨어지지 않고 그대로 남아 탄소동화작용을 하며 계속 성장을 하게 되니, 상대적으로 나무가 빨리 자랄 수밖에 없는 일이다. 우리가 사는 동네에도 유칼리 나무가 많다. 키가 보통 수십 미터씩 된다. 그런데 나무의 아래 부분이나 윗부분이 그 굵기 차이가 별로 없다. 우리 시각으로 보면 그렇게 키가 큰 나무가 몸통이 굵지 않아 그렇게 서 있는 게 좀 불안해 보이기도 한다. 가느다랗고 키가 큰 나무를 보고 있노라면 마치 요즘 늘씬한 미녀를 보는 느낌이 들기도 한다.

그러나 이 나무는 가운데로 수관이 지나고 있기 때문에 겉이 아주 단단해서 웬만한 외부의 공격에는 쉽게 넘어지지 않는다. 국립공원 같은 데 가보면 오래되어 수명을 다한 유칼리 나무가 쓰러져 있는 것을 볼 수 있다. 거기서 서서히 썩어가는 나무를 보면 마치 누군가 일부러 그렇게 파 놓은 것처럼 가운데 큰 구멍이 뻥 뚫린 통나무가 누워 있는 모습을 하고 있다. 나무 재질이 이렇게 단단하기 때문에 이 나무는 목재로서 아주 유용하다. 어떤 나무는 하도 단단해서 망치로 못을 박을 수 없고 드릴로 구멍을 뚫고 못을 쳐야 한다고 한다. 주로 건축 재재로 많이 사용되지만 그 외에도 용도가 다양하다. 우선 곳곳에 서 있는 전신주가 모두 이 나무다. 우리나라에선 요즘 콘크리트로 만든 것을 사용하기 때문에 나무로 된 전신주를 보기 힘든데, 여기서는 나무로 된 전신주가 흔하다. 시드니에 갔을 때 본 것인데 최근 시드니 항에 지어진 수족관은 바다에 유칼리 나무를 여러 개 박고 그 위에 기둥을 세워 건물을 지은 형태였다. 또 그곳에서 약간 떨어진 곳에 수상 아파트 공사를 하고 있었는데, 바다에 유칼리 나무를 촘촘하게 박고 그 위에 고층 아파트 공사를 하고 있었다. 콘크리트 파일을 타설하고 그 위에 공사하는 것보다 그게 훨씬 안전하고, 오래 가고, 편리하다고 한다. 상식적으로 생각하면 나무가 물을 만나면 쉽게 상한다고 보아야 할 것이다. 그런데 유칼리 나무는 그 상식을 뛰어넘는다. 오히려 물을 만나면 더 단단해진다고 한다.

우리 집 베란다 바닥 마루는 지난 여름 내내 비가 오면 비를 맞고, 볕이 나면 볕을 쬐고 했는데 처음 볼 때나 지금이나 모양과 색깔이 조금도 다름이 없다. 비를 맞으면 색깔이 약간 거무스레하게 변했다가 비가 그치고 해가 나면 다시 원래의 나무 색깔로 돌아온다. 비를 맞아 젖기 전의 그 모습으로 완벽하게 되돌아가는 것이다. 여기는 산과 언덕에 널리고 쌓인 것이 유칼리나무인데, 그러고 보면 이 나라 사람들은 참 복을 많이 받고 태어난 사람들인 것 같다. 사람들이 일부러 심지 않아도 저절로 나서 자라는 이런 유용한 나무가 지천이니 말이다.

50 집과 집세에 관한 이야기

우리가 세를 들어 사는 집은 타운 하우스인데 여기서는 셋집으로 아주 보편적인 형태다. 우리 타운의 규모는 대략 70 가구 정도 되는데 집의 구조가 크게 두 가지 형태다. 하나는 단독 주택 형태로 되어 있는 건물에 두서너 가구가 살게 되어 있고, 다른 하나는 우리나라의 빌라 비슷하게 건물 한 동에 여섯 가구가 살도록 아파트 형태로 되어 있다. 우리가 사는 집은 여섯 가구가 사는 건물의 첫 번째 집인데 맨 아래층은 차고로 차 두 대가 들어갈 수 있는 공간으로 되어 있고, 2층은 주방과 거실, 가족실로 되어 있으며, 3층은 침실로 방이 세 개 있는데 방 하나에는 욕실과 화장실이 딸려 있고, 다른 욕실과 화장실도 하나씩 더 있다. 주방에는 조리대와 개수대가 있고, 전기 오븐과 식기 세척기가 붙박이로 달려 있다. 취사는 전기로 하게 되어 있는데, 여기는 전기 요금이 저렴해서 별 부담이 없다. 전기 요금은 석 달에 한 번씩 내는데 우리 같은 경우 130불에서 140불 정도 나온다. 냉장고, 텔레비전, 세탁기, 전자레인지, 청소기 같은 기기를 다 사용하면서 한 달에 우리 돈으로 3만원 좀 넘는 전기 요금을 내면 된다.

이 나라의 집세는 전세나 월세 개념이 없다. 일주일에 얼마씩 내는 주세가 기본이다. 타운 하우스는 전체를 관리하는 매니저가 있어서 그 사람이 세에 관한 모든 것을 관장한다. 실제 집 소유자는 얼굴도 볼 수 없다. 계약도 매니저와 해야 한다. 우리는 일주일에 310불씩 내고 산다. 집을 둘러보고 마음에 들어서 계약을 하려면 계약금으로 대개 2주치를 내고 계약을 한다. 계약서에는 별 시시콜콜한 사항까지 다 있다. 심지어는 열쇠의 개수와 모양까지 복사되어 첨부되어 있다. 두툼한 서류로 된 그것을 다 읽어 보려면 골치가 아플 정도다. 입주를 하기 전에 반드시 보증금(본드 또는 데포짓)을 내야 한다. 그 금액은 4주치를 받는다. 이 돈은 나중에 집을 나갈 때 돌려받는다. 그 다음에 매니저로부터 열쇠를 인수하여 들어가면 된다. 계약 기간은 보통 6개월이다. 6개월이 지나 더 살고 싶으면 재계약을 하면 된다. 재계약을 할 때 집세를 약간 인상하는 것이 보통이다. 집에는 가구가 아무 것도 없는 빈 공간이다. 자기가 필요한 것은 모두 사야 한다. 가세에 가서 가구나 전자제품을 사면 여기서는 따로 배달료를 받고 배달을 해 준다. 아니면 본인이 싣고 와야 한다. 대개의 가구는 거의 모두 조립식이다. 집에 와서 드라이버를 이용하여 조립해야 한다. 배달한 사람에게 부탁하면 금방 해 주는데 그 비용은 물론 따로 지불해야 한다. 물론 가구나 가전제품을 꽉 채워 놓고 세를 놓는 집도 있다. 그런 집은 편리한 대신 당연히 세가 훨씬 비싸다.

입주를 하고 나서 바로 해야 할 일이 있다. 바로 집의 구석구석을 살펴서 어디가 흠이 있고, 어디가 긁혔고, 어디가 문제가 있는지 꼼꼼하게 조사하여 매니저가 준 양식에 따라 기록을 한 다음 그 서류를 매니저에 줘야 한다. 만약 그것이 안 되어 있으면 나중에 집을 나갈 때 집의 모든 하자에 대한 책임을 지고, 그것을 원상 복구할 돈을 부담해야 한다. 집세는 보통 2주에 한 번씩 계산한다. 은행 계좌로 자동이체를 할 수도 있고, 카드로 계산할 수도 있고, 매니저의 사무실에 직접 현금으로 낼 수도 있다. 살다가 본인의 실수가 아닌 이유로 집에 문제가 생기면 매니저를 부르면 된다. 매니저가 와서 보고 전문가를 불러다가 자신들의 비용으로 수리를 한다. 가끔 매니저가 와서 집의 상태를 조사할 때도 있다. 특히 개미가 있는지 알아보는 조사는 전문가가 와서 집의 곳곳을 작은 망치 같은 것으로 두드려 보면서 조사한다. 어떤 종류의 흰개미는 집을 지은 나무를 파먹고 사는데, 그것을 모르고 지나갔다가는 어느 날 갑자기 집이 폭삭 무너져 내릴 수도 있다고 한다.

계약된 기간 안에 집을 나갈 때는 대개 4주 전에 그 의사를 밝혀야 한다. 만약 급하게 집을 나가게 되어 미리 말을 못했다면 살지도 않으면서 세를 고스란히 물어야 할 수도 있다. 미리 얘기했다 해도 다른 사람이 세를 들어오기까지의 공백 기간에 대한 세는 부담해야 한다. 계약 기간이 되어 집을 나갈 때는 원래 상태로 해 놓고 나가는 것이 원칙이다. 카펫 청소를 비롯해서(집에 따라 다르지만 침실은 전체, 거실은 일부가 카펫이 깔려 있다. 현지 사람들은 대개 신발을 신고 방에 들어가기 때문에 카펫이 매우 더럽기 마련이다.) 유리창, 주방, 화장실, 욕실, 차고까지 모두 깨끗하게 청소를 해야 한다. 본인이 하기 어려울 때는 청소를 전문으로 하는 사람을 부르면 된다. 특히 카펫 청소는 특수한 기계와 약품을 사용하기 때문에 개인이 하기는 어렵다. 대개 집 청소하는 비용은 집의 크기에 따라 다르겠지만 400에서 500불 정도를 받는다고 한다. 개인이 청소를 다 해 놓았다고 해도 매니저가 와서 보고 기준에 모자란다고 판단되면 다시 청소할 돈을 받는다. 또한 사는 동안 훼손된 곳곳을 보수할 비용도 받는다. 대개 그 돈은 입주할 때 냈던 보증금에서 해당 액수만큼 공제를 하고 나머지 금액만 돌려주는 식으로 받는다.

51 자동차 등록 이전을 해 주다

작년 9월에 여기 와서 잘 아는 분으로부터 인수한 자동차는 93년산 미쓰비시 베라다 모델 세단이다. 운행 거리가 27만 킬로 정도 된 차다. 우리나라 같으면 벌써 폐차 처리되었을 것인데 여기서는 그런 차가 많이 운행되고 있다. 당연히 중고차 거래도 활발하다. 여기 현지 사람들은 대개 자기 집 차고에 자동차 정비를 위한 도구를 다양하게 갖추고 있다. 특히 그런 일에 취미가 있는 사람은 우리나라 조그만 카센타 비슷하게 전문적인 각종 자동차 수리 도구를 구비한 집도 있다. 따라서 웬만한 고장은 부품을 사다가 모두 자기 손으로 고친다. 차를 오래 유지하는 이유가 이렇게 수시로 차를 점검하고 주기적으로 부품을 교체해 주기 때문인 것 같다.

중고차를 매매하려면 공인된 거래상을 이용할 수도 있고, 개인끼리 사고 팔 수도 있다. 한국 교민들은 주로 한국인들이 보는 정보지를 통해 광고하고 매매를 한다. 어떤 경우에도 중고차 매매에는 반드시 RWC라는 증명서가 첨부되어야 한다. 대체로 차를 파는 사람이 그것을 발급받아서 사는 사람에게 준다. 사는 사람은 그것을 첨부하여 자기 이름으로 명의를 이전한다. 그런데 RWC는 흔히 차를 사고 팔 때 많이 말들 하는 것이지만 실제 증명서의 이름은 그것이 아니다. 그런 이름의 증명서는 없다. 정확하게 말하면 자동차 검사 증명서(인스펙션 써티피케이트) 또는 안전 증명서(세

이프티 써티피케이트) 두 가지를 합해서 일컫는 말이다. 인스펙션 증명은 공인된 정비소에 여러 가지 항목을 자세히 조사하고 나서 받는 것이고, 안전 증명 역시 공인된 자격을 갖춘 정비소에서 운행에 필수적인 항목을 검사하고 나서 발급해 주는 것이다. 대체로 사람들은 후자를 많이 한다. 안전 증명서는 색깔이 다른 종이에 세 부를 카피해서 주는데 맨 위의 파란 (그린)색 종이에 쓰면 밑의 노란(옐로)색과 회색(그린)의 종이에 그대로 복사가 된다. 그래서 이 증명서를 일명 그린 폼이라고도 한다.

RWC를 발급해 주는 것은 전적으로 정비사의 판단에 달려 있다. 어떤 사람은 그것이 없으면 차의 매매를 못하는 것을 약점으로 삼아 터무니없이 많은 돈이 들어가는 수리를 요구하기도 한다. 예컨대 차의 본넷에 약간의 흠집이 있는 것까지 새로 도색을 하라고 하거나, 차체 밑에 녹이 슨 것을 교체하라고 하기도 한다. 반면 어떤 정비사는 증명서에 적혀 있는 항목 (핸들, 라이트, 와이퍼, 브레이크, 유리, 엔진 룸 등)만 세심하게 체크하고 별 이상이 없으면 발급해 주기도 한다. 대개는 1차 검사 후 고칠 곳을 지적해서 그것을 고친 후 2차 검사를 통해 발급해 주는 것이 보통이다. 따라서 발급 비용은 최소 55불에서 많게는 웬만한 중고차 값보다 더 드는 경우도 있을 수 있다.

나는 얼마 전에 한국인 종업원이 있는 정비소에 갔다가 예상 외로 많은 수리비용을 요구하는 바람에 그냥 나온 적이 있다. 그러나 그것이 없으면 차를 넘겨 줄 수 없기 때문에 다른 곳을 찾아 다녔다. 먼저 코린다에 있는 메카닉스에 갔더니 일이 너무 밀려서 지금은 불가능하고 다음 주에나 가능하다고 한다. 잘 통하지 않는 영어로 간신히 다음 주에 가기로 예약을 하고 나서 다른 곳을 더 가 보기로 했다. 작년에 한 번 가서 자동차를 수리한 적이 있는 울릉가바 정비소를 찾아가기로 했다. 기억이 가물가물해서 좀 길을 헷갈려가며 찾아갔는데, 첫 번째로 간 곳은 비슷하긴 하지만 다른 집이었다. 다행히 그 주인이 친절하게 약도를 그려줘서 우리가 가려고 했

제2부 이방인의 호주 생활

던 그 집을 찾을 수 있었다. 그 할아버지가 일을 하고 있었는데 내가 증명서 발급을 받고 싶다고 했더니 하던 다른 일을 잠시 미뤄 두고 우리 차를 점검해 주었다. 인상이 좋아 보이는 젊은 청년이 주로 여러 가지 장치를 꼼꼼하게 점검을 했다. 그러더니 자동차가 운행에 별로 문제가 없다는 듯 잠시 기다리라고 했다. 내가 짧은 영어로 뭔 문제가 있느냐고 청년에게 물었더니 아니라고 하면서 자동차 엔진 소리가 부드럽고 좋다고 했다. 할아버지는 옆의 사무실에 서류를 넘기고 10분만 기다리라고 했다. 아내와 나는 혹시 그 기다리라는 시간이 수리를 위한 견적서를 쓰는 시간이 아닌가 하여 좀 불안했으나, 얼마 후 할아버지는 우리가 원하는 증명서를 가지고 왔다. 비용으로 100불을 내라고 했다. 그래도 너무 반갑고 고마웠다.

그렇게 해서 발급받은 증명서와, 자동차 등록 증명서, 그리고 등록 이전 신청서를 작성해서 차를 인수하기로 한 청년을 만나 오늘 오후에 교통국 사무소로 갔다. 그 청년이 세 가지 서류를 제출하고 직원과 대화를 나누더니, 직원이 추가 서류를 다시 작성하라고 하는 것 같다. 작년 나 같은 경우는 그 세 가지 서류만으로 아무 문제없이 통과가 되었는데, 아마도 청년의 연령이나 직업 등에 좀 규정에 미달되는 것이 있는가 보다. 다른 서류를 한 장 다시 작성해서 내고, 신분 확인을 위한 신용카드와 신분증 확인 절차를 거치더니 접수증을 떼어 주는 것 같다. 좀 불안했으나 무난하게 등록 이전 절차가 완료된 셈이다. 낡기는 했으나 10개월 동안 그럭저럭 정이 들었던 그 차는 이제 내 차가 아니다.

낯선 길에 부는 바람

52 애버리진들의 비애와 희망

애버리진, 또는 애버리지널이란 단어는 원주민, 토착민을 뜻하는 말이다. 그러나 이 단어는 대개 미국에서는 얼굴 붉은 인디언을 가리키는 말로 사용되고, 호주에서는 이곳 토착 원주민을 지칭하는 말로 사용된다. 미국의 인디언들이 그러하듯이 호주의 원주민들인 애버리진들도 백인들에 의해 무참하게 학살되고 핍박받은 비참한 역사를 갖고 있다. 그리고 지금은 정부의 보호 아래 근근이 그 명맥을 이어가고 있는 것도 그 양상이 비슷하다.

호주의 애버리진들은 대략 4만 년 전 쯤에 남아시아 계통 사람들이 이주해 온 것으로 추정하고 있다. 그 근거로는 당시에는 바다가 지금처럼 깊지 않았고 또 거리도 훨씬 가까웠을 것으로 지질학자들이 연구해낸 결과를 들 수 있다. 그 후 이 거대한 섬은 점점 대륙과 떨어져 고립되고, 여기로 이주해 온 그들은 이 섬의 기후와 자연 조건에 맞춰 생존해 가는 방법을 터득해 가며 살아왔을 것이다. 따라서 이러한 고립으로 인해 이들에게는 철기 문화가 없다. 그들은 석기 시대의 문화를 최근까지도 유지하면서 자연과 더불어 그 안에서 살아가는 지혜를 가꾸어 온 것이다. 이처럼 평화롭게 살아가던 그들에게 어느 날 갑자기 낯선 외래인이 나타난다. 탐험이라는 이름으로 이 섬에 상륙한 유럽인은 엄연히 수만 년 동안 살아온 이 땅의 주인들이 있음에도 불구하고 자기들이 처음으로 이 땅을 발견했다고 기록하고 자기들식의 이름을 붙인다. 특히 영국 사람들은 불모지처럼 방치되어 있던 이 땅을 미국 독립으로 인해 상실된 유형지의 대체지로 선택해서 대대적으로 점령하기 시작한다. 죄수와 군인을 태운 배들이 들이닥쳐 영국 깃발을 꽂고는 자기들 마음대로 이곳을 여왕의 땅으로 선포해 버린다. 그리고는 현지에 살고 있는 애버리진들을 불법으로 여왕의 땅을 점령했다는 이유로 마구 학살하고 내쫓기 시작한다. 진정 땅을 불법으로 점령한 것은 누구인가. 바로 그들 자신이 아니었던가.

그 후 백인들의 야만적인 원주민 학살은 참으로 잔인하게 지속되었다. 백인들에게 애버리진들은 결코 그들과 같은 '사람'이 아니었다. 그들은 짐승이나 다름없었다. 그래서 사람을 죽이는 것이 아니라 짐승을 사냥하듯이 원주민을 학살했다. 현재 남아 있는 어떤 백인의 기록에 보면 '오늘 몇 마리를 잡았다'는 식으로 자랑스럽게 기술한 것들도 있다 한다. 백인들의 만행은 이에서 그치지 않았다. 명목상으로는 그들에게 문명의 혜택을 누리게 해 준다는 미명 아래 애버리진들이 낳은 갓난아이를 강제로 빼앗아다가 영어를 가르치고, 기독교 신앙을 강요하고, 백인들의 생활을 추종하도록 강압했다. 그렇게 수십 년을 지속했다. 이 시기에 강제로 부모와 떨어져 백인에게 당한 애버리진들을 '잃어버린 세대'라고 부른다. 호주 정부에서는 최근 들어 과거 자신들의 이런 행위가 잘못되었음을 정식으로 인정하고 사과하는 정책을 펼치고 있다. 국가적으로 정한 '쏘리 데이' (사과의 날, 매년 5월 26일)는 바로 이를 실천하는 상징적인 조치라고 할 수 있다. 현재 정부에서는 이들에게 여러 가지로 혜택을 주어 현대 문명의 삶을 살도록 유도하지만 이들은 그것을 거부하고 지금도 자기들끼리 모여서 원시적인 삶을 살아가고 있다. 따라서 그들은 의료 혜택도, 교육의 혜택도 받지 못하고 산다. 영아 사망률이 높고 간단한 질병에도 쉽게 희생이 되다보니 그들의 평균 수명은 50세도 안 된다고 한다.

호주는 미국 본토 면적과 비슷한 크기를 가진 나라지만 인구는 2천만 명에 불과하다. 호주는 영국 연방의 하나지만 정치적으로는 미국과 매우 밀착되어 있다. 이렇게 큰 면적인데도 인구가 적기 때문에 정부 조직은 6개의 주와 2개의 준 주(테리토리)로 구성되어 있다. 그 중의 하나가 '노턴 테리토리'(NT)인데, 여기에 애버리진들이 집중적으로 모여 살고 있다. 이 준 주는 거의 황무지나 다름없는 척박한 땅이다. 또 북쪽으로는 열대 지방 으로 기후 조건도 매우 열악하다. 이들은 이 테리토리의 남쪽이자 호주 대륙의 중심이라 할 앨리스 스프링스에 있는 울루루를 성스러운 곳으로 섬기면서 살아간다. 여기에 있는 세계 최대의 거대한 붉은색 바위는 이들에게 모든 것이 태어나고 돌아가는 성지聖地다. 백인들은 이곳을 에어즈 락이라고 부르지만 차츰 원주민의 이름으로 불러 주자는 쪽으로 변해 가고 있다 한다. 최근 관광지로 각광을 받으며 많은 사람들이 몰리고 있는데, 가끔은 이 성스러운 바위를 올라가는 관광객과 원주민 사이에 마찰을 빚기도 한다고 한다.

이들 중 일부는 지금도 아웃백(오지)의 숲 속이나 해변에서 석기 시대 수준의 삶을 살고 있다. 신발이 없음은 물론, 자연에서 최소한의 먹을 것을 찾아 연명해 가며, 자연 그 자체로 산다. 21세기에 문명과 동떨어진 삶을 살면서도 그들은 조금도 불편해 하거나 불만이 없다. 그들은 나름대로 만족해하며 행복하게 살고 있는 것이다. 그런 그들에게 가장 두렵고 무서운 것은 외부의 침입이다. 일종의 피해 의식이기도 할 것이다. 정부에서는 이들에게 호주 국민으로서의 혜택을 백인과 아무 차별 없이 부여하고 있다. 오히려 교육과 사회생활 과정에서는 특혜를 주기도 한다. 예컨대 대학 교수를 채용할 때 최소한의 요건만 갖춘 애버리진이 응모하면 최우선적으로 채용하도록 되어 있다고 한다. 그래서 이들 가운데는 백인 사회로 나와 공부를 하여 변호사로, 의사로, 교수로, 유명한 운동선수로 성공한 사람들도 많이 있다. 시드니 올림픽 때 성화 최종 주자였던 여자 육상 선수도 애버리진이었다.

이렇게 혜택을 주는데도 불구하고 이들은 아웃백에서 나오지 않는다. 정확한 인구 통계를 낼 수도 없을 정도로 이들은 오지에 숨다시피 살고 있다. 그러면서 자신들 고유의 언어를 계승하며 사용하고, 또 그 문화를 전승하며 산다. 최근 보도에 의하면 약 30년에 걸친 작업 끝에 성경전서가 이들 언어로 완역되었다고 한다. 그게 정말 이들을 위한 일인지 백인을 위한 일인지는 알 수 없는 일이지만, 이는 이들이 그만큼 확고하게 자신들의 언어를 지키고 있다는 한 사례라 할 수 있을 것이다. 또한 이들은 법적으로 호주 국민의 자격을 갖고 있지만 호주 국기 아닌 자신들의 고유한 국기를 사용한다. 그들 국기는 직사각형 모양 절반을 나누어 위는 검은색, 아내는 붉은색, 그리고 한 가운데 노란색 원이 들어가 있는 형태다. 백인들이 세운 호주라는 나라를 인정할 수 없다는 강력한 의지의 표현일 것이다. 재미있는 것은 정부에서 이런 것을 제지하거나 규제하지 않는다는 것이다. 하나의 나라 안에서 다른 국가를 '참칭' 한다면 우리나라에서는 당연히 국가보안법으로 엄중히 처벌받을 텐데 말이다.

이들 인구를 대략 30만 정도로 추정하는 통계가 있지만 정확한 것은 알기가 어렵다. 최근에 호주 정부에서는 이들에게 투표권이나 기타 국민으로서의 혜택을 부여하기 위한 기초 통계 조사 계획을 발표했는데 이를 전해들은 이들은 또 자신들의 가족을 강제로 이산시키려는 것으로 오해를 해서 아이들을 데리고 더 깊은 숲속으로 도피하다시피 이주하는 소동이 있었다. 그만큼 불신이 깊다는 뜻일 것이다. 준비되지 않은 상태에서 혜택을 준답고 어설프게 경제적 지원을 하게 되면 그것은 오히려 독이 될 수도 있을 것이다. 실제로 이들 가운데 정부의 보조금을 받은 사람들 가운데는 그 돈으로 술을 마시고, 마약을 하고, 그런 곳에 돈을 탕진하여 혜택을 안 받은 것만도 못한 결과를 초래한 경우도 적지 않다고 한다. 이는 경제적 풍요가 행복을 가져다주지 않는다는 하나의 정확한 반증이 될 수 있을 것이다.

우리나라에도 번역되어 소개된 바 있는 『무탄트』(뒤에 '무탄트 메시지' 라는 제명으로 다시 번역되어 출간되기도 함)라는 책에 보면 이곳 애버리 진들이 얼마나 지혜롭게 살아가는 사람들인지 잘 묘사되어 있다. 우리는 그들의 원시적 삶을 보면서 우리의 현대 문명을 은근히 자랑스러워 할지 모르지만, 그들 입장에서 보면 자연을 파괴하고 이룬 현대 문명은 중증의 병에 걸린 게 분명할 것이다. 그들은 이 병든 현대 문명에 빠져 허우적거 리는 어리석은 사람들을 구원하기 위해 젊은 여자 의사를 초청하여 분명 하게 메시지를 전달하며 경고하고 있다. 그것을 알아듣는 사람이 과연 얼 마나 될까.

53 번잡한 귀국 준비와 모국 귀환

여기 와서 약 11개월 동안 아이들 소꿉놀이처럼 살림을 하며 살았지만 그래도 막상 정리를 하고 귀국을 하려니 그 절차가 상당히 번거롭기 짝이 없다. 살림살이를 다 내버리고 몸만 간다면 별로 번거로울 것이 없겠으나, 이곳의 관행이 그렇지도 않아 최소한 남들 하는 것만큼 흉내라도 내야 하니 신경 쓸 일이 한두 가지가 아니다.

우선 세를 살던 집을 정리해야 한다. 계약 기간이 남아 있다면 적어도 한 달 전, 또는 2주일 전에는 집을 비우겠다는 통보를 해야 한다. 그렇지 않으면 살지도 않으면서 집세를 고스란히 부담해야 할 수도 있다. 물론 미리 통보를 했다 해도 다음 사람이 들어올 시기까지 빈 기간 동안의 세는 일정 비율로 계산하여 내야 한다.

그 다음은 집을 깨끗하게 청소해서 원래 상태로 만들어 놓아야 한다. 또 사는 동안 망가져졌거나 흠집이 났거나 한 부분은 모두 고쳐 놓아야 한다. 만약 수리를 하지 못했다면 그에 해당하는 비용을 현금으로 부담해야 한다. 청소도 마찬가지다. 주인이나 매니저가 살펴보아 만족하지 못할 때는 따로 청소비를 내야 한다. 청소를 전문으로 하는 업체에 맡기면 간단하나 그 비용이 만만치 않다. 전문가가 아니면 할 수 없는 카펫 세탁 청소까지 보통 500불 이상이 든다고 한다.

살림살이 처분도 쉬운 일이 아니다. 중고품을 전문으로 취급하는 업체에 연락하면 와서 견적을 내고 물건을 가져가지만 그럴 경우 제 값을 받으려 기대하기는 어렵다. 대개는 교민들이 자주 접속하는 사이트에 광고를 내고 연락을 기다려 서로 흥정하는 것이 보편적이다. 그 과정이 쉽지가 않다. 평생 하지 않았던 일종의 '장사'이기 때문이다. 물건의 가치나 성능에 대해 설명을 할 때 가급적 좋게 얘기하려 하다 보니 이나 본의 아니게 '장사꾼'이 되는 셈이다.

그런 과정을 다 거쳐 이제 귀국 준비가 이제 거의 다 완료되어 가는 것 같다. 무엇보다 가장 큰 짐이었던 가구와 자동차를 별로 속 썩이지 않고 수월하게 넘겨 줄 수 있었던 게 기분이 좋다. 비록 남들이 하는 것처럼 영악하게 가격을 매겨 한 푼이라도 더 받아내려고 하였더라면 그리 수월하지는 않았을 것이다. 조이 몇 백 불은 손해를 보면서 넘겼지만 그래도 그로 인한 스트레스를 덜 받은 것으로 충분히 상쇄되고 남을 것이다. 자동차 등록 이전도 걱정했던 것보다는 쉽게 처리되어 그것 또한 다행이 아닐 수 없다.

사용하던 전화와 인터넷도 해지 신청을 미리 해야 한다. 다행히 내가 사용하던 텔스트라 전화 회사에는 한국인 직원이 근무하고 있어서 2주전에 미리 전화 해지를 부탁하는 예약을 해 두었다. 전기 회사에는 한국인 직원이 없어 이곳에서 무료로 운영되고 있는 통역서비스(대개 자원봉사자들이 도움을 주고 계시다. 그곳의 전화번호는 131-450이다)를 이용하여 역시 2주전에 전력 공급 정지를 예약해 두었다. 두 곳에서는 모두 해지할 때까지 요금이 대략 얼마인가를 알려준다. 그리고 고지서를 보내 줄 주소를 묻는다. 물론 나쁜 마음을 먹으면 돈을 안 내고 귀국해도 크게 문제가 되지는 않는다. 그러나 양심상 그럴 수는 없는 노릇이다. 내야 할 돈을 안 냈을 경우 나중에 다시 이 나라에 올 때 공항에서 뜻하지 않은 봉변을 당할 수도 있다 한다. 그래서 대개는 아는 사람 주소를 알려 주고 그 사람에게 돈을 주고 대신 내달라고 부탁을 하는 게 보통이다.

인두루필리의 RACQ 지점에 가서 1년 기간으로 가입했던 자동차 보험도 해지하였다. 해약금은 집 주소로 보내 준다고 한다. 우리나라 같으면 전산망이 잘 구비되어 즉석에서 처리가 되는데 여기서는 그 처리가 보통 보름 넘게 걸린다. 역시 내셔널 은행 인두루필리 지점에 개설했던 은행 계좌도 해지하였다. 내가 가입하였던 예금은 '스마트 다이렉트'라는 상품이었는데 이 예금은 아무리 오랜 동안 많은 금액을 맡겨도 이자가 한 푼도 없다. 오히려 계좌 관리비라고 해서 한 달에 3불씩 내야 한다. 그리고 현금 인출기를 이용하여 예금을 인출해도 한 번에 1.5불씩 수수료를 내야 한다.

귀국하여 지인들에게 나누어 줄 선물도 대충 구입했다. 앞으로 남은 일들도 지금까지처럼 모두 수월하게 잘 처리되었으면 좋겠다. 이제 정말 모든 것이 마무리되고 목요일 아침에 출발하는 비행기에 탑승할 일만 남은 것 같다. 은근히 걱정되었던 모든 것이 다 정리되고 나니 출발할 날이 기다려진다. 기다리다 보면 시간이 잘 안 가는 느낌인데, 그래도 해는 뜨고 지니 그 누가 가는 시간을 말릴 수 있으랴.

이제 오늘 가구와 가전제품을 모두 내 주고, 하루 좀 불편하게 집에서 보내고 나면 귀국 전야가 된다. 마지막 날 묵을 호텔도 사우스 브리즈번의 다이아나로 예약을 해 두었다. 하루 밤 숙박하는 비용이 149불이다. 다만 주방 기구를 다 내 주고 나면 한두 끼 먹을 일이 걱정이나 L 교수네서 이별의 뜻으로 같이 밥을 먹자고 하니 좀 염치없지만 신세를 지면 될 일이다. 짐 두 개는 이미 써니 뱅크에 있는 한국인 상점을 통해 항공화물로 부쳤으니 가벼운 가방 두 개만 가지고 가면 된다.

드디어 귀국하는 날이다. 어제 오후에 이례적으로 매니저가 우리 부부를 자기 차로 호텔까지 데려다 주었다. 매니저가 입주자에게 그런 친절을 베푸는 경우는 거의 없다고 한다. 잡채나 김치 등 한국 음식을 몇 번 가져다주었던 아내와 그 동안 나누었던 마음의 정이 컸기 때문일까. 그러고 보니 매니저는 우리 부부에게 특별히 친절했고 세입자와 매니저의 관계를 넘어서는 마음을 가졌던 듯하다. 아내가 여자의 육감으로 말했던 농담이 떠오른다. 세를 내거나 다른 일로 매니저 사무실에 들렀을 때마다 그녀는 나를 보며 살짝 얼굴을 붉히면서 부끄러워했다는 것이다. 그래서일까. 호텔 로비까지 우리 짐을 날라다 준 매니저는 아내와 따뜻한 포옹으로 이별의 정을 나누고, 나와 가볍게 석별의 악수를 할 때 통상적인 외국인들의 모습과는 달리 시선을 약간 떨어뜨렸다. 아쉬움을 담아 손을 따스하게 잡아 주는 것으로 작별을 했다.

근처 한국인 음식점에서 곱창전골로 저녁을 먹고 일찍 자리에 들었으나 잠이 오지 않아 뒤척이다 새벽에야 옅은 잠에 들었다. 출발 두 시간 전에 공항에 가야 하므로 잠은 거의 못 잔 것이나 다름없다. 5시에 일어나 비스킷과 어제 L 교수 부인이 준 누룽지, 그리고 커피 한 잔으로 아침식사를 대신했다. 로비로 내려오니 프런트에 예약해 둔 택시가 이미 와 있었다. 운전수는 중년의 여자다. 가방 세 개를 싣고 차가 거의 없는 새벽길을 달려 40여 분만에 공항에 도착했다. 매일 새벽 브리즈번 공항을 출발하여 저녁에 인천에 도착하는 국적 항공기 탑승 수속을 했다. 테러 대비를 위해 짐 검사가 매우 까다롭다. 수하물의 중량이 초과되어 추가로 돈을 내려고 했는데 다행히 그냥 통과시켜 주었다. 세무사무소에 가면 우리가 구입했던 물품의 계산서와 물건을 확인하고 세금을 돌려받을 수 있는데 포기하기로 했다. 백 불 정도의 돈보다 외국인과 서툰 말로 대화를 하는 불편, 혹은 짐을 끌고 계단을 여러 개 오르내리는 피곤함이 더 크다고 판단되어서였다.

항공기가 이륙했다. 모든 것을 잊고 편안하게 휴식을 취하자는 뜻으로 낯선 나라에 와서 1년 동안 살다가 돌아가는 길이다. 하지만 사람의 기억이라는 게 잊자는 의지나 노력만으로 지워지는 게 아니라는 걸 새삼 아프게 깨달았을 뿐이다. 어느 날 갑자기 지극히 사랑하던 내 가족에게 내려졌던 끔찍한 사고의 기억은 낯선 나라와 풍경, 불통의 언어나 문화, 아름다운 자연이나 따뜻한 사람들로도 절대 망각되지 않았다. 그게 나에게 내린 벌이라면 목숨이 있는 한 회피할 수 없는 일이고, 벗어버릴 수도 없는 운명임을 다시 되새겼을 따름이다. 브리즈번 시내를 가로지르며 망망한 바다를 향해 흐르는 도도한 강물이야 무엇을 알 것인가. 그 위에 초로의 사내가 아무 표시도 나지 않는 아쉬움과 회한의 정을 몇 방울 더하며 긴 여로를 마감하고 이제 떠난 자리로 다시 귀환한다. 하늘이 맑고 시원하다.